LES EXFILTRÉS DE BERLIN

Du même auteur

Germania, Kero, 2015 ; 10-18, 2016
Les Fils d'Odin, Kero, 2016 ; 10-18, 2017
Derniers jours à Berlin, Calmann-Lévy, 2018 ; 10-18, 2019
La Vengeance des cendres, Calmann-Lévy, 2020 ; 10-18, 2021

HARALD GILBERS

LES EXFILTRÉS DE BERLIN

Traduit de l'allemand par Joël Falcoz

CALMANN LEVY NOIR

CALMANN LÉVY
ÉDITEUR DEPUIS 1836

Titre original :
Hungerwinter
Première publication : Knaur Verlag,
une marque de Verlagsgruppe Droemer Knaur
GmbH & Co. KG, Munich, 2020

Cet ouvrage a été proposé à l'éditeur français
par l'agence EDITIO DIALOG, Lille.

COUVERTURE
Maquette : Alistair Marca
Photographie : © Roy Bishop / Arcangel Images

ISBN 978-2-7021-8232-1

1

Berlin
Jeudi 6 – vendredi 7 novembre 1947

Rien n'est plus froid que la mort. À cette pensée, Ursula resserra son gilet. Infirmière durant la guerre, elle avait vu de nombreuses personnes mourir. Les spasmes ; le dernier souffle qui, en faisant vibrer les cordes vocales, ressemblait à un soupir ; le refroidissement progressif du corps – elle connaissait tout cela. Jusqu'à présent, elle n'en avait fait l'expérience qu'à travers son travail, en s'efforçant de secourir des inconnus à l'hôpital.

Mais, depuis quelques minutes, cette barrière invisible était tombée. Son propre appartement avait été le théâtre d'une brusque explosion de violence. Médusée, elle contemplait le tableau qui s'offrait à ses yeux. Le salon était éclairé par la lumière crue d'une ampoule. Comme elle n'avait pas de balcon, elle avait dû tendre plusieurs cordes à travers la pièce pour faire sécher son linge la nuit. Sous un ciel de blanc gisait un cadavre ramassé sur lui-même. À côté, un fil arraché et un drap humide chiffonné.

La respiration d'Ursula était encore saccadée. Qu'était-il arrivé à Konrad, son mari ? Comment la situation avait-elle pu dégénérer à ce point ?

— Ne t'inquiète pas, ça va aller.

Profondément choquée par les événements, elle mit quelques secondes à comprendre ce qu'elle venait d'entendre.

Son amant se tenait près d'elle. Bien sûr, il voulait la rassurer. Mais ce qu'il venait de murmurer ne cadrait pas avec le couteau ensanglanté qu'il serrait dans la main. La lutte avait ébouriffé ses cheveux blond cendré, et ses joues étaient cramoisies. Ursula frissonna. L'homme qu'elle avait pris pour son âme sœur semblait être devenu brusquement un étranger.

Soudain, elle entendit un bruit sourd en provenance de l'entrée. Quelqu'un frappait à la porte du logement.

— Tout va bien chez vous ?

Un voisin. Ursula se raidit. La situation était extrêmement compromettante. Ils ne devaient pas être surpris à côté du corps de Konrad ; on croirait aussitôt à un meurtre de sang-froid. Si les gens commençaient à poser des questions indiscrètes et à jaser, c'en serait fini de la nouvelle existence qu'elle venait d'entamer.

Bien décidée à défendre chèrement son bonheur, elle courut dans le vestibule et se plaqua contre la porte.

Son amant la suivit. S'approchant d'elle, il souffla :

— J'ai fermé à clé. On n'est jamais trop prudent.

Puis il riva ses yeux bleu acier dans ceux d'Ursula.

— Nous n'avons pas beaucoup de temps. M'aideras-tu ?

— Évidemment, s'entendit-elle répondre d'une voix blanche.

Chaque jour, Oppenheimer quittait l'arrondissement de Schöneberg, occupé par les Britanniques, pour se rendre dans le secteur soviétique. Son bureau se trouvait non loin de l'ancien Praesidium, situé sur l'Alexanderplatz. L'imposante préfecture de police avait été presque entièrement détruite par les bombes durant les derniers mois de la guerre, et les travaux de rénovation avançaient avec une telle lenteur qu'il ne se faisait plus d'illusions. Il avait été réintégré dans ses fonctions de commissaire de la Kripo[1], mais ne remettrait sans doute jamais les pieds dans le vaste édifice qu'on surnommait la Forteresse rouge.

1. Acronyme de Kriminalpolizei, la police criminelle. *(Toutes les notes sont du traducteur.)*

La direction avait été séparée des différents services de police. Ainsi, le nouveau Praesidium était désormais installé non loin de la Rosenthaler Platz – également dans le secteur soviétique. Là-bas, on s'occupait avant tout de tâches administratives. Quant à la Kripo, elle avait été transférée avec d'autres brigades dans un entrepôt ayant appartenu au groupe Karstadt. Le bâtiment, placé entre la Keibelstraße et la Neue Königstraße, s'était avéré bien trop grand pour son propriétaire, qui l'avait finalement vendu au ministère des Finances du Reich. Quelques mois après sa prise de fonction, Oppenheimer avait appris que les locaux, transformés en bureaux, avaient abrité à partir de 1936 l'Office statistique du Reich, dont le rôle était – entre autres – de recenser les Juifs sous le régime nazi. On avait donc forcément répertorié son cas dans cet endroit, où un fonctionnaire obscur avait décidé de son sort. Et, à présent, il s'y déplaçait librement. Il était même redevenu une personne respectée. Parfois, il lui arrivait de se demander s'il ne rêvait pas.

Cette nuit-là, il était de garde au poste. À une heure et quart du matin, il fut tiré de sa torpeur par Wenzel. L'aspirant-inspecteur lui expliqua qu'ils devaient se rendre à Treptow.

Un peu plus tard, assis sur le siège passager d'un véhicule d'intervention, Oppenheimer regardait défiler d'un œil atone les rues de Berlin plongées dans l'obscurité. Il estima qu'il devait être environ une heure et demie. Les montres étaient toujours une rareté dans l'ancienne capitale du Reich et, au marché noir, leurs prix atteignaient des hauteurs vertigineuses. Avec son maigre salaire, le commissaire ne pouvait pas se permettre un tel luxe.

Les essuie-glaces se murent soudain avec un grincement déplaisant. À la moindre goutte de pluie, Wenzel mettait en marche ces maudits balais, qui laissaient derrière eux des traînées sur le pare-brise.

Pour atteindre leur destination, un bloc d'immeubles situé sur la Köpenicker Landstraße, ils devaient traverser la Spree. Le jeune collègue d'Oppenheimer décida d'emprunter le Schillingbrücke. Malgré l'ordre de Hitler de détruire toutes les infrastructures stratégiques avant l'arrivée de l'ennemi, le pont avait été miraculeusement épargné à la fin de la guerre.

Après cela, il leur fallait suivre le fleuve et entrer brièvement dans le secteur américain. Lorsque Oppenheimer vit passer le panneau blanc annonçant qu'ils quittaient la zone soviétique, il ne put s'empêcher d'éprouver un certain soulagement. Toutefois, celui-ci ne fut que de courte durée. Deux kilomètres plus loin, un autre panneau apparut dans le faisceau lumineux des phares.

Dès que la voiture replongea dans le secteur oriental, il sentit revenir ce sentiment d'oppression qu'il connaissait bien.

Quotidiennement, à l'instar d'Oppenheimer, de nombreux Berlinois naviguaient entre les différentes zones d'occupation pour aller au travail ou faire des emplettes sur les avenues commerçantes du centre-ville, désormais déblayé. Les frontières séparant les sphères d'influence étaient à peine visibles. On aurait presque pu croire que les Alliés vivaient dans la concorde.

Toutefois, pour les habitants des secteurs occidentaux – parmi lesquels comptait Oppenheimer –, la partie Est de la ville devenait peu à peu une zone d'ombre, une *terra incognita*. On préférait l'éviter autant que possible car, d'après certains bruits persistants, des gens y disparaissaient sans laisser de trace.

Les rumeurs allaient bon train, alimentées par les reportages alarmants de la presse occidentale. Partout, on murmurait que les Soviétiques se livraient à des arrestations illégales et à des enlèvements massifs. Exagérations mises à part, les chiffres parlaient d'eux-mêmes. Après enquête, les édiles sociaux-démocrates avaient conclu que plus de cinq mille personnes avaient disparu jusque-là. Au sein de la municipalité, ce sujet provoquait naturellement de vives controverses. Pourtant, hormis les joutes oratoires, rien n'avait été entrepris pour remédier au problème. Dans cette affaire, les échevins du SED[1] soutenaient de manière démonstrative Paul Markgraf, le chef de la

1. SED (Sozialistische Einheitspartei Deutschlands) : le parti socialiste unifié d'Allemagne.

police berlinoise, à qui l'on reprochait d'être trop passif. Et comme Markgraf avait été installé à son poste par les Russes, il n'était guère étonnant qu'il ne prenne aucune initiative pour élucider cette vague de rapts.

— Nous ne sommes plus très loin, dit Wenzel en soufflant une bouffée de tabac.

Oppenheimer émit un grognement approbateur. Encore à demi somnolent, il cala sa nuque contre l'appuie-tête et contempla le paysage urbain qui se déroulait devant lui. Il pouvait peut-être profiter des derniers kilomètres pour reprendre quelques forces. On racontait qu'en vieillissant, les hommes dormaient de moins en moins, mais il devait être une exception. Tandis qu'il approchait de la cinquantaine, il n'avait jamais eu autant besoin de repos. En revanche, avec ses trente printemps, Wenzel s'accommodait sans mal du manque de sommeil. Malgré tout, l'apprenti policier faisait plus vieux que son âge. Les horreurs qu'il avait vues au front et la malnutrition avaient creusé de profonds sillons sur son visage cendreux.

Le jeune homme avait toujours une cigarette allumée au coin de la bouche. Oppenheimer avait l'impression que les Berlinois fumaient encore plus qu'avant, et cela même si le tabac était devenu hors de prix. Les rations officielles étaient maigres ; un homme recevait douze cigarettes par mois, une femme seulement six. Avec une telle quantité, Wenzel ne tenait pas une demi-journée.

Ses vêtements flottants laissaient deviner sa maigreur. Indéniablement, il partageait le lot de tous les grands fumeurs, qui échangeaient au marché noir la majeure partie de leurs tickets d'alimentation contre du tabac. Lui aussi essayait de joindre les deux bouts en achetant des Droug. À deux marks l'unité, ces cigarettes soviétiques étaient encore trois fois moins chères que les américaines de contrebande qui arrivaient à Berlin via la Pologne. Si elles portaient un joli nom aux yeux d'Oppenheimer – « *droug* » signifiait « ami » en russe –, leur odeur n'était malheureusement pas très agréable.

Malgré son aspect miteux, Wenzel s'était révélé ces derniers mois d'une aide précieuse. Le commissaire appréciait sa vivacité d'esprit et savait qu'il pouvait compter sur lui. En ces temps difficiles, il ne fallait pas se fier aux apparences. D'ailleurs, Oppenheimer ne se faisait aucune d'illusion ; il avait certainement les traits aussi accusés que son adjoint. Même s'il ne troquait pas ses tickets d'alimentation contre des cigarettes, les rations étaient insuffisantes. Comme le disait la maxime populaire, ce n'était pas assez pour vivre, mais trop pour mourir.

Après avoir longé le parc de Treptow, Wenzel ralentit l'allure. Sur sa droite, Oppenheimer vit se dessiner un immeuble vétuste. Les réverbères n'éclairaient que les étages inférieurs, le reste se noyait dans l'obscurité.

Avant de sortir du véhicule, le commissaire remonta le col de son manteau pour affronter le froid humide.

En se dirigeant vers l'entrée du bâtiment, il passa près d'un carré de pelouse au milieu duquel se dressait une sculpture – un groupe constitué d'un père et ses trois enfants. Le commissaire nota avec amusement que dans cette représentation archétypale de la famille allemande, l'animal de compagnie était une chèvre. Derrière les statues de pierre, il aperçut un large chemin menant à un passage couvert qui donnait sur l'arrière-cour.

Dans la cage d'escalier, une demi-douzaine d'habitants bruyants s'agglutinaient devant la porte d'un appartement. Un agent de la Schutzpolizei[1] s'efforçait de les tenir à distance. Coiffé du shako noir réglementaire des forces de l'ordre, le jeune homme, malgré sa taille imposante, paraissait complètement dépassé. Oppenheimer se demanda où l'on avait déniché un uniforme assez grand pour un colosse pareil. Jouant des coudes, il brandit sa plaque de la Kripo. Une lueur de surprise passa dans les yeux du policier, qui lui fit signe de passer après une brève hésitation.

1. Schutzpolizei (« Police de protection ») : police chargée du maintien de l'ordre public, surnommée Schupo par acronyme.

Tout se passa très vite, mais Oppenheimer eut la vague impression d'avoir déjà vu ce géant quelque part. Puis il se glissa à l'intérieur de l'appartement, suivi par Wenzel. En franchissant le seuil, il oublia instantanément l'homme de la Schupo. En pensée, il était déjà plongé dans la nouvelle affaire qui l'attendait ici.

Depuis le vestibule, on avait une bonne vue d'ensemble sur le logement. De part et d'autre de l'entrée s'ouvraient deux portes menant respectivement à la cuisine et à la salle de bains. En face se trouvaient deux pièces : une chambre et un living, dans lequel étaient rassemblées plusieurs personnes.

Les sens aux aguets, Oppenheimer marcha vers le séjour. Sa fatigue s'était volatilisée car, sur une scène de crime, la première impression était déterminante. Un autre agent de la Schupo montait la garde près de la porte. Se tordant les mains d'un air désespéré, une femme se tenait devant un canapé élimé sur lequel était étendu un homme torse nu. Blessé, celui-ci poussait des gémissements de douleur. Un sexagénaire portant une moustache grise était en train de le panser.

Lorsque le soignant entendit les pas d'Oppenheimer, il se retourna en pestant :

— Cette maudite ambulance est-elle enfin arrivée ?

— Pas encore, répondit le commissaire. (Prudent, il consulta à voix basse le policier au shako :) Un nouveau légiste ?

Le sergent de ville secoua la tête.

— Un médecin qui vit à côté. Les voisins sont allés le chercher.

Oppenheimer s'approcha lentement du quatrième homme présent dans la pièce. Ce dernier n'avait plus besoin d'assistance.

Recroquevillé, le cadavre gisait sur un drap froissé. L'étoffe blanche était gorgée de sang. D'après son uniforme usé, l'inconnu était un soldat allemand. Des fils déchirés jaillissaient aux endroits où étaient cousus autrefois les insignes de son grade.

— Que s'est-il passé ? s'enquit Oppenheimer à voix basse.

L'agent fit un signe du menton en direction du blessé allongé sur le canapé.

— Voici Herr Hinze. Selon sa femme, il aurait surpris un cambrioleur dans le salon. L'intrus était armé d'un couteau. Les deux hommes se sont battus. L'agresseur est mort, Hinze grièvement blessé.

— Légitime défense ? avança Wenzel, qui était resté sur le seuil de la pièce.

Le Schupo opina.

— À première vue, oui. Les voisins ont entendu la bagarre. Avec un collègue, nous faisions une patrouille à vélo dans le quartier. Nous étions dans la Eichbusch Allee quand un coup de sifflet a retenti. Nous sommes arrivés sur les lieux quelques minutes plus tard.

— Qui a sifflé ? demanda Oppenheimer. Un autre Schupo ?

— Non, un habitant de l'immeuble. Dans l'arrière-cour, il y a des potagers. La police distribue des sifflets d'alerte. Les gens peuvent s'en servir s'ils surprennent des voleurs en train de chaparder.

— Et vous n'avez rien déplacé dans l'appartement ?

— Tout est resté tel quel. Quand nous sommes entrés, Herr Hinze était couché sur le canapé. Le médecin est arrivé quelques instants plus tard.

Oppenheimer acquiesça pensivement. Puis il sortit de la poche de son veston son fume-cigarette et le glissa entre ses lèvres. Wenzel, qui connaissait ce rituel, l'observa en silence. L'aspirant-inspecteur savait que mâchonner le vieux tube d'écume aidait son supérieur à se concentrer.

Si l'on faisait abstraction de son uniforme usé et de ses cheveux ébouriffés, le mort avait l'air plutôt soigné. Il était rasé de près, et ses joues pleines indiquaient qu'il ne souffrait pas de sous-alimentation. Grands ouverts, ses yeux fixaient le vide.

Oppenheimer se pencha pour examiner le couteau planté dans l'abdomen de l'homme.

— Peut-être un soldat de retour de captivité, remarqua l'agent de la Schutzpolizei.

Wenzel fronça les sourcils.

— Possible. D'un autre côté, presque tous les uniformes sont réutilisés. Même ma femme porte une vareuse qu'elle a retouchée.

Se redressant, Oppenheimer s'intéressa ensuite à la vitre brisée de la fenêtre du séjour.

— C'est par ici que notre voleur présumé s'est introduit dans l'appartement ?

— À l'évidence, confirma le gardien de la paix.

En attendant les techniciens de l'Identification judiciaire, Oppenheimer préféra rester à bonne distance pour ne pas détruire d'éventuels indices. Il s'agissait d'une double-fenêtre, comme on en trouvait dans presque tous les appartements à Berlin. Un courant d'air frais en provenance de l'arrière-cour s'insinuait à l'intérieur. L'espace situé entre les deux vitres servait de réfrigérateur. Plusieurs aliments, enveloppés dans du papier ciré, étaient recouverts d'éclats de verre scintillants.

— Il est donc passé par la cour.

Le Schupo sourit.

— Une cour qui a presque la taille d'un parc.

— Et qu'on utilise maintenant comme surface agricole.

Après avoir inspecté le reste de la pièce, Oppenheimer reporta son attention sur les époux Hinze. Entre-temps, l'ambulance était arrivée. Les infirmiers décidèrent d'emmener immédiatement le mari à l'hôpital, car la blessure qu'il avait reçue était profonde. Pâle comme un linge, Ursula Hinze suivit la scène sans un mot. Son chignon étincelait sous la lumière artificielle de l'ampoule électrique qui brillait au plafond.

Afin de lui éviter la vue du corps étendu sur le sol, Oppenheimer la conduisit dans la chambre à coucher.

Manifestement, le mobilier du couple n'avait pas survécu à la guerre. Les Hinze ne possédaient pas de lit, ils devaient se contenter d'un grabat aménagé avec des couvertures. Dans un coin de la pièce s'empilaient des caisses Maggi, remplies de vêtements. Deux chaises servaient de valets de nuit. Le commissaire pria l'épouse éplorée de prendre place sur l'une d'elles.

— Je sais que c'est un choc pour vous, Frau Hinze. (Ne souhaitant pas s'asseoir sur des habits étrangers, il s'accroupit devant son témoin.) Mais, je vous en prie, essayez de vous concentrer. Pouvez-vous m'expliquer ce qui s'est passé ?

Comme hébétée, la jeune femme paraissait incapable de parler.

— Un cauchemar, balbutia-t-elle finalement. Un vrai cauchemar. Ce type a surgi du néant. Je l'ai soudain entendu fouiller nos affaires dans le salon. Prise de panique, j'ai réveillé mon mari. Je pensais que Konrad allait appeler les voisins ou la police, mais non, il a voulu jouer les héros. Il s'est glissé dans le salon pour surprendre le cambrioleur. Quand je suis arrivée, ils se battaient sauvagement. Quelques secondes plus tard, l'intrus s'est effondré. Mort. Et Konrad saignait abondamment.

À cette pensée, elle serra les lèvres.

Appuyé contre le chambranle de la porte, Wenzel prenait des notes sur un calepin. L'aspirant-inspecteur avait les sourcils froncés. Oppenheimer savait ce qui dérangeait son adjoint. Ameutés par le bruit, les voisins avaient alerté la police. Or, même la nuit, une violente altercation devait durer un bon moment avant d'être remarquée par les autres résidents d'un immeuble.

— Vous rappelez-vous combien de temps vous êtes restée dans la chambre avant de rejoindre votre mari au salon ? demanda-t-il.

Ursula Hinze haussa les épaules. Nerveuse, elle bredouilla :

— Je ne sais pas. C'est… Je ne me souviens pas. Mais Konrad va bien, n'est-ce pas ?

Tout en triturant son mouchoir mouillé de larmes, elle jeta un regard suppliant aux deux policiers.

— Ne vous inquiétez pas, la rassura Oppenheimer. Votre époux est sur le chemin de l'hôpital.

D'instinct, il savait qu'il ne tirerait rien de plus de son témoin ce jour-là. Ursula Hinze était trop bouleversée pour répondre précisément à ses questions.

— Avez-vous des amis qui pourraient vous accueillir pour le reste de la nuit ? (Comme son interlocutrice lui jetait un regard déconcerté, il ajouta :) Le service de l'Identification judiciaire va passer votre appartement au peigne fin. Ça prendra plusieurs heures, et mes collègues vont faire un sacré ramdam. Je vous conseille d'aller dormir ailleurs.

Elle réfléchit brièvement en plissant le front.

— Peut-être chez Erika. Erika Schimmelpfennig. Elle habite dans la Baumschulenstraße. Mais elle dort sûrement à cette heure-ci.

— N'ayez crainte, nous allons faire le nécessaire.

Il fit signe à son adjoint, qui s'éclipsa sans bruit. Quelques instants plus tard, un agent de la Schutzpolizei escortait Ursula Hinze jusque chez son amie.

Ce matin-là, Oppenheimer devait s'occuper de la paperasserie habituelle qui accompagnait chaque nouvelle affaire. Il s'était retiré dans son bureau pour travailler tranquillement. La pièce, avec ses grandes fenêtres et son haut plafond, semblait plus spacieuse qu'elle ne l'était en réalité.

Vers midi, il convoqua les deux policiers qui étaient arrivés les premiers sur les lieux du drame. Leur témoignage lui permettrait de vérifier les dires d'Ursula Hinze.

Dans leurs uniformes neufs, les agents avaient l'air tout aussi fringants que quelques heures plus tôt à Treptow. Les temps où les représentants de la loi étaient uniquement pourvus d'un simple brassard de police peint à la main étaient bel et bien révolus. Depuis quelques mois, ils étaient de nouveau vêtus d'habits militaires. Ils portaient le célèbre shako de la Schutzpolizei, orné de l'ours berlinois, une vareuse gris-bleu rehaussée d'épaulettes, une culotte bouffante et un ceinturon de cuir à baudrier sur lequel on pouvait suspendre un holster ou une matraque.

Oppenheimer avait les yeux qui lui piquaient. Il n'avait pu faire qu'un petit somme à l'aube, et il se sentait épuisé.

— Prenez place, dit-il distraitement en indiquant les chaises disposées devant sa table de travail.

Lorsque les deux policiers s'assirent, leurs bottes flambant neuves couinèrent en chœur.

Il prit ensuite un crayon et ouvrit son carnet.

— Si vous le voulez bien, passons en revue les événements de la nuit dernière.

Le Schupo qu'il avait rencontré dans le salon des Hinze, un homme sec au menton saillant, prit la parole :

— Nous faisons toujours le même circuit lors de nos rondes. Il y a beaucoup de jardins ouvriers et de potagers dans les environs du parc de Treptow. Les habitants ont disposé des sentinelles pour protéger leur récolte. Nous passons donc voir certains postes de contrôle à des heures régulières. Les denrées alimentaires attirent les voleurs, c'est bien connu.

— Et c'est à ces sentinelles qu'on a distribué des sifflets d'alerte ?

— Exactement. Comme il n'y a plus grand-chose à récolter en cette période, nous venons moins souvent. C'est un heureux hasard, si on peut dire, que nous ayons été dans les parages au moment de la rixe.

Oppenheimer nota les noms des habitants qui faisaient office de sentinelles pour les potagers de l'immeuble. Il les interrogerait plus tard.

L'agent répéta ensuite ce qu'il avait dit dans le salon. Lui et son collègue étaient arrivés sur place à peine cinq minutes après avoir entendu le signal d'alerte.

Oppenheimer relut les notes prises durant la nuit et fit un rapide calcul.

— Le voisin qui a poussé le coup de sifflet a expliqué avoir entendu du tapage chez les Hinze. Il s'est habillé rapidement avant de sortir dans la cage d'escalier, où se trouvaient déjà plusieurs autres résidents. On l'a tout de suite envoyé chercher de l'aide. Par conséquent, vous êtes entrés dans le bâtiment environ un quart d'heure après les faits. La mort de l'intrus doit avoir eu lieu vers une heure moins le quart.

— Sans doute, acquiesça le policier au visage anguleux.

— On a dû enfoncer la porte, remarqua l'autre Schupo, le colosse qui avait monté la garde sur le palier pour refouler les voisins curieux.

Il avait approché sa chaise du poêle ronflant pour se réchauffer les mains.

— La porte était donc fermée à clé, murmura Oppenheimer d'un air songeur. Dans ce cas, à l'intérieur, il n'y avait que le couple Hinze et le voleur. Et personne ne vous a ouvert ?

Les deux gardiens de la paix secouèrent la tête.

— Quand nous sommes entrés, Frau Hinze était agenouillée près de son mari blessé, indiqua le policier efflanqué.

Oppenheimer arqua un sourcil.

— Pourquoi n'est-elle pas allée chercher de l'aide ? C'est ce qu'on fait dans ce genre de situation. Au lieu de ça, elle est restée dans l'appartement fermé à double tour.

Feuilletant les pages de son carnet, il réfléchit un moment en silence. Il y avait quelque chose dans le comportement de Frau Hinze qui le dérangeait, mais il n'aurait su l'expliquer de façon précise.

Le crépitement sonore du feu à l'intérieur du poêle l'arracha à ses pensées. Au même moment, le Schupo à la stature imposante ôta son shako pour essuyer son front humide avec un mouchoir. C'est en le voyant sans couvre-chef qu'Oppenheimer retrouva brusquement la mémoire.

Il connaissait effectivement le jeune homme.

Cette révélation soudaine le laissa sans voix. Il avait devant lui Petit Hans, l'un des porte-flingue d'Ed le Mastard. Sur ses vieux jours, le gangster aux allures de Bouddha rieur essayait de gagner sa vie de manière honnête, ce qui ne l'empêchait pas cependant de contourner la loi de temps à autre. Hans faisait partie de sa bande. Et maintenant, ce dernier était assis dans le bureau d'Oppenheimer, déguisé en policier.

Le commissaire ne savait pas quoi faire. En présence de son collègue, Petit Hans jouait les ingénues. Mieux valait donc éviter de le fixer avec étonnement. Pour gagner du temps, il se racla la gorge et fit mine d'étudier ses notes.

S'il demandait des explications à Hans ici au poste, on risquait de découvrir son propre lien avec Ed. Avant l'arrivée des nazis au pouvoir, celui-ci avait été son indic. Durant la guerre et après l'effondrement du régime de Hitler, le truand avait été – ironie du sort – l'un des rares alliés d'Oppenheimer. Le Mastard lui avait même sauvé la vie en le cachant dans l'un de ses entrepôts secrets. Si le commissaire d'origine juive avait pu survivre à la machine d'extermination des nationaux-socialistes, c'était en grande partie grâce à Ed. Pourtant, malgré toute sa reconnaissance, il ne pouvait plus entretenir des rapports étroits avec une figure de la pègre maintenant qu'il avait réintégré la police.

Encore perplexe, il s'efforça de reporter son attention sur l'affaire. Un dernier point restait à éclaircir.

— Avez-vous trouvé un indice quelconque laissant supposer que le cambrioleur avait un complice ? s'enquit-il en relevant la tête. Avez-vous aperçu des individus suspects dans les environs de l'immeuble ?

Les deux agents répondirent par la négative. Sur ce, Oppenheimer les congédia poliment.

Après leur départ, il jeta un coup d'œil vers la fenêtre. Dehors, le jour déclinait. Des nuages gris déversaient une pluie mêlée de neige. Empoignant son manteau, il décida d'aller inspecter plus précisément l'appartement des Hinze avant la tombée de la nuit.

2

Vendredi 7 – samedi 8 novembre 1947

Une demi-heure plus tard, Oppenheimer se tenait en compagnie de Wenzel dans l'arrière-cour de l'immeuble situé dans la Köpenicker Straße. La fenêtre du salon des Hinze se trouvait à environ deux mètres du sol et les techniciens de l'Identification judiciaire avaient découvert une vieille échelle posée contre le mur. Le cambrioleur s'était donc frayé un chemin parmi les potagers pour se glisser dans l'appartement.

La vaste cour ressemblait à un lotissement de jardins ouvriers. Comme partout à Berlin, on avait retourné le moindre lopin de terre pour cultiver des fruits et des légumes. Dès la fin de la guerre, il fut rapidement évident que l'ancienne capitale du Reich serait incapable de subvenir à ses besoins alimentaires. Afin d'améliorer un tant soit peu la situation désastreuse, la municipalité avait alors décidé de développer sa capacité d'autosubsistance en lançant une grande campagne agricole. Elle avait chargé des architectes paysagistes de dresser une liste des surfaces cultivables. On n'avait pas seulement pris en compte les parcs et les squares, mais également les jardins abandonnés et les terrains recouverts de ruines. Malheureusement, ce plan s'était avéré beaucoup trop optimiste car, dans le centre-ville surpeuplé, les espaces libres étaient rares. En plus, la terre des parcelles disponibles était souvent misérable. Les volontaires devaient travailler d'arrache-pied pendant des mois pour la rendre exploitable. Ensuite, le maraîchage n'était possible qu'en employant force engrais, et ceux-ci manquaient fréquemment. On avait fait miroiter aux habitants qu'ils pourraient conserver leur récolte sans que celle-ci ne soit décomptée de leur carte de rationnement. Toutefois, quand on exerçait un emploi et qu'il fallait en plus attendre des heures devant les magasins pour acheter des produits de première nécessité, on n'avait pas vraiment le loisir de jardiner. Les résultats de cette grande opération horticole se faisaient donc encore attendre.

Même la plate-bande qui longeait le mur de l'immeuble avait été convertie en potager. Les empreintes de l'échelle utilisée par le voleur se dessinaient au milieu des fanes et des tiges violacées des rutabagas.

Wenzel s'accroupit pour examiner attentivement le sol. Au bout de quelques instants, il se redressa en renâclant.

— Aucune trace de pas ici. Et les empreintes laissées par l'échelle ne me plaisent guère.

Oppenheimer hocha la tête.

— On les distingue à peine, pourtant la terre est humide. Et pour couronner le tout, il n'y a pas une seule feuille abîmée.

Son adjoint se plaça au bord de la plate-bande et fit un grand pas vers l'endroit où se dressait l'échelle avant que le service de l'Identification ne l'enlève. Ses chaussures s'enfoncèrent profondément dans la terre meuble.

— Impossible, grogna-t-il. Pour atteindre l'échelle, il faut poser au moins un pied dans le potager.

— Ce qui veut dire que personne n'est monté dessus, conclut Oppenheimer.

Pensif, il se mit à marcher de long en large sur le chemin gravillonné.

— Alors comment le cambrioleur s'est-il introduit dans l'appartement ?

En entendant la question de Wenzel, il se figea net. Puis il prit une grande inspiration.

— C'est tout simple. L'homme est passé par la porte d'entrée. Les Hinze nous prennent pour des poires. (Il se tourna lentement vers son collègue.) Reste à savoir pourquoi ces deux-là nous servent un mensonge pareil.

Une lueur amusée dans le regard, Wenzel lança :

— Qui sait, cette enquête va peut-être devenir intéressante.

Tandis que Wenzel interrogeait les voisins qui surveillaient à tour de rôle les potagers de l'arrière-cour, Oppenheimer se rendit à vélo dans la Baumschulenstraße pour s'entretenir avec Frau Hinze.

La Kripo n'était dotée que de quelques véhicules de service. Hors intervention d'urgence, il était difficile d'obtenir l'un d'eux. Afin d'éviter toute paperasserie inutile, le commissaire et son assistant préféraient ainsi se déplacer à bicyclette. Même si cela signifiait, ce jour-là, s'exposer aux rafales de neige fondue.

Oppenheimer était presque arrivé à destination lorsque le pédalier émit soudain un grincement déchirant. Il avait beau le graisser régulièrement, il ne parvenait pas à éradiquer ce bruit affreux. Agacé, il se promit de chercher au plus vite une pièce de rechange. En plaisantant à demi, Wenzel avait surnommé le deux-roues de son supérieur le monstre de Frankenstein. Même si, contrairement à la créature imaginée par le savant de Mary Shelley, l'engin n'était pas un assemblage de morceaux de cadavres, mais de divers éléments pris sur de vieux vélos abandonnés.

Peu avant l'aube, Frau Hinze avait trouvé refuge chez son amie Erika Schimmelpfennig, dont l'appartement était situé à quelques centaines de mètres de la station de S-Bahn Baumschulenweg.

Après avoir sonné au pied de l'immeuble, Oppenheimer gravit deux volées de marches. Une porte s'ouvrit sur le palier. Affublé d'une paire de lunettes en écaille, un homme chauve à la mine grincheuse apparut dans l'encadrement.

— Excusez-moi de vous déranger, entama le commissaire en ôtant son chapeau. Pourrais-je parler à Frau Hinze ?

Le bougon ne réagit pas. Apparemment, ce nom ne lui disait rien.

— Je souhaiterais voir la dame qui est arrivée chez vous très tôt ce matin.

— Connais pas, maugréa l'inconnu. De toute façon, on entre ici comme dans un moulin, et personne me prévient.

Oppenheimer supposa qu'il s'agissait d'un colocataire. En raison de la pénurie de logements à Berlin, il n'était pas rare qu'on partage son appartement avec plusieurs familles.

— Dans ce cas, je vous prie de prévenir Frau Schimmelpfennig.

L'homme tressaillit, puis son visage se déforma en une grimace haineuse.

— Peuh !

Oppenheimer fut pris de court. Avant qu'il n'ait le temps de sortir sa plaque, son interlocuteur lui claqua la porte au nez. Refoulant sa perplexité, il se mit à tambouriner contre le panneau de bois.

— Ne vous fatiguez pas, dit une voix claire derrière lui.

Une femme montait l'escalier. Ses pas lourds et fatigués contrastaient avec son allure charmante. Elle devait approcher de la quarantaine. Son manteau de vison était si râpé qu'il avait probablement survécu aux deux guerres mondiales. Mais le petit chapeau coquet qu'elle portait était de la dernière mode, et son visage était encadré par de jolies bouclettes blondes soigneusement agencées.

— À qui venez-vous rendre visite ?

— Je suis de la Kripo, déclara Oppenheimer pour éviter tout malentendu. Je cherche Frau Hinze.

— Ursula ? Elle est partie rejoindre son mari à l'hôpital. Je ne crois pas qu'elle soit déjà rentrée.

— Et vous êtes ?

— Erika. Erika Schimmelpfennig. Mais entrez donc.

Faisant tinter son trousseau de clés, elle déverrouilla la porte de l'appartement et pria Oppenheimer de la suivre à l'intérieur. Comme il s'y attendait, le logement était occupé par plusieurs locataires. La cuisine était le seul terrain neutre, accessible à tous. Frau Schimmelpfennig l'invita à s'asseoir à la grande table disposée au milieu de la pièce.

Elle expliqua que la nuit avait été très courte avec l'arrivée inattendue d'Ursula Hinze. Coiffeuse, elle était quand même allée au travail ce jour-là, mais elle avait quitté le salon plus tôt que d'habitude afin de revenir s'occuper de son amie.

Malgré sa fatigue, en bonne maîtresse de maison, elle tint à préparer un thé au commissaire.

— Comme vous pouvez l'imaginer, Ursula est à bout de nerfs. Je voulais être présente à son retour de l'hôpital.

Le fourneau était doté d'un bain-marie. Frau Schimmelpfennig tourna le robinet du réservoir pour remplir d'eau chaude un gobelet en émail. Puis elle ouvrit une boîte en fer-blanc et versa une cuillère de son contenu dans le liquide fumant.

— Vous devez laisser infuser assez longtemps, sinon ça n'a pas de goût, dit-elle en déposant le gobelet devant Oppenheimer.

Celui-ci observa avec curiosité les petits morceaux brunâtres qui flottaient dans l'eau. Lui avait-on servi le fameux thé de santé que l'on vantait dans tous les journaux ? Ce breuvage s'obtenait à partir de feuilles d'arbustes à baies. La fermentation était un processus complexe qui pouvait occuper une ménagère pendant plusieurs heures.

Il remercia son hôtesse et posa les mains sur l'émail pour se réchauffer.

Au cours de la conversation qui s'ensuivit, il apprit qu'Erika Schimmelpfennig et Ursula Hinze étaient amies depuis deux ans.

— Son pauvre mari, murmura-t-elle d'un ton apitoyé. Il a déjà enduré tellement de choses. Et maintenant, il se prend un coup de couteau.

Elle poussa un soupir.

— Qu'est-il arrivé à Herr Hinze ? demanda Oppenheimer, profitant de l'humeur bavarde de son interlocutrice.

— Il n'est de retour que depuis quatre mois.

— Prisonnier de guerre ?

Frau Schimmelpfennig opina avec énergie.

— Son avion a été abattu lors d'un raid aérien au-dessus de l'Angleterre il y a sept ans. Ursula n'a eu aucune nouvelle de lui pendant toutes ces années. Elle le croyait mort. Et puis, un beau jour, il a frappé à sa porte. Incroyable, non ?

Le commissaire fit un geste approbateur, même si cette anecdote ne le surprenait pas vraiment. Plus de deux ans après la fin de la guerre, plusieurs centaines de milliers d'Allemands étaient encore retenus prisonniers par les Alliés occidentaux. À l'Est, après une longue période d'incertitude, Molotov – le ministre des Affaires étrangères de l'URSS – avait annoncé en mars dernier que huit cent quatre-vingt-dix mille cinq cent trente-deux soldats du Reich vaincu étaient internés dans des camps soviétiques. Officiellement, tous ces hommes devaient être libérés avant la fin de l'année 1948. Les vigoureux troupiers de Hitler que l'on voyait autrefois dans les films de propagande s'étaient transformés en spectres grisâtres. Et ils rentraient dans un pays où, bien souvent, il n'y avait plus de place pour eux. Oppenheimer avait cessé de compter les drames passionnels auxquels il était confronté quotidiennement, car beaucoup de veuves éplorées avaient trouvé un nouveau partenaire en l'absence de leur mari.

Tandis que Frau Schimmelpfennig parlait de son amie, il but une gorgée de thé. Même bien infusé, celui-ci restait fade. On aurait tout aussi bien pu faire macérer des plumes de duvet dans de l'eau bouillante.

La maîtresse de maison lui conta en détail la vie de couple apparemment harmonieuse des Hinze. À l'en croire, Ursula avait été aux anges lorsqu'elle avait retrouvé son époux disparu.

Oppenheimer n'écoutait que d'une oreille. Plus il réfléchissait, plus cette histoire de cambrioleur lui semblait douteuse.

À cet instant, la porte de l'appartement s'ouvrit. Quelqu'un traversa le vestibule à pas lourds. Le nouvel arrivant était un homme vêtu d'un épais manteau et d'un feutre. Lorsqu'il aperçut Frau Schimmelpfennig dans la cuisine, son regard s'éclaira. Il ôta son couvre-chef pour lui donner un baiser sur la joue.

— Déjà rentrée ? dit-il d'un ton joyeux.

— Exceptionnellement, on m'a autorisée à partir plus tôt, expliqua Erika Schimmelpfennig. Et je suis arrivée juste à temps. Voici Herr Oppenheimer. Il est de la police. Dirk voulait le mettre dehors.

Oppenheimer se leva.

— Schimmelpfennig, se présenta l'homme en lui serrant la main.

Avec ses yeux sombres et ses cheveux bruns veinés de gris, il avait un physique marquant.

— Vous connaissez aussi les Hinze ? s'enquit le commissaire.

Schimmelpfennig sourit.

— Bah ! Dire que je les connais bien est un peu exagéré. Nous sommes allés dîner quelques fois chez eux.

Son sourire s'éteignit brusquement, et Frau Schimmelpfennig se rembrunit à son tour. En tournant la tête, Oppenheimer comprit la cause de ce changement d'humeur inattendu.

Le locataire acariâtre aux lunettes d'écaille se tenait sur le seuil de la cuisine et toisait le couple d'un air méprisant. Puis il se mit en mouvement. D'un pas ostensiblement lent, il contourna la table en direction du fourneau. En le suivant du regard, Oppenheimer eut l'impression que l'homme exhalait littéralement le ressentiment par tous les pores.

Dans un fracas de vaisselle, le bougon sortit une tasse d'un placard mural et la remplit d'eau chaude. Les Schimmelpfennig s'efforçaient de l'ignorer, mais ils paraissaient extrêmement tendus.

Le prénommé Dirk repartit tranquillement en sens inverse. Avant que le trublion ne disparaisse dans le vestibule, Oppenheimer crut voir un sourire triomphant passer sur son visage.

Peu après, le commissaire prit congé. Erika Schimmelpfennig insista pour le raccompagner à la porte. Une fois sur le palier, elle jeta un regard par-dessus son épaule et souffla :

— Je vous prie d'excuser le comportement de mon mari.

Oppenheimer fronça les sourcils.

— Je crains de ne pas vous suivre.

Elle le fixa avec étonnement, puis parut se souvenir de quelque chose.

— Non, je ne parle pas de mon nouveau mari, mais de l'ancien, précisa-t-elle.

Perplexe, il préféra s'abstenir de tout commentaire.

— Je ne me suis pas toujours appelée Schimmelpfennig. Ça ne fait qu'un an, depuis que j'ai épousé Peer. L'autre homme, celui qui ne voulait pas vous laisser entrer, c'est Dirk, mon premier mari.

Oppenheimer mit un moment à comprendre.

— Vous vivez tous sous le même toit ? demanda-t-il, incrédule.

Frau Schimmelpfennig haussa les épaules en lâchant un soupir.

— Je n'ai pas le choix. Quand j'ai divorcé d'avec Dirk, il n'a pas voulu déménager. Il a prétendu qu'il ne retrouverait jamais un appartement aussi bien. Ensuite, j'ai rencontré Peer par l'intermédiaire du Kiosque de l'amour, et je l'ai épousé quelque temps plus tard. Mais à ce moment-là, Dirk a encore refusé de quitter sa chambre. Ça va faire maintenant un an que nous vivons ainsi. Il préfère jouer l'offensé et nous pourrir l'existence.

— Le Kiosque de l'amour ? répéta le commissaire. De quoi s'agit-il ?

— C'est une agence matrimoniale sur le Kurfürstendamm. Une amie me l'a recommandée. Sans ce genre d'établissement, comment peut-on rencontrer aujourd'hui des hommes célibataires en pleine fleur de l'âge ? La plupart sont tombés au front. Et je ne voulais pas me jeter au cou d'un étranger. Ça non, je ne suis pas une gourgandine. (Une latte du plancher grinça lorsqu'elle se pencha vers Oppenheimer avec un air de conspirateur.) J'ai même donné à Ursula l'adresse du Kiosque. Je ne supportais plus de la voir s'encroûter dans son rôle de veuve de guerre. Mais heureusement, son Konrad est revenu à temps. Avant qu'il y ait des complications, vous comprenez.

Imaginez qu'elle ait eu un amant au moment du retour de son mari. Ça aurait été une catastrophe.

Pour les Berlinois, c'était une évidence. Leur ville avait été ensevelie sous les décombres pendant la guerre. Et, comme Pompéi, il fallait maintenant exhumer l'ancienne cité. Mais pour cela, il fallait des ouvriers, et non des archéologues.

Récemment, dans un reportage radiophonique qui louait le courage des femmes déblayeuses, on avait déclaré que Berlin, malgré les terribles destructions subies, était l'une des villes les plus propres et les mieux désencombrées d'Allemagne. Oppenheimer avait eu du mal à prendre au sérieux cette affirmation. Chaque fois qu'il parcourait les rues de la métropole sur son vélo, il avait l'impression que c'était tout le contraire. Même s'il lui manquait des éléments de comparaison – il n'avait pas visité d'autre grande ville depuis le début de la guerre –, pareille annonce sentait la propagande venue d'en haut. Il y avait certes des progrès, néanmoins les travaux de déblaiement avançaient tellement lentement qu'il était impossible de dire quand la ville retrouverait sa splendeur d'antan. Partout, les murs défoncés des immeubles laissaient encore paraître des poutrelles mises à nu et des conduites tordues. On voyait très peu de façades rénovées, et les bâches posées provisoirement sur les toits endommagés étaient devenues partie intégrante du paysage urbain.

Après son entretien avec Frau Schimmelpfennig, Oppenheimer avait décidé de retourner au domicile des Hinze pour prêter main-forte à son adjoint dans l'enquête de voisinage.

Il avait pédalé tellement vite qu'il arriva en nage dans la Köpenicker Landstraße. Au deuxième étage de l'immeuble, il vit Wenzel sortir à reculons d'un appartement.

— Non, non, refusa l'aspirant-inspecteur en gesticulant. Je n'ai besoin de rien.

Un petit monsieur portant une épaisse moustache apparut dans l'encadrement de la porte. Il exhibait sur son bras tendu plusieurs paires de bretelles.

— Mais puisque je vous dis qu'il s'agit d'articles de qualité ! s'écria l'homme. Tâtez donc !

— Malheureusement, je n'ai pas le temps, s'excusa Wenzel.

La présence d'Oppenheimer lui permit de prendre congé du marchand.

Poussant un soupir, il s'avança vers son supérieur.

— Aucun individu suspect rôdant dans le coin n'a été aperçu la nuit dernière, résuma-t-il. Mais les surveillants des potagers ne font une ronde que toutes les heures.

Oppenheimer acquiesça.

— L'été, ils patrouillent plus souvent, reprit Wenzel en allumant une cigarette. Il y a plus de légumes à voler. En tout cas, tout était calme à minuit. Le voisin qui était de garde n'a rien remarqué de particulier.

Le commissaire s'adossa contre un mur pour réfléchir.

— Il semblerait que notre cambrioleur ait agi seul. Et il ne s'est pas introduit dans l'appartement par la fenêtre du salon.

— Ce n'était pas un cambrioleur, observa Wenzel dans un nuage de fumée. Ou alors il était très maladroit. Hier, plusieurs résidents ont aperçu dans la rue un homme dont la description correspond à celle de notre macchabée. Il a même adressé la parole à l'un d'eux. Apparemment, il cherchait Frau Hinze.

— Ce n'est donc pas un hasard s'il est entré dans l'appartement. A-t-il dit autre chose ?

— Le type était plutôt loquace. Il a raconté qu'il s'était d'abord rendu à Moabit, où Frau Hinze habitait avant que son immeuble ne soit bombardé il y a quatre ans. C'est là-bas qu'il a appris qu'elle vivait désormais à Treptow. On lui a donné le nom de la rue, mais pas le numéro.

— Intéressant. Il a parlé d'Ursula Hinze, sans mentionner son mari. Aurait-il révélé par hasard pourquoi il la cherchait ?

Le jeune policier sourit d'un air désolé.

— Non, ç'aurait été trop beau. Mais tout porte à croire qu'elle l'a laissé entrer dans l'appartement. Il savait où elle habitait à Moabit. Elle le connaissait forcément. Je ne vois pas d'autre solution.

— Si c'est effectivement le cas, il faudra le prouver. Je vais interroger Frau Hinze tout à l'heure. En revenant ici, je me suis arrêté au poste de police le plus proche pour appeler à la brigade. J'ai ordonné qu'on passe la prendre à l'hôpital.

Wenzel jeta un regard entendu à Oppenheimer.

— Nous ne devons plus lâcher les Hinze. Ils nous cachent quelque chose.

— Ça ne fait pas l'ombre d'un doute, approuva le commissaire.

Le lendemain, Oppenheimer fut contraint de passer la matinée au poste à attendre. Tambourinant avec impatience sur son bureau, il fixait l'horloge en face de lui qui surplombait une carte murale de Berlin. Son tic-tac était presque imperceptible, couvert par le crépitement de la pluie sur les carreaux de la fenêtre.

Il songea à s'accorder une quatrième tasse de chicorée avant de se raviser. La veille, l'interrogatoire qu'il avait imposé à Ursula Hinze en fin d'après-midi n'avait donné aucun résultat. Remise de son choc, la jeune femme avait fait une déposition plausible. Hormis quelques enjolivements, elle ne s'écartait pas d'un pouce de sa première déclaration. Par-dessus tout, elle prétendait n'avoir jamais rencontré de sa vie l'homme qui était mort dans son salon. Au bout de deux heures, Oppenheimer avait jeté l'éponge et renvoyé Frau Hinze chez les Schimmelpfennig.

D'expérience, il savait que les chances d'élucider une affaire baissaient sensiblement au-delà des premiers jours. Après cela, les investigations devenaient laborieuses, et il fallait beaucoup de persévérance pour les mener à bien.

Dans le cas présent, il n'avait pas encore abandonné l'espoir de faire rapidement la lumière sur ce qui s'était passé dans l'immeuble de la Köpenicker Landstraße. Les collègues de l'Identification judiciaire avaient promis de remettre leur rapport en début d'après-midi.

Il avait téléphoné par deux fois au service pour avoir des nouvelles, mais on l'avait prié de prendre son mal en patience. Le technicien en charge des analyses était Bernhard Hergesheimer, une vieille connaissance. Ce dernier sillonnait déjà Berlin dans les années vingt pour relever les indices sur les scènes de crime. Hergesheimer était un coupeur de cheveux en quatre mais, pour son métier, c'était un atout. Quand il livrait ses résultats, on pouvait se fier à son expertise. Passionné par ses recherches, il lui arrivait de perdre la notion du temps. Il n'était pas rare qu'il passe la nuit dans son laboratoire pour pratiquer ses séries de tests. Oppenheimer sentait qu'une fois de plus, il devrait attendre plus longtemps que prévu. Il espérait néanmoins que les conclusions de Hergesheimer l'aideraient à y voir plus clair dans cette affaire.

Il y avait autre chose qui le chiffonnait. Le commissaire ne pouvait s'empêcher de songer à Petit Hans. Même si, au premier regard, son entrée dans la Schutzpolizei pouvait paraître absurde, ce n'était pas vraiment une surprise. Durant les premiers mois qui avaient suivi la guerre, bon nombre d'individus de la pègre avaient intégré les forces de l'ordre. Comme la rémunération laissait à désirer – un aspirant-inspecteur recevait un salaire mensuel de cent quatre-vingts reichsmarks, ce qui représentait grosso modo un paquet de cigarettes au marché noir –, les truands n'avaient pas tardé à se lancer dans des affaires illégales sous couvert de l'uniforme.

La direction de la police, alarmée de ces agissements, essayait de remplacer les brebis galeuses par des personnes irréprochables politiquement et moralement. On cherchait d'ailleurs à se débarrasser non seulement des malfrats, mais aussi des anciens nazis. La directive 24 du Conseil de contrôle allié prescrivait d'écarter des postes à responsabilité de l'administration les criminels de guerre, les membres éminents du NSDAP, ainsi que tout fonctionnaire ou juriste ayant travaillé pour des organismes liés au régime national-socialiste.

Pourtant, il était difficile de respecter ces consignes au sein de la Kripo. La plupart des enquêteurs qualifiés avaient continué de travailler sous l'ère nazie. C'était la raison pour laquelle, dans certains cas, on tolérait la réintégration d'anciens agents. La décision appartenait au directeur de la police berlinoise, Paul Markgraf.

Comme une grande partie des casiers judiciaires étaient de nouveau consultables, on avait contrôlé en profondeur les effectifs des forces de l'ordre. Et ce qu'on avait découvert avait provoqué des remous. Ainsi, quelqu'un ayant purgé une lourde peine de prison avait réussi à se faire recruter dans la garde qui assurait la sécurité de Markgraf. L'homme avait déclaré avoir été persécuté par le régime nazi. En réalité, il avait commis un meurtre. Même le cercle restreint des dirigeants n'avait pas été épargné par le scandale. En mars 1946, on avait découvert que Heinz Kionka, le vice-directeur de la police berlinoise, avait dirigé des opérations de la Gestapo en Roumanie pendant la guerre. Il avait été aussitôt mis à la porte.

Démasquer tous les criminels et les anciens nazis était un long processus qui provoquait un remaniement permanent au sein du personnel. Il arrivait sans cesse de nouveaux collègues, tandis que d'autres étaient congédiés du jour au lendemain. On ignorait combien de fonctionnaires de police avaient encore un cadavre dans le placard. Pour ceux qui venaient des régions situées à l'est de la ligne Oder-Neisse, il n'était plus possible d'obtenir un extrait de casier judiciaire. Et il était illusoire de croire que tous les postulants s'inscrivaient sous leur véritable nom.

Fermant les yeux, Oppenheimer se massa le front. Cette histoire avec Hans ne lui sortait pas de l'esprit. Il décida d'aller en parler à Billhardt. Son vieil ami savait peut-être quand le colosse était entré dans la Schutzpolizei. Il n'y croyait pas vraiment, mais c'était un bon prétexte pour se dégourdir les jambes.

Le bureau du flic manchot était tout proche. Malheureusement, Billhardt s'était absenté. Seul Arthur Ziehm, son adjoint, se trouvait dans la pièce. L'aspirant-inspecteur avait déjà mené plusieurs filatures pour Oppenheimer et s'était acquitté de ses tâches de manière plutôt satisfaisante. Mais ce genre de mission ne permettait pas de savoir si le jeune homme avait des qualités d'initiative.

Ziehm, encore célibataire, approchait de la trentaine. Des mèches noires bouclaient sur son front. Ces frisettes, ajoutées à un caractère jovial, le faisaient ressembler à un éternel diablotin toujours en quête d'un tour à jouer.

Captant le regard interrogateur d'Oppenheimer, il secoua la tête d'un air désolé.

— Le commissaire n'est pas là. Il s'occupe d'une nouvelle affaire à Charlottenburg. Notre client gît au pied de la tour de radiodiffusion.

— Un sauteur volontaire ? s'enquit Oppenheimer en fronçant les sourcils.

— Sa chute n'est certainement pas due à un empoisonnement par des champignons, pouffa Ziehm.

Oppenheimer arbora un sourire fatigué.

Le nombre d'intoxications fongiques était monté en flèche depuis quelques mois. À cause de la pénurie de vivres, la tentation était grande d'aller cueillir dans la nature des champignons pour diversifier son alimentation. Naturellement, il y avait aussi de nombreux trafiquants du marché noir qui vendaient ces végétaux sans se soucier de savoir si ceux-ci étaient vénéneux ou non. Et beaucoup de citadins étaient incapables de distinguer les champignons comestibles des mortels. Tout particulièrement en automne, les décès liés à une intoxication fongique se multipliaient. En 1937, seulement trois cas de ce genre avaient été répertoriés dans l'agglomération berlinoise. En septembre 1946, on en dénombrait quarante-six. Même si, entre-temps, un énorme effort d'éducation et d'information avait été fait par la municipalité, Oppenheimer craignait que ce type d'empoisonnement ne fasse partie encore longtemps de la routine policière.

— Plus sérieusement, reprit Ziehm, il n'y avait aucun témoin sur la plate-forme panoramique de la tour. Le type est brusquement tombé du ciel et, *paf* ! il s'est écrasé sur le trottoir. On vient de m'ordonner de rejoindre au plus vite le commissaire. Mais est-ce qu'on me donnerait une bagnole ? Pensez-vous ! Il ne reste donc que le S-Bahn, et le trajet va me prendre une éternité.

— Que diriez-vous de mon porte-bagages ? demanda Oppenheimer plaisamment.

Il avait décidé d'aller à Charlottenburg rendre une petite visite à son collègue.

Le visage de Ziehm s'éclaira. Visiblement, le jeune policier avait pris cette proposition au sérieux.

3

Samedi 8 novembre 1947

Le parc des expositions était encadré par un imposant ensemble d'édifices. On avait enrichi leur façade d'une colonnade habillée de plaques de calcaire coquillier. Le long bâtiment qui bordait l'avenue du Messedamm était pourvu de deux avant-corps arrondis. L'alignement supérieur de fenêtres donnait au mastodonte de pierre l'illusion d'une certaine légèreté. En revanche, le hall principal se trouvant au nord sur la Masurenallee était bien plus lourd. Avec son vaste péristyle et sa taille démesurée, il incarnait parfaitement l'architecture monumentale typique des années trente.

La tour de radiodiffusion se dressait au milieu du complexe. Dans cet environnement, la solide construction d'acier paraissait presque fluette.

Ziehm avait beau être léger comme une plume, il n'avait pas l'habitude de voyager sur le porte-bagages d'un vélo. À plusieurs reprises, ses mouvements brusques avaient failli provoquer un accident.

La bicyclette roulait sur la Masurenallee. Alors qu'Oppenheimer allait bifurquer sur le Messedamm, il remarqua soudain combien l'endroit était anormalement calme. Le grand parvis du hall principal était désert. Seules quelques Kübelwagen[1] dotées de plaques soviétiques étaient garées çà et là.

1. Véhicule utilitaire à quatre roues motrices, utilisé par l'armée allemande pendant la Seconde Guerre mondiale. Ce petit tout-terrain, semblable à la jeep américaine, a été conçu par Ferdinand Porsche.

Les rares personnes qui bravaient la neige se dirigeaient vers la Maison de la radio, située de l'autre côté de la route. L'immeuble en briques avait échappé comme par miracle aux bombes alliées, ce qui n'était pas le cas des bâtiments alentour. L'ensemble architectural du parc des expositions avait été fortement endommagé, ce qui expliquait pourquoi il n'était toujours pas rouvert au public. La tour de radiodiffusion avait elle aussi été touchée. L'un des quatre pieds d'acier avait été détruit partiellement, et le restaurant qui se trouvait au premier étage avait brûlé. La municipalité avait envisagé un temps de démolir l'ouvrage avant de se raviser ; la tour avait finalement été rénovée. À côté, on avait construit une cabane. C'était là que les visiteurs souhaitant profiter du panorama payaient leur ticket.

D'ordinaire, quand on approchait du monument, le regard était presque automatiquement attiré vers le haut. Mais, ce jour-là, les policiers qui s'affairaient en bas de la tour avaient tous les yeux rivés au sol. Oppenheimer cessa de pédaler et parcourut les derniers mètres en roue libre.

Les hommes, vêtus d'épais manteaux d'hiver, entouraient une grande bâche grise étendue par terre. L'un d'eux était en train d'installer le trépied d'un appareil photo. Deux autres traçaient des marques sur la dalle de béton.

Oppenheimer sentit un tiraillement bien connu dans le creux de l'estomac en apercevant des taches brunes sur les bords de la bâche. Du sang séché. Après un trajet éprouvant de dix kilomètres à vélo avec un passager turbulent derrière lui, il n'avait aucune envie d'examiner un corps réduit en miettes.

Il n'avait pas encore immobilisé son deux-roues que Ziehm bondissait du porte-bagages. Reinmann, l'autre assistant de Billhardt, était déjà sur les lieux et se dirigeait vers la cabane qui abritait la caisse. L'aspirant-inspecteur s'arrêta brusquement pour se moucher. Lorsqu'il aperçut Ziehm et Oppenheimer en relevant la tête, il leur fit un signe amical avant d'entrer dans la petite construction rudimentaire.

Billhardt était visiblement de mauvaise humeur. S'écartant des techniciens de l'Identification judiciaire, il lança aux nouveaux arrivants un regard maussade.

— Très réjouissant de ramasser un macchabée dans cet état juste après le déjeuner.

— Je croyais que tu t'étais endurci depuis le temps, ironisa Oppenheimer.

— Que veux-tu, il y a des choses auxquelles on ne s'habitue jamais. (Le flic manchot tendit le doigt vers le sommet de la tour.) Quand on tombe d'aussi haut, ce n'est pas beau à voir.

— La question est de savoir si on l'a poussé ou s'il a sauté de son plein gré, dit Oppenheimer d'un air songeur.

Mais quoi qu'il ait pu se passer, le malheureux n'était certainement pas tombé depuis le faîte de l'émetteur radiophonique. Le commissaire était déjà allé par deux fois sur la plate-forme panoramique, et celle-ci était entourée d'une haute grille.

— En tout cas, je ne pense pas que l'incident se soit produit au sommet, enchaîna-t-il. Même si l'individu avait réussi par miracle à franchir la barrière, il se serait écrasé sur le toit du premier étage. (Il contempla un instant l'imposant ouvrage d'acier.) Restent les quatre escaliers. Ils sont aussi protégés par des grilles, mais qui ne dépassent pas deux mètres. Avec un peu d'agilité, on peut les escalader.

Billhardt grimaça.

— Nous sommes parvenus à la même conclusion. Grâce au numéro du ticket que nous avons retrouvé dans sa poche, on sait que le type est arrivé vers midi. Son cadavre a été découvert une demi-heure plus tard. Durant ce laps de temps, il y avait une quarantaine de personnes dans la tour. Et personne n'a rien vu, apparemment.

— Contrôlez les tickets des autres visiteurs. Vous aurez plus de chances de trouver rapidement un témoin en interrogeant ceux qui sont entrés à peu près au même moment que la victime.

Le visage de Billhardt s'éclaira quand il comprit que cette idée lui faciliterait le travail.

— Tu as raison, approuva-t-il en souriant. (Sa mauvaise humeur s'était évanouie comme par enchantement.) Mais je suppose que tu n'es pas venu ici seulement pour me refiler des tuyaux ?

Oppenheimer se figea. Absorbé par ses réflexions sur l'homme étendu sous la bâche devant lui, il en avait complètement oublié le motif de sa venue.

— Hum ! Je voulais te parler d'un policier que j'ai connu... dans un autre milieu.

L'allusion fit éclater Billhardt de rire.

— On ne naît pas flic, mon vieux ! (Avec un clin d'œil, il ajouta :) Sauf toi peut-être.

Une heure plus tard, Oppenheimer était de retour à la brigade. Comme il l'avait craint, Billhardt ne connaissait pas Petit Hans et ne se souvenait pas d'un Schupo correspondant à sa description. En entrant dans son bureau, il découvrit Hergesheimer qui s'entretenait avec Wenzel devant le poêle.

— Ah, te voilà, Richard ! s'exclama le technicien de l'Identification judiciaire en se levant pour lui serrer la main. C'est parfait, ça m'évitera de raconter deux fois la même chose.

Avec sa couronne de cheveux, Hergesheimer ressemblait au portrait de Jules César qui se trouvait autrefois dans les manuels scolaires de latin. Seules les lunettes ne cadraient pas avec cette image.

Wenzel décocha un sourire à son supérieur.

— Nous ne nous sommes pas trompés. Les Hinze ne sont pas aussi innocents qu'ils le prétendent.

Comme le poêle n'était pas allumé depuis longtemps, la pièce était encore froide. Oppenheimer préféra garder son manteau et alla s'asseoir derrière sa table de travail.

— Je t'écoute, Bernhard, fit-il en sortant son calepin.

Hergesheimer feuilleta le dossier qu'il avait apporté.

— Selon toute vraisemblance, le couteau avec lequel l'homme a été poignardé ne lui appartenait pas. Il s'agit d'un couteau à viande avec une pointe fortement émoussée. Lame de onze millimètres de long, dix-huit de large à la garde. Ce type d'instrument n'est pas fait pour percer, mais pour couper. La poignée est en corne. Dessus, il y avait les empreintes du mort et celles de Herr Hinze. La lame n'était pas complètement enfoncée dans le corps de la victime. À côté de la garde, sur le tranchant, nous avons trouvé une empreinte partielle de Frau Hinze.

— Ursula Hinze a donc menti, conclut Wenzel. Dans sa déposition, elle prétend que l'intrus était armé d'un couteau quand il est entré dans l'appartement. D'après ses dires, son mari s'est jeté sur l'homme pour le neutraliser, mais elle n'a jamais déclaré qu'elle avait elle-même touché le couteau.

Oppenheimer réfléchit un instant.

— Effectivement, c'est très suspect. D'un autre côté, elle est arrivée un peu plus tard dans le salon. On ne peut pas écarter l'hypothèse que l'intrus soit allé prendre le couteau dans la cuisine.

— Il y a aussi l'histoire de la vitre cassée qui ne colle pas.

— À cause de l'absence d'empreinte de pas dans le potager ?

— À cause des bris de verre, intervint Hergesheimer. (Rajustant ses lunettes, il jeta un coup d'œil à son rapport.) Sur les vêtements du mort, nous n'avons relevé aucun éclat. En revanche, il y en avait sur un torchon posé dans l'évier de la cuisine.

— C'est clair comme de l'eau de roche, argua Wenzel. Les Hinze ont maquillé l'homicide pour le faire ressembler à un cambriolage qui aurait mal tourné. Ce sont eux qui ont placé l'échelle contre le mur. Elle leur appartient certainement. Elle fait à peine deux mètres de long. On peut facilement la ranger dans un appartement.

Oppenheimer se tourna vers son collègue de l'Identification judiciaire.

— Avez-vous trouvé des empreintes sur les montants de l'échelle ?

Hergesheimer secoua la tête.

— Rien de probant. L'échelle a été lavée. Il n'y avait pas non plus de trace de semelle sur les échelons.

S'appuyant contre le dossier de sa chaise, Oppenheimer essaya de reconstituer les faits.

— Admettons que le crime n'ait pas été prémédité. Ça expliquerait pourquoi les Hinze commettent des erreurs. Ils n'ont pas eu le temps d'élaborer un plan minutieux.

— Ou alors, ils sont tout simplement bêtes.

Le très austère Hergesheimer ne put s'empêcher de sourire en entendant le commentaire de Wenzel.

— La bêtise n'est pas encore punie par la loi, rétorqua Oppenheimer. Mais elle est susceptible de nous faciliter le travail. Bon, supposons que les Hinze aient placé contre le mur de la cour leur propre échelle en la passant par la fenêtre du salon, et qu'ils aient ensuite cassé la vitre avec le torchon de cuisine pour ne pas se blesser.

— Cette hypothèse me paraît crédible, déclara Wenzel.

Le commissaire leva l'index.

— Si tel est le cas, Herr Hinze s'est-il réellement blessé en se bagarrant avec la victime ?

Wenzel plissa les yeux en s'efforçant de suivre le raisonnement de son supérieur.

— Vous voulez dire que Hinze se serait lui-même donné un coup de couteau pour faire croire à un acte de légitime défense ?

— Il a eu une chance incroyable, non ? Les coupures sur les paumes de ses mains ne sont pas profondes et résultent peut-être du corps à corps. En revanche, pour la blessure au flanc, la lame n'a touché aucun organe, aucune artère. Seulement du tissu musculaire. C'est quand même louche. Hinze a certes beaucoup saigné, mais il n'aura pas de séquelles. Il va rester quelques jours à l'hôpital sous observation, et puis il pourra rentrer tranquillement chez lui.

— Quitte à se prendre un coup de couteau, mieux vaut que ce soit de cette manière-là, réfléchit Wenzel à voix haute. Ne faut-il pas s'y connaître un peu en anatomie pour réussir à éviter un organe vital ?

Oppenheimer parcourut ses notes.

— Apparemment, aucun des époux Hinze n'a reçu de formation médicale. Herr Hinze est mécanicien automobile de métier. Il a travaillé comme chauffeur pour un riche industriel qui produisait des boîtes de conserve. Frau Hinze était femme de chambre chez ce même monsieur. Ils se sont connus au domaine de leur employeur, puis ils se sont mariés. Leur patron a émigré avant l'arrivée de Hitler au pouvoir. Après ça, les Hinze ont vécu de petits boulots. Pendant la guerre, le mari a été incorporé dans la Luftwaffe et Ursula a travaillé pour une entreprise soutenant l'effort de guerre. Son usine a été bombardée début 1945, elle a ensuite travaillé quelques mois… comme infirmière pour la Croix-Rouge.

Wenzel bondit de son siège.

— Elle a donc forcément des notions d'anatomie ! C'est sans doute elle qui a enfoncé le couteau dans le flanc de son mari.

Oppenheimer dodelina de la tête.

— Une belle théorie. Mais dans quel but auraient-ils fait ça ? Pourquoi simuler un cambriolage ? Et surtout, qui était la victime ? (S'adressant à Hergesheimer, il demanda :) Avez-vous découvert son identité ? L'homme avait-il sur lui ses papiers ou un document officiel quelconque ?

— Non, rien, déplora le technicien.

— Ses poches ont certainement été vidées, fit valoir Wenzel.

— Pas entièrement. Nous avons trouvé quelque chose dans son pantalon. Un morceau de papier déchiré.

Sur ces mots, Hergesheimer tendit une photo à Oppenheimer.

Ce dernier examina attentivement le cliché. Il s'agissait de l'en-tête d'une lettre.

— Un courrier officiel du Service de recherche de Hambourg-Altona, murmura-t-il.

Hergesheimer opina.

— On ne voit pas le nom, ni l'adresse du destinataire, mais il y a la date ainsi que le numéro de référence complet. Si la lettre était effectivement adressée à la victime, nous saurons rapidement son identité. Pour ça, il suffit de contacter le Service de recherche.

— L'intrus serait bel et bien un soldat rentré de captivité, dit Oppenheimer pensivement.

Wenzel, qui avait allumé une cigarette, souffla une bouffée de fumée avec une moue sceptique.

— Pour un prisonnier, il était bien en chair.

Oppenheimer chassa la remarque d'un geste. Il savait à présent qu'il y avait de grandes différences entre les militaires qui rentraient au pays. En observant leur état général, on pouvait déterminer de manière relativement sûre l'endroit où ils avaient été retenus.

— Ce détail laisse seulement suggérer que notre mystérieux défunt revenait d'Angleterre ou de Belgique, expliqua-t-il. C'est dans ces deux pays que les prisonniers de guerre sont le mieux traités. Pour le Proche-Orient, sa peau est trop claire. En Belgique, les soldats allemands sont souvent contraints de travailler dans les mines. Mais si l'homme avait fait un travail pénible, il serait plus musclé. Ne reste donc plus que l'Angleterre. Là-bas, on emploie principalement les captifs pour du travail de bureau. Ça correspondrait plutôt bien à la victime.

— En plus, Hinze a été abattu au-dessus de l'Angleterre lors d'un raid aérien, rappela Wenzel.

Oppenheimer croisa les bras sur sa poitrine.

— Il est tout à fait probable que l'intrus soit une vieille connaissance de Herr Hinze, et non un cambrioleur inconnu. Dans ce cas, il devait connaître son épouse. Je vais réinterroger Frau Hinze. Il est temps qu'elle nous apporte des réponses. Et dorénavant, nous ne la laisserons plus rendre visite à son mari à l'hôpital. Il ne faut pas leur laisser la possibilité de se concerter. Sinon, ils continueront de nous mentir comme des arracheurs de dents.

Dans la salle d'interrogatoire, Frau Hinze avait l'air encore plus falote qu'elle ne l'était déjà. Elle semblait presque disparaître derrière la grande table nue. La lumière dure de la lampe de bureau soulignait la moindre de ses rides et les ombres noires sous ses yeux rougis. Plaqués sur son crâne, ses cheveux longs étaient tirés en une queue-de-cheval très sévère.

Pour la énième fois, Oppenheimer lui demanda de retracer ce qui était arrivé lors de la nuit de l'effraction, en espérant qu'elle commette un impair.

Machinalement, Ursula Hinze répéta tout ce qu'elle avait déjà mentionné dans sa déposition. Le commissaire eut l'impression qu'elle récitait un texte appris par cœur.

Afin de la pousser à la faute, il essaya de creuser certains détails.

— Vous avez donc entendu le cambrioleur, récapitula-t-il. Mais qu'est-ce qui vous a réveillée exactement ? Un bruit particulier ?

L'espace d'une seconde, Frau Hinze parut incertaine.

— Je crois que c'était un bruit sec. Quelque chose est tombé par terre. Le voleur a dû renverser un objet pendant qu'il fouillait le salon.

Wenzel était assis dans un coin de la pièce pour sténographier l'entretien. Son crayon grattait le papier à toute vitesse.

— Mais vous n'avez pas entendu l'intrus briser la vitre pour entrer ? insista Oppenheimer.

Ursula Hinze haussa les épaules.

— Je ne m'en souviens pas.

Levant les yeux vers le plafond crasseux, le commissaire se figura la chambre à coucher des Hinze.

— De quel côté du lit dormez-vous ?

— Côté fenêtre, s'empressa-t-elle de répondre.

Soudain nerveuse, elle prit une longue inspiration.

Oppenheimer fit semblant de ne rien avoir remarqué.

— Vous avez dit avoir réveillé votre mari. Il dormait profondément alors ?

Lorsqu'elle acquiesça, il se pencha en avant et la regarda droit dans les yeux.

— Il y a une chose que je ne comprends pas. Votre mari dort près du mur qui sépare votre chambre du salon. Il aurait dû entendre le cambrioleur bien plus tôt.

— Bah ! Même la sonnerie du réveil ne le tire pas du lit. Konrad a des problèmes d'audition. D'abord le travail au garage, puis le boucan des moteurs d'avions. Ses tympans ont été endommagés.

Oppenheimer nota cette information dans son calepin. Il devrait la faire confirmer ultérieurement par Herr Hinze.

— Poursuivons. Une fois réveillé, votre mari a enfilé sa robe de chambre et s'est glissé dans le salon pour surprendre le voleur. Il n'a pas songé à prendre une arme ?

— On ne voyait rien dans l'obscurité. Et si on avait allumé la lumière, l'intrus aurait été averti. (Après une légère hésitation, elle précisa :) La robe de chambre de Konrad se trouvait près du lit. Il n'avait qu'à tendre la main pour la ramasser.

Le commissaire vit Wenzel retrousser les lèvres. Ce mouvement inconscient était signe de doute chez son adjoint.

— Lorsque vous êtes entrée à votre tour dans le salon, reprit-il, votre mari se battait déjà avec le cambrioleur. Combien de temps avez-vous attendu avant de le rejoindre ?

— Je ne sais pas, peut-être deux minutes.

— Et qu'avez-vous entendu pendant ces deux minutes ?

— Un bruit de lutte, comme je l'ai dit.

— Des éclats de voix également ?

— Oui, des éclats de voix.

— Dans ce cas, des paroles ont été prononcées, c'est bien ça ?

— Je crois. Mon mari a crié quelque chose au voleur.

— Vous avez déclaré avoir perçu des éclats de voix. Au pluriel. Par conséquent, le voleur a répondu ?

Frau Hinze ferma la bouche un instant avant de lâcher :

— Oui, probablement.

— Avez-vous compris ce qu'il a dit ?

— Je ne m'en souviens pas.

Lentement, Oppenheimer continua son résumé.

— Vous êtes donc entrée dans le salon, où votre mari et l'intrus se battaient déjà.

— Konrad voulait lui arracher le couteau des mains, compléta Ursula Hinze.

— Avez-vous pu voir le couteau ?

— Pas vraiment. J'ai seulement vu la lame briller.

Le commissaire dressa l'oreille.

— Alors la lumière était déjà allumée dans le salon ?

Elle hocha la tête.

— Oui, mon mari l'avait allumée pour effrayer le voleur.

Il nota la réponse dans son calepin en émettant un grognement évasif. Encore un détail qui le dérangeait. En pleine nuit, le prétendu cambrioleur n'avait apporté aucune lampe de poche. Bien sûr, il avait peut-être utilisé un autre moyen pour s'orienter. Hergesheimer avait saisi un certain nombre d'allumettes carbonisées dans le salon ; la plupart se trouvaient dans un cendrier, mais quelques-unes étaient éparpillées sur le sol. Il était possible que l'intrus les ait jetées négligemment alors qu'il inspectait la pièce. Malgré tout, cela paraissait peu crédible. Un voleur un tant soit peu intelligent ne cherchait pas des objets de valeur à la lueur d'une allumette.

— Revenons à l'échange de paroles entre le cambrioleur et votre mari. Pourriez-vous décrire la scène plus précisément ? N'avez-vous entendu que des cris ou les deux hommes se sont-ils entretenus quelques instants ?

Frau Hinze écarquilla les yeux.

— Qu'est-ce que vous allez imaginer ? C'était un cambriolage ! Ils n'ont pas fait la causette ! Ce type voulait nous voler !

Oppenheimer préféra ne pas mentionner que l'intrus, comme Herr Hinze, avait sans doute été retenu prisonnier en Angleterre. Négligemment, il demanda :

— Alors vous n'avez pas eu l'impression que le voleur et votre mari se connaissaient ?

Il crut apercevoir brièvement l'esquisse d'un sourire sur les lèvres de son interlocutrice.

— Non, absolument pas.

— C'est une véritable anguille, pesta Wenzel, assis nonchalamment dans son fauteuil pivotant.

Installés dans le bureau d'Oppenheimer, ils passaient en revue l'interrogatoire.

— Pour l'arme du crime, elle n'a rien lâché, reconnut le commissaire. Comme elle ne peut pas affirmer que le couteau appartenait à la victime, elle reste dans le flou. C'est la meilleure stratégie si elle est réellement complice du meurtre.

Bras croisés, il s'approcha de l'une des fenêtres pour contempler la Neue Königstraße. Dans l'obscurité de ce début de soirée, il n'y avait plus grand-chose à voir. À travers les myriades de gouttes de pluie qui roulaient sur les vitres, on ne distinguait que les phares des rares véhicules longeant la rue ordinairement très fréquentée. Il était temps de rentrer à la maison.

— Nous n'avons aucune preuve tangible pour étayer nos soupçons. (Oppenheimer soupira.) Des indices, oui, mais rien de suffisant pour mettre Frau Hinze en préventive. Rutters sera du même avis.

Rutters était le procureur chargé de l'affaire. Oppenheimer ne savait pas s'il devait se réjouir de sa première collaboration avec le magistrat, car celui-ci avait la réputation d'être un chicaneur sans le moindre humour. Jusqu'à présent, ce qu'il avait pu voir de lui confirmait plutôt les rumeurs. Avec son air hautain et sa fine moustache, le procureur incarnait la parfaite caricature de l'officier prussien. Et, pour ne rien arranger, sa voix tranchante faisait ressembler à un ordre la moindre de ses paroles. À la brigade, on l'avait surnommé l'Adjudant. Malgré ce sobriquet, Rutters avait la confiance des autorités. Comme il était membre du SPD[1], personne ne le suspectait d'être hostile aux Alliés ou de regretter la glorieuse époque de l'empire allemand.

1. Sozialdemokratische Partei Deutschlands : le parti social-démocrate d'Allemagne.

— Oui, ce cher procureur va s'asseoir sur nos indices, grogna Wenzel. Il faut que tout soit béton avec lui. On ne fait pas plus tatillon. Rutters ne comprend pas qu'on doit parfois suivre son instinct.

Oppenheimer se tourna vers son adjoint.

— Oui, mais l'intuition n'est pas tout. Quelque chose nous échappe dans cette affaire. Et c'est en procédant avec minutie que nous réussirons à découvrir la vérité. Tout à l'heure, j'ai cru un instant avoir pris Frau Hinze en défaut.

Wenzel jeta négligemment la cendre de sa cigarette par terre.

— Quand vous avez sous-entendu que son mari et le voleur se connaissaient ?

— Vous l'avez remarqué, vous aussi ?

— Elle aurait dû réagir autrement. L'espace d'une seconde, elle a paru soulagée.

Oppenheimer acquiesça de la tête.

— Ce qui veut dire que nous sommes sur la mauvaise piste. Et Ursula Hinze le sait.

Avec les pieds, Wenzel fit pivoter son siège de gauche à droite. L'entretoise en métal se mit à grincer légèrement.

— Alors c'est peut-être elle qui connaissait la victime ?

Après avoir réfléchi quelques secondes, Oppenheimer leva les mains.

— Nous voilà de nouveau dans le domaine de l'intuition, sans la moindre preuve tangible. Nous tournons en rond, Wenzel !

4

Dimanche 9 novembre 1947

Le lendemain matin, Oppenheimer se réveilla d'humeur sombre. C'était ce jour-là qu'Otto Seibold et sa famille avaient prévu de partir.

Après être sorti du lit, il se lava brièvement le visage dans la salle de bains. Se figeant devant le lavabo, il examina son reflet dans le petit miroir rond accroché au mur. Il n'avait aucune envie de descendre dans la cuisine pour faire ses adieux à son ami pharmacien.

À l'instar de beaucoup de Berlinois, l'homme qu'il contemplait dans la glace avait le visage émacié. De profonds sillons creusaient son front. Oppenheimer avait encore maigri ces derniers mois, car les problèmes d'approvisionnement en vivres n'avaient toujours pas été résolus dans l'ancienne capitale du Reich.

En février, pour la plus grande joie de la population, la carte d'alimentation n° 5 avait été supprimée. On l'avait surnommée « ticket pour le paradis », parce que c'était celle avec les plus petites rations. Peu après, les autorités avaient lancé un nouveau système de cartes qui ne comprenait plus que trois catégories.

La catégorie la plus basse était toujours attribuée à plus de la moitié des habitants, même si on avait légèrement augmenté la quantité d'aliments. Mais comme la qualité des denrées était restée tout aussi médiocre, cet acte de générosité n'était malheureusement que de la poudre aux yeux. Les fruits et légumes étaient souvent pourris, et les maigres rations de viande étaient en grande partie constituées d'os, de cartilages et de tendons.

Les Berlinois priaient pour que l'hiver imminent soit moins rigoureux que le précédent, qui avait provoqué une terrible famine. Toutefois, personne ne pouvait prévoir les aléas de la météo.

Pour Oppenheimer, le départ des Seibold constituait un grand changement. Le pharmacien et sa famille vivaient depuis plus de deux ans dans la villa de Schöneberg. Tout comme Franz Schmude, avocat et propriétaire éphémère d'une boutique de mode, Otto était un compagnon de la première heure de Hilde. Ensemble, ils avaient fondé sous le régime nazi une cellule de résistants. La guerre terminée, les deux hommes étaient venus s'installer avec leurs proches au domaine de l'aristocrate. Même si celle-ci avait été contrainte par les services du logement d'héberger d'autres personnes sinistrées dans la vaste demeure héritée de son oncle, les trois amis constituaient le noyau de la communauté. Malgré les divergences politiques entre Seibold le conservateur et Schmude le social-démocrate, ils avaient réussi à surmonter conjointement les bouleversements des dernières années.

Mais cette cohabitation était désormais terminée. La désagrégation du petit groupe autrefois si soudé avait été un processus lent et insidieux, provoqué par la situation très préoccupante à Berlin. La guerre finie, les avions alliés avaient cessé de déferler sur la ville pour lâcher leurs bombes destructrices, et les canons antiaériens s'étaient tus. Néanmoins, le danger immédiat avait cédé sa place à d'autres incertitudes.

Les dissensions entre les Alliés de l'Est et de l'Ouest se faisaient chaque jour plus vives, et même les plus optimistes envisageaient l'avenir avec inquiétude. Après la capitulation, les Berlinois n'avaient pas tardé à remarquer les divergences entre les occupants. L'entente tant vantée par les Soviétiques, les Britanniques, les Français et les Américains s'était irrémédiablement fissurée. En dehors des communiqués officiels, les Alliés eux-mêmes ne pouvaient s'empêcher désormais de prononcer le mot « coalisés » avec une pointe d'ironie, ce qui laissait craindre le pire.

Lisa, la femme d'Oppenheimer, travaillait depuis plus d'un an au sein de l'administration britannique. Grâce à sa fonction d'interprète, elle pouvait suivre ce qui se passait en coulisse et, comme lui, elle voyait quotidiennement combien les négociations avec les Soviétiques étaient délicates. Même les Britanniques, avec leur pragmatisme éprouvé, ne parvenaient plus à trouver des solutions de compromis.

Au moment d'entrer en pourparlers, les représentants de l'administration russe s'attendaient toujours à ce qu'on souscrive à toutes leurs exigences. Quand ce n'était pas le cas, ils s'offensaient et criaient au complot.

Les événements à Berlin reflétaient en miniature la situation politique sur la scène internationale. La mésintelligence entre l'Est et l'Ouest ne datait pas d'hier ; Oppenheimer avait l'impression que les dirigeants des grandes puissances avaient prédit cette rupture lors de joutes oratoires. En février 1946, Staline avait mis en garde contre la constitution d'un bloc capitaliste à l'Ouest. Un mois plus tard, Churchill, l'ancien Premier ministre britannique, avait parlé d'un rideau de fer séparant l'Europe. Lors d'un discours retentissant, il avait affirmé que Staline avait instauré en Europe de l'Est des États satellites qui lui obéissaient au doigt et à l'œil. À l'Ouest, beaucoup d'hommes politiques partageaient son avis, et le 12 mars 1947, le président américain Harry Truman avait déclaré dans un discours-programme que son pays soutiendrait économiquement et militairement tous les peuples libres qui résistaient à des tentatives d'asservissement. Officiellement, il faisait allusion à la guerre civile grecque, mais ses paroles pouvaient être interprétées comme une menace cachée envers l'URSS. Depuis, on entendait fréquemment qu'une forte tendance anticommuniste s'élevait aux États-Unis.

Les Berlinois suivaient ces échanges avec attention, car leur ville était le point de contact entre les deux zones d'influence. C'était donc elle qui serait en première ligne en cas de conflit armé. Selon les informations qui circulaient, l'humeur des habitants variait entre panique et optimisme.

Le baromètre le plus fiable de l'atmosphère générale était sans doute les prix du marché noir. Si les relations entre les Alliés se tendaient, ceux-ci montaient en flèche. Et les facteurs de crise ne manquaient pas. D'après certaines rumeurs persistantes, les zones occidentales s'approvisionnaient en matériel de guerre dans l'attente d'une confrontation avec Staline. On murmurait qu'en Bavière, les Américains étaient déjà armés jusqu'aux dents. Le bruit circulait également que d'énormes transports de troupes venus de Russie faisaient route vers l'Ouest. L'incertitude grandissait de jour en jour, et la population était prête à croire n'importe quoi.

Des esprits cyniques annonçaient une nouvelle guerre. Celle-ci serait en effet l'unique moyen de mettre un terme à la rivalité entre l'Est et l'Ouest. Comme un conflit semblait inévitable, mieux valait le déclencher tout de suite. Durant les années précédentes, Berlin avait subi de lourds dommages. Beaucoup de choses étaient perdues à jamais, d'autres attendaient encore leur reconstruction. On vivait toujours entre des montagnes de ruines, donc bon nombre de personnes pensaient n'avoir rien à perdre. Dans une situation pareille, on préférait une fin effroyable à une frayeur sans fin. La métropole dévastée était entrée dans une ère de désespérance, et Oppenheimer ignorait combien de temps cela durerait.

C'était ce climat d'abattement qui avait poussé Seibold à fuir l'ancienne capitale.

Au bout de vingt minutes enfermé dans la salle de bains, Oppenheimer se dit qu'il ne pouvait pas reculer éternellement le moment des adieux. Il raccrocha sa serviette et sortit dans le couloir. D'un pas lent, il descendit jusque dans la cave, où se trouvait la cuisine. La vaste pièce souterraine était le point de rencontre des locataires de Hilde. Chacun y venait plusieurs fois par jour pour se préparer à manger ou faire bouillir de l'eau.

En entrant, il avisa quatre gros sacs à dos posés à côté de la table commune. Les époux Seibold et leurs deux grandes filles étaient assis sur l'un des bancs, entourés par les Schmude. Non loin d'eux se tenaient la veuve Vogt et Frau Schneider, qui s'efforçait de maîtriser ses trois enfants turbulents. Lisa, qui s'était réveillée avant Oppenheimer, était également là. Barbe avait pris place à la table. La jeune femme potelée était une ancienne codétenue de Hilde à la prison de Moabit. Gerda, sa compagne taciturne, avait manifestement préféré s'éclipser. Trafiquante à ses heures perdues, celle-ci travaillait comme videur au Rio Bar, le cabaret d'Ed le Mastard.

En revanche, Oppenheimer fut surpris de découvrir Hilde qui s'affairait autour du fourneau. À l'instar de tous les membres de la petite communauté, la quinquagénaire avait maigri ces dernières années. Des mèches grises étaient apparues dans sa chevelure sombre. *Premiers signes d'usure*, comme elle les nommait avec son franc-parler habituel. Mais même les pires conditions de vie ne pouvaient pas entamer l'énergie farouche de Hilde. L'aristocrate habitait une dépendance où logeait autrefois le chauffeur de son oncle. Préférant déléguer son autorité à Oppenheimer ou Schmude, elle ne venait à la villa qu'en cas d'extrême urgence. Ce jour-là, elle avait cependant fait une exception pour dire adieu à son vieil ami.

Oppenheimer sentit l'odeur du café fraîchement moulu. Comme les autres, il avait offert une partie de sa précieuse ration pour fêter dignement le départ des Seibold.

S'immobilisant sur le seuil, il demanda :

— À quelle heure devez-vous être à Charlottenburg ?

Le matin, la gare de Charlottenburg était toujours bondée parce que c'était de là-bas que partait quotidiennement l'unique train interzone en direction de l'Ouest. Après plusieurs heures de queue, quand il ne restait plus que quelques billets à vendre, il n'était pas rare que des bagarres éclatent devant les guichets.

Schmude avait deviné les craintes du commissaire.

— Tout est réglé, Richard, annonça-t-il. J'y suis allé à sept heures avec Otto. (De sa main artificielle, il tapota la poche de son veston.) Nous avons déjà acheté les billets.

— Il nous reste encore une heure avant de partir, ajouta Seibold tristement.

Son épouse avait elle aussi l'air affligé. Encadré par un foulard brun, son visage était livide. Tous deux étaient très attachés à Berlin, et ce déménagement leur fendait le cœur.

— Qu'allons-nous faire de vos grandes armoires ? s'enquit Oppenheimer en s'asseyant à la table.

Seibold haussa les épaules.

— Vous pouvez les partager entre vous. De toute façon, impossible de les emmener. Il faut savoir parfois se séparer de certaines choses.

Oppenheimer opina gravement. Depuis la mi-août, les transporteurs ne pouvaient plus convoyer de meubles vers l'Ouest, et obtenir une autorisation de fret aérien ou ferroviaire était devenu un vrai parcours du combattant. Ceux qui désiraient aller s'installer dans les zones occidentales devaient trouver d'autres astuces pour emmener leurs biens. L'une d'elles était d'emballer toutes ses affaires dans des petits paquets de huit kilos maximum et de les expédier par la poste à son nouveau domicile.

Toutefois, de nombreux colis étaient dérobés en chemin. Seibold, pointilleux en diable, avait donc eu l'idée d'envoyer ses effets en recommandé. Mais comme les paquets recommandés ne devaient pas excéder deux kilos selon les consignes de l'administration des postes, le pharmacien et les siens avaient dû faire près de trois cents cartons. Afin que tout soit expédié avant leur départ, ils avaient accompli une véritable prouesse logistique en déposant chaque jour quelques colis au bureau de poste. Si un individu avait prédit avant guerre que dans un avenir proche on ne pourrait plus déménager que par voie postale, Oppenheimer l'aurait pris pour un fou.

Malgré tous les efforts de Seibold, il restait encore dix-sept cartons à envoyer.

Le commissaire fit un rapide calcul.

— Si chaque foyer apporte tous les jours deux paquets à la poste, on devrait avoir terminé mardi. J'espère que vous serez déjà dans votre nouvelle maison quand ils arriveront.

— Rien n'est moins sûr, répondit Seibold. Le voyage en train Berlin-Hanovre n'est que la première étape. Ensuite, cap vers le sud-est. Pour atteindre Kulmbach, nous devrons contourner la zone soviétique.

— Douze heures de trajet jusqu'à Hanovre, c'est vraiment honteux ! gronda Hilde. (Appuyée contre la cuisinière en fonte, elle croisa les bras sur la poitrine.) Ça représente combien de kilomètres depuis Berlin ? Peut-être trois cents ?

— Il n'y a pas que le trajet.

C'était Inge Schmude qui avait parlé. Elle était assise à table avec un maintien superbe. Sa grâce naturelle ne surprenait pas Oppenheimer. Il savait que c'était Frau Schmude qui avait eu l'idée d'ouvrir une boutique de mode, et non son mari.

— On m'a raconté qu'il fallait attendre quatre heures à la frontière près de Marienborn, poursuivit-elle. Les soldats contrôlent tous les passagers ainsi que leurs bagages.

Hilde respira bruyamment.

— Restent encore huit heures. Si on calcule, ça donne une vitesse de trente-huit kilomètres heure. Et on ose appeler ce train un rapide ?

Elle ôta du feu la bouilloire sifflante et versa l'eau dans la cafetière.

— Une fois à l'Ouest, le reste du voyage devrait être plus facile, tempéra Oppenheimer, qui avait remarqué l'inquiétude grandissante des filles Seibold.

Les deux jeunes femmes n'étaient déjà guère enthousiastes à l'idée d'aller vivre dans la campagne bavaroise, mais l'évocation des difficultés qui les attendaient sur le chemin était en train de les achever.

— À la gare de Hanovre, vous n'aurez qu'à acheter d'autres billets pour la seconde partie du trajet. Jusqu'à Kulmbach, il ne vous restera plus qu'un seul changement de zone. Ça m'étonnerait beaucoup que les Britanniques et les Américains contrôlent encore cette frontière-là.

Sans ménagement, Hilde déposa la cafetière sur la table près d'Oppenheimer.

— Que Dieu t'entende, commenta-t-elle d'un ton grinçant.

Pour se justifier une énième fois, Seibold déclara :

— Nous n'avons pas le choix. La lettre de mon frère était un signe du destin. Je ne m'y connais pas du tout dans le bâtiment, mais je pourrai lui donner un coup de main en m'occupant de la comptabilité de son entreprise. Quand j'aurai mis un peu d'argent de côté, je me débrouillerai pour ouvrir une pharmacie là-bas.

Oppenheimer l'écoutait à peine. Durant les derniers mois, Seibold avait exposé ses projets d'avenir à tout bout de champ.

D'une voix tremblante, le pharmacien ajouta :

— En plus, vous n'avez pas entendu la dernière ? On dit que les Alliés occidentaux vont quitter Berlin. Et que se passera-t-il ensuite ? Staline, ce suppôt de Satan, déferlera sur la ville avec ses troupes.

Oppenheimer, qui s'apprêtait à boire une gorgée de café, suspendit son geste et jeta un regard interrogateur à Lisa.

Celle-ci secoua la tête d'une manière démonstrative.

— Non, Otto, ce n'est pas vrai. Cette rumeur s'est répandue uniquement parce que les Britanniques ne peuvent plus supporter les coûts élevés de l'occupation dans leur secteur. Mais les Américains ont promis de prendre en charge quatre-vingts pour cent des dépenses.

Franz Schmude se redressa. Son menton était parsemé de petits poils noirs. L'avocat s'était levé tôt et n'avait pas eu le temps de se raser.

— On dirait bien qu'il ne reste plus que deux adversaires importants dans la partie. Il est donc juste d'employer maintenant le terme de « blocs ». Celui de l'Est et celui de l'Ouest. Les Américains ne partiront pas de Berlin. Jamais dans leur histoire ils n'ont abandonné volontairement un avant-poste. Et surtout pas maintenant que la Russie est devenue une menace.

Un bruit clair en provenance de la cuisinière se fit entendre. Pendant que les adultes discutaient de la situation politique autour d'un café, Frau Schneider préparait du chocolat pour les enfants avec de l'eau du robinet et de l'édulcorant. En réalité, ce n'était pas du cacao, mais de la betterave rouge râpée qu'on faisait griller au four. Comme tous les succédanés, le procédé de fabrication était laborieux car il fallait moudre au moins deux fois la betterave râpée dans un moulin à café avant de la passer au tamis pour obtenir la bonne consistance.

Sur la table, un des gobelets destinés aux enfants était vide. Oppenheimer prit brusquement conscience que Theo, leur pupille, n'était pas là.

Se penchant vers Lisa, il murmura :

— Où est Theo ?

— Je crois qu'il en veut à Marianne de partir, répondit-elle à voix basse.

Après quelques secondes de réflexion, il se rappela qu'il s'agissait de l'une des filles de Seibold. Les deux jeunes femmes aux longs cheveux soigneusement peignés et aux sourcils d'une blondeur presque transparente se ressemblaient tellement qu'il n'essayait même plus de les distinguer. Bien sûr, le départ des Seibold représentait une rude épreuve pour Theo. L'orphelin avait affirmé avoir eu neuf ans au mois de mai. Sans document officiel, c'était invérifiable, mais cela n'avait pas empêché Oppenheimer de lui organiser une fête d'anniversaire. Et une nouvelle fois, le garçon devait supporter la disparition d'un être cher. Il avait d'abord perdu sa mère et sa sœur dans la gare d'Anhalt ; à présent, c'était Marianne qui l'abandonnait, la gentille voisine qui s'occupait de lui quand Oppenheimer et Lisa étaient au travail. Durant les derniers mois, le commissaire avait remué ciel et terre pour retrouver la mère de Theo. Comme les recherches n'avaient rien donné, il avait finalement demandé auprès des services sociaux à devenir le tuteur de l'enfant afin de lui offrir un peu de stabilité.

Il soupira en songeant à cette nouvelle complication.

— J'irai lui parler. Je ne peux rien faire de plus.

En guise de réponse, Lisa posa la main sur la sienne. Oppenheimer la regarda en souriant. Ce matin-là, elle avait noué un foulard autour de la tête. Quelques mois plus tôt, elle avait décidé de couper ses longs cheveux bruns pour adopter une coiffure plus à la mode. Elle paraissait extrêmement fragile, mais les apparences étaient trompeuses. Après tout ce qu'ils avaient enduré ces dernières années, il était convaincu que, dans leur couple, c'était Lisa qui possédait la plus grande force d'âme.

Trois quarts d'heure plus tard, Otto Seibold et les siens se levèrent. Sur le perron de la villa, ils serrèrent une dernière fois la main de leurs voisins et amis. Alors que Marianne chargeait son sac à dos sur l'épaule, Theo apparut au coin de la demeure.

L'orphelin aux cheveux ébouriffés avait attendu le dernier moment pour faire ses adieux.

Il courut vers la jeune femme. Mais au lieu de la serrer dans ses bras, il se contenta de lui donner quelque chose. Oppenheimer reconnut le petit cheval de bois que Theo avait reçu en cadeau lors de la dernière fête de Noël. Son bien le plus précieux.

Avant que Marianne n'ait le temps de réagir, le garçon était déjà reparti en courant. Les larmes qu'elle avait retenues jusque-là courageusement jaillirent alors de ses paupières. Elle plaqua une main sur sa bouche, bouleversée, puis essuya ses joues mouillées d'un revers de manche.

Visiblement honteuse de cette brusque décharge émotionnelle, Frau Seibold prit sa fille par le bras et l'entraîna vers le portail du domaine.

Oppenheimer dut lui aussi lutter pour contenir ses larmes.

— Saperlotte ! grogna Hilde. J'ai besoin d'un coup de gnôle.

Même s'il n'appréciait pas beaucoup le casse-poitrine que son amie distillait elle-même, le commissaire dut admettre que c'était une bonne idée.

Lorsqu'ils se retrouvèrent dans le salon de Hilde, Oppenheimer prit véritablement conscience que le petit cercle de résistants monté par son amie était en train de se dissoudre. Durant plus d'une décennie, il avait été essentiel de s'unir pour lutter contre le nazisme. Maintenant que le danger était écarté, chacun reprenait son chemin. Seibold était le deuxième à quitter le groupe. Le premier était Bernhard John, l'imprimeur qu'Oppenheimer n'avait jamais rencontré personnellement. Prolétaire autodéclaré, John était très doué pour contrefaire des documents officiels. C'était grâce à son aide que Hilde avait réussi à faire entrer plusieurs Juifs – dont Oppenheimer – dans la clandestinité. Mais l'imprimeur communiste s'était toujours montré méfiant envers son associée. En tant qu'aristocrate, Hildegard von Strachwitz représentait à ses yeux l'incarnation même de l'ennemi de la classe ouvrière.

Oppenheimer et Schmude avancèrent le vieux canapé vers la table qui se trouvait autrefois dans la cuisine attenante. Puis, le cœur lourd, ils s'installèrent avec leurs épouses sur le siège tandis que Hilde servait à chacun un verre de schnaps.

Le salon, peu accueillant, n'était pas un lieu qui redonnait le moral. Hormis quelques ouvrages de médecine, les étagères qui couraient le long des murs étaient vides.

Autrefois, les rayons débordaient de livres. Pendant les années de dictature, Hilde avait amassé des œuvres condamnées en 1933 à brûler dans les autodafés. Après la capitulation, elle avait fait don de sa précieuse collection à des bibliothèques publiques.

Lisa fut la première à briser le silence pesant.

— Je ne pensais pas que Theo était autant attaché à Marianne.

Confus, Oppenheimer devait reconnaître que lui non plus n'avait rien remarqué.

— Otto a peut-être raison, dit Hilde d'un air pensif avant de s'asseoir à son tour. Si ça se trouve, nous devrions tous quitter Berlin pendant qu'il est encore temps. Lors de la commémoration de la révolution d'Octobre, Molotov a déclaré que l'URSS connaissait désormais le secret de la bombe atomique.

Inge Schmude sursauta.

— Alors les Russes peuvent eux aussi faire sauter la planète ?

— Ce n'est pas étonnant, maugréa Oppenheimer. Ça faisait longtemps qu'ils couraient après les plans de la bombe.

— Si ce n'est pas un coup de bluff de Molotov. (Franz Schmude contemplait son verre vide comme s'il s'agissait d'une boule de cristal dans laquelle il pouvait voir l'avenir.) Les communistes sont les champions de l'esbroufe. À ce que je sais, ils n'ont pas encore fait d'essai nucléaire. Ça sent l'« antigande » à plein nez.

L'avocat avait employé une expression ironique très populaire sous le régime nazi. Celle-ci désignait de la propagande dont l'effet était tout le contraire de celui espéré par ses instigateurs.

— Et même si les Soviétiques possèdent la bombe, poursuivit-il, Berlin est sans aucun doute la ville la plus sûre d'Allemagne. Beaucoup de soldats de l'Armée rouge sont stationnés ici. Je commencerais plutôt à paniquer si je vivais dans une des zones d'occupation occidentales.

Frau Schmude leva son verre.

— Qu'importe ! lança-t-elle pour interrompre les spéculations de son mari. À Otto et à sa famille. Qu'ils arrivent sains et saufs à Kulmbach.

Oppenheimer avala une rasade de schnaps qui lui coupa le souffle. L'alcool de Hilde n'était pas aussi inoffensif qu'on pouvait le supposer. Durant les premiers instants, il coulait dans le gosier comme de l'eau avant de brûler atrocement.

L'estomac noué, il vit Lisa goûter du bout des lèvres la dangereuse substance puis pousser vers lui son verre encore plein. Sous le regard amusé de Hilde, le commissaire se résigna à son sort et but en grimaçant sa seconde dose de tord-boyaux.

— De toute manière, ça ne pouvait pas coller longtemps, déclara l'aristocrate en revenant au sujet qui l'intéressait. L'Est et l'Ouest ont des visions du monde trop opposées. Ces divergences sont passées au second plan pendant la lutte contre Hitler. Mais à présent, lorsqu'il est question de l'avenir de l'Allemagne, elles se cristallisent.

Oppenheimer opina. Son amie avait raison. Les discordances entre les vainqueurs ne permettaient pas de trouver une solution viable. La France était un voisin inquiet qui, après l'invasion de Hitler, avait tout intérêt à empêcher un nouvel essor de l'« ennemi héréditaire ». Elle préférait donc administrer sa zone par décret, privant ainsi la population de toute activité politique afin de ne pas courir le risque d'une nouvelle montée de l'extrémisme. Néanmoins, les trois autres alliés souhaitaient des élections démocratiques. En revanche, ils n'avaient pas du tout la même définition du droit à l'autodétermination. Les Britanniques et les Américains voulaient s'appuyer sur des règles qui avaient fait leurs preuves dans leurs pays. Staline avait autorisé la tenue d'élections dans la zone soviétique. Toutefois, le dogme communiste ne connaissait pas de partis indépendants. Le dénominateur commun des nouveaux mouvements était l'engagement antifasciste. En principe, il s'agissait d'une politique uniforme surveillée par les fonctionnaires du SED ; ce qui laissait craindre tôt ou tard une mise au pas générale dans le secteur soviétique.

Les stratégies pour le redressement économique de l'Allemagne étaient une autre source de discorde. Le premier janvier 1947, Britanniques et Américains avaient uni leurs zones pour créer un espace économique commun. Une initiative hardie qui avait été considérée comme un affront par les Soviétiques. D'après ce qu'avait pu comprendre Oppenheimer, la création de la Bizone devait servir à relancer la production de charbon dans le bassin de la Ruhr et le commerce de marchandises. Comme on ne voulait pas nourrir éternellement les Allemands, il fallait bien que l'économie se redresse.

Hilde déboucha la bouteille de schnaps et remplit de nouveau le verre de Schmude.

— Pour les partisans de Staline, le fascisme est la conséquence ultime du capitalisme à outrance, qu'ils considèrent comme la racine de tous les maux. Et les Américains misent toujours sur le système capitaliste. Ça ne peut pas cadrer, bon sang !

— N'oublions pas la Grande-Bretagne, objecta Schmude. Là-bas, ce sont les sociaux-démocrates qui ont pris la barre. Avant, ils n'étaient que les partenaires de coalition de Churchill. La social-démocratie est un excellent compromis pour rassembler l'Est et l'Ouest. Si seulement les Russes nous laissaient faire !

Oppenheimer sourit. Schmude était un fervent social-démocrate ; il n'était donc guère étonnant que le sujet le mette dans tous ses états.

Lorsque Hilde approcha la bouteille d'eau-de-vie pour le resservir, le commissaire posa la main sur ses deux verres.

— Les Russes sont déjà offensés rien que par le fait que les États-Unis veuillent donner des fonds pour la reconstruction de l'Europe, reprit-elle en se rasseyant. Tout le barouf qu'ils font contre le programme de relance des Américains en dit long sur leurs intentions.

George Marshall, général à la retraite devenu secrétaire d'État du gouvernement Truman, avait présenté début juin un plan destiné à soutenir financièrement l'Europe en difficulté. La nouvelle, qui représentait une vraie lueur d'espoir dans cette période sombre, s'était rapidement répandue parmi la population. Il était prévu d'allouer des crédits et de fournir des vivres et des matières premières aux pays plongés dans le dénuement par la guerre.

Les Américains souhaitaient que toutes les nations européennes puissent bénéficier du programme. Mais le 21 juin, lors de la conférence de Paris, l'URSS s'y était opposée. Molotov avait déclaré que le plan d'aide n'était qu'un moyen détourné des États-Unis pour prendre le contrôle des zones d'occupation occidentales et diviser ainsi l'Europe en deux. Il était cependant difficile de prendre cette objection au sérieux, puisque les Soviétiques encourageaient depuis longtemps cette division en fermant hermétiquement leur propre zone.

Pendant ce temps, le démontage des usines allemandes se poursuivait, ce qui paraissait être en contradiction totale avec l'idée du plan Marshall. Dernièrement, les Alliés occidentaux avaient publié une liste comprenant six cent quatre-vingt-deux usines à démanteler. Parmi celles-ci, seules trois cent deux produisaient du matériel militaire.

— Si on se met à la place des Russes, on peut comprendre leur refus de participer, remarqua Oppenheimer. Qui dit influence économique dit influence politique.

Schmude pencha la tête de côté.

— Cette aide financière est peut-être bien une nouvelle tactique des Américains. Avec un bloc fort économiquement, il est plus simple de contrer l'expansion soviétique vers l'Ouest. Du côté russe, on ne prêche que le collectivisme. Mais honnêtement, après tout ce que nous ont infligé les nazis, j'en ai ma claque des mouvements populaires et de la propagande. Quand les gens se mettent à défiler au pas de l'oie dans les rues, ils cessent de penser. Ça suffit maintenant, nous avons suffisamment trinqué.

Hilde poussa un long soupir.

— Bah, inutile de s'échauffer ! lâcha-t-elle pour mettre un terme à cette discussion politique. De toute façon, on n'est sûr de rien. Les choses peuvent toujours basculer d'un jour à l'autre !

5

Lundi 10 novembre 1947

Le lendemain matin, comme il pleuvait à seaux, Oppenheimer préféra rester dans son bureau pour faire de la paperasse. Il voulait également contacter le Service de recherche de Hambourg afin de découvrir l'identité de l'homme qui avait perdu la vie dans le salon des Hinze.

Ayant travaillé plusieurs mois pour le Service de recherche berlinois, il savait comment fonctionnaient ces organismes à la hiérarchie rigoureuse. Si on désirait obtenir un renseignement, il fallait s'armer de patience. Malgré tout, il ne s'était pas attendu à devoir réexpliquer à chaque fois l'affaire aux multiples interlocuteurs qui se succédaient au bout du fil. Quand on lui passa enfin la personne compétente, il donna avec soulagement le numéro de référence dont il disposait. Mais l'employé le pria de bien vouloir rappeler plus tard, car la pause de midi avait commencé

Oppenheimer décida de tuer le temps en prenant son déjeuner. Dans la petite cuisine de la brigade, il mit de l'eau à bouillir pour se préparer une chicorée et sortit son repas, emballé dans du papier paraffiné. Il s'agissait d'un sandwich garni d'un faux pâté à la viande. Cette pâte à tartiner était préparée à base de céleri, de céréales et de concentré de tomates. Elle avait un goût passable si on ne songeait pas au curieux mélange d'ingrédients qui la composaient.

Avec une tasse fumante dans une main et son casse-croûte dans l'autre, il ressortit dans le couloir. En passant devant le bureau de Billhardt, il entendit son collègue l'interpeller.

— Richard ! J'ai quelque chose à te raconter !

Curieux, Oppenheimer s'appuya contre le chambranle de la porte.

— Qu'y a-t-il ?

Il étudia le visage de Billhardt, mais les sourcils froncés du flic manchot ne lui donnèrent aucune indication.

— Tu te rappelles du type qui a sauté de la tour de radio ? Eh bien, c'est une vieille connaissance. Ulrich les Mains prestes.

En entendant ce surnom, Oppenheimer faillit s'étouffer avec une bouchée de sandwich. Il toussota quelques instants avant d'avaler une petite gorgée de chicorée.

— Ulrich ? Ce n'est pas croyable.

La nouvelle n'était pas anodine. Le commissaire entra dans la pièce. Après avoir déposé son gobelet sur la table de travail de Billhardt, il revint sur ses pas pour fermer la porte.

— As-tu déjà une idée de ce qui a pu se passer ? demanda-t-il en s'asseyant ensuite sur l'une des chaises réservées aux visiteurs.

Billhardt secoua la tête.

— Non, mais je ne pense pas qu'Ulrich se soit suicidé. Il a dû faire un mauvais coup, et l'affaire a dérapé, si je puis dire.

Songeur, Oppenheimer se pencha pour reprendre son gobelet.

— Attends, quand ai-je vu ce drôle d'oiseau pour la dernière fois ? Quelques jours avant la prise de pouvoir de Hitler, si j'ai bonne mémoire. Peu de temps après, on m'a renvoyé de la police. Ulrich venait de se faire épingler pour vol et il avait de nouveau atterri en prison. Il m'a juré solennellement qu'il allait se ranger.

— Et tu l'as cru ? s'enquit Billhardt avec un sourire cynique.

— Non, bien sûr. Mais tout le monde a droit à une seconde chance. Il a donc replongé ?

L'estropié éclata de rire.

— Ulrich n'a pas replongé, puisqu'il n'a jamais arrêté de faucher ! Je l'ai moi-même alpagué plusieurs fois, j'ai suivi toute sa carrière, pour ainsi dire. Quand il était jeune, il faisait le trottoir. Puis, un beau jour, il a pris conscience de ses talents de voleur et s'est engagé dans cette voie. Il ne l'a plus quittée.

Oppenheimer mangeait en réfléchissant.

— Avez-vous trouvé sur lui un éventuel butin ?

— C'est là que l'histoire se corse. (Billhardt s'appuya contre le dossier de son siège et prit la pose satisfaite d'un conteur ayant une anecdote particulièrement savoureuse à narrer.) Dans la doublure de son manteau, il avait cousu plusieurs documents. Manifestement, il ne voulait pas qu'on les lui pique. Des passeports de la Croix-Rouge internationale. On a vérifié, les pièces sont authentiques, ça ne fait aucun doute. Il ne manque que les photos d'identité…

Oppenheimer saisit aussitôt l'allusion de son collègue. Dans tout le pays, on se servait des passeports de la Croix-Rouge comme ersatz des papiers officiels. On pouvait aisément les falsifier, car les photos étaient seulement agrafées. Pour des personnes désireuses de dissimuler leur identité, des documents de ce genre valaient leur pesant d'or.

— En plus de ça, on a trouvé également dans son manteau trois permis de séjour délivrés par l'ambassade d'Argentine.

Oppenheimer arqua un sourcil. L'affaire de Billhardt prenait une tournure inattendue.

— Complicité de fraude à l'identité. C'est un moyen intéressant pour se faire de l'argent. En revanche, ça ne ressemble pas du tout à Ulrich. Et que vient faire l'ambassade d'Argentine dans cette histoire ?

Billhardt haussa les épaules.

— Aucune idée. C'est peut-être un hasard, mais je n'en mettrais pas ma main à couper. En tout cas, reste à savoir comment notre vieil ami Ulrich s'est procuré ces documents.

— Il les a probablement volés.

Billhardt acquiesça avec un sourire.

— Oui, c'est l'hypothèse la plus crédible. (Le policier marqua une pause avant d'ajouter :) Il y a autre chose. Nous avons trouvé des indices laissant penser qu'Ulrich n'a pas sauté volontairement.

À ces mots, Oppenheimer se redressa et posa son sandwich sur le bureau de son collègue.

— Des témoins ?

— Non, malheureusement. Mais sur le cou d'Ulrich, le légiste a constaté des marques d'étranglement. Il avait également sur le corps des contusions qui ne peuvent pas provenir d'une chute. Avant de tomber, notre voleur s'est pris une bonne raclée.

— À l'évidence, il a eu maille à partir avec des gens qui ne plaisantent pas.

Billhardt leva l'index.

— Ma théorie, c'est qu'Ulrich a mis la main sur ces documents par inadvertance et qu'il a ensuite essayé de les revendre. Peut-être même aux gens qu'il avait volés, qui sait ? Il n'a jamais été très futé, le bonhomme.

— Ulrich a donc fait une offre à quelqu'un, enchaîna Oppenheimer en suivant le raisonnement de son collègue. Il y a eu dispute, ou on l'a attiré dans un piège. Peu importe, le résultat est le même. Mais dans ce cas, pourquoi avait-il encore les papiers sur lui ?

— Ses agresseurs ne les ont pas trouvés au moment de la dispute. Et une fois Ulrich écrasé au sol, il n'était plus possible de fouiller son cadavre sans attirer l'attention. L'altercation a dû se produire dans le restaurant encore dévasté de la tour. Il est certainement tombé par l'une des fenêtres brisées. Je ne pense pas qu'il y ait eu préméditation au sens stricte du terme. Les types voulaient seulement récupérer leurs documents. Ils étaient prêts à tout pour ça.

Oppenheimer mordit dans son sandwich. Après avoir mastiqué d'un air songeur, il déclara :

— Quand on veut fourguer quelque chose, il faut être très stupide pour convenir d'un rendez-vous dans la tour de radio. Si la police débarque, il n'y a aucune issue de secours.

— Oui, mais si les flics rappliquent, on les voit arriver de loin, objecta Billhardt. De toute manière, personne n'avait intérêt à les prévenir. Ulrich devait se douter que les types avec lesquels il traitait étaient impliqués dans des affaires louches. Et si une bande de malabars était venue pour l'astiquer, il aurait pu fuir sur la plate-forme panoramique qui grouille de visiteurs. Il savait qu'on ne lui ferait aucun mal devant autant de témoins.

— Ulrich ne s'est pas réfugié tout en haut. Apparemment, il ne s'est pas senti menacé. On peut donc en déduire que ses agresseurs n'étaient pas nombreux. Deux ou trois, pas plus.

— Exactement. Ils se sont rencontrés dans le restaurant abandonné. L'endroit est fermé au public, mais la porte de derrière donnant sur les cuisines a été crochetée.

— Pour Ulrich, forcer une serrure était un jeu d'enfant. L'entrevue a eu lieu, toutefois les choses ont dérapé et notre vieil ami tombe par une fenêtre avant de pouvoir remettre les papiers. As-tu vérifié les tickets des visiteurs de la tour présents à ce moment-là ?

Billhardt soupira.

— Deux d'entre eux ont disparu. Ils se sont sûrement éclipsés avant l'arrivée de la police. Les autres étaient tellement curieux qu'ils sont restés pour regarder le spectacle. On les a tous interrogés. Malheureusement, mis à part le panorama, ils n'ont pas vu grand-chose. Certains ont aperçu les deux types qui se sont carapatés, mais les descriptions sont très vagues. On sait seulement qu'il s'agit d'individus masculins portant chacun un manteau et un chapeau. Ça ne nous avance pas beaucoup.

Oppenheimer n'enviait pas son collègue. L'affaire s'annonçait compliquée. Après avoir terminé son repas, il plia soigneusement le papier paraffiné dans lequel il avait emballé son sandwich et le glissa dans la poche de son pantalon. Puis, se levant, il s'approcha lentement du poêle qui produisait une douce chaleur. Le front plissé, il contempla les jeux de lumière derrière les fentes de la porte d'acier.

— Il te reste encore une piste à explorer, annonça-t-il au bout de quelques instants. Pour écouler ses marchandises volées, Ulrich travaillait avec une poignée de receleurs. Toujours les mêmes. Peut-être que l'un d'eux a eu vent de quelque chose.

— Tu crois qu'il a fait jouer ses vieux contacts pour vendre les documents ?

— Ça me paraît plausible. Si tu as de la chance, tu en apprendras un peu plus en les interrogeant. Ils ne voudront sans doute rien lâcher au début, mais tu peux leur faire peur en disant que le meurtrier est également à leurs trousses. Après tout, ils sont des complices gênants.

Billhardt réfléchit un instant avant d'opiner.

— C'est une bonne idée. Malheureusement, j'ignore qui est encore dans le métier parmi les vieux camarades d'Ulrich.

Oppenheimer prit une feuille et un crayon.

— Faisons une liste, proposa-t-il en se rasseyant.

Au terme de longues cogitations, il coucha sur le papier les noms de trois receleurs qui avaient travaillé avec Ulrich. Il se souvenait vaguement d'un quatrième homme dont le patronyme lui échappait. Mais quelqu'un frappa à la porte avant qu'il n'ait retrouvé la mémoire.

Le battant s'ouvrit et la tête de Wenzel apparut dans l'entrebâillement.

— Ah, vous êtes là ! Je viens de recevoir un appel du Service de recherche de Hambourg. C'est très, très important.

Les joues de l'aspirant-inspecteur étaient rouges d'excitation. Oppenheimer devina un revirement inattendu dans l'affaire Hinze.

Il tendit la liste à Billhardt.

— Comme je te le disais, il y en a un quatrième. Mais impossible de me rappeler son nom.

Le flic manchot glissa la feuille dans une chemise.

— Il n'y a pas d'urgence. Mettre la main sur les trois premiers va déjà m'occuper un bon moment.

Oppenheimer sortit dans le couloir.

Incapable de se maîtriser plus longtemps, Wenzel annonça fébrilement :

— J'ai parlé avec l'employé du Service de recherche. Il doit y avoir une erreur, c'est à n'y rien comprendre !

— Doucement. Commençons par le début. J'ai transmis à Hambourg la référence indiquée sur le fragment de lettre que nous avons découvert dans la poche du mort.

— Oui, bredouilla le jeune policier. Et ils ont déniché le dossier correspondant. Il y a quatre semaines, ils ont reçu une fiche remplie par un soldat. À ce moment-là, l'homme se trouvait à Munster, dans la lande de Lunebourg. Il existe là-bas un camp d'accueil pour les militaires qui reviennent de captivité. Mais ça ne cadre pas, Herr Hinze est rentré à Berlin depuis plusieurs mois !

Oppenheimer se figea. Il mit quelques secondes à saisir l'information que son adjoint lui avait transmise de manière confuse.

— Quoi ? Le Service de recherche prétend que Herr Hinze s'est inscrit chez eux comme rapatrié il y a seulement quatre semaines ?

Wenzel confirma d'un signe de tête avant de poursuivre :

— Et la lettre dans la poche du mort était probablement la réponse à une demande de renseignement. En effet, Herr Hinze désirait obtenir l'adresse de son épouse. Vous savez ce que ça signifie ? Victime et meurtrier ne seraient qu'une seule et même personne !

Sonné, Oppenheimer s'adossa contre le mur et regarda à l'intérieur de son gobelet vide.

— Il y a forcément une explication.

— C'est bien ce que nous pensions ! s'écria Wenzel. Ursula Hinze nous a menti sur toute la ligne !

Le commissaire leva la main pour tempérer le jeune homme. Ils avaient besoin de preuves tangibles pour étayer cette théorie.

— Peut-on être sûr que le soldat de retour de captivité était bien Hinze ?

— Les employés du Service de recherche ont une photo de Hinze dans leur dossier. Je leur ai demandé de m'envoyer une copie. Les voisins de son ancien appartement à Moabit devraient pouvoir l'identifier. À mon avis, notre victime n'était autre que le vrai Konrad Hinze. (Après une courte pause, Wenzel reprit :) Sa femme n'a pas contacté le Service de recherche à Hambourg. Ursula Hinze croyait être veuve, ou alors elle l'espérait. Tous les mariages ne sont pas un modèle d'harmonie. Et sans demande de sa part, le Service de recherche n'a pas pu fournir au rapatrié l'adresse de son nouveau domicile.

Oppenheimer ferma les yeux un court instant.

— D'accord, partons du principe que ce soldat est effectivement Konrad Hinze. Il a réussi à revenir à Berlin. Le scénario le plus probable, c'est qu'il soit allé à Moabit dans son ancien appartement pour retrouver son épouse.

— Mais l'immeuble a été bombardé, et celle-ci a dû déménager à Treptow, enchaîna Wenzel. Un voisin a sûrement donné à Hinze la nouvelle adresse. Voilà pourquoi l'intrus s'est fait remarquer dans la Köpenicker Landstraße en interrogeant plusieurs résidents. Il s'agissait de Konrad Hinze cherchant sa femme.

Oppenheimer s'écarta du mur, soudain porté par un nouvel élan.

— Pas besoin d'attendre la photo du Service de recherche. Un cliché du mort pris par le légiste suffira pour l'identification. Allons tout de suite à Moabit. Nous interrogerons les anciens voisins des Hinze.

Sans attendre la réponse de Wenzel, il se dirigea vers son bureau pour récupérer son manteau et son chapeau.

— Nous devrions être rapidement fixés ! lança-t-il pardessus son épaule.

L'homme qui descendait en ce début d'après-midi les marches de la station aérienne Schlesisches Tor détonnait dans le flot de silhouettes grises. Il avait beau faire de son mieux pour se fondre parmi la foule, il ne passait pas inaperçu. Sans doute à cause de sa démarche martiale. Au milieu des voyageurs aux épaules courbées, il tranchait avec sa belle prestance. Le manteau rapiécé qu'il portait faisait songer à un déguisement. Selon toute évidence, cet individu n'avait pas connu la défaite.

La détresse que connaissait la population après l'effroyable catastrophe provoquée par Hitler ne semblait pas le concerner.

L'inconnu sortit de l'imposant bâtiment de style néo-Renaissance et s'arrêta sur le trottoir. Au-dessus de lui, une rame de métro passa avec fracas sur le pont d'acier qui enjambait la rue. Il scruta les alentours à travers le rideau de pluie, comme s'il cherchait à se remémorer une impression lointaine. Pendant la guerre, il avait séjourné quelques mois à Berlin, et il essayait maintenant de faire coïncider ses souvenirs avec le présent.

Il réussit finalement à s'orienter. Du carrefour où il se tenait, il n'avait qu'à longer la Schlesische Straße pour parvenir à l'appartement du commissaire Billhardt.

Malgré l'averse violente, l'homme se remit en mouvement. Il se contenta de monter le col de son manteau afin de protéger sa nuque des gouttes d'eau qui frangeaient le rebord de son chapeau. D'un pas décidé, il traversa la Skalitzer Straße et laissa promener son regard sur l'alignement de façades sur sa droite. Il ne tarda pas à repérer l'immeuble de Billhardt.

Bientôt, la situation bougerait dans l'ancienne capitale du Reich et apporterait sûrement son lot de bouleversements. Mais l'inconnu savait comment tirer profit du chaos. En plus, à Berlin, il pouvait faire appel à ses anciens contacts. Un avantage stratégique certain.

Arrivé à destination, il se figea sur le perron pour examiner les sonnettes. Ayant trouvé le nom du policier, il appuya sur le bouton.

Il dut attendre un long moment, puis la porte du bâtiment s'ouvrit avec un bruit sec. Une femme blonde d'âge moyen apparut sur le seuil et le détailla d'un air prudent. Elle avait les traits tirés et des cernes profonds sous les yeux. Probablement la femme de Billhardt. Ils ne s'étaient jamais rencontrés, donc elle ne pouvait pas le reconnaître. C'était mieux ainsi, car l'homme tenait à conserver son anonymat.

— Je dois parler à Herr Billhardt, déclara-t-il. C'est urgent.

— Mon mari est encore au travail.

La femme s'appuya contre le cadre de la porte, signalant ainsi qu'elle n'était pas prête à faire entrer n'importe qui dans l'immeuble. Sa méfiance s'expliquait probablement par le fait que son époux était confronté tous les jours à des criminels, et cette pensée amusa le visiteur.

— Je sais que votre mari a été réintégré dans ses fonctions de commissaire de la Kripo. (Après une courte pause, il ajouta :) Autrefois, nous avons travaillé ensemble sur une affaire, mais il ne s'en souvient vraisemblablement même plus.

— Et vous êtes ?

— Appelez-moi Oskar. Herr Oskar. (Prenant un air complice, il baissa la voix.) Je préfère qu'on ne me voie pas à la brigade, j'ai des informations confidentielles pour votre mari. Il en conviendra lui-même.

Dorothée Billhardt fronça les sourcils.

— Vous pouvez repasser plus tard, mais j'ignore quand il rentrera à la maison.

L'homme hocha la tête.

— Le plus simple serait peut-être qu'il vienne me trouver. Je loge à la pension Keller. C'est à Kottbusser Tor, pas très loin d'ici.

Il sortit un calepin fripé pour noter l'adresse. Puis il arracha la page et la tendit à son interlocutrice.

Celle-ci prit le papier après une courte hésitation. Naturellement, elle ne savait pas quoi penser de cet inconnu qui prétendait connaître son cher époux.

— Dois-je transmettre un message ? demanda-t-elle. De quelle affaire s'agit-il ?

Le visiteur réfléchit un instant. Une idée germa dans son esprit. Avec un sourire mince, il répondit :

— Dites-lui que ça concerne le commissaire Oppenheimer. Mais votre mari ne doit en parler à personne.

Le soir venu, Oppenheimer s'appuya contre le dossier de son siège, épuisé, et se massa le front. Il avait clos à l'instant sa longue journée de travail en appelant Rutters, le procureur, pour l'avertir des progrès de l'enquête.

À peine arrivés à Moabit, Wenzel et lui avaient vu leurs soupçons se confirmer. Le premier voisin interrogé avait formellement identifié le mort sur la photo du légiste ; c'était bel et bien Konrad Hinze. Il n'y avait plus le moindre doute. Le nouveau compagnon d'Ursula Hinze s'était fait passer pour le mari prétendument disparu. Celle-ci avait forcément reconnu son époux en le voyant, mais elle avait soutenu obstinément lors de ses interrogatoires qu'il s'agissait d'un cambrioleur dont elle ignorait l'identité.

Restait à savoir pourquoi Frau Hinze avait joué cette comédie avec son amant. Considérée officiellement comme veuve de guerre, elle n'aurait choqué personne en se montrant avec un autre homme.

Sur le conseil d'Oppenheimer, Rutters avait ordonné qu'elle soit placée en détention provisoire, car elle était potentiellement complice d'un meurtre et susceptible de prendre la fuite. Quant au faux Konrad Hinze, il se trouvait encore à l'hôpital. Dès que les médecins autoriseraient un transfert, il serait conduit sous bonne garde au centre hospitalier de la police.

Oppenheimer quitta son bureau pour rentrer chez lui. Tandis qu'il traversait le hall d'entrée, il avisa une silhouette solitaire près de la porte. D'un certain âge, l'homme portait un manteau sombre et tenait dans sa main gauche une serviette en cuir défraîchie. Le chapeau vissé sur ses tempes grises paraissait légèrement trop grand. Son visage grave, mais non dénué de sympathie, était connu de tous. Ce n'était autre que le vice-directeur de la police berlinoise, Johannes Stumm.

— Herr Oppenheimer, dit Stumm en approchant. Puis-je vous prier de m'accorder un peu de votre temps ?

Le commissaire s'arrêta. Il avait l'obscur pressentiment qu'il ne rentrerait pas à l'heure ce soir-là pour prendre un dîner frugal avec Lisa.

— Bien sûr, Herr Stumm.

— Je vous serais très reconnaissant de m'accompagner à Karlshorst. Si cela ne vous cause pas trop de dérangement.

Ainsi, Stumm était convoqué une nouvelle fois au quartier général de l'administration soviétique. Né en 1897, il n'avait que quelques années de plus qu'Oppenheimer. Avec Paul Markgraf, le chef de la police berlinoise, il formait un tandem extrêmement mal assorti. Décoré de la croix de fer, Markgraf, l'ancien soldat de métier, était devenu après la guerre un apparatchik. Stumm, lui, était un social-démocrate de longue date. Commissaire de police, il s'était occupé d'un certain nombre d'affaires politisées avant d'être mis sur la touche en 1932 par le cabinet Papen. Il avait ensuite été officiellement congédié après la nomination de Hitler comme chancelier.

Selon les informations dont disposait Oppenheimer, Stumm avait fait du négoce durant les sombres années du régime nazi. Brillant entrepreneur d'une intégrité absolue, il était devenu après guerre un candidat idéal pour un poste d'administrateur au sein de la police. Bien que n'ayant jamais travaillé avec lui dans le passé, Oppenheimer avait appris ces derniers mois à apprécier la sagesse et la clairvoyance du vice-directeur. Ce dernier se montrait favorable à la politique des Alliés occidentaux, ce qui irritait non seulement les Soviétiques, mais aussi Markgraf – avec lequel il ne s'entretenait plus que par écrit si l'on en croyait les rumeurs circulant à la Kripo. La lutte de pouvoir entre Stumm et Markgraf avait peu à peu divisé les fonctionnaires de police en deux blocs adverses irréconciliables.

À chaque fois que Stumm était mandé par l'administration soviétique à Karlshorst, il avait pris l'habitude de se faire escorter par deux policiers. L'effet était dissuasif ; on ne maquillait pas aussi facilement la disparition soudaine de trois hommes.

Ne voulant pas abandonner son supérieur dans une situation difficile, Oppenheimer consentit à l'accompagner. Après avoir noué son écharpe autour du cou, il le suivit dehors. Dans la rue envahie par l'obscurité, une voiture les attendait, moteur en marche.

Stumm s'assit sur le siège passager. Tandis qu'il entrait à son tour dans l'habitacle pour prendre place derrière son patron, Oppenheimer vit le chauffeur du véhicule tressaillir. Il comprit aussitôt cette réaction en découvrant le visage familier de l'agent en uniforme. C'était Petit Hans.

Sans son shako, le gangster repenti avait une coiffure rappelant un chat à qui on aurait fait subir un brushing. Visiblement nerveux, il cala au moment de démarrer.

En voyant le colosse tourner nerveusement la clé pour remettre le contact, Stumm sourit.

— Du calme, jeune homme. Nous arriverons bien assez tôt.

6

Lundi 10 – mardi 11 novembre 1947

Même en rêve, Oppenheimer n'aurait jamais imaginé retourner de sitôt à Karlshorst, la zone militaire interdite aux Allemands qu'on surnommait le Petit Kremlin. Il connaissait l'endroit, car il avait eu le privilège douteux d'y être convié à plusieurs reprises par le colonel Aksakov. Depuis sa dernière visite, l'endroit ne s'était pas embelli. Son estomac se noua lorsqu'ils empruntèrent la Treskowallee. On avait élevé deux hauts grillages de chaque côté de l'avenue qui traversait le quartier général soviétique. Étrangement, une ligne de tramway circulait encore sur l'ancien axe routier devenu une étroite tranchée bordée de barbelés. Les nombreuses lanternes qui jalonnaient les rails avaient certainement été installées pour empêcher d'éventuels intrus de franchir la clôture à la faveur de la nuit.

Hans ralentit en s'approchant de l'entrée de la zone interdite et s'arrêta devant la barrière. Un soldat de l'Armée rouge, pistolet-mitrailleur en bandoulière, jaillit aussitôt d'une guérite.

Hans baissa la vitre de sa portière.

— *Propousk ?* demanda le factionnaire.

Stumm se pencha pour essayer de lui expliquer dans un mélange de russe et d'allemand qu'il n'avait pas de laissez-passer, mais qu'on l'avait convoqué à une réunion.

Le planton acquiesça en silence.

Ils durent patienter quelques instants jusqu'à ce qu'un 4x4 vienne à leur rencontre. La barrière s'ouvrit et le soldat fit signe à Hans de passer.

Celui-ci suivit le véhicule à travers l'ancien quartier résidentiel.

Alors que les clôtures extérieures étaient bien éclairées, les rues de la zone militaire étaient plongées dans l'obscurité. Oppenheimer renonça rapidement à s'orienter. Ils roulèrent quelques minutes avant que les feux arrière du tout-terrain ne s'illuminent devant eux.

Le commissaire commençait à s'inquiéter. Les avait-on attirés dans un piège, comme Stumm le craignait ? Les Russes voulaient-ils se débarrasser du vice-président qui les gênait depuis trop longtemps ?

Un claquement sec retentit, et tout s'éclaira autour d'eux. Suspendus à de hautes potences, des projecteurs dardaient leurs rayons sur la voiture. Ébloui, Oppenheimer cligna des yeux. Il distingua sur sa droite les marches d'un perron.

La portière passager s'ouvrit brutalement.

— *Davaï ! Davaï !* ordonna un soldat soviétique en montrant à Stumm le porche de l'immeuble tout proche.

Le fonctionnaire étreignit la poignée de sa vieille serviette en cuir.

— Vous devez m'attendre ici, lança-t-il avant de s'extraire de l'habitacle.

Le ton inquiet de son supérieur n'était pas pour rassurer Oppenheimer. Les deux militaires sortis du 4x4 escortèrent Stumm jusqu'à la porte du bâtiment. Lorsque celui-ci eut disparu à l'intérieur, ils restèrent sur le perron afin de monter la garde. Pistolet-mitrailleur en bandoulière, ils se mirent à discuter en fumant cigarette sur cigarette.

Même portières fermées, Oppenheimer croyait pouvoir sentir l'odeur lourde du machorka, le tabac qu'affectionnaient les Russes.

Il décida de saisir l'occasion pour avoir une conversation entre quatre yeux avec Hans.

— Comment se fait-il que tu sois dans la police, maintenant ? demanda-t-il négligemment. Tu as eu des ennuis avec Ed ?

Le Schupo haussa les sourcils.

— Moi ? Non, tout baigne avec le Mastard. (Machinalement, il avait répondu en argot berlinois.) C'est Paul, ce poseur, qui me sort par les yeux. Il joue au petit chef, parce que Ed n'est plus intéressé que par son casino.

— Quoi ?

Surpris, Oppenheimer se redressa vivement. Le mouvement brusque fit se retourner les soldats russes, qui portèrent aussitôt la main à leur PM.

— J'ignorais qu'Ed avait ouvert un casino.

— Dans la cave, là où il y avait le stand de tir, expliqua Hans. Ça fait quelques mois, maintenant. Et depuis, c'est Paul qui dirige le cabaret. Il ne supporte pas la moindre critique. Les responsabilités lui montent au ciboulot.

Pour appuyer ses dires, le colosse tapota sa tempe de l'index.

— Alors, tu as quitté le milieu à cause de Paul ? Mais pourquoi t'es-tu reconverti dans la police ?

Gêné, Hans hésita un instant.

— Bah, à vrai dire, c'était l'idée de ma mère. Elle voulait que je fasse quelque chose de sérieux. Et comme on embauche à tour de bras chez les poulets, je me suis présenté.

L'explication était sortie de manière tellement naturelle de la bouche du jeune homme qu'Oppenheimer le crut sur-le-champ.

— Tu as fait le bon choix, Hans, le félicita-t-il. (Puis, jetant un coup d'œil vers l'entrée de l'immeuble, il demanda :) D'habitude, combien de temps Stumm reste-t-il à l'intérieur ?

— Aucune idée, Herr Kommissar. C'est la première fois que je viens ici.

— Tu n'as rien manqué, à ce que je vois, commenta Oppenheimer en prenant son mal en patience.

Ils durent attendre une demi-heure avant que Stumm ne ressorte du bâtiment.

Le vice-directeur de la police berlinoise poussa un soupir de soulagement en se rasseyant dans la voiture.

— On peut y aller, dit-il après avoir refermé la porte et posé sa serviette sur ses genoux. (Du menton, il désigna les deux soldats de l'Armée rouge.) Ces messieurs vont nous raccompagner.

Tandis que Hans démarrait le moteur, les gardes remontèrent dans leur tout-terrain.

Le visage tendu de Stumm indiquait que son entretien avec les Soviétiques n'avait pas été une partie de plaisir. Oppenheimer préféra s'abstenir de lui poser des questions sur ce qui s'était passé. Cela dépassait ses compétences, croyait-il. Et il finirait sans doute tôt ou tard par l'apprendre dans les couloirs de la brigade.

Ce qui était sûr, c'est qu'il n'aurait pas voulu échanger sa place contre celle de son supérieur.

Le Kiosque de l'amour était une piste prometteuse pour la suite de l'enquête. Ursula Hinze avait peut-être suivi le conseil de son amie Erika Schimmelpfennig et rencontré son amant par l'intermédiaire de l'agence matrimoniale. Si c'était le cas, il devait y avoir là-bas un dossier révélant la véritable identité de l'homme qui se faisait passer pour Konrad Hinze.

Le lendemain matin à l'aube, Oppenheimer enfourcha sa bicyclette pour se rendre dans la Baumschulenstraße et intercepter Erika Schimmelpfennig avant que celle-ci ne parte au travail.

Il arriva sur place au moment où se déroulait un véritable drame. Deux agents de police venaient d'appréhender Ursula Hinze. Encore en robe de chambre, Frau Schimmelpfennig était si bouleversée par l'arrestation qu'elle bombarda Oppenheimer de questions. Pour ne rien arranger, son ex-mari assistait à la scène avec une mine réjouie. En usant de patience, le commissaire parvint finalement à obtenir l'information dont il avait besoin : le Kiosque de l'amour était situé sur l'avenue du Kurfürstendamm, à l'angle d'Uhlandstraße.

S'ensuivit un interminable trajet à vélo pour revenir dans la partie occidentale de la ville. Excédé par la pluie qui lui fouettait le visage, Oppenheimer se promit d'emprunter les transports en commun dès le lendemain.

À Berlin, les kiosques étaient si nombreux qu'on les remarquait à peine. Ils avaient resurgi de nulle part juste après la capitulation. Placées aux points névralgiques de la ville, ces cahutes constituaient en hiver un abri pour les passants transis, et on pouvait y acheter – dans le cadre de la loi – tout ce qu'on désirait : des journaux aux billets de loterie en passant par des cornichons marinés.

Oppenheimer quitta la Breitscheidplatz pour s'engager sur le Kurfürstendamm, à la recherche d'un kiosque où l'on ne vendait pas des marchandises, mais des rêves d'amour.

Après quelques centaines de mètres, il atteignit le carrefour indiqué par Frau Schimmelpfennig. Sur la gauche se dressaient les ruines de la Haus Scharlachberg, du nom d'une célèbre eau-de-vie. Cet immeuble d'angle avait été baptisé ainsi dans les années vingt à cause de l'imposante enseigne lumineuse qu'on avait fixée sur la partie supérieure de sa façade pour faire la publicité dudit alcool. Les bombes avaient détruit la devanture du commerce qui occupait le rez-de-chaussée. Dans les grandes vitrines désaffectées s'élevaient des piles de briques.

Côté Uhlandstraße, une rangée de tableaux était disposée devant les vestiges du bâtiment. Sur ces panneaux de bois, on avait punaisé des petites annonces en tous genres, soigneusement triées par ordre chronologique.

Non loin de là se dressait le kiosque que recherchait Oppenheimer – une baraque en planches dotée de deux minuscules fenêtres à guillotine.

Le commissaire descendit de vélo sous une pluie de sons discordants. Debout sur le trottoir, un aveugle portant des lunettes de soleil et un brassard jaune d'invalide orné de trois points noirs tapait sur un xylophone portatif. Il était accompagné d'un chien. Étendu par terre, les oreilles couchées, le bâtard au poil noir semblait ne pas apprécier la cacophonie de son maître, mais ne protestait pas.

Oppenheimer s'approcha du kiosque. Près de la porte étaient accrochés deux grands panneaux couverts de messages. Devant celui de gauche, surmonté de l'inscription « Annonces messieurs – photos sur demande », s'agglutinaient plusieurs femmes.

Le commissaire frappa à l'une des fenêtres. Un instant plus tard, le châssis inférieur se leva avec un bruit de crécelle.

— Vous avez trouvé une annonce intéressante ? demanda une voix flûtée.

L'intérieur de la cabane était plongé dans la pénombre, et Oppenheimer dut plisser les yeux avant de distinguer la silhouette d'une dame d'un certain âge. Son visage rond était encadré par des cheveux blonds oxygénés et permanentés.

— Euh… non, pas tout à fait, balbutia-il en sortant sa plaque. C'est pour une enquête de police.

La tenancière examina l'insigne d'un air soupçonneux.

— Avez-vous aussi un document prouvant votre identité ?

Tandis qu'Oppenheimer fouillait nerveusement les poches de son manteau à la recherche de ses papiers, elle l'arrêta d'un geste de la main.

— Bah, oubliez. Venez à l'intérieur. Je suppose que c'est une affaire confidentielle.

Il regarda autour de lui. Impossible d'entrer avec sa bicyclette dans la baraque exiguë. Et laisser sur le trottoir sans surveillance un objet aussi précieux qu'un vélo était risqué. Spontanément, il confia son deux-roues au xylophoniste aveugle en lui promettant un pourboire. Cette solution avait en plus l'avantage de faire cesser l'effroyable musique.

Contre toute attente, l'invalide se révéla très dur en affaires. Il exigea d'abord d'être payé en cigarettes, mais Oppenheimer n'en avait pas. Et quand le commissaire lui donna un billet de banque, l'homme palpa celui-ci d'un air extrêmement méfiant.

— J'espère que ce n'est pas un négatif, grogna-t-il en frottant le papier-monnaie près de son oreille.

— Bien sûr que non. Si vous ne me faites pas confiance, demandez confirmation à la dame du kiosque.

Dans le langage populaire, un « négatif » était un billet de banque en provenance du secteur soviétique. On pouvait les reconnaître au signe moins qui apparaissait devant le numéro de série. En revanche, dans les zones occidentales, on n'imprimait presque plus de papier-monnaie allemand. À l'Ouest, les banques et les commerçants considéraient donc que ces billets n'avaient aucune valeur.

À la grande surprise d'Oppenheimer, l'intérieur du kiosque était plus spacieux qu'il ne l'avait cru. Outre des étagères, la propriétaire avait même pu y loger une table et deux chaises. Elle invita le commissaire à s'asseoir.

— Que puis-je faire pour vous, Herr Kommissar ?

— Si j'ai bien compris, vous dirigez une sorte d'agence matrimoniale ? s'enquit-il prudemment.

Les boucles blondes de la femme oscillèrent lorsqu'elle secoua la tête.

— Pas au sens strict du terme. J'aide les gens à trouver l'amour. Mais sans promesse d'union conjugale. Je dois d'abord penser à mon commerce. Le mariage n'est pas bon pour les affaires, voyez-vous. Si mes clients se marient, ils n'ont plus besoin de mes services. Enfin, pendant un certain temps, du moins.

Elle ponctua ses mots d'un clin d'œil ironique.

Oppenheimer acquiesça poliment.

— Et comment se déroule cette quête d'amour ? D'un point de vue formel, j'entends. On regarde les annonces affichées dehors et, si on est intéressé, on peut consulter les photos ?

La tenancière prit une longue inspiration, ce qui fit tinter son collier de perles.

— Pour vingt marks, on peut déposer chez moi une annonce, expliqua-t-elle. On reçoit alors un numéro. Pour la plupart, ces annonces ressemblent à une liste de vœux qui ne seront jamais exaucés. Vous ne pouvez pas imaginer combien les gens sont exigeants. Dehors, sur les panneaux, ce n'est qu'un aperçu. Les dernières annonces. Je n'ai pas la place de tout mettre. Les clients viennent consulter le reste ici, à l'intérieur. Avec son texte, on donne une photo. C'est compris dans le prix. Je mets cette photo dans le registre avec le numéro de suivi.

Elle prit sur une étagère un album volumineux qu'elle déposa sur la table devant Oppenheimer.

— Voilà, dit-elle fièrement en ouvrant le livre. Toutes les photos de ces dames. Pour les messieurs, j'ai un autre registre. Chaque client peut les consulter aussi longtemps qu'il le souhaite pendant les heures d'ouverture. Alors, Herr Kommissar ? Vous êtes sûr de ne pas être à la recherche d'une femme qui a du chien ?

Ignorant la remarque, Oppenheimer feuilleta l'album. Les portraits de femmes se succédaient. Certaines souriaient avec espoir alors que d'autres avaient le visage marqué par les désillusions. Sur chaque page, on pouvait glisser dans des coins cartonnés une photo ainsi qu'une petite fiche portant le numéro de la cliente – un rangement très effectif qui permettait de remplacer aisément les clichés.

— Comment se fait la prise de contact ? demanda-t-il.

— Je ne révèle jamais les adresses. Il faut être prudent. Si une dame estime avoir trouvé un homme intéressant, elle peut lui écrire une lettre en précisant le numéro de son choix et la déposer au kiosque, ou même l'envoyer par la poste. Je transmets ensuite à la personne concernée. Si l'heureux élu ne répond pas, elle peut retenter sa chance.

— Je comprends. Les adresses ne sont donc échangées qu'au moment de la première rencontre.

— Pas obligatoirement, précisa la tenancière.

Oppenheimer décida de passer au motif de sa visite.

— Y aurait-il un moyen de vérifier si une dénommée Ursula Hinze a été inscrite ici pendant quelque temps ? Il y a quatre mois, elle a trouvé un nouveau compagnon.

La propriétaire du kiosque plissa le front.

— Quatre mois, vous dites ? Ça remonte à début juillet.

— À peu près, confirma-t-il.

— Elle est peut-être encore dans l'album.

Oppenheimer la regarda sans comprendre.

— Mais elle a trouvé quelqu'un.

Le commentaire fit sourire la blonde.

— Vous ne connaissez pas les gens ! Beaucoup laissent leur photo dans le registre même s'ils ont rencontré quelqu'un. On ne sait jamais, une personne encore plus séduisante pourrait se manifester.

Elle prit sur l'étagère une grosse boîte en bois contenant des fiches.

— Quel était le nom déjà ?

— Hinze. Ursula Hinze.

Quelques instants plus tard, la tenancière referma le fichier, déçue.

— Elle n'est plus là. Une femme fidèle, apparemment. Avec un peu de chance, sa photo est dans mes archives. La plupart des clients me prient de conserver leur portrait au cas où ils souhaiteraient se réinscrire plus tard.

Elle se pencha pour sortir de sous l'étagère un énorme carton. La voyant ahaner, Oppenheimer s'empressa de lui prêter main-forte.

— Vous gardez donc là-dedans les photos de tous vos clients ?

La blonde fit un geste blasé.

— Seulement les femmes. Pour les hommes, j'en ai un autre.

Le commissaire estima qu'il devait y avoir plusieurs centaines de clichés dans la boîte. Malgré tout, son interlocutrice trouva rapidement ce qu'elle cherchait.

— Tout est rangé par ordre alphabétique, annonça-t-elle avec orgueil. Une femme portant le nom d'Ursula Hinze était effectivement inscrite ici. C'est bien elle ?

La propriétaire montra à Oppenheimer une photo. Il s'agissait d'un portrait réalisé par un photographe professionnel. Frau

Hinze avait la tête légèrement penchée. Au lieu de sourire, elle pinçait étrangement les lèvres.

En jetant un coup d'œil au dos de la photo, la tenancière éclata de rire.

— Avez-vous découvert quelque chose d'intéressant ? s'étonna Oppenheimer.

— Et comment ! D'après ce que j'ai noté, Frau Hinze n'est restée cliente que six semaines. Ensuite, elle m'a demandé de retirer sa photo de l'album. Soit elle a rencontré l'homme de ses rêves, soit elle a abandonné ses recherches. Je parierais plutôt pour la deuxième option.

— Pourquoi ?

— Parce que c'est un temps très court. Personne ne déniche son âme sœur en six semaines. Mais elle est peut-être une exception.

Oppenheimer examina à son tour le verso du portrait. Il n'y avait rien de plus que les indications que la blonde venait de lui donner.

— Serait-il possible de savoir avec qui Frau Hinze est entrée en contact durant cette période ?

— Je ne conserve pas ce genre d'informations. (Arborant un sourire navré, la tenancière ajouta :) Il y a tellement de lettres qui entrent et qui sortent ici. Si je voulais tout garder, il faudrait que j'embauche dix personnes. Et qui paierait la note ? Mon kiosque n'est pas un organisme d'État. Connaissez-vous le nom de l'homme que vous recherchez ?

Oppenheimer soupira.

— Non, malheureusement. J'ai seulement son signalement.

— Désolée, mais je classe les photos par ordre alphabétique à partir du nom de leurs propriétaires. Si vous voulez, vous pouvez consulter l'album messieurs et mon carton d'archives. Avec un peu de chance, vous tomberez sur votre inconnu.

Le commissaire acquiesça. Cela valait le coup d'essayer. Il avait remarqué que dehors, sur le panneau, les annonces masculines étaient moins nombreuses que celles de l'autre sexe. La recherche ne prendrait peut-être pas trop de temps.

Pourtant, les apparences étaient trompeuses. Il y avait certes moins d'hommes inscrits au Kiosque de l'amour, mais il lui fallait tout de même examiner plusieurs centaines de photos.

Oppenheimer commença par l'album contenant les annonces des clients actifs. Aucun ne ressemblait à l'amant de Frau Hinze. Après cela, il s'occupa des archives. Il sortit de sous l'étagère le gros carton que lui avait indiqué la tenancière et le posa sur la table.

Alors qu'il était plongé dans ses recherches depuis un bon moment, la porte de la baraque s'ouvrit, laissant entrer un courant d'air froid et humide. Une femme vêtue d'un imperméable franchit le seuil et s'ébroua.

— Oh, pardon ! s'écria-t-elle en voyant que des gouttes d'eau avaient atteint Oppenheimer.

Celui-ci poussa un grognement agacé. Il gênait ici, c'était indéniable. Et pour passer le carton au peigne fin, il lui faudrait plusieurs heures. N'était-il pas plus judicieux de se rendre à l'hôpital afin de signifier au faux Herr Hinze que sa mise en scène avait été découverte ? Au besoin, il pourrait revenir consulter les photos plus tard.

Il referma le carton pour le remettre à sa place. Puis, après avoir remercié la propriétaire, il reboutonna son manteau et sortit.

7

Mardi 11 – mercredi 12 novembre 1947

Le patient allongé sur son lit d'hôpital réagit avec un flegme déconcertant aux accusations d'Oppenheimer. La tête posée sur un épais oreiller immaculé, il fixait le commissaire d'un air imperturbable. Il avait les tempes légèrement dégarnies et, comme la plupart des hommes, portait ses cheveux mi-longs, peignés derrière les oreilles. La lumière du jour qui entrait par la fenêtre donnait un reflet argenté à son menton mal rasé et faisait ressortir ses pommettes.

— Comprenez-vous ce que je dis ? insista le commissaire en haussant le ton. Frau Hinze a été arrêtée ce matin. Elle est soupçonnée de complicité de meurtre. Le procureur pourrait même retenir la préméditation. C'est seulement en passant aux aveux complets que vous lui éviterez la prison. Si vous avez une once de dignité, je vous conseille de parler !

Un silence pesant s'installa. L'imposteur se racla la gorge lorsqu'il remarqua qu'Oppenheimer attendait une réponse.

— Je ne sais pas ce que je pourrais ajouter, lâcha-t-il avec obstination. J'ai déjà expliqué que j'avais poignardé l'intrus sans le vouloir.

— Vous avez simplement omis de préciser que vous n'êtes pas Konrad Hinze.

L'homme renifla avec mépris.

— Qui raconte une sottise pareille ?

— Les anciens voisins de Frau Hinze à Moabit.

Oppenheimer avait parlé lentement pour donner plus de poids à ses paroles. Non sans une certaine satisfaction, il vit le sourire effronté de son interlocuteur se figer.

— C'est n'importe quoi, rétorqua le patient en se reprenant aussitôt. Ça fait un bail que nous n'habitons plus là-bas ! Je n'y suis pas retourné depuis mon incorporation. Et entre-temps, il s'est passé pas mal de choses. Les gens ont vu des atrocités qu'ils auraient préféré ne pas voir et commis des erreurs qu'ils regrettent amèrement. Mais la vie continue, et il faut s'adapter. (À voix basse, il ajouta :) Peut-être que certains ne me reconnaissent pas, mais je suis toujours le même.

Oppenheimer regarda son interlocuteur avec un intérêt nouveau. L'allusion était claire. L'homme avait probablement perpétré des méfaits pendant la guerre. S'il avait pris l'identité d'un militaire disparu, c'était sans doute pour faire table rase du passé et commencer une nouvelle existence.

— Ça n'explique pas pourquoi le prétendu cambrioleur que vous avez tué a été formellement identifié comme étant Konrad Hinze.

— Nos anciens voisins à Moabit ne sont qu'une bande d'asociaux, riposta l'inconnu. Ils nous ont toujours causé des problèmes. S'ils cherchent à me nuire, c'est par pure méchanceté. Mais les gens sont comme ça, vous savez.

Croisant les bras sur sa poitrine, il tourna ostensiblement la tête vers la fenêtre pour montrer qu'il n'avait plus rien à dire. Malgré tout, Oppenheimer resta assis pour l'observer quelques instants. L'irritation de l'homme paraissait factice. On aurait dit un mauvais comédien qui, pour reproduire un sentiment, était prêt à recourir à toute une palette de clichés.

Une heure plus tard, Oppenheimer était de retour à la brigade. Le pas léger, il monta l'escalier menant à son bureau. Avant de quitter l'hôpital, il avait parlé à un médecin qui lui avait confirmé que les blessures du suspect n'étaient pas graves. L'amant d'Ursula Hinze avait perdu beaucoup de sang, mais il se rétablissait très vite. Le surlendemain, on le transférerait au centre hospitalier de la police.

Arrivé à son étage, le commissaire s'appuya contre un mur pour ôter ses pinces de pantalon.

— Ah, Herr Oppenheimer !

Il tressaillit en entendant la voix familière qui l'avait interpellé. Après la capitulation, l'administration soviétique avait imposé dans chaque brigade la présence d'un antifasciste formellement reconnu ou d'un membre du SED. À la Kripo, il s'agissait de Möller. Dans les faits, ces conseillers avaient autant de pouvoir qu'un vrai chef de service. Ainsi, Cordes – le patron d'Oppenheimer – ne pouvait pas prendre une seule décision sans l'approbation de Möller.

Ce dernier approcha. L'ancien opposant au régime nazi avait pour habitude d'arpenter les couloirs d'un air bougon en pinçant les lèvres sous son épaisse moustache noire. Même à l'intérieur du bâtiment, il n'ôtait presque jamais son feutre. Mais, ce jour-là, il souriait. Oppenheimer doutait que ce soit un bon présage.

— Herr Cordes m'a parlé de vos progrès dans l'affaire Hinze, déclara le conseiller en lui serrant la main.

Dans sa bouche, pareil commentaire ressemblait presque à un compliment.

Surpris, Oppenheimer ne sut que répondre. Il balbutia :

— On fait ce qu'on peut.

Il savait qu'au premier stade d'une enquête, mieux valait rester prudent.

Möller rajusta son binocle.

— Vous allez y arriver. J'ai un bon pressentiment.

Oppenheimer retint un commentaire ironique. Se forçant à sourire, il hocha la tête. Puis, voyant que le conseiller restait planté là, il demanda :

— Que puis-je faire pour vous ?

Möller parut chercher ses mots.

— Je trouve ça très rassurant que la police puisse compter dans ses rangs un commissaire aussi perspicace que vous. J'ai lu les rapports de vos dernières enquêtes, et je dois dire que vous faites un excellent travail. (Adoptant un ton confidentiel, il ajouta :) En plus, je suis absolument certain que vous êtes un antifasciste convaincu. Je sais ce que vous avez vécu. Moi, les nazis m'ont enrôlé de force dans un bataillon disciplinaire avec d'autres opposants au régime. Nous avons été envoyés au front pour servir de chair à canon.

— Heureusement, tout ça, c'est terminé, répondit Oppenheimer laconiquement.

Il connaissait déjà l'histoire de son collègue qui avait le fait le tour de la brigade depuis longtemps. Contrairement à d'autres qui s'en vantaient, le commissaire avait du mal à parler des persécutions qu'il avait subies. Soudain songeur, il fit tourner les deux pinces en métal entre ses doigts.

Il éprouvait toujours une grande amertume lorsqu'il pensait aux années que les nationaux-socialistes lui avaient volées. Mais ce n'était pas tout. Il y avait autre chose. Au fond de lui, il ne pouvait s'empêcher de concevoir une certaine culpabilité. Il s'en était sorti, alors que beaucoup d'autres avaient été assassinés. Il avait beau se répéter qu'il ne portait aucune responsabilité, ce sentiment irrationnel ne le lâchait pas.

— Bien sûr, poursuivit Möller en remarquant que son interlocuteur n'était pas très loquace sur le sujet, nous devons tourner le regard vers l'avenir. Voilà pourquoi je voulais m'entretenir avec vous. Je crois qu'un fonctionnaire avec votre vécu a de réelles chances d'avancement au sein de notre administration.

Oppenheimer le regarda d'un air incrédule.

— Hum ! à vrai dire, je suis très satisfait de mon poste. Vous avez vous-même confirmé que je faisais du bon travail.

Le conseiller antifasciste opina gravement.

— Vous rendez de grands services à la population berlinoise. Votre travail est une part importante de la mission qui incombe à notre police : protéger la progression de la démocratie. Nous avons connu une barbarie sans précédent. Et après l'effondrement complet de notre économie et de notre culture, il nous revient de construire un nouvel État.

— Oui, vous avez raison, bredouilla Oppenheimer.

— Aucun peuple avant nous ne s'est retrouvé face à une telle tâche. Nous devons rassembler nos forces antifascistes et démocratiques, sinon il nous sera impossible de restructurer en profondeur notre pays. En fin de compte, nous n'y parviendrons que si nous nettoyons notre administration de tous les nazis et criminels de guerre encore actifs. Il reste beaucoup trop de brebis galeuses dans nos rangs. Voilà pourquoi nous avons besoin de gens comme vous, Oppenheimer. Je vois un avenir brillant se dessiner pour vous. Brillant ! Néanmoins, il vous faudra prouver votre stabilité idéologique. Les mots ne suffisent pas, il faut aussi des actes.

Oppenheimer avait compris où son collègue voulait en venir.

— Vous me conseillez donc d'adhérer au syndicat ?

Möller lui tapota l'épaule.

— Par exemple. Naturellement, ce choix est laissé à l'appréciation de chaque travailleur.

Le commissaire n'appréciait guère qu'on fasse pression sur lui. Et le fait que Möller soit en train de planifier son avenir ne l'enchantait pas davantage. Pour se débarrasser du moscoutaire, il fit mine d'approuver :

— Votre idée me paraît judicieuse, en effet. Je vais me renseigner. Merci, Herr Möller.

Le fonctionnaire au binocle lui donna une nouvelle poignée de main avant de se diriger vers l'escalier.

Se retrouvant seul dans le couloir, Oppenheimer glissa ses pinces dans la poche de son manteau et marcha jusqu'à son bureau. Sa bonne humeur s'était envolée.

La dimension politique au sein de la fonction publique ne l'avait jamais intéressé. Il préférait laisser cela à d'autres personnes plus habilitées à ce genre de choses. Il se considérait avant tout comme un homme de terrain et s'efforçait d'accomplir au mieux les tâches qu'on lui confiait. Mais voilà qu'on lui demandait maintenant de prendre position sur l'échiquier politique, même si cela ne concernait nullement son travail. Ce qu'il craignait depuis sa réintégration était arrivé.

En plus, le moment lui semblait très malvenu. Quel que soit son choix, il n'en retirerait rien de bon. Depuis les élections municipales d'octobre 1946, l'atmosphère sur la scène politique berlinoise était extrêmement tendue. Ce vote avait été une guerre par procuration entre l'Est et l'Ouest. Dans leur secteur, les Soviétiques avaient ainsi interdit aux sociaux-démocrates de présenter des candidats parce que ceux-ci avaient refusé de fusionner avec le SED.

Malgré tout, c'était le SPD qui était sorti vainqueur des élections. En décembre, Otto Ostrowski avait été élu bourgmestre-gouverneur de Berlin. Quelques mois plus tard, en avril 1947, les membres de son propre parti avaient déposé contre lui une motion de censure qui avait été adoptée à la majorité. Ostrowski avait été contraint de démissionner. Les échevins avaient ensuite choisi Ernst Reuter pour lui succéder. Mais, comme toutes les décisions importantes du conseil municipal, ce vote avait été soumis à l'approbation de l'Allied Kommandantura[1], et le commandant soviétique avait mis son veto. Après de longues tractations, c'était finalement Louise Schroeder qui avait pris la tête de la municipalité.

Ce poste était avant tout symbolique, car le conseil municipal pouvait rarement faire adopter ses décisions par les Alliés. La Kommandantura mettait des mois à traiter les propositions de décrets ; les Américains torpillaient tout ce qui venait du SED, tandis que les Soviétiques faisaient la même chose avec les projets du SPD.

Morose, Oppenheimer se mit à arpenter son bureau. Les propos de Möller étaient sans équivoque. S'il acceptait de se syndiquer, on verrait dans ce geste un soutien à la gauche

1. Il s'agissait alors de la plus haute autorité berlinoise, composée de quatre commandants représentant respectivement les quatre puissances d'occupation (États-Unis, Union soviétique, France et Grande-Bretagne).

communiste. Ce qui en soi était absurde, puisqu'il y avait aussi des syndicalistes conservateurs ou sociaux-démocrates.

Les mains enfoncées dans les poches de son pantalon, il poussa un juron. Pourquoi ne le laissait-on pas tranquille ? Tout ce qu'il voulait, c'était pouvoir s'occuper de son enquête. Il avait des choses beaucoup plus importantes à faire que de réfléchir à la politisation des syndicats.

Le lendemain matin, Oppenheimer se félicita d'avoir emprunté le S-Bahn pour se rendre à la Köpenicker Landstraße. À vélo, il aurait été trempé jusqu'aux os en arrivant à destination.

Comme l'amant d'Ursula Hinze refusait de révéler sa véritable identité, Oppenheimer avait décidé de retourner dans l'appartement du couple pour passer les lieux au peigne fin.

En ce jour pluvieux, le logement paraissait gris et terne. Dans le vestibule, le commissaire repéra plusieurs objets masculins suspendus à des patères : un chapeau, un imperméable et le veston d'un costume. Allumant la lumière, il examina un à un les vêtements. Malheureusement, il n'y avait aucune étiquette cousue sur les doublures et, hormis une boîte d'allumettes et quelques ficelles, les poches étaient vides. Dans la salle de bains, il trouva les ustensiles habituels qu'utilisait un homme pour sa toilette. Un rasoir à main était posé sur la tablette blanche du lavabo. À côté, un cuir d'affûtage pendait à un crochet.

Dans le salon, du linge était encore fixé sur les cordes tendues à travers la pièce. Oppenheimer ôta son feutre et le posa sur la table disposée non loin de la fenêtre. La vitre brisée avait été remplacée provisoirement par un carton.

Près du canapé se dressait une imposante armoire qui touchait presque le plafond. Ses grosses moulures rappelaient un cadre de tableau tarabiscoté, à la différence que le bois n'était pas doré, mais très sombre. Le commissaire leva les yeux vers les arabesques du chapiteau. Si on voulait cacher quelque chose, le faîte du meuble était l'endroit idéal.

Il prit l'une des deux chaises rangées sous la table pour la placer devant le flanc gauche de l'armoire. Puis il monta dessus avec précaution, car le siège rembourré était très instable. Sur la pointe des pieds, il parvint à palper le haut du monstre mouluré. Rien.

En voyant la manche de son manteau recouverte de poussière, il regretta aussitôt son idée. Après s'être épousseté brièvement, il porta la chaise de l'autre côté de l'armoire et renouvela l'opération. Le résultat fut le même et, pour comble, il avait à présent les deux manches sales.

Le commissaire sauta sur le sol et prit une longue inspiration afin de retrouver son calme. Il ouvrit ensuite les battants du meuble. Sur l'une des tablettes, il avisa un vieil album de photographies. Le livre noir cartonné ressemblait à ceux du Kiosque de l'amour.

Oppenheimer le sortit de l'armoire pour le parcourir. Après avoir regardé plusieurs images protégées par des feuilles de papier de soie, il comprit qu'il ne trouverait aucun indice à l'intérieur. On y voyait Ursula Hinze en compagnie de différentes personnes, mais il manquait un bon tiers des clichés. Ces photographies montraient sans aucun doute le véritable Konrad Hinze, et l'inconnu de l'hôpital les avait sûrement fait disparaître par prudence.

Il referma l'album et le remit à sa place. L'air songeur, il contempla l'intérieur du meuble. Il décida de démonter les six tiroirs qui s'y trouvaient, au cas où on aurait collé quelque chose dessous. Arrivé au troisième, il vit enfin ses efforts récompensés. Il découvrit au milieu d'un fatras de tricots et d'objets disparates une liasse de lettres.

En jetant un coup d'œil sur les enveloppes, Oppenheimer comprit immédiatement qu'il était sur la bonne piste. Chacune d'elles portait un numéro matricule – 470412 – et l'adresse du destinataire était toujours la même – celle du Kiosque de l'amour. Avec un peu de chance, des lettres de l'amant de Frau Hinze se trouvaient parmi cette correspondance.

Le commissaire prit la chaise pour s'installer à la table du salon. Il avait l'intuition de tenir enfin quelque chose. Un courrier était moins compromettant qu'une photo, mais contenait beaucoup plus d'informations. Et Frau Hinze n'avait peut-être pas songé à effacer ces traces-là.

Oppenheimer examina les documents à la lumière blafarde du jour. Il s'agissait de messages personnels. Certains étaient plutôt formels, d'autres se voulaient humoristiques. Tous avaient un point commun : ils avaient été rédigés par des hommes en quête d'une femme.

À l'aide des matricules, le commissaire dénombra sept expéditeurs. Avec deux d'entre eux, Frau Hinze n'avait eu qu'un bref contact. Deux autres lui avaient envoyé un refus poli. La plupart des lettres provenaient en fait de trois hommes avec lesquels elle avait correspondu durant plusieurs semaines.

S'appuyant contre le dossier de sa chaise, il considéra le tas de papiers avec un sourire amusé. Comme le voulait l'usage dans ce genre d'échange, les trois soupirants principaux n'avaient signé leurs écrits que de leurs prénoms.

Cornelius, Franz et Wilhelm.

Il y avait une réelle chance que l'un des correspondants soit le patient inconnu de l'hôpital. Au moyen des matricules, la tenancière du kiosque pourrait certainement retrouver les noms complets de ces hommes ainsi que leurs adresses.

Satisfait, Oppenheimer replia soigneusement les lettres avant de les remettre dans les enveloppes.

8

Mercredi 12 novembre

— C'est pratique, commenta Wenzel.

Installé dans le bureau d'Oppenheimer, il survolait les lettres trouvées dans l'appartement des Hinze. Avec un sourire, il précisa sa pensée :

— Comme ça, nous avons déjà les échantillons d'écriture de ces messieurs.

Le commissaire haussa les épaules.

— Malheureusement, nous n'avons rien pour faire une comparaison. Et je n'ai pas déniché d'autres indices dans l'appartement. Mais une chose est étrange. Les voisins affirment que notre imposteur habite là-bas depuis plusieurs mois. Pourtant, je n'ai vu que très peu d'affaires lui appartenant. On dirait plutôt que Frau Hinze vit seule.

Wenzel exhala une bouffée de tabac en frottant son menton mal rasé. Des cendres tombèrent de sa cigarette.

— Ce type n'a pas commis la moindre erreur. S'il a été démasqué, c'est uniquement parce que le véritable Konrad Hinze a surgi de nulle part. Et ça, il ne pouvait pas le prévoir. (L'aspirant-inspecteur tira sur sa Droug en plissant les yeux.) Si j'avais été à la place de notre inconnu, j'aurais demandé à Herr Hinze de s'évanouir de nouveau dans la nature en échange d'un bakchich.

— Mais Hinze refuse, car il veut recouvrer sa vie d'avant, enchaîna Oppenheimer. La discussion dégénère en bagarre, et il se prend un coup de couteau.

Wenzel opina.

— Il y a une chose que je ne comprends pas, murmura le commissaire, pensif. Pourquoi notre inconnu s'est-il donné autant de mal pour changer d'identité ?

— Il est peut-être bigame ?

Un fin sourire se dessina sur les lèvres d'Oppenheimer.

— Ou alors c'est un nazi entré dans la clandestinité.

Son adjoint parut sceptique.

— Dans ce cas-là, il suffit de graisser la patte des bonnes personnes pour être blanchi. Ou d'acheter un ou deux témoins de moralité.

— Il traîne peut-être beaucoup de casseroles, rétorqua Oppenheimer. Si ça se trouve, il faisait partie des hauts dignitaires du régime, ou ses crimes sont tellement connus qu'il n'a aucune chance d'être mis hors de cause.

Wenzel renversa la tête en arrière pour admirer d'un air songeur les volutes de fumée bleuâtre qui s'élevaient vers le plafond.

— Peu importe, poursuivit le commissaire. Nous n'avons besoin que d'un échantillon d'écriture de ce monsieur pour le comparer avec ceux que nous possédons déjà. Ensuite, grâce au Kiosque de l'amour, nous saurons où il habitait. Je ne serais pas étonné qu'il ait encore ses affaires là-bas. Elles doivent bien être quelque part. Dans l'appartement de la Köpenicker Landstraße, je n'ai déniché qu'une carte de rationnement et une toute nouvelle carte d'identité au nom de Konrad Hinze. Ursula Hinze s'est probablement présentée avec son amant devant les instances administratives pour déclarer qu'il s'agissait de son mari porté disparu.

À cet instant, on frappa à la porte. Le panneau de bois s'ouvrit, et une jeune femme avec des cheveux noirs noués en chignon apparut sur le seuil. C'était Fräulein Böttcher, la secrétaire. Comme toujours, son teint clair était rehaussé par son rouge à lèvres carmin.

— Qu'y a-t-il, Fräulein Böttcher ? s'enquit Oppenheimer.

Elle agita une grande enveloppe brune.

— Un envoi de Hambourg.

Le commissaire se leva pour prendre la pochette de papier.

— Ah, oui. Sûrement les photos du Service de recherche. Merci.

Fräulein Böttcher pivota sur ses talons et ressortit du bureau.

Se penchant en avant, Wenzel la suivit du regard. Puis il se cala de nouveau dans son siège avec un soupir.

— Fräulein Böttcher ressemble à un *Mozartkugel*[1], murmura-t-il d'un air gourmand.

Oppenheimer devina que son assistant, qui portait pourtant une alliance au doigt, aurait volontiers croqué la jeune femme.

Il ouvrit l'enveloppe. Après un rapide coup d'œil, il lança sur sa table de travail le cliché qu'elle contenait.

— Voici la photo de Konrad Hinze prise dans le camp d'accueil.

Wenzel y jeta un rapide coup d'œil.

— Oui, c'est bien le gars retrouvé mort dans l'appartement d'Ursula Hinze. Mais ça, on le savait déjà après notre petite visite à Moabit.

— La première chose à faire demain, c'est d'aller à l'hôpital, déclara Oppenheimer pensivement. (Remarquant le regard interrogateur de son adjoint, il ajouta :) Je ne veux plus perdre de temps. On a besoin au plus vite d'un échantillon d'écriture de notre inconnu. Je propose que nous nous retrouvions directement là-bas. Disons, vers neuf heures et demie. S'il y a concordance avec les lettres de l'un des trois don Juan, nous filerons ensuite au kiosque pour obtenir son adresse.

Wenzel vit dans les paroles de son supérieur le signal marquant la fin de la journée. Il se leva, laissa tomber son mégot par terre et l'écrasa d'un coup de semelle.

1. Aussi appelé « boule de Mozart », praliné au chocolat de forme ronde, inventé par le pâtissier Paul Fürst à Salzbourg en 1890. Cette friandise très prisée dans les pays germanophones est emballée dans un papier doré à l'effigie de Mozart.

Lorsque le commissaire referma la porte de son bureau, il entendit des pas se rapprocher dans le couloir. Un instant plus tard, les effluves subtils d'un parfum lui montèrent aux narines.

— Bonne soirée, Herr Oppenheimer, le salua Fräulein Böttcher en passant.

— Au revoir.

Il ne put s'empêcher de la regarder s'éloigner. On pouvait aisément deviner que la jeune femme, sous son manteau informe, avait une taille de sylphide. Il se demanda – et ce n'était pas la première fois – si elle portait un corset. Au même moment, il s'étonna d'avoir de telles pensées. Après tout, il était très heureux en ménage.

— Ah, Richard ! Je voulais justement te parler !

Billhardt était apparu quelques portes plus loin dans le couloir. Vêtu de son manteau, chapeau sur la tête, il était lui aussi sur le départ.

Oppenheimer se sentit pris sur le fait. Son vieil ami l'avait-il vu guigner Fräulein Böttcher ?

Le flic manchot lui fit signe de le rejoindre dans son bureau.

— J'ai un problème, annonça-t-il une fois à l'intérieur. Tu peux peut-être m'aider.

— De quoi s'agit-il ? s'enquit Oppenheimer, soulagé que Billhardt n'évoque pas leur secrétaire.

— Hilde a ses entrées dans les milieux diplomatiques de Berlin, non ?

Oppenheimer regarda son collègue avec étonnement.

— Si je te demande ça, c'est à cause des permis de séjour argentins et de ce qui est arrivé à Ulrich les Mains prestes, expliqua Billhardt.

— Ils n'ont rien voulu lâcher, à l'ambassade d'Argentine ?

Billhardt poussa un grognement agacé.

— J'ai traversé toute la ville pour rien. Dans mon souvenir, l'ambassade était située dans le quartier gouvernemental, à côté des jardins du Tiergarten. Eh bien, que nenni ! Le bâtiment a dû être détruit par une bombe. Alors je me suis débrouillé pour dégoter l'adresse du consul. Mais ce monsieur m'a envoyé promener.

— À l'évidence, les Argentins ne veulent pas qu'on se mêle de leurs histoires.

Billhardt s'assit à sa table de travail.

— Qui aurait cru qu'Ulrich serait un jour entraîné dans un imbroglio diplomatique ? (Il tendit son bras valide en direction du couloir.) Chaque soir, je donne à Fräulein Böttcher tous les documents qui ont trait à cette affaire pour qu'elle les enferme dans un coffre. On n'est jamais trop prudent.

— Si quelqu'un peut obtenir des informations, c'est Hilde, confirma Oppenheimer. Elle a effectivement ses entrées chez les diplomates. Son oncle était un haut gradé dans la marine impériale.

Il se garda de préciser que Hilde entretenait d'excellents rapports avec des personnes issues de l'entourage de l'amiral Canaris. Le chef de l'Abwehr – le renseignement militaire – avait été destitué de son commandement un an avant la fin de la guerre lorsque la défaite se profilait à l'horizon. Jusqu'à ce moment-là, Canaris avait officiellement soutenu Hitler, tout en recrutant dans son service des opposants au régime. En secret, il avait collecté des informations sur les crimes de la SS et de la Gestapo, qu'il avait ensuite envoyées à des officiers de haut rang de la Wehrmacht. Après l'attentat du 20 juillet 1944 contre Hitler, il avait été soupçonné comme beaucoup d'autres de jouer double jeu. On l'avait pendu peu avant la fin du conflit. Oppenheimer ignorait si les contacts de Hilde, qui travaillaient pour la plupart au ministère des Affaires étrangères, avaient survécu à cette dernière purge. Mais certains s'en étaient sûrement tirés.

— Que voudrais-tu savoir exactement ? s'enquit-il.

Billhardt se cala dans son siège.

— Tout d'abord, si ces permis de séjour sont des documents authentiques. Je n'avais encore jamais vu ce genre de document. Il peut s'agir de faux particulièrement réussis qu'Ulrich a carottés à un autre malfrat. D'après certains témoins, l'un des deux types qui se sont carapatés de la tour de radio avait la peau basanée.

— Tu crois qu'un Argentin est impliqué dans une histoire de faux papiers ?

— Je n'en sais rien. Mais avant de prononcer à voix haute pareille accusation, je préfère me rencarder.

Oppenheimer comprenait à présent pourquoi Billhardt craignait des complications diplomatiques. Sachant d'expérience que son collègue était quelqu'un qui cédait souvent à la facilité, il décida de se montrer prudent. Il n'avait aucune envie qu'on lui refile la patate chaude.

— Je ne te promets rien, mais je vais voir ce que je peux faire.

Tandis qu'il rentrait à Schöneberg, il ne vit pas le temps passer. Les pensées se bousculaient dans son esprit. Il priait pour que l'inconnu de l'hôpital soit l'un des trois correspondants de Frau Hinze. Si ce n'était pas le cas, il se retrouverait de nouveau les mains vides. Il faudrait alors travailler le couple au corps pour leur arracher la vérité.

La nuit tombait quand il arriva au domaine de Hilde. Parvenu en haut du perron de la villa, il glissa la main dans la poche de son pantalon pour sortir sa clé. Au même moment, une feuille blanche volante passa sous ses yeux et vint se poser à ses pieds.

Surpris, Oppenheimer se baissa afin de ramasser le papier. Celui-ci était couvert d'une écriture enfantine. Comme il se redressait, une seconde feuille se coinça dans le rebord de son chapeau.

— Que diable…

Il leva les yeux et se figea brusquement. Une tête était apparue au-dessus de la gouttière. C'était Theo.

— As-tu perdu la raison, bon sang ? cria Oppenheimer avec une violence qui le surprit lui-même.

Le visage du garçon disparut aussitôt.

Le commissaire déverrouilla la porte et se précipita à l'intérieur. Avant que le battant ne se referme, il s'était déjà lancé dans l'escalier.

Arrivé sur le dernier palier, il se rua dans le grenier. Un nuage de poussière vieille de plusieurs décennies tourbillonna devant lui. S'arrêtant involontairement, il battit des paupières. À quelques mètres de lui, une ombre se faufila par l'une des lucarnes. Le commissaire se remit en mouvement et attrapa par le bras son pupille qui essayait de s'échapper.

— Que fabriquais-tu sur le toit ? demanda Oppenheimer d'un ton vif. Ne vois-tu pas que c'est dangereux ? Au moindre faux pas, tu peux dégringoler jusque dans la cour. C'est la mort assurée.

Le garçon cessa de se débattre. Le front plissé, il lâcha d'un air de défi :

— Je suis assez grand pour savoir ce qui est dangereux ou non.

Oppenheimer prit une longue inspiration. Son cœur battait encore la chamade.

— Pourquoi es-tu monté là-haut ? Pour faire tes devoirs ? Si tu ne veux pas être dérangé, tu peux aller dans la maisonnette de Hilde.

— Je surveille les environs pour m'assurer que les hommes ne reviennent pas.

Oppenheimer sentit son ventre se nouer. Malgré tous ses efforts, il ne parvenait pas à gagner la confiance du garçon, qui craignait toujours d'être trahi et envoyé dans un foyer. Ce constat était amer.

Au moment de l'adoption, il avait mené son enquête au Service de recherche de Berlin. Theo lui avait raconté qu'il était originaire de Gurnen, ville située dans l'ancienne Prusse-Orientale. Après maintes tergiversations, il avait fini par révéler son nom de famille : Kallinich.

L'enfant faisait partie de ces millions d'Allemands qui avaient été contraints de fuir l'Europe de l'Est à l'arrivée de l'Armée rouge. En transit dans la gare d'Anhalt, il avait été séparé de sa mère et de sa sœur.

Malheureusement, personne n'avait contacté le Service de recherche pour le retrouver. Et sans une demande officielle de la part d'un membre de la famille, on ne pouvait pas faire grand-chose.

Avant qu'Oppenheimer n'ait le temps de rassurer l'orphelin, celui-ci sortit du grenier et disparut dans l'escalier. Tandis que le commissaire le regardait s'éloigner avec un serrement au cœur, il sentit un courant d'air froid sur sa nuque. La lucarne était restée ouverte. Il fit quelques pas dans la pièce sombre pour refermer la petite fenêtre. La poignée était branlante. Pas étonnant donc que Theo ait réussi à l'ouvrir sans mal. Oppenheimer se promit d'y remédier.

Il aurait préféré aller se détendre dans sa chambre en écoutant de la musique symphonique sur son phonographe. Mais il devait auparavant s'occuper de l'affaire de Billhardt.

Morose, il descendit dans la cuisine souterraine pour se faire une tasse de succédané. Par chance, Lisa était déjà rentrée du travail et s'activait devant l'imposant fourneau. Il lui narra les acrobaties de Theo.

Sa femme écarquilla les yeux en écoutant son récit.

— Tu crois qu'il fait ça souvent ? s'inquiéta-t-elle.

Oppenheimer haussa les épaules.

— Ce ne serait pas surprenant. Il faudrait condamner les lucarnes, ou mettre un cadenas sur la porte du grenier. J'essaierai d'en dénicher un chez le brocanteur. Mais, comme toutes les denrées rares, ça risque de coûter cher.

— Je vais poser la question au QG des Britanniques, proposa Lisa. Carruthers pourra peut-être nous aider. Je me renseignerai aussi auprès des ouvriers qui travaillent sous ses ordres à la rénovation des ponts.

Oppenheimer acquiesça.

— Excellente idée. Quand j'y pense, je me dis que je n'ai pas choisi le bon métier. De nos jours, on gagne bien mieux sa vie en étant artisan.

Lisa sourit. Elle savait que son mari n'était pas sérieux.

Après avoir bu une tasse d'ersatz de café obtenu à partir de faînes torréfiées, le commissaire sortit de la villa pour se rendre chez Hilde.

Son amie se tenait sur le seuil de la maisonnette.

— Ah, c'est toi, grogna-t-elle en lui faisant signe d'entrer.

Manifestement, l'aristocrate était d'humeur grincheuse. Oppenheimer, qui la connaissait bien, décida de laisser passer l'orage. Il la suivit docilement dans le salon et s'assit à la table.

Hilde se servit un verre de schnaps qu'elle descendit d'un trait avant même de prendre place en face de lui.

Au bout de quelques instants, le commissaire se racla la gorge.

— Des problèmes à l'hôpital ? risqua-t-il.

— À l'hôpital ? Peuh ! (Hilde fit un geste de dédain.) Pour se faire entendre de la direction, il suffit d'élever un peu la voix. Non, je me demande si Otto n'a pas eu raison de quitter Berlin. Tout va à vau-l'eau ici.

— Pourquoi dis-tu ça ?

— Tu n'as pas eu vent de la polémique autour du Kulturbund[1] ?

Oppenheimer leva les mains en signe d'excuse.

— Non, désolé. Je suis en ce moment sur une affaire très prenante.

— Dans ce cas, ouvre les oreilles.

Hilde lui expliqua brièvement la controverse sur l'institution culturelle qui avait été fondée en 1945 avec l'approbation de l'administration soviétique, et dont le but déclaré était la « renaissance nationale de l'Allemagne en vertu des principes humanistes et antifascistes ». Il était évident qu'un tel organisme unique ne pouvait subsister à long terme dans une Allemagne

1. Kulturbund für die demokratische Erneuerung Deutschlands (« Union culturelle pour le renouveau démocratique de l'Allemagne ») : créée en juillet 1945, cette organisation qui se situait au-dessus des partis aspirait à l'éducation politique des masses en promouvant la vie culturelle.

divisée en quatre zones d'occupation. Pourtant, Oppenheimer estimait qu'il était essentiel en ces temps de reconstruction que la population se remémore certaines valeurs culturelles à demi oubliées.

Le futur État allemand avait besoin de fondations solides pour, à l'avenir, résister au fascisme sous toutes ses formes. Il fallait éviter de reproduire les erreurs qui avaient poussé à la ruine la république de Weimar, le premier régime démocratique instauré en Allemagne. Aux yeux du commissaire, le Kulturbund devait donc pouvoir agir de manière intersectorielle.

Pourtant, dans les zones occidentales, ses activités avaient été brusquement interrompues. Selon Hilde, les Américains essayaient depuis l'été d'entraver par tous les moyens les manifestations de l'Union culturelle parce qu'ils la soupçonnaient d'être une organisation politique chapeautée par les Russes. Le 1er novembre, ils avaient fini par l'interdire. Et cette interdiction venait d'être élargie au secteur britannique.

Oppenheimer soupira en entendant la nouvelle. Cette controverse lui paraissait absurde.

— Bien sûr que la culture a une portée politique, argua-t-il. Les Américains la considèrent-ils comme un passe-temps innocent ? Bon sang, Beethoven a dédié son *Eroica* à Napoléon Bonaparte, avant de se raviser quand celui-ci s'est autoproclamé empereur.

Hilde secoua la tête.

— Ce n'est pas le fond du problème. Malheureusement, le Kulturbund n'emploie pas la bonne rhétorique.

— Comment ça ?

— Ses membres prônent avant tout l'antifascisme. Sur le principe, ils ont raison. Il faut s'opposer fermement à toute forme de nationalisme et d'autocratisme si nous voulons remettre le pays sur la bonne voie. Seulement les Russes ont repris à leur compte le concept d'antifascisme pour mieux vendre l'idéologie de Staline.

Oppenheimer éprouva lui aussi le besoin de boire un schnaps pour digérer ce qu'il venait d'entendre. Il alla dans la cuisine attenante et prit le premier verre venu. Convaincu que le casse-poitrine de Hilde tuerait la moindre bactérie, il ne se donna même pas la peine de le laver.

Il grimaça lorsque l'alcool lui brûla le gosier. Après quelques toussotements, il demanda :

— Alors toute cette histoire n'est qu'une farce tournant autour du concept d'antifascisme ?

— Pas tout à fait, répondit Hilde d'un air grave. Les Alliés occidentaux pensent que le Kulturbund ne se distancie pas assez de la politique du SED.

— Mais le SED et les Soviétiques œuvrent pour la réunification de l'Allemagne.

— Une réunification conforme aux principes de Staline ! Car il exige qu'on lui obéisse au doigt et à l'œil. S'il parvenait à l'imposer, il étendrait son domaine d'influence vers l'Ouest. L'Allemagne réunifiée deviendrait alors un État fantoche, comme ses voisins de l'Est.

— Et le Kulturbund soutient naturellement cette politique de réunification qui fait le jeu de Staline, enchaîna Oppenheimer. (Comprenant où son amie voulait en venir, il ajouta :) Dans ce cas, il ne faut plus se faire d'illusions. Les Alliés occidentaux n'accepteront jamais une Allemagne réunifiée dans ces conditions.

Hilde souffla bruyamment.

— Tu as tout compris. Le fossé entre l'Est et l'Ouest s'agrandit chaque jour.

Le commissaire réfléchit quelques instants.

— On ne cesse d'idéologiser. Et ce, des deux côtés. Tous les individus sont classés, catalogués, jugés. Est ou Ouest. Gauche ou droite. Bon ou méchant.

Il profita de l'occasion pour raconter à Hilde la discussion qu'il avait eue avec Möller. Quand il eut terminé, il se mit à tapoter la table du bout des doigts.

— Comme tu le vois, je suis vraiment dans le pétrin.

Hilde plissa les yeux.

— On te demande de prendre position. J'ai entendu dire que les Américains ne voyaient pas d'un bon œil la création de syndicats. L'aile gauche de la police veut que tu baisses ton pantalon.

— Je ne suis pas sûr que Möller apprécie ce qui lui serait donné de voir, grommela Oppenheimer. Mais je ne suis pas venu pour me plaindre de lui. Billhardt a besoin d'un coup de main.

— Que devient donc ce vieux pochtron ?

Le commissaire sourit. L'année précédente, son collègue s'était découvert un penchant pour le schnaps fait maison de Hilde.

— Il tente de résoudre une affaire dont il se serait bien passé. Un voleur qu'on a défenestré. On a retrouvé sur lui des passeports de la Croix-Rouge, ainsi que des permis de séjour délivrés par l'ambassade d'Argentine. Sur les documents, il n'y avait aucune photo d'identité. Billhardt a fait des recherches. Les individus auxquels ces pièces étaient destinées n'apparaissent sur aucun registre officiel.

— Billhardt ne retrouvera jamais les propriétaires de ces documents. Tout simplement parce qu'ils n'existent pas ! (Hilde serra les poings de rage.) Ces salopards continuent leur petit manège. Ton vieil ami devrait faire attention où il met les pieds.

Oppenheimer la regarda avec étonnement.

— De qui parles-tu ?

— À ton avis ? explosa l'aristocrate. De ces satanés nazis et de leur ange gardien, Juan Perón ! Le président argentin a toujours un sourire jusqu'aux oreilles sur les photos officielles, et sa femme Eva adore poser pour la galerie. Pourtant, ne t'y trompe pas. En ce moment, c'est lui l'homme fort en Amérique du Sud. Dans les années trente, il faisait partie des fascistes putschistes qui ont renversé le gouvernement élu démocratiquement en Argentine. Ensuite, le pays est devenu une dictature militaire, et ses chefs ont entretenu d'étroites relations avec Hitler. On raconte d'ailleurs en coulisse que Perón a toujours été un fervent admirateur de Mussolini.

Même si sa sœur avait émigré en Uruguay dans les années trente, le commissaire n'avait aucune idée de ce qui se passait actuellement en Amérique du Sud. L'été dernier, la presse avait beaucoup parlé d'Eva Perón. La séduisante épouse du président avait fait plusieurs visites d'État en Europe – une offensive de charme pour redorer la réputation de l'Argentine.

— Il y a une chose que je ne comprends pas : Perón est-il encore fasciste ?

— C'est une question intéressante. L'année passée, il est parvenu à se faire élire président de la République. Son passé putschiste a été légitimé démocratiquement. Sans doute grâce à sa politique sociale. Il prend soin des ouvriers, donne aux Argentins plus de droits et promet de meilleures retraites. Idéologiquement, il considère son mouvement comme une alternative au communisme et au capitalisme. Au fond, il pratique un certain protectionnisme teinté de nationalisme. L'économie a été placée en partie sous le contrôle de l'État. On verra comment les choses vont évoluer. Malgré tout, je doute que Perón ait abdiqué ses convictions fascistes.

Hilde se pencha vers le commissaire. À voix basse, elle reprit :

— Ce que je vais te révéler maintenant est confidentiel. D'après certaines de mes connaissances, Perón ferait entrer clandestinement des nazis dans son pays. Il y a peu, il s'est produit au Danemark un incident diplomatique qui confirmerait ces présomptions. Mais je n'en sais pas plus.

— Si les permis de séjour sont vraiment authentiques, on pourrait supposer qu'il s'agit d'une opération de grande envergure, commenta Oppenheimer.

Son amie hocha la tête.

— Si j'étais Billhardt, je ferais très attention. Cette histoire, c'est de la dynamite ! Je vais essayer de me rencarder sur les documents en blanc dont tu m'as parlé. Mais ça risque de prendre un peu de temps. Mes contacts ne sont pas bavards. Il faut les travailler au corps pour leur arracher des informations.

Arborant un sourire rusé, elle se servit un autre verre de schnaps.

— Ne prends pas trop de risques, la pria Oppenheimer.

Son amie chassa l'avertissement d'un geste insouciant.

— Bah ! j'en ai vu d'autres. Et si je peux contribuer à l'arrestation d'une flopée de nazis, le jeu en vaut la chandelle.

Il comprit qu'il était trop tard pour faire marche arrière. Une fois que Hilde s'était mis quelque chose en tête, elle ne voulait plus rien entendre.

9

Jeudi 13 novembre 1947

Le lendemain matin, les pluies diluviennes s'étaient heureusement arrêtées. Oppenheimer prit le S-Bahn jusqu'à Neukölln, puis monta dans un tramway vers le sud. Un quart d'heure plus tard, il arriva dans la Blaschkoallee. Il sauta sur le trottoir et longea le mur de briques qui ceignait l'hôpital de Britz.

La grille du portail d'entrée était ouverte. Dans la guérite adjacente, un portier grisonnant somnolait sur son siège. Avec son porche en arcades et son beffroi surmonté d'une flèche, l'établissement sanitaire ressemblait à une ancienne demeure seigneuriale.

Pressé, Oppenheimer ne prêta aucune attention à l'imposante architecture du bâtiment. En se levant, il s'était brusquement rappelé que le faux Konrad Hinze devait être transféré le matin même au centre hospitalier de la police. S'il n'avait pas de veine, le mystérieux patient était déjà parti et il lui faudrait retourner au centre-ville.

Sans attendre Wenzel, avec lequel il s'était donné rendez-vous, il traversa le hall au pas de course et se rendit au premier étage. Les couloirs étaient très animés à cette heure-ci. Des hommes en blouse blanche slalomaient entre des grappes de visiteurs intimidés par l'atmosphère de l'édifice.

Oppenheimer emprunta un long corridor pour gagner l'aile ouest. Le souffle court, il s'arrêta finalement devant une porte gardée par un brigadier de la Schutzpolizei qui avait l'air de s'ennuyer ferme. Après s'être présenté, il entra dans la chambre et se figea brusquement sur le seuil.

La pièce était vide. Sur le lit équipé d'un porte-bloc médical, les draps étaient défaits.

La main encore posée sur la poignée, Oppenheimer se tourna vers le policier.

— A-t-on déjà transféré le patient ?

Le brigadier le regarda sans comprendre en clignant les paupières.

— Non, non, finit-il par balbutier. Le toubib l'a examiné il y a vingt minutes. Tout est en ordre, le transfert peut avoir lieu et…

— Dans ce cas, où se trouve l'homme que vous étiez censé surveiller ? s'irrita Oppenheimer. Je ne vois personne ici !

Le Schupo écarquilla les yeux, incrédule. Lentement, il se leva de sa chaise pour jeter un coup d'œil à l'intérieur.

— C'est impossible !

Faisant un pas en avant, Oppenheimer scruta la chambre.

— Vous êtes sûr que le patient n'a pas été emmené ce matin ? Vous ne l'avez pas vu passer ?

— Je suis ici depuis cinq heures du matin. Je vous garantis qu'il n'est pas sorti !

Le regard du commissaire se posa sur une armoire qui se dressait dans un coin. Le suspect s'était-il caché dans la penderie ? Il se dirigeait vers le meuble lorsqu'un courant d'air fit bouger les rideaux. La fenêtre donnant sur l'arrière-cour était entrebâillée.

Oppenheimer écarta les pièces d'étoffe, ouvrit les battants et se pencha au-dessus du vide. Sur sa gauche, l'oriel de la chambre voisine avait un carreau brisé. Une corniche courait le long de la façade sous les encadrements. Elle n'était pas très large, mais un homme acculé aux dernières extrémités pouvait s'y aventurer pour gagner la pièce adjacente. Si la dernière visite du médecin remontait à une vingtaine de minutes, le fugitif ne devait pas être loin.

Il ressortit dans le couloir et saisit le brigadier par le bras.

— Courez alerter le portier. Qu'il ferme toutes les issues ! Et dépêchez-vous, bon sang, sinon le fuyard va s'échapper !

Cette fois, le Schupo parut comprendre plus vite. Il toucha la visière de son shako en signe d'acquiescement et s'élança vers l'escalier.

Oppenheimer réfléchit quelques secondes. Pour fuir discrètement, le faux Konrad Hinze ne pouvait pas rester en chemise d'hôpital. Il avait besoin d'un manteau ou d'une blouse de médecin.

Le cœur battant, le commissaire marcha vers la chambre dont la fenêtre avait été fracturée. À cet instant, il regrettait de ne pas avoir une arme de service. Il posa la main sur la poignée de la porte, rassembla son courage et se glissa à l'intérieur.

Il s'agissait en fait d'une salle de soins. Le métal poli des appareils médicaux miroitait dans la lumière pâle du matin. La moitié de la pièce était dissimulée derrière un alignement de paravents. Oppenheimer regarda autour de lui et saisit une béquille appuyée contre un mur.

Brandissant son arme de fortune, il s'approcha lentement de l'espace masqué. Après un rapide coup d'œil de l'autre côté de la cloison amovible, il poussa un soupir et baissa son gourdin improvisé. Le compartiment était vide. Derrière un divan d'examen se trouvait une grande armoire. Quelqu'un avait laissé les battants ouverts. Dans la penderie, au milieu d'une ribambelle de blouses blanches, le commissaire avisa un cintre nu.

Pivotant sur ses talons, il se rua dans le couloir. Il faillit heurter une infirmière qui poussait un chariot. De justesse, il esquiva la jeune femme et écarta vivement la table roulante. Des plats en émail tombèrent sur le sol avec fracas. Dans son dos, il entendit un cri indigné, mais il reprit sa course sans s'arrêter.

Au bout du corridor, il ouvrit à toute volée une fenêtre qui donnait sur la cour de l'hôpital. Haletant, il aspira une goulée d'air frais. En contrebas, il aperçut le brigadier qui se hâtait vers le portail. Un peu plus loin, un homme vêtu d'une blouse banche était sur le point d'atteindre la guérite du portier. Le Schupo avait repéré le fugitif, toutefois il n'était pas assez sportif pour le rattraper. Impuissant, il agitait les bras en criant.

Oppenheimer serra les poings. Il ne pouvait plus rien faire. Le temps qu'il arrive au portail, l'amant de Frau Hinze se serait déjà envolé.

Alerté par le vacarme, le portier sortit de son abri. L'air ahuri, il regarda le brigadier hurlant sans se préoccuper du faux médecin qui n'était plus qu'à quelques mètres de la grille.

Bondissant sur place, Oppenheimer se mit à vociférer à son tour et lança une bordée de jurons qui n'avaient rien à envier à ceux de Hilde. Mais rien n'y faisait. Le gardien ne percutait toujours pas.

Au même moment, une silhouette familière enveloppée dans un nuage de fumée apparut sur le trottoir. Wenzel. Une cigarette vissée au coin des lèvres, l'aspirant-inspecteur marchait vers l'entrée. Il n'avait pas oublié son rendez-vous avec son supérieur.

Oppenheimer lui fit de grands signes.

— Devant vous, là-bas ! Arrêtez le fuyard !

Wenzel leva la tête. Se penchant par la fenêtre, le commissaire tendit le bras en direction de l'homme en blouse blanche.

L'imposteur avait franchi le portail et fonçait vers un bosquet d'acacias qui se dressait de l'autre côté de la rue.

Aussitôt, Wenzel se lança à sa poursuite. Il le rejoignit à grandes foulées et, en pleine course, sauta sur lui pour le faire tomber. Tous deux roulèrent sur la chaussée. Alors que débutait un violent corps à corps, des coups de klaxon retentirent. L'instant d'après, une fourgonnette à trois roues apparut dans le champ de vision d'Oppenheimer. Elle fit une embardée, évitant de justesse les adversaires en pleine lutte.

Le triporteur s'immobilisa dans un crissement de freins. N'y tenant plus, Oppenheimer dévala l'escalier, traversa en trombe le hall d'entrée sous les regards étonnés des visiteurs et se précipita hors du bâtiment. Quelques secondes plus tard, il débouchait dans la Blaschkoallee.

Étendu sur le dos, sonné, Wenzel essayait péniblement de se redresser.

En l'aidant à se relever, Oppenheimer constata que son assistant avait une vilaine plaie au front.

— Où est-il passé, cet apache ?

Incapable de formuler un mot, le jeune policier tendit le doigt vers le bosquet d'acacias.

Oppenheimer se remit en mouvement. Quelques dizaines de mètres plus loin, à l'orée du bois, il vit un tissu blanc flotter au vent – la blouse de médecin était accrochée à une branche, et le fugitif avait disparu.

Hors d'haleine, il s'arrêta pour saisir avec rage le vêtement. Mieux valait renoncer. L'amant d'Ursula Hinze avait trop d'avance. De l'autre côté du bosquet s'étendait le quartier de Britz, et il serait impossible là-bas de retrouver sa trace.

Par chance, la blessure de Wenzel n'était que superficielle. Seule sa fierté était sérieusement entamée.

De retour à l'hôpital, Oppenheimer avait téléphoné au poste de police le plus proche pour signaler l'évasion de son principal suspect. La Schutzpolizei passerait le secteur au peigne fin, mais il était peu probable qu'elle mette la main sur le faux Konrad Hinze.

Wenzel était assis à une table du réfectoire désert. Le front bandé, il reprenait des forces en buvant un thé noir.

Oppenheimer prit une chaise et s'assit à côté de lui.

— Bon, notre homme a filé, mais nous avons un avantage, annonça-t-il d'un ton encourageant. Comme le service de l'Identification avait bouclé leur appartement, Frau Hinze n'a pas eu le temps d'apporter à son amant des affaires de rechange. Pour tout vêtement, il n'a que sa chemise d'hôpital et le pantalon qu'il avait en arrivant aux urgences. Dehors, il fait froid et humide. Le fugitif ne tiendra pas longtemps comme ça, il risque d'attraper une pneumonie. Il lui faut de nouveaux habits et une planque.

Wenzel souffla sur sa tasse avant d'avaler une gorgée de thé.

— Il n'a pas d'argent, renchérit l'aspirant-inspecteur. Et rien à troquer.

Oppenheimer acquiesça.

— Inutile donc de chercher du côté des marchés noirs et des prêteurs sur gages. Deux collègues en civil surveilleront l'appartement des Hinze durant les prochaines heures. Notre suspect y retournera peut-être lorsqu'il verra qu'il n'a pas d'autre choix.

À ces mots, Wenzel tressaillit.

— Les adresses du Kiosque de l'amour ! Si ce type est l'un des trois correspondants d'Ursula Hinze, il risque d'aller se cacher dans son ancien appartement.

— C'est possible, concéda le commissaire d'un air embarrassé. Malheureusement, nous n'avons pas assez d'hommes pour surveiller quatre domiciles en même temps. Je vais me rendre aux adresses des trois soupirants et demander aux voisins s'ils connaissent notre oiseau. Pour l'instant, nous ne pouvons rien faire de plus.

Son adjoint posa sa tasse sur la table et empoigna son chapeau.

— Alors qu'attendons-nous ? Allons-y.

Au moment où il s'apprêtait à se lever, Oppenheimer lui toucha l'épaule.

— Êtes-vous sûr d'être remis ? Vous n'avez pas bonne mine.

Dents serrées, Wenzel répondit :

— Ça va aller. Il faut coincer ce salopard.

Afin de ménager son second, Oppenheimer décida de vérifier lui-même deux des trois adresses dont ils disposaient. Wenzel se chargerait de la dernière.

Il se rendit tout d'abord dans le quartier de Wilmersdorf. D'après les renseignements obtenus au Kiosque de l'amour, c'était là que résidait l'homme avec lequel Frau Hinze avait échangé le plus de lettres. Un certain Wilhelm Streck.

En longeant la Ludwigkirchplatz, le commissaire ralentit l'allure pour contempler l'église Saint-Louis, entourée de majestueux érables. Son clocher de briques rouges s'élevait au-dessus des ramures nues des grands végétaux. Ici, comme un peu partout à Berlin, des immeubles aux façades ouvragées alternaient avec des monceaux de décombres sur lesquels prospéraient les mauvaises herbes.

Oppenheimer passa devant un bâtiment d'angle en ruine et s'engagea dans la Pariser Straße. Quelques mètres plus loin, il dut contourner une montagne de gravats qui se dressait au milieu du trottoir.

L'immeuble où habitait le dénommé Streck se trouvait à côté d'une épicerie fine dont l'enseigne fortement endommagée était à peine lisible.

À la grande déception d'Oppenheimer, l'homme qui lui ouvrit n'était pas le fugitif recherché. Il était plus de midi, pourtant Wilhelm Streck portait encore une épaisse robe de chambre, dont les arabesques étaient rehaussées de taches de thé. Une résille protégeait ses cheveux soigneusement gominés. Soi-disant âgé de trente-deux ans d'après les indications données au Kiosque de l'amour, il avait un visage sillonné de rides profondes.

En parfait maître de maison, il invita Oppenheimer à prendre place dans la cuisine et lui proposa un thé avant même de connaître le motif de cette visite impromptue.

Après s'être assis à table, le commissaire demanda :

— Connaissez-vous une femme portant le nom de Hinze ?

Près du fourneau, Streck attendait que l'eau de la bouilloire se mette à bouillir. Arquant un sourcil, il se retourna vers son hôte.

— Pardon ? De qui parlez-vous ?

— Frau Hinze. Vous lui avez écrit des lettres. Par l'intermédiaire du Kiosque de l'amour.

— Ah, oui, c'est bien ce que je pensais. Désolé, mais je n'ai pas la mémoire des noms. Pourriez-vous me donner quelques précisions ?

Oppenheimer ouvrit son calepin, dans lequel il avait glissé par précaution une lettre écrite par Streck. Celui-ci sortit des lunettes de la poche de poitrine de sa chemise et, tenant la paire de verres comme un lorgnon, survola la missive que son visiteur lui tendait.

— Oui, il s'agit du texte que j'utilise habituellement pour une première prise de contact, expliqua-t-il. À quoi cette dame ressemble-t-elle ?

N'ayant pas de photo sur lui, Oppenheimer s'efforça tant bien que mal de décrire Frau Hinze.

— Oh, vous parlez d'Ursula, n'est-ce pas ? Elle habite dans les environs du parc de Treptow, je crois. (Streck sourit.) C'était une femme très, très gentille. Enfin, durant le temps de notre brève liaison.

Le commissaire se pencha en avant.

— D'après la date indiquée sur ce courrier, vous avez écrit pour la première fois à Frau Hinze fin mai.

— Exact. Si mes souvenirs sont bons, son mari était porté disparu. Un pilote de chasse, descendu au-dessus de l'Angleterre. C'est une amie qui a poussé Ursula à s'inscrire au Kiosque. Hum ! Laissez-moi réfléchir… Oui, nous sommes restés ensemble quatre ou cinq semaines. Et puis, brusquement, début juillet, elle m'a laissé choir.

La bouilloire commença à siffler. Streck servit deux tasses de thé et s'assit en face d'Oppenheimer.

— Que s'est-il passé ? s'enquit ce dernier.

Le gominé haussa les épaules.

— Elle a trouvé meilleur parti. On ne peut pas lui en vouloir. De nos jours, même les choses de l'amour suivent les maximes du capitalisme. Son nouveau soupirant avait une position plus haute dans la hiérarchie sociale. Un pauvre poète comme moi n'était pas en mesure de rivaliser avec lui.

Oppenheimer se dit que le logement vétuste de Streck ressemblait effectivement au célèbre tableau de Carl Spitzweg, *Le pauvre poète*.

— Vous êtes écrivain ? Si ça se trouve, j'ai peut-être déjà lu une de vos œuvres.

Son interlocuteur sembla légèrement mal à l'aise.

— Euh, c'est possible. Jusqu'à présent, je n'ai écrit que des choses plutôt prosaïques. Mais je travaille actuellement sur un projet de grande envergure. Un panorama des combats du quotidien durant la guerre. Il y a tellement d'histoires à raconter, il suffit de regarder autour de soi. J'ai déjà rédigé douze pages. Malheureusement, je ne peux pas me consacrer pleinement à mon livre. Il faut bien se nourrir, n'est-ce pas ?

Oppenheimer feignit la compassion. Après un coup d'œil sur son calepin, il revint à son sujet.

— Frau Hinze a donc rompu le contact début juillet ?

Streck hocha la tête. Le mouvement fit miroiter ses cheveux lustrés dans la lumière du jour.

— Et votre concurrent, l'avez-vous rencontré ?

L'écrivain balaya la question d'un geste méprisant.

— Peuh ! Je n'ai pas cherché à en savoir plus sur lui. Je suis vite passé à autre chose. Mais, attendez, je crois que j'ai gardé la lettre d'adieu que m'a envoyée Ursula.

Il disparut dans la pièce adjacente. Oppenheimer l'entendit fouiller dans plusieurs tiroirs. Quelques instants plus tard, le maître de maison reparut avec une grosse liasse de lettres. Remarquant le regard étonné du commissaire, il précisa :

— Il n'y a pas que les épîtres d'Ursula dans ce paquet.

Oppenheimer but une gorgée de thé insipide tandis que Streck passait en revue l'amas de papiers. Au bout d'un moment, le poète pommadé brandit une enveloppe.

— La voici, annonça-t-il triomphalement. Écrite le 10 juillet. Je l'ai reçue un vendredi, je m'en souviens. Nous avions prévu de nous voir le lendemain.

Le commissaire survola le texte. Il s'agissait bel et bien d'une lettre de rupture.

— Puis-je la prendre comme pièce à conviction ?

— Bien sûr, je vous la laisse. Je ne sais même pas pourquoi j'ai conservé ce tissu de mièvreries. (Streck vida sa tasse d'un trait et se leva.) Je suis désolé, mais l'heure tourne. Je dois me préparer.

Oppenheimer mit le document dans son calepin.

— Pardonnez-moi. Vous allez sans doute au travail.

— Travail ? s'exclama gaiement l'écrivain. Non, on m'attend pour le déjeuner. Vous n'imaginez pas le nombre d'invitations que je reçois de la part de femmes désireuses de se marier.

Il raccompagna Oppenheimer jusqu'à la porte. Sur le seuil, il ne put s'empêcher d'expliquer :

— Par principe, je réponds à toutes les lettres qu'on m'envoie. Pas question de vexer ces dames, vous comprenez. Au premier rendez-vous, je leur demande de me montrer leurs talents de cuisinière. Elles me font à manger, et certaines ont même la gentillesse de m'offrir en plus quelques tartines beurrées. Contrairement à ma relation avec Ursula, la plupart de ces aventures sont de courte durée. Quand deux personnes ne sont pas compatibles, on s'en rend vite compte. Dans ces cas-là, c'est moi qui écris en général les lettres de rupture. Et, entre-temps, ça m'a permis de bien manger. (Se rengorgeant comme un paon, il ajouta sur le ton de la confidence :) Ces derniers mois, je n'ai presque pas utilisé de tickets de rationnement. Pourtant, d'ordinaire, c'est plutôt vers Noël que je suis le plus occupé.

Streck décocha un clin d'œil espiègle au commissaire avant de refermer la porte.

10

Jeudi 13 novembre 1947

Oppenheimer dut traverser toute la ville jusqu'à Prenzlauer Berg pour se rendre à la seconde adresse obtenue au Kiosque de l'amour. Malheureusement, à sa grande déception, il fit chou blanc.

Deux heures plus tard, il était de retour à la brigade. Tandis qu'il traversait le hall d'entrée, il songea à la dernière conversation qu'il avait eue avec Möller. Après cette journée harassante, il n'avait aucune envie de s'expliquer avec le conseiller antifasciste. Mieux valait donc l'éviter.

Il gravit l'escalier et s'arrêta à quelques marches du palier pour jeter un coup d'œil dans le couloir où se trouvait son bureau. Personne. D'un pas rapide, il alla se mettre à l'abri dans son refuge.

— Ouf ! murmura-t-il en refermant la porte derrière lui.

Assis devant le poêle, Wenzel venait d'allumer un feu. Se retournant, il lança un regard interrogateur à son supérieur.

— Je reviens bredouille, avoua Oppenheimer. Ces deux messieurs étaient présents. Mais aucun d'eux n'est l'amant de Frau Hinze.

Wenzel émit un grognement déçu.

— Même chose de mon côté. J'ai parlé à Cornelius, le troisième type. C'est lui qui a contacté Ursula Hinze. Ils se sont rencontrés une fois, et puis plus rien. (Avec un soupir, l'aspirant-inspecteur tendit les mains vers le poêle pour se réchauffer.) La piste était trop belle.

Oppenheimer prit une chaise et s'assit près de son adjoint. C'était un délice de sentir la chaleur se répandre dans la pièce.

— Bon, nous savons maintenant qu'aucun des trois hommes n'est notre fugitif, résuma-t-il. Dans son appartement, Frau Hinze n'a pas seulement fait disparaître les photos de son mari, mais aussi toutes les lettres qui auraient pu compromettre son amant.

— Si ça trouve, le gars n'était pas inscrit au Kiosque de l'amour, remarqua Wenzel.

Oppenheimer réfléchit un instant.

— C'est vrai. Les deux tourtereaux se sont peut-être connus autrement. (Il secoua la tête.) Cette affaire devient de plus en plus curieuse. J'ai quand même trouvé quelque chose d'intéressant chez Streck. Même si je ne sais pas quoi en penser. (Il sortit de son calepin la lettre de rupture d'Ursula Hinze et la tendit à Wenzel.) Ce courrier a été rédigé au moment où elle a fait retirer sa photo de l'album du Kiosque de l'amour.

Le jeune policier déplia la missive. Lorsqu'il arriva au passage où Hinze évoquait brièvement son nouveau soupirant, la surprise se dessina sur son visage.

— Quoi ? Elle s'est maquée avec un calotin ?

Oppenheimer acquiesça.

— Un pasteur protestant, apparemment. Et d'après ce qu'elle écrit, elle veut fonder un foyer avec lui.

Wenzel éclata de rire et sortit une cigarette de son paquet mou.

— Si c'est lui, notre fugitif, il se fout royalement du cinquième commandement.

Oppenheimer ne put s'empêcher de sourire.

— Cette histoire de pasteur est sans doute un mensonge pour se débarrasser de Streck. Frau Hinze a une imagination débordante, semble-t-il. Mais je me demande pourquoi elle n'a pas simplement raconté que son mari était revenu de captivité.

— Cette idée est venue plus tard aux deux tourtereaux.

— Oui, on dirait.

Le commissaire se leva et marcha vers la fenêtre. Dehors, la nuit tombait. Observant son reflet sur la vitre, il lança :

— A-t-on des nouvelles de notre planque ?

— Rien à signaler. Les collègues qui surveillent l'appartement de Hinze n'ont vu personne.

Songeur, Oppenheimer nota que l'humidité du soir condensait sur les carreaux.

— La température est en train de chuter, murmura-t-il. La journée, on peut facilement se cacher en ville. Mais les nuits sont glaciales. Notre suspect aura besoin d'un abri.

Il lâcha une longue expiration. La vitre s'embua encore plus, les contours des bâtiments situés de l'autre côté de la rue perdirent leur netteté. Le temps jouait contre lui. Dans quatorze heures, les policiers à l'affût devant l'appartement de Frau Hinze devraient se retirer. Au grand dam d'Oppenheimer, la Kripo n'avait pas suffisamment de personnel pour prolonger une planque au-delà d'une journée. Suivant un réflexe infantile, il dessina un cœur sur le carreau.

— Les prochaines heures seront décisives. (Le commissaire traça une flèche en travers du cœur.) Si le fugitif se pointe, je veux être prévenu immédiatement.

Dissimulés derrière un groupe de poubelles, Billhardt et ses hommes scrutaient l'obscurité qui enveloppait l'arrière-cour.

Étaient-ils proches du but ? Le commissaire avait encore du mal à y croire. Cette maudite affaire qui tournait autour du meurtre d'Ulrich les Mains prestes lui avait donné des insomnies. Et puis, brusquement, un tuyau les avait mis sur une piste prometteuse. Cela arrivait parfois. Un travail d'investigation méthodique ne suffisait pas toujours. De temps à autre, il fallait un peu de chance pour boucler une enquête. Et cette fois-ci, ils avaient eu une sacrée veine.

Les jours précédents, les adjoints de Billhardt s'étaient renseignés au marché noir. Ils n'avaient pas tardé à découvrir que l'on pouvait acquérir d'autres passeports de la Croix-Rouge par des canaux douteux. Le commissaire en avait déduit que le vendeur anonyme trempait sûrement dans le crime d'Ulrich.

Arthur Ziehm, l'un de ses hommes, avait eu l'idée de tendre un piège au mystérieux trafiquant. Il avait fait le tour des marchés noirs en prétendant être à la recherche d'un passeport. Après plusieurs déconvenues, le poisson avait finalement mordu à l'hameçon.

Cette nuit-là devait avoir lieu la première entrevue avec le receleur. Ziehm patientait près du passage reliant la cour avec la rue. Il portait un complet blanc beaucoup trop estival pour le mois de novembre, mais qui avait l'avantage d'être bien visible dans la pénombre.

Même s'il préférait se montrer prudent, Billhardt se sentait gagné par la fièvre de la chasse. Il avait donné des instructions précises à son second. Ziehm devait jouer le jeu ; il fallait prendre le trafiquant sur le fait afin de pouvoir l'arrêter. Dans un second temps, ils essaieraient d'établir un lien entre leur suspect et le meurtre d'Ulrich.

Comme le malfrat allait peut-être opposer de la résistance, Billhardt avait déposé une demande officielle auprès de sa hiérarchie pour obtenir des pistolets. Le regard braqué sur la silhouette de Ziehm, il toucha la crosse nervurée qui dépassait de la poche de son manteau. Le flingue était encore à sa place. Le manchot respira profondément. Avec une arme, rien ne pouvait lui arriver.

Dans son dos, il entendit un frottement d'étoffe. Reinmann renifla bruyamment. Agacé par tant de bruit, Billhardt intima à son autre adjoint de rester silencieux.

Des notes de swing parvinrent aux oreilles du commissaire. Dans la rue voisine, des noctambules sortaient d'un bar. Lorsque la porte se referma, la musique s'assourdit. Des pas retentirent, et le passage répercuta le rire clair d'une femme.

— *Where do you live ?* demanda une voix masculine.

S'ensuivit un léger chuchotement. Billhardt n'avait pas besoin de comprendre les paroles prononcées pour savoir de quoi il retournait. À quelques mètres de lui, une demoiselle s'exerçait avec un soldat dans l'art de la fraternisation.

Il pria pour que le couple aille folâtrer ailleurs. Sinon, le receleur risquait de mettre les voiles en découvrant que le lieu de rendez-vous était déjà occupé.

À l'entrée du passage, Ziehm semblait lui aussi nerveux. S'efforçant de prendre une allure désinvolte, il s'adossa contre un mur et croisa les bras. Seul un observateur attentif aurait pu remarquer que le jeune homme regardait de plus en plus souvent sa montre. La rencontre était prévue à onze heures et demie, et le trafiquant avait du retard.

Soudain, Ziehm se redressa, l'oreille aux aguets. Puis, lentement, il se détacha de la paroi.

Peu après, Billhardt perçut le bruit qui avait alerté son adjoint.

Des pas retentissaient sur le trottoir humide. Ziehm gratta une allumette – le signal convenu avec le receleur.

Billhardt vit une silhouette approcher. Un individu plutôt corpulent et de taille moyenne. Une écharpe nouée autour du cou, il s'avança vers Ziehm et parut lui demander du feu. Le policier gratta une autre allumette. L'inconnu se pencha pour embraser la cigarette qu'il venait de placer entre ses lèvres.

Les deux hommes échangèrent ensuite quelques mots à voix basse. Ziehm acquiesça démonstrativement de la tête, et ils s'éloignèrent.

— C'est parti, murmura Billhardt en les voyant disparaître de son champ de vision.

Le commissaire sortit de sa cachette et regagna la rue. Changeant de trottoir, il suivit à bonne distance Ziehm et le trafiquant. Le plan avait été soigneusement étudié. Un instant plus tard, ce serait au tour de Reinmann de se mettre en mouvement. Les deux autres policiers en civil qui les accompagnaient constitueraient l'arrière-garde.

Nerveux, Billhardt trébucha sur les rails qu'on avait posés pour permettre aux petits trains évacuant les gravats de circuler dans la ville. Il parvint à reprendre son équilibre et se dissimula aussitôt derrière une colonne Litfaß[1] toute proche. Retenant son souffle, il tendit l'oreille. La musique en sourdine du bar lui parvint, ainsi que les pas des deux hommes qui le précédaient. Il poussa un soupir de soulagement. Le receleur n'avait rien remarqué.

Au moment où le commissaire reprenait sa filature, Reinmann émergea du passage obscur et se mit à marcher discrètement sur le trottoir opposé.

L'inconnu les mena jusqu'au Scheunenviertel[2], un quartier mal famé où la police avait toujours eu fort à faire depuis le début du XXe siècle. Non loin de là se trouvait la Bülowplatz, devenue tristement célèbre après l'attentat du 9 août 1931[3] qui coûta la vie à deux policiers. La place triangulaire avait changé plusieurs fois de noms en l'espace d'une quinzaine d'années. Baptisée Horst-Wessel-Platz sous le régime nazi en hommage au jeune SA devenu martyr du Parti, elle avait été renommée Liebknechtplatz par les Soviétiques juste après la guerre et s'appelait depuis quelques mois Rosa-Luxemburg-Platz. On racontait que c'était dans ce quartier qu'étaient nés les premiers *Ringvereine*, des organisations criminelles qui régnaient sur la pègre avant guerre.

Billhardt regrettait cette époque. À présent, la frontière entre le bien et le mal était devenue très floue. Pour survivre, même les Berlinois les plus honnêtes n'avaient pas d'autre choix que de faire des affaires au marché noir. Cela avait commencé par le rationnement durant la guerre et le tour d'équilibriste entre légalité et illégalité était devenu un acte quotidien. La fin justifiait les moyens, et la fin résidait la plupart du temps dans

1. Équivalent en Allemagne des colonnes Morris, dont le premier modèle fut créé en 1854 par Ernst Litfaß, imprimeur et éditeur.

2. Si cet endroit porte le nom de Scheunenviertel (« quartier des granges »), c'est parce que le duc de Prusse Frédéric-Guillaume y fit construire en 1670 vingt-sept granges. Il souhaitait entreposer le foin et la paille nécessaires à l'approvisionnement de Berlin en dehors de l'enceinte de la ville et limiter ainsi les risques d'incendie.

3. Voir *La Vengeance des cendres*, du même auteur, publié chez Calmann-Lévy en 2020.

le fait de se procurer les meilleurs avantages. Billhardt lui-même avait parfois accepté des pots-de-vin. Il n'en était pas fier, mais se disait que c'était à cause des circonstances. Au fond de lui, pourtant, il ne croyait pas à cette excuse.

Ils approchaient de la Rosa-Luxemburg-Platz, sur laquelle se dressait la Volksbühne. Au-dessus du péristyle, on pouvait encore lire en grosses lettres la devise « L'art au peuple ». D'après ce que Billhardt avait entendu, le théâtre avait rouvert. En pleine nuit, le bâtiment massif ressemblait à un sarcophage.

Juste avant la place, Ziehm et le trafiquant traversèrent la route et bifurquèrent à gauche dans une ruelle.

Le cœur de Billhardt se mit à battre plus fort. Contournant l'immeuble criblé de balles qui faisait l'angle, il vit les deux hommes entrer dans un bâtiment délabré.

Dans la venelle déserte, les réverbères projetaient des îlots de lumière sur le sol. Le commissaire s'élança. À travers la petite vitre rainurée de la porte d'entrée, il aperçut dans le couloir éclairé deux silhouettes qui disparaissaient dans l'escalier menant au sous-sol.

Billhardt se demanda pourquoi le malfrat s'était donné la peine de conduire Ziehm jusqu'ici. L'homme aurait pu échanger rapidement dans la rue le passeport contre la somme qu'il avait exigée en dollars. À l'évidence, il connaissait fort bien la valeur considérable du document qu'il vendait, et il voulait s'assurer que le compte y était.

Reinmann arriva et se signala par un léger raclement de gorge. Au même moment, la lumière s'éteignit dans le couloir.

Se tournant vers son assistant, Billhardt murmura :

— À la cave.

Peu après, les deux policiers en civil les rejoignirent. Le commissaire leur donna l'ordre de se séparer. L'un surveillerait l'entrée de l'immeuble, tandis que l'autre irait se poster dans l'arrière-cour.

Billhardt sortit son pistolet et fit un signe de tête à Reinmann. Ce dernier alluma une lampe de poche avant d'ouvrir la porte du bâtiment.

Une odeur de renfermé leur monta aux narines. Le commissaire et son assistant se glissèrent à l'intérieur. Avec précaution, ils descendirent l'escalier de la cave. Des particules de poussière dansaient dans le faisceau lumineux de la torche électrique.

Au pied des marches s'ouvrait un corridor bordé de portes. Découvrant un rai de lumière sous l'une d'elles, Billhardt fit signe à Reinmann. L'aspirant-inspecteur dégaina son arme et éteignit sa lampe. Tous deux se postèrent ensuite de chaque côté du panneau de bois.

Quelqu'un parlait dans la pièce. C'était Ziehm. Une voix grave lui répondit, mais Billhardt ne parvenait pas à comprendre les paroles échangées.

Reinmann rangea sa lampe torche dans la poche de son manteau et posa la main sur la poignée de la porte, qu'il abaissa lentement. Puis il ouvrit le battant à toute volée.

Ziehm s'écarta vivement de la table derrière laquelle se tenait le trafiquant. D'un geste fluide, il tira son pistolet de son holster d'épaule, visa son interlocuteur abasourdi et cria :

— Haut les mains ! Police !

Le receleur tourna la tête. Billhardt tressaillit en voyant une énorme prunelle bleue dilatée se braquer sur lui. Il comprit à retardement qu'il s'agissait d'une loupe que le trafiquant avait fixée devant son visage à l'aide d'un support.

L'inconnu obéit à l'interjection. Un billet de cent dollars dans une main, il leva les bras. Il avait les joues cramoisies et la respiration haletante.

Billhardt entra dans la pièce en jubilant intérieurement.

Une ampoule nue pendait au plafond voûté. Une fois à l'intérieur, la chambre souterraine lui parut soudain plus exiguë.

Reinmann glissa son pistolet dans la poche de son manteau et sortit une paire de menottes.

— Faites-nous le plaisir de nous accompagner au poste, enjoignit Billhardt au malfrat, sûr de sa victoire.

Mais, quelques secondes plus tard, tout bascula.

11

Jeudi 13 – vendredi 14 novembre 1947

Reinmann contourna la table pour passer les menottes au receleur. L'homme, cependant, n'avait pas dit son dernier mot. Serrant le poing, il frappa avec violence l'ampoule au-dessus de lui. Le petit globe de verre éclata en mille morceaux. Son filament s'illumina brièvement avant de s'éteindre.

Au même moment, un coup de feu partit. Ziehm avait tiré à l'endroit où se trouvait le suspect. Dans l'éclair de lumière, Billhardt crut voir un corps s'effondrer. L'image irréelle sembla flotter un instant dans les ténèbres qui avaient envahi la pièce.

Il perçut un frottement d'étoffes et un bruit de cailloux tombant sur le sol.

Reinmann poussa un juron. Peu après, un déclic retentit, et la lumière revint. L'aspirant-inspecteur avait rallumé sa torche électrique.

Il éclaira d'abord la table, puis regarda autour de lui. Le rayon lumineux s'arrêta sur un mur où béait un large trou. Billhardt comprenait à présent pourquoi le trafiquant avait emmené Ziehm ici. Le sous-sol n'était pas un cul-de-sac, mais l'endroit parfait pour conclure des affaires clandestines.

Durant la guerre, bon nombre d'habitants avaient creusé ce genre de passage dans leur cave pour ne pas être enterrés vivants lors des bombardements alliés. Si leur immeuble s'effondrait ou prenait feu, ils pouvaient se réfugier dans le sous-sol du bâtiment voisin. Dans ce quartier très peuplé, le commissaire supposait que des blocs entiers étaient ainsi reliés par des tunnels souterrains.

Le receleur semblait bien connaître ce réseau de galeries. Billhardt rengaina son arme, prit la lampe de Reinmann et se lança à la poursuite du fuyard.

Dans la cave adjacente s'entassait un bric-à-brac poussiéreux. Il emprunta un étroit chemin zigzaguant entre les montagnes d'objets disparates et parvint jusqu'au mur opposé où s'ouvrait le boyau suivant. En s'engageant dans l'ouverture, il crut entendre la respiration haletante du trafiquant. L'écart se réduisait, mais l'homme restait invisible.

Billhardt força l'allure. Il passa de sous-sol en sous-sol, et cessa bientôt de les compter.

Au bout d'un certain temps, il perçut devant lui un mouvement. Sa lampe éclaira brièvement une jambe qui se glissait dans un trou creusé sur la paroi d'en face. Le commissaire se précipita vers le goulet obscur.

De l'autre côté, il n'y avait personne. Le fugitif s'était volatilisé. Stupéfait, Billhardt examina la pièce dans laquelle il venait de déboucher. Les murs étaient couverts d'étagères, et la seule galerie était celle par laquelle il était arrivé. Le réseau souterrain s'arrêtait ici.

Soudain, une détonation lointaine claqua. Le raté d'un moteur. Le bruit venait d'en haut. Braquant sa torche électrique vers le plafond, il découvrit une trappe ouverte dans un angle de la cave. Alors qu'il s'approchait de l'échelle permettant de regagner la surface, il entendit un gémissement.

Billhardt glissa sa lampe dans la poche de son manteau et gravit les échelons de bois.

Avant même d'atteindre le sommet, il sentit la morsure du vent sur son visage. Au-dessus de sa tête se dessinait le ciel nocturne.

Rentrant la tête dans ses épaules, il empoigna son pistolet et gravit les derniers barreaux de l'échelle.

Le commissaire émergea dans un étrange jeu de lumières. La pâle lueur des réverbères de la rue se diffusait à travers un enchevêtrement de poutres et de fenêtres béantes. Il se trouvait au beau milieu d'un immeuble en ruine.

Autour de lui, aucune trace du receleur. Et pourtant le type ne devait pas être loin. Billhardt s'écarta de la trappe et dressa l'oreille. Si le suspect cherchait à filer, il ne manquerait pas de faire du bruit en marchant dans les gravats.

Tout à coup, l'échelle se mit à grincer. Sans doute ses adjoints qui le rejoignaient. Au même moment, un amas de pierres s'éboula dans son dos. Le commissaire fit volte-face. Une ombre se détacha alors des décombres et fondit sur lui. Il leva son arme, mais le trafiquant lui agrippa le poignet et détourna le canon du pistolet. Une main pressa violemment son larynx, l'empêchant de crier à l'aide.

Billhardt se débattit avec hargne, sans parvenir cependant à se dégager de l'étreinte de son agresseur. Puis il perçut un bruit sourd qu'il reconnut immédiatement pour l'avoir souvent entendu au front. C'était le clappement d'un projectile qui pénétrait dans le crâne de quelqu'un. Presque simultanément, une détonation retentit. Un liquide chaud gicla sur son visage. L'instant d'après, la pression sur sa gorge se relâcha et la main qui retenait son poignet s'abaissa lentement. Le malfrat finit par s'écrouler sur le sol.

Soudain nauséeux, Billhardt tituba jusqu'au mur le plus proche. S'accrochant à l'ouvrage de maçonnerie, il essaya de reprendre son souffle.

— Ça va, patron ? s'enquit Reinmann, qui avait surgi près de lui.

Il voulut demander à son subalterne qui avait tiré, mais il ne parvint à émettre qu'une sorte de croassement.

En relevant la tête, il obtint la réponse à sa question. Debout près de la trappe, Ziehm tenait dans la main son revolver fumant. Les yeux écarquillés, il fixait le cadavre comme s'il n'avait pas compris ce qui venait de se passer.

Billhardt lui était reconnaissant d'être venu à son secours. En même temps, il ne pouvait s'empêcher de bouillir. Son assistant avait pris un grand risque en tirant presque à l'aveugle. Il faisait nuit, et il était en train de se battre avec le trafiquant. La balle aurait très bien pu rater sa cible et l'envoyer *ad patres*.

Un policier chevronné aurait choisi de se jeter sur l'agresseur pour le neutraliser à terre.

— Bon sang, avez-vous perdu l'esprit, Ziehm ? grogna Billhardt.

Son cœur battait encore la chamade. Il s'adossa avec lassitude contre le mur et respira profondément. Puis, secouant la tête, il murmura :

— Bon Dieu ! Pourquoi est-ce que je fais encore ce boulot ?

— Ah, te voilà ! s'exclama Hilde en guise de salutation.

Enveloppé dans plusieurs couvertures, Oppenheimer était assis près du téléphone dans le hall de la villa. Il avait demandé à ses collègues de le prévenir si l'amant d'Ursula Hinze était arrêté pendant la nuit, et il ne voulait pas rater un éventuel appel de la brigade.

Pour passer le temps, il lisait depuis plusieurs heures à la lueur d'une lampe à pétrole *Fontamara*, première œuvre du célèbre écrivain italien Ignazio Silone. On y découvrait la montée du fascisme dans un petit village isolé des Abruzzes. Le livre était l'une de ces perles que l'on découvrait parfois par hasard. C'était la maison d'édition Rowohlt qui l'avait publié sous la forme de roman-journal. Comme la population allemande avait été privée de littérature étrangère sous la dictature nazie, l'appétit des lecteurs était grand. Après des années de stagnation culturelle, beaucoup d'auteurs proscrits étaient inconnus des jeunes générations. À cause du manque de papier, très peu d'ouvrages paraissaient dans les librairies, et l'éditeur hambourgeois Ernst Rowohlt avait eu l'idée de publier à moindres frais des ouvrages à succès en format presse. Cette astuce permettait de faire tenir sur quarante-huit pages de journal un roman qui en comptait normalement quatre cents. Le tout pouvait être imprimé et relié en trois jours.

Rowohlt avait prévu de sortir ainsi toute une série d'œuvres prestigieuses de la littérature allemande et internationale, y compris des livres récents qui traitaient de la guerre et du totalitarisme.

Les quatre premiers ouvrages étaient parus en décembre de l'année précédente au prix modeste de cinquante pfennigs. Parmi eux se trouvaient *Le Grand Meaulnes* d'Alain-Fournier et *Un été en Suède* de Kurt Tucholsky. Depuis, l'éditeur publiait un roman tous les deux mois. Ces titres étaient rapidement épuisés, mais Oppenheimer n'en avait pas manqué un seul. Il était à présent l'heureux propriétaire de neuf volumes.

Le commissaire posa ses feuilles imprimées sur la table d'appoint qui jouxtait son fauteuil et montra du pouce le téléphone accroché sur le mur derrière lui.

— J'attends un coup de fil. Nous recherchons un criminel qui a joué la fille de l'air.

Visiblement épuisée, Hilde s'assit sur le second siège qui faisait face à Oppenheimer.

— Tu étais de garde, ce soir ? s'enquit-il.

Son amie hocha brièvement la tête. Esquissant une grimace, elle maugréa .

— Quelle idée tu as eue en me demandant de me renseigner sur ces Argentins complètement dingos.

Oppenheimer sourit.

— Ça signifie que tu as trouvé quelque chose ?

— Oui, on peut le dire. (Elle hésita un instant avant de poursuivre :) Tout d'abord, tu dois savoir que c'est une affaire extrêmement sensible. Mes contacts ont accepté de me tuyauter, mais ils tiennent à ce que ces informations restent confidentielles. Je ne pourrai donc pas te révéler leur identité.

Il écarta la remarque d'un geste.

— Peu importe. Billhardt veut seulement savoir à quoi il a affaire.

— Un réseau d'exfiltration, lâcha Hilde laconiquement. Pour les nazis. Les rumeurs que j'avais entendues ont été confirmées par mes sources. À la fin des années trente, Perón était attaché militaire à Berlin et, apparemment, il s'est fait beaucoup d'amis au SD[1]. À présent, il se sert de ses contacts en Allemagne pour évacuer ses vieux camarades vers l'Amérique du Sud. (En conteuse avertie, elle marqua une pause théâtrale.) Les hommes de main de Perón ratissent le pays à la recherche de nazis de haut rang et de criminels de guerre. Ils veulent surtout mettre la main sur des techniciens et des ingénieurs en aéronautique. Ce qui compte, c'est que les personnes retenues ne soient pas communistes, parce que Perón déteste les rouges. Quand ses espions dénichent un nazi avec le bon profil, la procédure est très rapide : une simple lettre de recommandation suffit. Les services de l'immigration avalisent la demande et préviennent l'ambassade d'Argentine en Allemagne, qui délivre aussitôt un permis de séjour avec un faux nom. Là-bas, il y a une équipe spéciale qui s'occupe de ces cas.

Oppenheimer ferma les yeux un instant et essaya de trier les informations que Hilde venait de lui raconter.

— On a découvert trois documents de ce genre sur le corps d'Ulrich.

L'aristocrate acquiesça.

— Ce qui veut dire qu'il a dévalisé par mégarde l'un des émissaires de Perón, enchaîna-t-il.

— Probablement, oui. Le pauvre gars n'a pas eu de chance. Il a volé les mauvaises personnes. Les sbires de Perón ne plaisantent pas.

— Tout se tient, reprit le commissaire d'un air pensif. Les passeports de la Croix-Rouge permettent aux nazis de sortir de l'Allemagne sous une fausse identité.

Hilde soupira.

— C'est le monde à l'envers. À l'origine, ces passeports ont été conçus pour les réfugiés qui avaient perdu leurs papiers. (Se penchant en avant, elle se mit à parler à voix basse :) La filière d'exfiltration actuelle passe par la Suède et le Danemark.

1. Sicherheitsdienst (« Service de sécurité »), dont l'abréviation usuelle est SD : service de renseignements du NSDAP et de la SS, fondé en 1931 par Reinhard Heydrich.

Mais la route est semée d'embûches. En Allemagne, les nazis doivent traverser les différentes zones d'occupation, et franchir ensuite la frontière avec le Danemark, ce qui n'est pas une mince affaire, même avec des passeports de la Croix-Rouge. Les hommes de Perón font preuve de beaucoup d'astuce afin d'aider leurs protégés à quitter le pays. Selon mes informateurs, ils peuvent compter sur des sympathisants au sein de la Croix-Rouge, qui leur prêtent des ambulances pour leurs opérations. Et une fois que les exfiltrés arrivent dans un port danois ou suédois, plus personne ne s'intéresse à leur identité, parce qu'ils ont un permis de séjour argentin. Il leur suffit d'agiter ce papier, et on les laisse filer vers l'Amérique du Sud. Avant le départ, ils doivent passer une visite médicale, mais ce n'est qu'une simple formalité puisque les médecins sont achetés.

— Et personne n'a remarqué leur petit manège ? s'indigna Oppenheimer. La Suède et le Danemark acceptent sans rien dire d'être une plaque tournante pour les nazis en fuite ?

Hilde esquissa un sourire suffisant.

— Non. Apparemment, les passeurs argentins ont un peu exagéré ces derniers temps. Ils auraient exfiltré plusieurs centaines de chemises brunes. L'itinéraire par la Scandinavie n'est plus sûr, parce que les autorités locales ont découvert le pot aux roses. Depuis, Danois et Suédois ont renforcé leurs contrôles aux frontières.

Le commissaire réfléchit quelques instants.

— Je doute que Billhardt parvienne à épingler le responsable de la mort d'Ulrich.

— Si l'assassin a un lien avec l'ambassade d'Argentine, on doit pouvoir retrouver sa trace.

— Ce n'est pas si facile. La police a les mains liées. J'ai déjà eu une affaire semblable. Les types se retranchent derrière l'immunité diplomatique, et il n'y a rien à faire. Ils sont intouchables, peu importe le crime qu'ils ont commis.

Les yeux de Hilde se mirent à briller.

— Comment sont authentifiés les permis de séjour qu'Ulrich a dérobés ? Par un simple tampon, ou y a-t-il également une signature ?

— Je n'en sais rien, il faudrait demander à Billhardt.

— Une signature permettrait de remonter jusqu'à la personne qui s'occupe des faux papiers à l'ambassade. Une fois cet individu identifié, Billhardt pourrait le faire surveiller discrètement. Les Argentins n'ont pas l'intention d'arrêter leur combine. Tôt ou tard, le meurtrier d'Ulrich réapparaîtra.

Oppenheimer doutait de l'efficacité d'une telle action, mais préféra se taire. Il jeta un coup d'œil par-dessus son épaule. Le téléphone n'avait pas encore sonné. Peut-être était-il plus raisonnable d'aller se coucher au lieu d'attendre toute la nuit un éventuel appel.

S'appuyant contre le dossier de son siège, il respira profondément.

— Quel monde de fous.

— Tu l'as dit, bouffi ! approuva Hilde.

Vendredi matin, après un petit déjeuner rapide à base de gruau et de chicorée, Oppenheimer enfourcha sa bicyclette et prit la direction du Kurfürstendamm. Son ventre pourtant plein lui donnait l'impression d'être étrangement creux. Il ne mangeait pas assez d'aliments solides. À chaque coup de pédale, il sentait la bouillie s'agiter dans ses entrailles.

Récemment, Gerda avait proposé aux habitants de la villa des saucisses qu'elle avait dénichées au marché noir. Alors que Frau Schneider avait accepté l'offre et cédé à la trafiquante une part de sa ration de tabac, Oppenheimer avait préféré refuser malgré les grondements de son estomac. Il savait comment ce genre de produit était fabriqué en général. Quelques semaines plus tôt, un collègue de la brigade avait fait une descente dans un abattoir clandestin spécialisé dans le traitement de la viande de chien. Les saucisses de Gerda ne provenaient pas forcément d'un endroit similaire, mais Oppenheimer n'avait aucune envie de les goûter

La nuit précédente, l'amant de Frau Hinze n'était pas revenu dans l'appartement de la Köpenicker Landstraße. Oppenheimer avait donc décidé de retourner au Kiosque de l'amour, dans l'espoir d'y découvrir un nouvel indice sur le fugitif.

L'album contenant les annonces masculines actuelles – environ cent cinquante photos – fut rapidement épluché. À la grande déception du commissaire, il n'y avait malheureusement aucun portrait ressemblant au patient évadé.

Après cela, il se vit contraint de passer au crible le carton d'archives où se trouvaient toutes les anciennes annonces. Une activité extrêmement chronophage, puisque le nombre de clients dépassait le millier.

Près de quatre heures s'écoulèrent avant qu'il ne finisse par tomber sur la photo du suspect. Il faillit ne pas le reconnaître, car l'homme arborait un sourire radieux qui changeait sensiblement son apparence. Avec sa large bouche et ses pommettes saillantes, le fugitif ressemblait à Carl Raddatz, l'un des acteurs légendaires des studios de cinéma UFA. Au dos du cliché était inscrit un numéro.

Oppenheimer se tourna vers la tenancière du kiosque.

— Pouvez-vous retrouver l'adresse de ce client ?

La blonde permanentée jeta un coup d'œil au numéro.

— Oui, je pense.

Sans aucune hésitation, elle sortit de l'une des innombrables étagères murales une boîte en bois, dont elle ôta avec précaution le couvercle. Après une rapide recherche, elle tira du fichier une petite carte.

— Ce monsieur habite dans la Friedrichstraße.

12

Vendredi 14 novembre 1947

Rolf Nixfeld. Oppenheimer ne cessait de se répéter ce nom. Il tenait enfin l'identité et l'adresse du faux Herr Hinze. À présent, il brûlait d'agir.

Le commissaire courut à la gare de Savignyplatz pour prendre le S-Bahn en direction de Friedrichstraße. Le souffle court, il entra dans le bâtiment en briques jaunâtres et monta quatre à quatre l'escalier menant au quai central. À sa grande déception, une rame venait de partir. Il s'adossa contre l'une des colonnes en fonte soutenant le toit en bâtière et, pour tuer le temps jusqu'à l'arrivée du prochain train, se mit à étudier les joints du haut mur qui bordait la station aérienne.

Dix minutes plus tard, il regardait défiler le paysage urbain derrière les vitres du wagon dans lequel il avait pris place. Il aperçut le bâtiment du Théâtre de l'Ouest, reconverti en opéra depuis la fin de la guerre, dans lequel il avait assisté quelques mois plus tôt à une représentation de *Peter Grimes*. Oppenheimer avait été fortement impressionné par cette œuvre de Benjamin Britten, un très jeune musicien qui composait avec l'assurance d'un vieux maestro. Il s'était aussitôt lancé à la recherche d'enregistrements du prodige anglais, mais ceux-ci n'étaient pas faciles à dénicher à Berlin.

Le S-Bahn arriva en vue des jardins du Tiergarten, dont le réaménagement s'éternisait. Durant l'été, les sapeurs anglais avaient fait sauter avec douze tonnes de dynamite la tour de DCA qui s'y trouvait. En revanche, le bunker du Zoo, un gigantesque bloc de béton qui servait d'abri antiaérien, dominait toujours le parc. Vingt-cinq tonnes d'explosifs n'avaient pas suffi à terrasser le colosse gris. Après l'opération ratée, Hilde, avec son cynisme notoire, avait déclaré qu'il serait plus judicieux de garder le bunker pour en faire un symbole d'excellence de l'artisanat allemand.

Assis sur son siège, Oppenheimer admirait le tableau changeant qui se déroulait devant lui. Il avait l'impression de feuilleter un album de cartes postales. Le S-Bahn traversa ensuite l'axe est-ouest. La grande avenue, entièrement remise à neuf, offrait un contraste frappant avec le Hansaviertel, le quartier environnant. Fortement bombardé pendant la guerre, celui-ci n'était plus qu'un amas de décombres. Des poutrelles métalliques aux formes étranges se dressaient comme des brisants au milieu d'un océan de pierres, et les rares immeubles encore debout menaçaient de s'effondrer à tout moment.

Après que le train eut marqué un court arrêt à la gare de Lehrte, Oppenheimer se leva pour se diriger vers la sortie. Tandis qu'il se frayait un chemin parmi les autres passagers, il regarda à peine le décor dévasté qui s'étendait autour du Reichstag.

La rame traversa le large canal du Humboldthafen en vibrant bruyamment. Au sud, de chaque côté de la rive, on pouvait apercevoir les restes du Admiral-Scheer-Brücke, un pont détruit juste avant la capitulation.

Quelques instants plus tard, les portes du wagon s'ouvrirent dans un chuintement, et Oppenheimer descendit sur le quai. Le domicile de Rolf Nixfeld était situé en face des ruines du Central-Hotel. Il ne restait presque plus rien de l'imposant édifice surmonté autrefois d'une somptueuse coupole. Les bombes alliées avaient eu également raison du Wintergarten, la célèbre salle de théâtre qui se trouvait à l'intérieur du luxueux établissement.

Le commissaire s'approcha de l'immeuble du fugitif. Sur la façade, un panneau avec une flèche pointée vers le bas indiquait qu'il y avait au sous-sol un cabaret au nom fringant, le Vent frais. Le rez-de-chaussée, quant à lui, abritait une librairie de livres anciens et une pharmacie.

Le troisième et dernier étage du bâtiment avait été détruit, mais les niveaux inférieurs paraissaient encore habités.

Ne voyant aucune porte permettant d'accéder aux logements, Oppenheimer entra dans la librairie. Il fut accueilli par une jeune femme. Debout derrière un comptoir, cette dernière portait une robe noire qui lui donnait une certaine gravité. Son visage poupin aux yeux intelligents était encadré par des cheveux de jais, et son maquillage la faisait paraître plus âgée qu'elle ne l'était.

— Puis-je vous aider ? s'enquit-elle. Avez-vous un livre à vendre, ou souhaitez-vous jeter un coup d'œil à la boutique ?

Elle mit de côté le livre qu'elle était en train de lire. Oppenheimer reconnut la couverture de l'ouvrage. Il s'agissait d'une gravure de Gustave Doré sur laquelle on voyait le baron de Münchhausen s'extraire lui-même de sables mouvants en se tirant par les cheveux. Le commissaire sourit. Enfant, il avait adoré lire les aventures extravagantes de ce héros de la littérature allemande.

— Ni l'un ni l'autre, répondit-il avec un haussement d'épaules navré. Je cherche un ancien habitant de l'immeuble.

D'abord méfiante, l'employée se détendit à la vue de l'insigne de police que présentait Oppenheimer. Lorsqu'il déposa sur le comptoir le cliché emprunté au Kiosque de l'amour, elle n'eut aucune hésitation.

— Oui, bien sûr, c'est Herr Nixfeld. Il a habité ici quelque temps.

— Est-il revenu récemment ?

La vendeuse réfléchit un instant avant de secouer la tête.

— Je ne pense pas. Je l'aurais aperçu. Mais vous devriez poser la question à Herr Löb, son colocataire. Malheureusement, il n'est pas encore rentré de son travail.

Elle expliqua que Löb faisait les trois-huit. Pour le rencontrer, mieux valait lui rendre visite tôt le matin. Le commissaire se promit de revenir dès le lendemain.

Au moment où il s'apprêtait à partir, la jeune femme le retint d'un geste.

— Croyez-vous que Herr Nixfeld repassera prochainement ?

— C'est peu probable. Mais si vous le voyez, prévenez immédiatement la police. Cet homme a peut-être commis un crime. Il est potentiellement dangereux.

Surprise, la vendeuse haussa les sourcils.

— Il y a encore quelque chose à propos de Herr Nixfeld. Il a laissé dans l'appartement une valise qu'il n'est jamais revenu récupérer. Herr Löb s'en est plaint et l'a déposée chez nous. (Après une courte pause, elle ajouta d'un air gêné :) Vu la situation… Ne vaudrait-il pas mieux que vous la preniez ?

— La valise est ici ? Dans la boutique ?

— Oui, un instant.

Visiblement soulagée de pouvoir régler ce problème, l'employée disparut dans l'arrière-boutique. Elle revint quelques secondes plus tard avec une valise marron. Le bagage ne devait pas être lourd, puisqu'elle le hissa sans effort sur le comptoir.

— Nous gardons cette valise ici depuis plusieurs mois, expliqua-t-elle. Herr Nixfeld a dû l'oublier. Et si jamais il venait la réclamer, je lui dirai d'aller vous trouver.

À cette pensée, la jeune femme vêtue de noir éclata de rire.

Satisfait des progrès de son enquête, Oppenheimer était d'excellente humeur lorsqu'il arriva à la brigade. Quelle ne fut pas sa surprise en découvrant l'effervescence qui régnait dans le bâtiment de la Keibelstraße. Tout le personnel semblait sur les dents. Dans le hall, il croisa plusieurs collègues qui gagnaient hâtivement la sortie, tête baissée. Alors qu'il gravissait l'escalier, des voix agitées lui parvinrent aux oreilles. Quelqu'un criait derrière la porte fermée d'un bureau.

Le commissaire n'avait jamais connu pareille atmosphère électrique depuis sa réintégration. Quelque chose ne tournait pas rond.

Dans le couloir, Fräulein Böttcher était assise derrière sa table de travail. En voyant son supérieur, la secrétaire plissa le front d'un air éloquent.

— Ça chauffe ici, murmura-t-elle d'un ton contraint.

Oppenheimer décida d'aller se réfugier dans son bureau en attendant que l'orage passe. Mais au moment où il accélérait l'allure, une porte s'ouvrit à quelques mètres de lui et un homme surgit dans le corridor. C'était Cordes, le patron de la Kripo. Ce dernier paraissait dans une telle fureur que même sa calvitie s'était empourprée.

— Je me fiche de ce qu'on peut lire dans la presse ! hurla-t-il en direction de la pièce qu'il venait de quitter. Je ne ferai aucun commentaire !

Après avoir claqué la porte, Cordes se dirigea vers l'escalier d'un pas vif. En découvrant Oppenheimer, il ralentit et tendit l'index vers lui.

— Et vous, Herr Kommissar, passez me voir tout à l'heure. Je dois vous parler d'une affaire importante.

Il s'éloigna sans donner plus de précision. Abasourdi, Oppenheimer se glissa dans son bureau. La pièce était envahie par des nuages de fumée de tabac, signe que Wenzel y séjournait depuis un bon moment.

— Moi, je ne bouge plus d'ici, maugréa l'aspirant-inspecteur, qui avait troqué son bandage à la tête contre un gros pansement.

Assis avec désinvolture derrière sa table de travail, il se servit de son mégot incandescent pour allumer une nouvelle cigarette russe.

— Que se passe-t-il au juste ? s'enquit Oppenheimer.

— Vous n'avez pas lu le journal aujourd'hui ?

Le commissaire fit un geste évasif.

— J'ai d'autres chats à fouetter. (Il posa la valise de Nixfeld sur son bureau et se laissa tomber sur son siège.) Je connais maintenant le nom du faux Herr Hinze. Notre imposteur s'appelle en réalité Rolf Nixfeld. J'ai même son ancienne adresse. J'y suis allé, et j'ai trouvé là-bas cette valise lui appartenant.

Wenzel s'était levé. Curieux, il s'approcha et défit les sangles du bagage.

— Qu'est-il arrivé ici en mon absence ? insista Oppenheimer avant que son assistant ne s'attaque aux serrures de la valise.

Personne ne prenait la peine de lui expliquer de quoi il retournait, et cela commençait à l'énerver sérieusement.

Sentant l'agacement de son chef, Wenzel s'écarta du bagage et déclara avec un sourire cynique :

— La journée a été bien mauvaise pour les moscoutaires. Hier, le conseil municipal a voté une motion de défiance à l'égard de notre cher directeur Markgraf. SPD, CDU[1] et LDP[2] étaient unanimes. Seul le SED était contre, mais c'était à prévoir. Finalement, le président du LDP a fait machine arrière, mais c'est une sacrée gifle pour Markgraf.

Oppenheimer secoua la tête, étonné.

— Pourquoi en veulent-ils soudain à Markgraf ? Tout le monde sait depuis longtemps qu'il défend les intérêts de Moscou.

— Oui, mais l'affaire Friede est la goutte qui a fait déborder le vase.

Le commissaire comprit enfin ce qui s'était produit. Les jours derniers, la brusque disparition du journaliste berlinois Dieter Friede avait soulevé une vague d'indignation dans la presse pro-occidentale. Friede travaillait comme correspondant dans le secteur oriental pour le quotidien régional *Der Abend* et d'autres journaux de l'Ouest. Personne ne savait ce qui lui était arrivé. Apparemment, il avait reçu le 2 novembre un appel dans son appartement de Wilmersdorf. On lui avait alors demandé de se rendre d'urgence à l'Est, dans le quartier de Friedrichshagen, où l'un de ses proches avait prétendument

1. Christlich Demokratische Union : le parti de l'Union chrétienne-démocrate.

2. Liberal-Demokratische Partei : le parti libéral-démocrate.

été victime d'un grave accident. Friede n'avait pas hésité. Il s'était rendu en hâte dans la zone soviétique, et nul ne l'avait revu depuis.

De toute évidence, ses reportages avaient indisposé les représentants de Staline, qui avaient préféré le faire taire. Aux yeux d'Oppenheimer, il s'agissait assurément d'une affaire politique. Friede était sans aucun doute enfermé dans un camp spécial du secteur russe.

Wenzel semblait avoir oublié la valise. Avec un plaisir évident, il relata :

— Lors de la séance d'hier, le conseil municipal a voulu examiner de près le cas Friede. Le SPD, la CDU et le LPD sont tous d'accord : Berlin ne doit en aucun cas devenir comme Shanghai, où des gens disparaissent chaque jour sans laisser de trace. Présent lors des débats, Markgraf a été pris à partie par certains édiles. Bien sûr, notre directeur s'est montré incapable d'expliquer de manière crédible comment cinq mille personnes ont pu disparaître du jour au lendemain dans le secteur oriental. Après ça, on l'a accusé d'encourager indirectement ces enlèvements par sa passivité. En plus, son passé a refait surface dernièrement. On lui reproche d'avoir été un soldat de métier convaincu, déclaré chevalier de la Croix de fer, avant de se convertir au communisme durant sa captivité. Le conseil municipal va sans doute édicter une sanction disciplinaire contre lui.

Légèrement incommodé par la fumée de cigarette, Oppenheimer se recula pour s'appuyer contre le dossier de son siège.

— Mais j'ai lu dans un journal que Friede était réapparu, objecta-t-il.

— C'était probablement une fausse information, comme il en circule tant dans la presse. À en croire les canards de l'Est, Friede aurait été vu dans divers bistrots du secteur.

Oppenheimer songea à ce qu'aurait dit Hilde en pareille occasion.

— Si tous les disparus avaient échoué au zinc, ça ferait belle lurette qu'il n'y aurait plus de place pour s'asseoir dans les bars.

Au fond de lui, il éprouvait encore ce sentiment d'oppression familier qui ne le quittait pas lorsqu'il était question de la zone soviétique. Et malheureusement, les locaux de la brigade se trouvaient à l'Est. Pour se sentir bien dans ce système arbitraire, il fallait être le maître en personne, Joseph Staline. Le simple citoyen, en revanche, devait se faire tout petit afin de ne pas attirer l'attention.

— Markgraf ne risque rien, ajouta-t-il avec un soupir. Ce n'est qu'une tempête dans un verre d'eau. Le conseil municipal ne peut pas le limoger. Pour ça, il faudrait l'approbation de l'Allied Kommandantura. Et tant que les Russes en feront partie, ils mettront leur veto.

Le commissaire se pencha vers la valise. Contre toute attente, les deux serrures s'ouvrirent sans difficulté. Ce n'était pas bon signe. Si Nixfeld n'avait pas pris la peine de cadenasser correctement son bagage, il n'avait certainement pas caché dedans des objets de valeur.

En soulevant le couvercle, Oppenheimer vit ses soupçons se confirmer. À l'intérieur, il y avait qu'un vieux nécessaire de rasage et quelques vêtements de rechange.

— Nixfeld est très prudent. Il a besoin d'habits, mais il a préféré ne pas venir récupérer sa valise dans son ancien appartement. C'était la solution la plus simple.

— Il l'a peut-être oubliée, avança Wenzel.

— Demain, j'irai parler à son colocataire, un certain Herr Löb. Nous ne pouvons rien faire de plus aujourd'hui.

Malgré l'atmosphère tendue, Oppenheimer décida de jeter un coup d'œil dans le bureau de Billhardt avant de partir. Installé à sa table de travail, le flic manchot rangeait des paperasses.

— Alors, ton affaire est bouclée ?

La plaisanterie n'eut pas l'effet souhaité. Au lieu de sourire, Billhardt secoua la tête d'un air sombre.

— À vrai dire, je ne sais plus quoi penser. Nous tenions un suspect, mais nous ne pourrons plus l'interroger. Il a essayé de s'enfuir au moment de son arrestation, et mon assistant l'a descendu.

Oppenheimer écarquilla les yeux.

— Descendu ?

Billhardt eut un geste agacé.

— Ziehm est un peu trop zélé, je le reconnais, mais je ne dois pas me plaindre. Sans lui, j'y passais. Ce maudit receleur était en train de m'étrangler. Le gamin a pris deux jours de congé pour se remettre du choc. La mort du type l'a secoué. Abattre quelqu'un comme ça, ce n'est pas la même chose que d'ôter la vie à un soldat sur un champ de bataille.

Il se leva, alla dans le fond de la pièce et fit signe à Oppenheimer de le rejoindre.

— J'ignore ce qui se cache derrière toute cette histoire, murmura-t-il en gardant un œil sur la porte. À première vue, tous les indices semblent concorder. Pourtant mon instinct me dit qu'il y a quelque chose qui cloche. (Il s'appuya contre le rebord de la fenêtre avant de poursuivre :) Nous avons dépisté ce receleur. Le gars écoulait de temps à autre des marchandises dérobées par Ulrich. Et puis notre voleur bien-aimé lui a proposé de revendre des passeports de la Croix-Rouge qu'il avait dénichés récemment. Nous avons la preuve que les deux hommes travaillaient ensemble. Dans l'une des planques du receleur, nous avons retrouvé des objets appartenant à Ulrich.

— Tu penses que le type est devenu trop gourmand, qu'ils se sont disputés et que la querelle a dégénéré ?

— Oui, plus ou moins. Mais cette théorie ne tient pas vraiment debout. Le mobile me paraît très mince. Et il y a encore autre chose, mais je ne préfère pas en parler ici. Que dirais-tu d'aller déjeuner quelque part ?

Oppenheimer accepta l'invitation. D'ordinaire, son vieil ami n'était pas du genre à faire des cachotteries. S'il prenait de telles précautions, c'était que son affaire ne présageait rien de bon.

13

Vendredi 14 – samedi 15 novembre 1947

Sur la Neue Königstraße, Billhardt mit le cap vers un restaurant situé derrière le pont du S-Bahn. La salle disposait de compartiments dans lesquels les clients pouvaient s'entretenir discrètement.

— Ils en ont après moi, nom de Dieu ! lâcha Billhardt avant même de s'asseoir à une table.

— De qui parles-tu ? s'étonna Oppenheimer.

— Je n'en sais foutrement rien. Et c'est justement ce qui m'inquiète. Je peux te le dire à présent : on essaie de contrecarrer mon enquête. Ce matin, je suis retourné fouiller le domicile d'Ulrich. Apparemment, l'appartement a été cambriolé il y a quelques jours. Et peu après, nous retrouvons les objets volés dans la planque du receleur. La coïncidence est assez curieuse, non ? Tu sais à quoi ça ressemble ?

Songeur, Oppenheimer contemplait les boiseries du compartiment.

— Tu crois qu'on t'a mis un suspect sous le nez pour t'empêcher de continuer tes investigations ?

Billhardt opina. À cet instant, un serveur fit son apparition. Vêtu d'un costume noir rehaussé d'une chemise blanche, il leur tendit la carte.

— Je suppose que ces messieurs possèdent des tickets de rationnement ?

— Oui, confirma Oppenheimer.

— Naturellement.

L'homme prit la commande des boissons et repartit après avoir esquissé une révérence.

Oppenheimer le regarda s'éloigner avec un sourire amusé. D'habitude, dans les restaurants, la première question du serveur n'était qu'un prélude à un arrangement au noir. Officiellement, tout repas devait être réglé avec des coupons de rationnement. Sur la carte était indiqué le nombre de tickets requis pour chaque plat. Mais la plupart du temps, quand la note avoisinait les trois cents marks, le client pouvait aussi payer en espèces. Il lui suffisait alors de signaler qu'il ne possédait pas de coupons. En général, on lui répondait qu'il devait verser un « dépôt » de cinquante marks par ticket manquant et qu'il pouvait être remboursé en venant déposer ultérieurement les coupons. Pareille transaction n'était légale qu'en apparence, car les gens s'acquittaient de la somme, mais ne revenaient jamais pour apporter les tickets exigés.

Billhardt jeta au commissaire un regard entendu.

— Je devrais peut-être lui montrer mon insigne ?

— Bah, ne fais pas d'histoires. Les restaurateurs veulent seulement joindre les deux bouts.

Ce jour-là, la plupart des mets proposés étaient à base de potiron. Les deux policiers optèrent pour une soupe de betterave rouge. Avec sa couleur bordeaux, celle-ci ressemblait au bortsch, le plat national russe.

Contre toute attente, le potage avait plutôt bon goût. Pour égayer le tableau, le cuisinier avait mis une touche de blanc au milieu. Bien entendu, ce n'était pas de la vraie crème fraîche, mais du lait en poudre délayé et assaisonné avec du vinaigre.

Après avoir avalé quelques cuillères de soupe, Billhardt en revint à son affaire.

— Cette histoire sent mauvais, Richard. Je n'ai aucune preuve, mais je suis certain que derrière le meurtre d'Ulrich se cache une grosse magouille.

— Tu fais allusion aux agissements des sbires de Perón qui essaient de faire sortir les nazis du pays ?

Oppenheimer résuma à son vieil ami ce que Hilde lui avait raconté sur la filière d'exfiltration via la Scandinavie.

Billhardt hocha la tête en soupirant.

— Ça confirme ce que je pensais. Le problème, c'est que j'ignore encore qui est responsable de la mort d'Ulrich. On ne peut pas accuser d'homicide l'Argentine tout entière. Je dois découvrir l'identité des types chargés par Perón de faire le sale boulot à Berlin.

— Hilde a raison. Il faut examiner les permis de séjour retrouvés sur Ulrich. Si ces documents comportent une signature, celle-ci nous permettrait peut-être de remonter jusqu'à la personne qui s'occupe des faux papiers à l'ambassade d'Argentine.

— Nous pouvons tout de suite aller jeter un coup d'œil dans la salle des scellés, proposa Billhardt en se hâtant de terminer son potage.

Nerveux, l'employé de la salle des scellés essuya avec un mouchoir à carreaux la sueur qui perlait sur son front dégarni.

— Euh, je suis sincèrement désolé, balbutia-t-il en rajustant ses lunettes en écaille. Ces pièces à conviction ont disparu.

Oppenheimer, qui se tenait près du guichet, n'en crut pas ses oreilles. Billhardt avait demandé à voir le carton contenant les passeports de la Croix-Rouge et les permis de séjour argentins qu'Ulrich avait cousus dans son manteau.

— Quoi ? s'écria le flic manchot, furieux. Le carton complet s'est volatilisé ?

Le préposé haussa les épaules d'un air navré.

— Je peux seulement vous dire qu'il n'y a aucun objet ici qui porte le numéro que vous m'avez donné.

— Quelqu'un est-il venu examiner ces pièces à conviction récemment ?

L'employé ouvrit devant eux un gros registre.

— Tout est noté là-dedans. En revanche, mon collègue a une écriture affreuse. Pire qu'un médecin.

Oppenheimer, qui avait une meilleure vue que son ami, parcourut la liste de noms avec son index.

— Apparemment, c'est toi qui les as emportées.

Billhardt se pencha à son tour vers le registre.

— C'est bien mon nom, grommela-t-il, mais pas ma signature ! Bordel de Dieu ! Personne ne contrôle qui embarque les pièces à conviction ? (Il prit une profonde inspiration pour se calmer, puis demanda d'une voix plus posée :) Qu'en est-il des pièces qu'on a apportées ce matin sur mon ordre ?

L'homme au front dégagé disparut derrière les hauts rayonnages qui se dressaient dans la salle.

Se tournant vers son compagnon, Billhardt murmura :

— Ces derniers temps, il y a eu plusieurs disparitions d'objets de contrebande. Principalement des conserves, ou du tabac.

Pour Oppenheimer, la nouvelle n'avait rien d'étonnant. Cela faisait longtemps que ce genre de larcins dans les commissariats était connu. Les marchandises volées réapparaissaient pour la plupart sur le marché noir au bout de quelques jours.

— Là, c'est différent, observa-t-il. Les documents d'Ulrich étaient probablement les pièces à conviction les plus précieuses jamais enregistrées ici.

Billhardt opina.

— Heureusement, j'ai découvert chez le receleur un passeport de la Croix-Rouge et un autre permis de séjour. Je ne sais pas si le type les a volés à Ulrich ou si on les a placés après coup dans sa planque, mais on s'en fiche. L'important, c'est de pouvoir trouver une signature sur le document argentin.

Peu de temps après, les deux commissaires entendirent les pas lourds du préposé. Celui-ci revenait au guichet les mains vides, l'air penaud.

— Les pièces ont bien été livrées, commença-t-il d'une voix tremblotante. Mais…

— Elles ne sont pas là, acheva Billhardt avec amertume.

Le manchot fit un geste désabusé et sortit de la pièce.

Oppenheimer le suivit dans un corridor nu et aveugle, chichement éclairé par quelques ampoules. Chaque fois qu'il venait ici, il avait l'impression de se retrouver dans une galerie de mine, enfoui sous des milliers de tonnes de terre.

S'étant assuré qu'ils étaient seuls, il dit à voix basse :

— Tu sais ce que ça signifie ?

Son ami s'adossa lentement contre la paroi du couloir, comme s'il était soudain brisé de fatigue. La lumière pâle des ampoules creusait des cernes sous ses yeux.

— Il y a une taupe infiltrée chez nous, soupira Billhardt. Nous en avons maintenant la preuve.

Peu après dix-huit heures trente, Oppenheimer sortit de la station de S-Bahn et emprunta la General-Pape-Straße. Il voulait rentrer chez lui pour se coucher tôt. Le lendemain, il devait retourner à l'aube dans la Friedrichstraße afin d'interroger Herr Löb, l'ancien colocataire de Nixfeld. Il savait qu'il aurait du mal à fermer l'œil, mais il voulait quand même essayer de se reposer quelques heures.

Alors qu'il marchait sur le trottoir, il entendit une voiture derrière lui. Les phares du véhicule projetaient son ombre sur le sol. Lorsque l'automobile ralentit l'allure au lieu de le dépasser, il comprit que quelque chose clochait.

Le commissaire fit volte-face. Aveuglé par les feux, il ne put distinguer le conducteur.

Des freins crissèrent et la voiture s'arrêta brusquement. Une portière s'ouvrit avec un bruit de succion, puis un individu bondit de l'habitacle.

De forte carrure, l'homme portait un chapeau et un manteau de couleur sombre. Il agrippa le bras d'Oppenheimer et le força à monter dans le véhicule.

— Eh ! Qu'est-ce qui vous prend ? protesta le commissaire.

— Ta gueule !

Le chauffeur, coiffé d'une casquette de gavroche, mit le pied au plancher. La voiture redémarra sur les chapeaux de roues.

Ils filèrent jusqu'au bout de la rue, franchirent le Kolonnenbrücke, pont qui enjambait la voie de chemin de fer, et bifurquèrent ensuite à gauche en direction du sud.

À l'arrière, Oppenheimer était violemment ballotté. Son ravisseur, assis à côté de lui sur la banquette, le fixait avec des yeux froids.

S'efforçant de refouler sa peur, le commissaire remarqua alors que le conducteur mâchonnait un cure-dent. Il comprit brusquement qui était l'auteur de cette mise en scène.

— Paul ! s'écria-t-il, soulagé. Je n'ai rien contre un enlèvement en règle, mais ne pourrait-on pas remettre ça à demain ?

Paul n'était autre que le lieutenant d'Ed le Mastard. Le truand jeta un coup d'œil amusé dans le rétroviseur intérieur.

— Désolé, Herr Kommissar. Je ne fais que suivre les ordres du patron.

Le voyage ne dura pas longtemps. Après quelques minutes, Paul freina et s'arrêta devant la colonie de jardins ouvriers du Priesterweg. Tandis que son collègue musclé restait dans la voiture, le gangster conduisit Oppenheimer à travers un labyrinthe de parcelles cultivées. Plusieurs jardiniers lancèrent des regards curieux vers les deux intrus, mais Paul marchait tranquillement, les mains dans les poches, l'air de rien.

Au bout d'un moment, ils atteignirent un lopin de terre pourvu d'une cabane en planches. La petite construction aux fenêtres faiblement éclairées se découpait sur le ciel crépusculaire comme une ombre chinoise.

Paul ouvrit le portillon de la clôture et emprunta un chemin fait de grosses pierres plates. Oppenheimer lui emboîta le pas. Ne voyant pas le bout de ses pieds, il marcha à plusieurs reprises dans la terre meuble.

À l'intérieur de la baraque régnait une chaleur étouffante. Un feu vif crépitait dans le foyer d'un vieux poêle à bois. Les flammes constituaient l'unique éclairage de la pièce. Dans la pénombre, Oppenheimer entendit quelqu'un fredonner *Immer an der Wand lang*, une ritournelle populaire de Walter Kollo.

— Ah, vous voilà, Herr Kommissar !

C'était Ed le Mastard. Surgissant d'un coin sombre, il lui tendit deux tasses en fer-blanc.

— Tenez ça.

Tout un fatras de vieux objets encombrait la cabane. Le malfrat rondelet semblait bien connaître l'endroit, car il se mouvait dans ce capharnaüm sans aucune hésitation. En un tournemain, il dénicha deux chaises qu'il plaça près du poêle. Après avoir épousseté les sièges avec la manche de son manteau, il invita son visiteur à s'asseoir.

Le Mastard fit sauter le bouchon à étrier d'une bouteille et remplit les deux tasses. Oppenheimer perçut un léger arôme de pain. Il en déduisit que le truand lui offrait du kvas. Cette boisson, obtenue par la fermentation de seigle et d'orge, était particulièrement appréciée des soldats russes.

— Pourquoi m'avoir fait venir jusqu'ici ?

Ed dodelina de la tête.

— Vous bossez de nouveau pour la maison Poulaga. Il vaut mieux pas que mes clients vous voient au Rio Bar. Je suis un homme discret, Herr Kommissar. Et pour vous, c'est pareil. Faudrait pas que vous ayez des ennuis à cause de moi. (Il passa la main sur son crâne chauve.) On m'a dit que vous aviez vu Petit Hans ?

Oppenheimer sourit.

— Oh, oui. Il est tout beau dans son nouvel uniforme de la Schupo.

— Qu'avez-vous l'intention de faire avec lui ?

— Comment ça ?

— Hans vient de l'autre côté de la loi, pour ainsi dire. J'espère que vous lui causerez pas d'ennuis à cause de son passé.

Pour Oppenheimer, le cas du colosse était simple.

— Si Hans a définitivement tourné le dos au milieu, il n'y a aucun problème. Mais qu'il ne s'avise pas de tremper de nouveau dans des affaires malhonnêtes. Je ne pourrais pas le protéger si ça devait arriver. Mon influence est assez limitée au Praesidium.

L'avertissement lui paraissait justifié. Comparé à certains éléments criminels travaillant au sein de la police, Petit Hans paraissait absolument inoffensif. Malgré tout, le salaire d'un Schupo était assez modique et, en patrouille, les occasions d'arrondir ses fins de mois de manière illégale ne manquaient pas. Régulièrement, des flics se faisaient limoger pour avoir relâché des suspects en échange d'un pot-de-vin. D'autres s'étaient spécialisés dans le racket. Même des fonctionnaires de grade supérieur cédaient à la tentation de l'argent facile. Quelques mois plus tôt, un collègue d'Oppenheimer s'était fait remarquer parce qu'il ne se séparait jamais d'un petit carton qu'il veillait jalousement. Stumm, le vice-directeur de la police, avait fini par intervenir. En confisquant le carton, il avait découvert à l'intérieur une ribambelle de montres et de bijoux – butin que l'enquêteur avait tout simplement extorqué aux voleurs qu'il avait arrêtés.

Ed rassura le commissaire d'un geste.

— Faut pas vous inquiéter. Hans veut faire son boulot avec sérieux. Il me l'a dit. Et tant qu'il essaie pas de me balancer, il a ma bénédiction. Le petit n'est pas une lumière, mais j'ai toujours pu compter sur lui quand il bossait pour moi. Il mérite pas d'avoir des ennuis.

— Tu as raison, approuva Oppenheimer en faisant tourner sa tasse entre ses doigts. Voyons la chose de manière positive. Hans est un bel exemple de réinsertion professionnelle pour un ancien hors-la-loi.

— Tout à fait d'accord. (Ed leva sa tasse.) À Hans. Qu'il soit heureux dans la fonction publique !

Oppenheimer trinqua avec le gangster.

— Ah, Nixfeld !

Löb se tenait sur le seuil de son appartement, légèrement courbé. C'étaient les seuls mots qu'il avait prononcés depuis qu'Oppenheimer avait sonné chez lui. Mais son intonation ne laissait planer aucun doute ; il ne portait pas dans son cœur son ancien colocataire.

— Alors vous êtes de la Kripo, c'est bien ça ?

Le commissaire acquiesça.

— J'aimerais que vous me parliez de Herr Nixfeld.

Löb plissa son large front trapézoïdal.

— Ce cher monsieur a des problèmes avec la police ?

— Je ne peux pas vous donner de détails. Il s'agit d'une enquête en cours.

Oppenheimer n'eut pas besoin d'en dire plus. Un grand sourire de contentement se dessina sur les lèvres de son interlocuteur.

— Dans ce cas, entrez, l'invita Löb en ouvrant en grand la porte de son logement.

L'homme habitait au deuxième étage. Des taches d'humidité brunâtres sur les plafonds témoignaient des importants dégâts causés au troisième. Oppenheimer fut conduit dans le salon, d'où l'on pouvait voir la Friedrichstraße. Derrière les ruines du Central-Hotel s'élevaient des montagnes de gravats. Une petite locomotive tirant des wagonnets remplis de débris avançait lentement sur la rive du Reichstag. Oppenheimer soupira. À ce rythme-là, il faudrait des dizaines d'années pour évacuer tous les décombres du centre-ville.

Arguant qu'il devait bientôt partir travailler, Löb prit son petit déjeuner pendant l'entretien. Il commença par laisser échapper quelques remarques méprisantes sur son nouveau colocataire, un certain Kempe. Puis, sur la demande d'Oppenheimer, il en vint à parler de Nixfeld, qu'il détestait encore plus.

— Ce braconnier ne mérite pas mieux ! s'échauffa-t-il. Je suis content qu'il ait des ennuis avec la police. Tout se paie, dans la vie. Vous comprenez ?

Oppenheimer secoua la tête.

— Attendez, pourquoi traitez-vous Herr Nixfeld de braconnier ?

— Il était dans la brigade Dirlewanger. Vers la fin de la guerre, on m'a envoyé sur le front de l'Est, et j'ai vu pas mal d'atrocités là-bas. Mais les gars de Dirlewanger, c'étaient de vrais chiens enragés.

Le commissaire avait de la peine à se concentrer. Au moindre mouvement, son fauteuil émettait un grincement métallique. Essayant de faire abstraction du bruit déplaisant, il s'avança au bord du siège et sortit son calepin.

— Quel était le nom que vous avez évoqué ? Dirlewanger ?

— Exact. À la fin des années vingt, ce type a fait plusieurs séjours en prison pour détournements de fonds et attaques à main armée. Au front, certains camarades racontaient qu'il était aussi allé en taule parce qu'il avait violé une gamine encore mineure. Mais Dirlewanger était un nazi fanatique, un combattant de la première heure qui faisait partie de la SA. Il avait de hautes relations au sein du NSDAP. Au début de la guerre, il a été incorporé à la SS, et Himmler l'a chargé de créer une unité spéciale dont le but était de combattre les résistants opérant derrière nos lignes. Au départ, cette brigade n'était constituée que d'hommes condamnés pour braconnage. Dirlewanger prétendait qu'il n'y avait pas mieux pour chasser les partisans embusqués dans les forêts des territoires de l'Est. Au fur et à mesure, il s'est mis à recruter en plus des délinquants, des marginaux et des opposants politiques. En échange de leurs services, il leur promettait une amnistie générale. Il n'avait aucun mal à convaincre des criminels de se battre à ses côtés, puisqu'il avait lui-même un casier judiciaire bien fourni.

Löb ricana avant d'avaler une rondelle de pomme séchée.

— Il s'agissait donc d'une unité qui ne comptait dans ses rangs que des malfaiteurs condamnés par la justice ? s'enquit Oppenheimer.

Son hôte but une gorgée de thé.

— C'est ça. Ils ont commencé par surveiller des Juifs dans les camps de concentration, puis on les a envoyés en Russie pour débusquer les partisans. À l'Est, c'étaient eux qui s'occupaient du sale boulot. D'après ce que j'ai entendu, ils ont commis les pires atrocités. Massacres de civils, tortures en tous genres. Ils n'avaient aucun scrupule, ils pillaient, incendiaient des villages, violaient femmes et enfants. Ils utilisaient même leurs prisonniers comme boucliers humains pendant les combats. Les hommes de Dirlewanger ont semé la terreur en Russie et en Pologne. Et Nixfeld était l'un d'eux.

— Comment le savez-vous ? demanda Oppenheimer, sceptique. Il vous l'a dit ?

— Bien sûr que non. Il ne s'en est pas vanté. Mais à cause de certaines de ses remarques, j'ai rapidement deviné son secret. Croyez-moi, il n'y a pas l'ombre d'un doute. (Löb marqua une pause avant de reprendre :) Nixfeld m'a raconté qu'il était arrivé sur le front de l'Est en 1942. Sa mission était de lutter contre les partisans russes. Ensuite, son unité a été envoyée en Pologne pour réprimer le soulèvement de Varsovie. Après ça, il a participé à la bataille de Halbe. Ce n'est pas un hasard s'il se trouvait toujours aux mêmes endroits que les troupes de Dirlewanger.

Oppenheimer réfléchit un instant.

— Si Nixfeld a été incorporé à la brigade Dirlewanger, il devait avoir des antécédents judiciaires.

— Il n'en a jamais parlé, répondit Löb en fronçant les sourcils. Ce qui, en soi, ne serait pas étonnant. Généralement, on préfère taire ce genre de choses. Mais je pense que Nixfeld ne faisait pas partie de la piétaille. Ce salopard d'arrogant était probablement officier.

14

Samedi 15 – dimanche 16 novembre 1947

Le S-Bahn franchit avec fracas le pont qui surplombait le canal du Kupfergraben. Oppenheimer contempla l'imposante montagne de gravats qui se dressait derrière la Spree. Des péniches se relayaient pour évacuer ces débris du centre-ville.

Le train s'immobilisa à la station Börse. Prévoyant de descendre au prochain arrêt, le commissaire alla se poster près d'une portière. Tandis qu'il promenait son regard sur les autres passagers, il se demanda combien d'entre eux avaient été envoyés au front pendant la guerre. Inutile d'être voyant pour connaître la réponse. C'était probablement le cas de la plupart des hommes présents dans le wagon.

En revanche, un point demeurait obscur. Combien d'entre eux étaient impliqués dans des crimes de guerre ? Cinq ? Dix ? Vingt ? Aucun ? Que se cachait-il derrière ces visages insignifiants ? Un homme comme Nixfeld constituait-il une exception ? Ou était-il un monstre parmi tant d'autres ? Ces individus représentaient-ils toujours un danger, ou avaient-ils été brisés par la défaite ? Et combien d'entre eux croyaient encore aux sornettes du national-socialisme ? Que se passerait-il si les passagers apprenaient soudain qu'Oppenheimer était juif ? Le commissaire ne se faisait pas d'illusions. Il avait beau être né et avoir grandi à Berlin, cela ne changeait rien. La plupart ne verraient en lui qu'un étranger, un parasite. Il doutait fort que le poison antisémite qu'on avait instillé depuis des décennies dans la tête des gens pût disparaître en quelques mois.

Tout à coup, il fut pris d'un malaise. Il avait l'impression d'étouffer à l'intérieur du wagon. En apercevant la rampe de chargement des Halles centrales, situées tout près de la gare d'Alexanderplatz, il poussa un soupir de soulagement.

Quelques instants plus tard, les portières s'ouvrirent et Oppenheimer bondit sur le quai. D'un pas vif, il se dirigea vers la sortie. Il voulait fuir au plus vite cette foule qui dissimulait peut-être tant d'ennemis.

Comme toujours, l'Alexanderplatz était très animée. À la vue du rond de pelouse qui se trouvait au milieu de la place, Oppenheimer se calma. Peu à peu, la sensation de panique se dissipa.

L'histoire de Löb avait suscité en lui un tumulte de sentiments et fait renaître un malaise qui ne l'avait pas quitté durant toutes ces années où l'Allemagne avait subi le joug du nazisme.

Afin de retrouver le contrôle de lui-même, Oppenheimer se força à penser en policier. Löb n'avait pas la moindre preuve pour étayer ses allégations. Il était évident que l'homme détestait son ancien colocataire. Il avait pu diffamer injustement Nixfeld.

Le commissaire estimait que c'était une perte de temps d'aller consulter le casier judiciaire central. Les bombes alliées avaient détruit une partie des fichiers, et il n'avait aucune information lui permettant de délimiter ses recherches.

Malgré tout, il avait encore un atout. Ursula Hinze, l'amante de Nixfeld. Mise face aux lourdes accusations de Löb, elle finirait peut-être par craquer et révéler ce qu'elle savait sur le passé de son faux mari.

Cette pensée lui apporta un regain d'énergie. Il se remit en mouvement et dirigea ses pas vers la Keibelstraße pour prévenir Wenzel.

À sa grande déception, son adjoint n'était pas au bureau. Il était près de midi, et l'aspirant-inspecteur avait sans doute décidé de commencer le week-end un peu plus tôt. L'élan d'Oppenheimer s'envola aussitôt. S'autorisant à rentrer chez lui, il ressortit dans le couloir.

Alors qu'il marchait vers l'escalier, il entendit des voix en provenance de l'endroit où se trouvait la table de travail de Fräulein Böttcher. Avec un peu de chance, Wenzel discutait avec leur charmante secrétaire avant de clore sa matinée de travail.

Au détour du couloir, Oppenheimer comprit qu'il s'était réjoui trop tôt. Ce n'était pas Wenzel, mais Cordes qui s'entretenait avec la jeune femme. Penché en avant, la mine grave, le chef de la brigade tenait un monologue. Tout intimidée, Fräulein Böttcher l'écoutait sans piper mot.

Remarquant soudain Oppenheimer, Cordes se redressa.

— Ah, vous voilà. Ça tombe bien, je n'ai pas pu me libérer hier. Suivez-moi.

Le commissaire se souvint que, la veille, son patron l'avait convoqué, mais qu'il s'était ensuite absenté tout l'après-midi.

Cordes le conduisit jusqu'à son bureau. Möller se trouvait déjà dans la pièce. Debout devant la fenêtre, mains croisées dans le dos, le conseiller antifasciste se retourna en entendant arriver les deux hommes.

— Est-il déjà au courant ? demanda Möller en désignant Oppenheimer du menton.

— Non, répondit Cordes avant de prendre place derrière sa table de travail. Mais commençons par le début.

Möller émit un grognement approbateur et alla s'installer sur l'une des chaises réservées aux invités. Il fit signe à Oppenheimer de s'asseoir près de lui.

Le commissaire obtempéra, de plus en plus mal à l'aise. Il se demandait quel impair il avait pu commettre récemment pour mériter pareille convocation.

— Que savez-vous de votre collègue Billhardt ? s'enquit Cordes.

Oppenheimer lui jeta un regard étonné. Puis il se racla la gorge en essayant d'ordonner ses pensées.

— Je le connais depuis plus de vingt ans. Nous avons travaillé ensemble sur plusieurs affaires avant que je sois limogé par les nazis.

Möller hocha la tête.

— Et quelles sont ses opinions politiques ? interrogea-t-il en rajustant son binocle. Était-il un sympathisant du NSDAP au moment où Hitler est arrivé au pouvoir ?

— Non, absolument pas, rétorqua Oppenheimer sans aucune hésitation. À l'époque, on pouvait facilement reconnaître les collègues séduits par le national-socialisme. Il y avait notamment ceux qui trouvaient le système judiciaire trop laxiste. Ils prétendaient que la criminalité ne faisait qu'augmenter depuis la fondation de la république de Weimar – ce qui, d'après ma propre expérience, n'était pas le cas. Ils avaient construit leur propre réalité et rejetaient tout argument contraire. Ces sympathisants nazis voulaient qu'on renforce les mesures de répression contre les criminels récidivistes. Leur rêve était l'instauration d'un État policier. Quand un commissaire parlait de purifier le corps de l'Allemagne en le nettoyant des éléments asociaux, on savait immédiatement à qui on avait affaire.

Oppenheimer s'était permis cette digression parce que Möller n'était entré dans la police qu'après la guerre. Le conseiller antifasciste n'était sans doute guère informé sur les dissensions intestines qui avaient secoué les différents services au moment de la prise de pouvoir de Hitler.

Cordes, en revanche, était un vieux de la vieille. Sachant déjà ce qui était arrivé, il cognait avec impatience sur sa table de travail.

— Et Herr Billhardt n'a jamais proféré ce genre de commentaire ? demanda-t-il pour recadrer la discussion.

Oppenheimer haussa les épaules.

— Non, du moins pas en ma présence.

— Mais nous pouvons partir du principe qu'il était membre de la SS, n'est-ce pas ? (Möller se pencha vers le commissaire.) Si j'ai bien compris, sous le Troisième Reich, tous les membres des forces de l'ordre ont été automatiquement intégrés à la SS, pas vrai ?

— Personne n'est entré par accident dans la SS, rectifia Oppenheimer. La Kripo et la Gestapo ont été regroupées en

1936 pour former la Sicherheitspolizei, la police de sûreté. À ce moment-là, les membres de la Kripo qui faisaient déjà partie de la SS ont vu leurs grades s'aligner sur ceux de la SS. Mais il n'y a pas eu d'affiliation automatique.

Il fit une pause. Le sujet était délicat, car il concernait bon nombre de ses collègues.

— Certains ont avancé cet argument pour obtenir leur certificat de dénazification, reprit-il. Mais ce n'est pas vrai. Jusqu'à la fin de la guerre, l'entrée dans la SS n'était pas obligatoire pour les fonctionnaires de la Kripo. Et ceux qui ont refusé n'ont pas été déportés dans un camp de concentration. Il n'y avait qu'un seul inconvénient : on n'avait aucune chance de faire carrière. Des opportunistes comme Arthur Nebe ou Erich Liebermann von Sonnenberg l'ont tout de suite compris. Ces deux-là sont ensuite arrivés tout en haut de la pyramide. Au début des années trente, il y avait un véritable embouteillage dans la voie hiérarchique. Peu de places se libéraient dans les rangs supérieurs, donc il était rare d'avoir de l'avancement. Dans ces circonstances, une adhésion au NSDAP ou à la SS faisait espérer une promotion rapide.

— Et Herr Billhardt ne voulait pas faire carrière ? insista Cordes.

Oppenheimer réfléchit un instant.

— Il n'aurait certainement pas refusé un meilleur salaire. Mais qui dit promotion dit aussi plus grande responsabilité et plus grande pression. Ce n'était pas ça qui l'intéressait. À l'époque, quand l'influence des nazis s'est accrue sur l'appareil policier, il n'hésitait pas à élever la voix lorsqu'un lèche-bottes du Parti marchait sur ses plates-bandes.

Cordes et Möller le fixèrent. Alors qu'un silence oppressant s'installait, le commissaire se demanda quelle allait être la prochaine question. Un autre élément à charge contre Billhardt était son séjour sur le front de l'Est, au cours duquel il avait combattu contre les partisans soviétiques et perdu un bras. Trois ans plus tôt, il avait confessé dans un moment de faiblesse qu'il avait dû alors exécuter de nombreux civils en Pologne.

Si ses supérieurs avaient vent de sa participation à des crimes de guerre, il risquait d'avoir de gros ennuis.

À cet instant, Oppenheimer ne put s'empêcher de tirer un parallèle entre Billhardt et Nixfeld. Tous deux avaient commis des atrocités durant la guerre.

Möller l'arracha soudain à ses pensées en reprenant la parole :

— Est-il possible que Herr Billhardt ait travaillé pour la Gestapo ?

— Je l'ignore, répondit Oppenheimer sans mentir. Quand je l'ai revu peu avant la fin de la guerre, il travaillait pour la Kripo. Ça me paraît peu probable qu'on l'ait muté à la Gestapo durant les derniers mois précédant la capitulation. Mais si c'était le cas, il doit y avoir quelque part une trace écrite de cette affectation.

Il observa ses interlocuteurs en se demandant s'il leur avait donné les réponses qu'ils attendaient. Cordes avait un visage impénétrable, tandis que Möller se mordillait la lèvre inférieure.

— Merci bien, déclara finalement Cordes.

Oppenheimer prit cela pour une invitation à se retirer. À peine avait-il refermé la porte du bureau derrière lui qu'il entendit des murmures animés. Cordes et Möller, l'homme de confiance des Soviétiques qui avait autant de pouvoir qu'un chef de service, débattaient du sort de Billhardt. Malheureusement, il était impossible de comprendre leurs paroles.

De toute évidence, on accusait Billhardt d'être un nazi camouflé. Officiellement, lors de la reconstruction de la police berlinoise, on avait veillé à ne réintégrer dans leurs fonctions que des hommes ayant fait preuve d'un comportement irréprochable durant la guerre. Mais à cause d'un manque cruel de personnel qualifié, l'administration avait souvent fermé les yeux sur les fautes des uns et des autres. Il aurait été impossible de partir de zéro en ne recrutant que de nouveaux employés sans aucune expérience. Oppenheimer trouvait absurde de contrôler maintenant le moindre fonctionnaire pour savoir s'il avait ou non adhéré au Parti. Certains sympathisants du régime nazi avaient tiré les leçons de leurs erreurs et faisaient preuve d'un vrai repentir. Sans compter que, parmi les forces de l'ordre, Billhardt était loin d'être le policier au passé le plus sombre. Son vieux compagnon faisait plutôt partie des innombrables suiveurs sans lesquels la machine nationale-socialiste n'aurait pas pu fonctionner. Oppenheimer savait que le flic manchot n'avait jamais cru aux théories farfelues de Hitler. On cherchait donc à le piéger.

Le lendemain matin, il devait en apprendre plus sur les torts qu'on reprochait à Billhardt. Même si c'était dimanche, Oppenheimer se leva tôt parce qu'il avait beaucoup à faire. Par chance, Lisa avait obtenu auprès de l'administration britannique un verrou de sûreté pour la porte du grenier. Le commissaire voulait le poser au plus vite afin d'empêcher Theo de recommencer ses acrobaties sur le toit de la villa.

Après avoir mangé quelques tranches de courge poêlées, il alla à la remise chercher les outils nécessaires. Depuis qu'il connaissait Hilde, la petite construction sommaire était un vrai bric-à-brac. Chaque fois qu'il posait le pied à l'intérieur, il se promettait d'y mettre de l'ordre. Et dès qu'il ressortait, il oubliait aussitôt ce vœu pieux.

Il se fraya un chemin jusqu'à une étagère sur laquelle reposaient quelques clés de serrage et des scies. Bien entendu, le tournevis dont il avait besoin avait disparu. Il le retrouva quelques minutes plus tard sous un tuyau d'arrosage et se demanda avec agacement qui avait bien pu le cacher là.

Tandis qu'il retournait à la villa, il vit près du perron un vélo appuyé contre le mur. Dans le hall, il reconnut la voix familière de Billhardt en provenance de la cave. La visite de son collègue était un excellent motif pour remettre à plus tard ses travaux de serrurerie. Enchanté, il descendit l'escalier d'un pas léger. Sa bonne humeur s'envola pourtant lorsqu'il aperçut la mine grave du policier manchot.

— Je voulais te parler, dit Billhardt en soulevant la tasse de chicorée que Lisa venait de lui servir.

Oppenheimer acquiesça.

— Bien sûr.

Lisa comprit que les deux hommes désiraient s'entretenir en tête à tête. Prétextant qu'elle devait aller ramasser du linge, elle sortit de la cuisine commune.

Après que la porte se fut refermée, Billhardt se massa le front.

— On cherche à me mettre sur la touche, maugréa-t-il. Je ne sais toujours pas qui tire les ficelles, mais nos adversaires sont très bien rencardés. Ils disposent d'informations de première main. Des informations auxquelles seuls nos assistants et Fräulein Böttcher ont accès.

Oppenheimer lui lança un regard stupéfait.

— Alors la taupe serait Reinmann ou Ziehm ?

— Ça pourrait être aussi Wenzel. Ou ils font cause commune. Je n'en sais rien.

— C'est à devenir complètement paranoïaque, lâcha Oppenheimer en se laissant tomber sur une chaise.

Billhardt afficha un sourire cynique.

— Je ne vois pas qui d'autre aurait pu faire sortir les pièces à conviction de la salle des scellés. Et maintenant, ils essaient de me discréditer auprès de Cordes. Ils veulent faire pression sur moi par tous les moyens.

L'air désabusé, il ôta son chapeau et passa la main dans ses cheveux.

— Cordes et Möller m'ont convoqué hier, expliqua Oppenheimer. Ils sont en train de fouiller dans ton passé. À la recherche d'éléments prouvant ton allégeance au régime nazi. (Il résuma brièvement la discussion.) Pour le moment, ils tâtonnent dans le noir. Ils n'ont rien de concret.

Le flic manchot secoua la tête.

— Si. Ils ont trouvé une demande d'admission dans la SS datant de 1931. Avec mon nom et ma signature. C'est un faux, naturellement. N'empêche que ce document jette le discrédit sur moi.

— 1931 ? Ça ferait presque de toi un combattant de la première heure.

— Tu imagines ? grogna Billhardt. Avant la prise de pouvoir des nazis, on n'adhérait pas aux organisations du Parti sous la contrainte. Ceux qui s'inscrivaient le faisaient de leur plein gré.

Oppenheimer s'approcha de la cuisinière et se servit de la chicorée dans sa tasse préférée.

— Je comprends. C'est une excellente stratégie pour te démolir. Un document pareil pourrait te faire passer pour un fanatique nazi.

— J'ai pourtant eu mon certificat de dénazification, argua Billhardt. On m'a considéré comme un cas bénin.

Il s'apprêtait à ajouter quelque chose, mais parut hésiter. Soudain mal à l'aise, il avala une petite gorgée de succédané. Après quelques secondes de silence, il reprit à voix basse :

— Je ne t'ai pas tout dit. En vérité, j'ai fini par entrer au Parti. Mais seulement en 1938. Je voulais éviter les ennuis. Je n'ai jamais accompli de tâches particulières au sein du NSDAP, j'étais un membre passif. C'est pour ça qu'on m'a donné sans problème mon certificat de dénazification.

Billhardt se tut. Il semblait attendre une réaction de la part de son collègue.

Oppenheimer contemplait la nappe usée de la table, ne sachant pas trop quoi répondre. Au fond, cette nouvelle ne l'étonnait guère. Toutefois, il éprouvait une certaine déception.

— Tu as misé sur le mauvais cheval, commenta-t-il en allant se rasseoir. (Lentement, il fit tourner dans ses mains sa tasse pour regarder la lumière du jour se réfléchir sur l'émail blanc.) Ça n'a pas empêché Markgraf de te rengager après la fin de la guerre. Notre directeur avait besoin de gens comme toi pour relancer la machine.

— Oui, c'est vrai. (Billhardt se pencha vers son vieil ami.) Mais réfléchis : qui aurait été assez bête pour entrer d'abord dans la SS et attendre plusieurs années avant d'adhérer ensuite au Parti ?

— Qu'attends-tu de moi ? As-tu besoin d'un témoin de moralité ?

— C'est pour ça que je suis venu te voir. Pas pour te demander de me disculper, mais pour te conseiller de te tenir à l'écart de toute cette affaire. Je ne voudrais pas que tu tombes à ton tour dans leur viseur.

Oppenheimer ricana d'un ton amer.

— Ils ne pourront pas me faire accuser d'être un ancien nazi.

— Si tu te mets en travers de leur chemin, ils trouveront autre chose pour se débarrasser de toi, crois-moi. Hier, j'ai reçu une menace de mort. (Billhardt s'efforçait de paraître calme, mais sa voix s'était mise à trembler. Il fit un geste brusque, comme s'il essayait de chasser de la main le danger qui planait au-dessus de lui.) Peu importe. J'ai pris mes dispositions, noué des contacts en dehors de la police. D'autres personnes sont intéressées par les résultats de mon enquête. Malheureusement, je ne peux pas t'en dire plus. Sache toutefois que même si je devais y passer, l'affaire éclatera au grand jour. Personne ne pourra étouffer le scandale. Mais je ne veux pas qu'il arrive quelque chose à Dorothée. Et pas question de t'entraîner encore plus dans ce bourbier. Oublie tout ce que Hilde a pu te raconter. (Le manchot riva ses yeux sur son vieil ami.) Si on devait te poser la question, tu n'es au courant de rien. C'est pour ta propre sécurité.

15

Lundi 17 novembre 1947

Après les révélations de Billhardt, Oppenheimer dut faire un effort pour se rendre au travail le lendemain. Le long bâtiment qui abritait la brigade lui était soudain devenu étranger. Que se passait-il réellement derrière cette façade de pierre grise aux hautes fenêtres symétriques ? En entrant dans le hall, il réprima son envie de rebrousser chemin et se força à avancer. Involontairement, il se mit à scruter les collègues qu'il croisait afin de déceler un éventuel comportement suspect. Un échange de regards, un murmure. Combien de taupes se dissimulaient dans leurs rangs ? Une ? Plusieurs ? Bien sûr, il ne remarqua rien de particulier.

Arrivé dans le couloir menant à son bureau, il aperçut Wenzel qui flirtait avec Fräulein Böttcher. D'un geste désinvolte, l'aspirant-inspecteur alluma une nouvelle cigarette avec son mégot incandescent. La jeune femme l'observait d'un air extasié.

Oppenheimer ralentit l'allure. Manifestement, l'élève policier avait un succès certain auprès de leur secrétaire, ce qui était plutôt surprenant. Ces derniers mois, celle-ci avait envoyé promener bon nombre de soupirants issus de divers services. Et c'était finalement au squelettique Wenzel qu'elle avait ouvert son cœur. Le commissaire se demanda ce qu'elle pouvait lui trouver. En plus, son assistant était un homme marié. Mais tout cela ne le regardait pas. Les deux tourtereaux étaient des adultes, et donc des personnes responsables.

Oppenheimer dut fortement insister pour arracher Wenzel à sa discussion animée. Ensemble, ils se rendirent au centre de détention préventive de la Dircksenstraße, où était incarcérée Ursula Hinze.

Lorsque cette dernière pénétra dans la salle d'interrogatoire, ses lèvres pincées ne formaient qu'un mince trait pâle.

Sans un mot, Oppenheimer l'invita à s'asseoir et déposa sur la table la photo de Nixfeld qu'il avait trouvée au Kiosque de l'amour.

Hinze tressaillit en découvrant le portrait.

— Vous savez d'où vient ce cliché, déclara le commissaire d'un ton neutre. Il s'agit de Rolf Nixfeld, l'homme que vous avez fait passer pour votre mari.

Installé au fond de la pièce, Wenzel sténographiait l'entretien. Stylo levé, il attendait la réponse de la prisonnière.

Mais au lieu de confirmer l'assertion d'Oppenheimer, elle le toisa avec un air de défi.

— J'ai discuté avec l'ancien colocataire de votre amant, reprit le commissaire. Il a affirmé que Herr Nixfeld faisait partie d'une unité spéciale durant la guerre. Une brigade chargée des exécutions de masse sur le front de l'Est.

En entendant cette révélation, Frau Hinze ne parvint pas à se maîtriser et pantela de frayeur.

— Si cette allégation devait s'avérer, enchaîna-t-il, votre compagnon serait considéré comme un criminel de guerre…

N'y tenant plus, elle explosa :

— Mensonges ! Cet individu raconte n'importe quoi ! Ce ne sont que des accusations sans fondement ! Rolf n'est pas un meurtrier. Il était dans l'administration pendant le conflit, il n'a jamais participé à des opérations sur le terrain.

Oppenheimer avait marqué un point. C'était la première fois que Frau Hinze nommait l'imposteur par son véritable prénom.

— Si vous me dites tout ce que vous savez, nous pourrons peut-être dissiper ce malentendu et éviter un procès à votre ami.

Cette offre n'était qu'un moyen de faire parler la prisonnière. En réalité, il était peu probable que quelqu'un se penche sur les crimes de Nixfeld.

Les commissions de dénazification étaient débordées, et il savait par Lisa que les Alliés étaient bien trop occupés par leurs querelles pour s'intéresser encore à ce genre de cas.

Mais Frau Hinze ne se doutait de rien. La menace d'un procès brisa ses dernières résistances.

— Rolf était sur le front de l'Est, c'est vrai. Il faisait de la propagande pour saper le moral des troupes adverses. (Elle s'était mise à parler très vite, et Wenzel devait à présent faire un effort afin de noter toutes ses paroles.) Il était aussi chargé de coordonner le travail des collaborateurs autochtones. Rolf appelait ça la « guerre politique », et il disait qu'on cherchait des gens avec son profil à l'étranger. Voilà pourquoi il voulait quitter l'Allemagne.

Ursula Hinze se tut, hésitant visiblement à en dire plus. On entendit le bruit assourdi d'un S-Bahn qui passait sous la fenêtre munie de barreaux.

— Si Herr Nixfeld vous a parlé de ses projets d'avenir, il n'avait pas l'intention de vous abandonner ici, je suppose ? s'enquit Oppenheimer.

Frau Hinze eut un petit rire narquois.

— Je n'ai aucune envie de rester à Berlin. (Elle se frotta les tempes.) Avec Rolf, j'avais enfin l'occasion de partir. Vous ne rêvez pas de ça, parfois ? Commencer une nouvelle vie en laissant derrière soi les erreurs passées ? Tout s'écroule ici. Je veux m'en aller le plus loin possible.

— Et pourquoi a-t-il pris le nom de votre mari ? Pour éviter les commérages des voisins ?

— Pas seulement. (La prisonnière chercha ses mots avant de poursuivre :) Il craignait d'avoir des problèmes au moment du départ si on découvrait qu'il était membre de la SS. Et mon mari n'était qu'un simple pilote de la Luftwaffe. Alors je lui ai proposé de prendre l'identité de Konrad. C'était mon idée, pour qu'il obtienne des papiers authentiques. Je pensais que ce serait plus simple pour nous. Il avait déjà commencé les préparatifs. Encore quelques mois, et nous aurions tout laissé derrière nous…

— Malheureusement, votre mari est revenu, remarqua Oppenheimer. J'ai eu la confirmation qu'il s'agissait bien de lui, et non d'un cambrioleur quelconque. Il revenait de captivité.

— Konrad aurait fait tout capoter. (À cette pensée, Ursula Hinze rentra la tête dans les épaules.) Vous n'avez aucune idée de l'homme qu'il était. Moi-même, je l'ai compris trop tard, après mon mariage. Il était d'une jalousie maladive. Je ne savais jamais à quoi m'en tenir avec lui. Parfois, il pouvait se montrer très gentil. À d'autres moments, il me battait pour la moindre peccadille. J'ai sauté de joie quand il a été incorporé dans l'armée. Au moins, j'étais tranquille pendant son absence. Et puis on m'a appris qu'il avait été porté disparu. Une vraie délivrance. Par la suite, j'ai fait la connaissance de Rolf, l'exact contraire de Konrad. Nous voulions fonder une famille. Mais comme toujours, je n'ai pas eu de chance. Mon mari est revenu. Il allait tout détruire. Si quelqu'un méritait de mourir, c'était bien lui.

Ses traits se durcirent brusquement.

— Herr Nixfeld l'a donc tué ? demanda Oppenheimer.

Elle écarquilla les yeux en secouant la tête.

— Non, non, vous ne comprenez pas. Rolf est innocent. C'est moi qui ai poignardé mon mari !

De retour dans leur bureau, Oppenheimer et Wenzel s'étaient installés devant le poêle pour se réchauffer. Durant la dernière demi-heure de l'interrogatoire, le commissaire avait tenté en vain d'arracher d'autres informations à Frau Hinze. Il voulait savoir notamment dans quel pays Nixfeld avait prévu d'émigrer, mais son interlocutrice avait prétendu ne connaître aucun détail. Bien entendu, elle refusait de livrer son amant en fuite.

Dehors, le ciel plombé déversait des flocons de neige. Les bancs de nuages formaient un extraordinaire tableau mouvant. Oppenheimer aurait pu rester des heures à réfléchir en contemplant ce spectacle, mais Wenzel troublait sa concentration. L'aspirant-inspecteur faisait pivoter son siège de gauche à droite, avalait bruyamment de grandes gorgées de chicorée et fumait cigarette sur cigarette.

— Nous aurions dû nous en douter, dit finalement le jeune homme pour briser le silence. Frau Hinze a un excellent mobile.

Oppenheimer soupira.

— Ou alors elle protège son compagnon. Elle s'accuse du meurtre pour lui éviter la prison. (Les yeux fermés, il hocha la tête d'un air de résignation navrée.) Combien de fois ai-je déjà vu ce scénario !

— Dans ce genre d'affaire, on a souvent plusieurs témoignages contradictoires, observa Wenzel. Mais pour le moment, nous ne disposons que d'une seule version, celle de Frau Hinze.

— Et nous avons son empreinte partielle sur le couteau qui a servi à tuer Konrad Hinze. Les preuves parlent contre elle. Si je boucle l'enquête maintenant et transmets le dossier au procureur, Frau Hinze passera le restant de ses jours en taule.

— Tout à l'heure, ça ne semblait pas la déranger. (Wenzel se leva pour aller regarder par la fenêtre.) Qui sait, elle dit peut-être la vérité. Dans ce cas, elle mérite pleinement cette peine.

Oppenheimer s'abstint de tout commentaire. Même si cela ne lui plaisait pas, son assistant n'avait pas tort. Parfois, la vérité se trouvait dans les solutions les plus simples.

— Je vais parler demain au procureur. Au vu des aveux et des preuves, Rutters voudra certainement garder Frau Hinze en détention. Mais je peux peut-être le convaincre de me laisser encore quelques jours avant qu'il ne la traduise aux assises.

— Que faisons-nous entre-temps ? questionna Wenzel.

— On s'occupe de la paperasserie habituelle, répondit Oppenheimer en se levant. Et avec un peu de chance, Nixfeld tombera dans nos filets dans les heures qui viennent.

Sur ces mots, il sortit dans le couloir. Il avait besoin d'une chicorée pour se redonner du courage. La perspective d'un entretien avec le très pointilleux Rutters le rebutait tout autant qu'une visite chez le dentiste.

Dix minutes plus tard, de retour avec une tasse fumante dans la main, il s'arrêta devant le bureau de Billhardt. Comme Nixfeld avait l'intention de quitter discrètement le pays, il prévoyait peut-être de recourir à l'une des filières d'exfiltration dont avait parlé Hilde. Les chances étaient plutôt minces que les deux affaires soient liées, mais mieux valait mettre son collègue au courant.

Le commissaire frappa doucement à la porte, et un grognement approbateur l'invita à entrer.

Billhardt s'était absenté. Seul l'aspirant-inspecteur Reinmann était assis derrière sa table de travail. Levant les yeux, il gratta son nez bourgeonnant et lança :

— Un problème ?

— Où est Billhardt ?

Reinmann leva les mains en signe d'excuse.

— Désolé, je n'en sais rien. On n'avait pas prévu de se voir ce matin. J'ai encore des papiers à faire, et le commissaire voulait suivre une piste en solo. C'est devenu une habitude, ces derniers temps.

S'appuyant contre le cadre de la porte, Oppenheimer avala une petite gorgée de succédané. Comme Billhardt ne faisait plus confiance à leurs assistants, il n'était pas étonnant que son vieil ami préfère agir seul.

— Ce n'est pas grave, répondit-il d'un ton anodin pour ne pas éveiller la méfiance du policier. Je le verrai plus tard. Comment avance votre affaire ?

— Le meurtre d'Ulrich ?

Oppenheimer acquiesça.

— Oh, tout s'est éclairci, annonça Reinmann d'un ton blasé. Ce n'était qu'un règlement de comptes entre trafiquants. La routine. Ne reste plus qu'à rédiger le rapport final.

Se souvenant qu'il avait encore du travail, l'aspirant-inspecteur se replongea dans ses papiers.

Quelques heures plus tard, Oppenheimer sortait de la station de S-Bahn pour rentrer chez lui. La température était proche de zéro, et les flocons de neige qui s'agglutinaient sur les trottoirs rendaient le sol extrêmement glissant. Les épaules relevées, la démarche incertaine, le commissaire se dirigea vers la villa de Hilde. Il se réjouissait à l'idée de passer une soirée tranquille. Au fond, il n'avait envie que d'une chose : se mettre au lit avec Lisa. Il s'imaginait déjà sous les couvertures, tous deux se réchauffant mutuellement alors que le poêle luttait en vain contre les courants d'air glacials qui s'infiltraient par les fenêtres.

Le temps hivernal lui fit penser que Noël approchait à grands pas. Il se demanda ce qu'il pouvait offrir à Lisa. Durant de longues années, ils avaient vécu dans la misère. Le plus beau des cadeaux était alors une boîte de conserve dénichée au marché noir.

La ville connaissait encore des problèmes d'approvisionnement, mais Oppenheimer avait le ferme espoir que la situation s'arrangerait bientôt. Il ne voulait en aucun cas capituler comme Seibold et quitter Berlin. Même si tout n'était pas rose et que l'avenir restait incertain, il y avait des progrès. Peu à peu, les conditions de vie s'amélioraient. Aussi décida-t-il de ne pas faire de cadeau comestible cette année, mais d'offrir à Lisa une chose destinée à embellir son quotidien.

Malheureusement, aucune idée ne lui vint spontanément.

Il devait aussi trouver un présent pour Theo. Après maints détours et hasards, c'était la première fois depuis la mort de sa fille Emilia qu'il avait le sentiment d'avoir une famille. Une famille de survivants soudés par l'adversité.

Arrivé devant le portail du domaine, il porta son regard vers le toit de la villa. Malgré les ombres du crépuscule, il crut percevoir un mouvement. Il plissa les yeux pour scruter la demi-obscurité, et vit que l'une des lucarnes était ouverte.

Ses réflexions sentimentales s'évanouirent instantanément.

— Theo ! cria-t-il avec colère.

Il s'élança dans l'allée menant à la demeure. Fou d'inquiétude, il se rua à l'intérieur et monta quatre à quatre l'escalier monumental du hall. Parvenu au sommet, il sentit ses jambes flageoler. Le souffle court, il tituba sur le palier et posa la main sur la poignée de la porte permettant d'accéder au grenier.

Rien ne se passa. Le verrou qu'il avait posé la veille était fermé.

Penaud, il contempla le battant sans comprendre. Alors qu'il se penchait pour écouter à la porte, un bruit retentit près de lui. Il vit un panneau de lambris s'entrouvrir. Une frêle silhouette surgit d'un passage obscur et tenta de se faufiler vers l'escalier.

Oppenheimer saisit Theo par le col. Secouant la tête, il regarda tour à tour le garçon et le trou derrière la boiserie.

— Mais qu'est-ce qui t'arrive ? Tu démontes la maison de Hilde maintenant ?

— Il y a des hommes dehors ! clama Theo. Ils me guettent !

— Ne dis pas n'importe quoi. C'est moi que tu as vu devant le portail.

— Non, j'ai repéré des types inconnus dans la rue.

Oppenheimer soupira.

— Bon, déclara-t-il en lâchant son protégé. Mes clés sont encore en bas sur la porte d'entrée. Je vais les chercher pour ouvrir le verrou et tu me montreras ensuite ces mystérieux individus.

Theo lui jeta un regard étonné. À cause de son expérience d'enfant des rues, il n'était pas habitué à ce qu'un adulte le prenne au sérieux.

Oppenheimer ne tarda pas à regretter sa décision. Après être redescendu au rez-de-chaussée, il s'accrocha à la rampe et remonta péniblement l'escalier en ahanant. Pour dissimuler son essoufflement, il fit ensuite semblant de chercher la bonne clé sur son trousseau. Theo ne fut pas dupe, mais attendit patiemment que le commissaire déverrouille la porte.

— Maintenant, montre-moi ce que tu as vu, l'encouragea Oppenheimer en se dirigeant vers la lucarne ouverte.

Le garçon se plaça devant la petite fenêtre et inspecta la rue sans un mot. Dehors, la nuit tombait. Le paysage urbain était en train de se fondre dans l'obscurité.

Après quelques minutes d'observation, Oppenheimer s'attendit à ce que l'orphelin reconnaisse son erreur, toutefois celui-ci n'en démordait pas. Le nez froncé, Theo continuait de sonder les environs.

Soudain, le commissaire le vit tressaillir.

D'une voix blanche, l'enfant murmura :

— Là-bas.

Oppenheimer eut beau plisser les yeux, il ne remarqua rien de particulier. Agacé, Theo tendit le doigt vers la rangée d'immeubles qui bordaient l'autre côté de la rue.

— Devant chez Frau Wendlandt ?

— Un peu plus loin sur la gauche.

À cet instant, le policier crut discerner un mouvement dans l'ombre. Mais ce n'était peut-être que son imagination. Ou un simple passant.

— Depuis quand ces types observent-ils la villa ?

— Je les ai déjà repérés hier, répondit Theo promptement.

Oppenheimer réfléchit.

— Pourquoi ne viennent-ils pas directement nous parler ?

— C'est une ruse. Ils veulent nous faire croire que nous sommes en sécurité. Ensuite, ils pourront nous prendre par surprise.

Theo s'inventait probablement des histoires, mais Oppenheimer ne pourrait pas le convaincre du contraire avec de simples paroles rassurantes. Pour lever les doutes du garçon, il devait contrôler en personne qu'aucun individu louche ne rôdait autour du domaine.

— Allons voir ça de plus près, suggéra-t-il.

Tous deux descendirent l'escalier, sortirent de la demeure et marchèrent jusqu'à la rue.

— C'était là, hein ? lança Oppenheimer en arrivant près de l'endroit où ils avaient aperçu un mouvement dans l'ombre.

Theo hocha la tête.

Ils se tenaient devant l'entrée d'un passage menant à une arrière-cour. L'issue était fermée par un portail, mais celui-ci se trouvait légèrement en retrait du trottoir, formant ainsi une sorte de dégagement où l'on pouvait se mettre à l'abri du vent et de la pluie.

Oppenheimer devait reconnaître que ce renfoncement était le lieu idéal pour une planque.

Tout à coup, Theo s'écria :

— J'avais raison, ils étaient ici. En voici la preuve !

L'orphelin pointa le sol du doigt. Autour d'eux, les pavés étaient jonchés de mégots de cigarettes.

16

Mardi 18 novembre 1947

Ce mardi-là, après le vote de défiance de la municipalité contre le directeur de la police, une manifestation officielle était organisée au Friedrichstadt-Palast pour montrer à tous que les forces de l'ordre soutenaient Paul Markgraf.

Oppenheimer avait l'impression de participer à une excursion scolaire. Tôt dans la matinée, Möller avait sillonné les couloirs de la brigade pour mobiliser les fonctionnaires. Le commissaire ne se faisait aucune illusion sur le véritable motif de ce rassemblement. Après le camouflet infligé par la fraction pro-occidentale du conseil municipal, le camp soviétique se devait de réagir. D'ailleurs, l'organisateur de la manifestation n'était autre que le Freier Deutscher Gewerkschaftsbund[1], le syndicat unique de la zone orientale. Et Möller s'était donné toutes les peines du monde pour rassembler la plus grande partie du personnel.

C'était à contrecœur qu'Oppenheimer avait cédé à la pression du conseiller antifasciste. Il n'aimait pas les manifestations de masse avec des discours assommants et, d'autre part, il n'était pas certain que Paul Markgraf soit la bonne personne pour diriger la police berlinoise.

Il ne neigeait pas sur la ville, mais le temps était tellement glauque que personne ne voulait parcourir à pied les deux kilomètres jusqu'au Friedrichstadtpalast. Oppenheimer se joignit

1. « Confédération syndicale allemande libre », dont le sigle est FDGB.

à quelques collègues qui avaient décidé de prendre le S-Bahn, avec la ferme intention de filer à la première occasion venue.

Le Friedrichstadtpalast, jadis nommé Großes Schauspielhaus, se dressait juste en face de la gare de Friedrichstraße, sur la rive nord de la Spree. L'édifice à l'architecture monolithique se remarquait de loin. On ne pouvait imaginer plus grand contraste avec son voisin, le Theater am Schiffbauerdamm, pourvu de sa tour néobaroque.

Construit vers 1865, le bâtiment avait d'abord servi de marché couvert avant d'être reconverti en cirque. Plus tard, après la Grande Guerre, il était devenu un théâtre dirigé par le célèbre metteur en scène Max Reinhardt, et l'opérette *L'Auberge du Cheval-Blanc* y avait célébré sa première. Sous l'égide des nazis, l'endroit avait été ensuite réaménagé et rebaptisé Théâtre du peuple. Durant près d'une décennie, on n'y avait joué que des spectacles de peu d'intérêt, apolitiques, destinés à renforcer l'esprit de résistance de la population.

D'après ce qu'Oppenheimer avait entendu, l'édifice avait été restauré après la capitulation, et on avait utilisé la grande scène comme music-hall pendant quelque temps. À présent, il appartenait à la municipalité, qui l'utilisait pour de grandes manifestations officielles. On lui avait donc donné un nom plus solennel, le Friedrichstadtpalast, qui semblait mieux convenir pour ce genre d'événements.

Arrivé sur les lieux, Oppenheimer se mit à la recherche de Billhardt. Il parcourut à plusieurs reprises le foyer, mais l'endroit était bondé. Il ne vit pas son vieil ami, mais tomba finalement sur Bernhard Hergesheimer. Le technicien de l'Identification judiciaire se tenait près du vestiaire et contemplait l'agitation ambiante avec un sourire cynique.

— Ah, un compagnon d'infortune ! s'exclama-t-il en apercevant le commissaire.

— As-tu croisé Billhardt, par hasard ?

— Non, je n'ai vu que des fonctionnaires du FDGB et des délégués du personnel proches du SED. Il y a aussi des pontes du Parti unifié, bien sûr, pour nous gratifier de quelques bons discours.

— Je pensais que ce meeting était organisé pour protester contre l'allégation selon laquelle la police ne défendrait l'intérêt que d'un seul parti, fit remarquer Oppenheimer. Et voilà que des fonctionnaires du SED débarquent ici ?

— Ce qui confirme les soupçons du conseil municipal. Nous sommes censés clamer aujourd'hui que Markgraf est victime d'une odieuse campagne de dénigrement, mais quel est le rôle de la police, si ce n'est d'empêcher que des gens soient kidnappés en pleine journée ? Notre directeur ne s'est même pas donné la peine de chercher une explication quelconque à ces étonnantes disparitions de citoyens dans le secteur russe. Naturellement, c'est un moscoutaire, et il ne veut pas causer d'ennuis aux Soviétiques. On ne mord pas la main qui vous nourrit.

Oppenheimer s'adossa contre le mur. Quelques retardataires venaient d'entrer dans le foyer et se dirigeaient d'un pas vif vers le vestiaire. Billhardt ne se trouvait pas parmi eux.

— C'est inadmissible qu'un secteur allié n'ait pas les mêmes lois que les trois autres.

Il dut élever la voix pour couvrir le brouhaha ambiant.

Hergesheimer opina.

— Et surtout, comment la police peut-elle se poser en défenseur de la démocratie si elle proteste publiquement contre une décision de la municipalité, qui incarne la représentation du peuple ?

Le technicien étouffa un juron, sortit une flasque de la poche de son veston et avala une grande rasade d'alcool.

Un gong sonna. Devant eux, la foule s'ébranla pour entrer dans la salle. Ils suivirent le mouvement.

À l'instar d'une arène, les rangs étaient disposés en demicercle autour de l'estrade. Oppenheimer et Hergesheimer s'installèrent au fond de l'auditorium. Celui-ci comptait plus de trois mille places, et pas une seule ne resta inoccupée. En revanche, impossible de savoir si le public n'était composé que de policiers.

Oppenheimer trouva les discours assommants. Les orateurs se succédaient pour critiquer avec violence les résolutions du conseil municipal. Puis on organisa un vote censé témoigner de la confiance de l'assemblée à Paul Markgraf. À ce moment-là, exaspéré, il décida de s'éclipser. À côté de lui, Hergesheimer s'était assoupi. Il le secoua légèrement et fit un signe de tête vers la sortie. Le technicien approuva.

Les deux hommes quittèrent la salle et empruntèrent le S-Bahn pour retourner à la Keibelstraße.

Le bâtiment était désert. Après avoir salué Hergesheimer, Oppenheimer monta à son étage. Fräulein Böttcher était l'une des rares personnes à ne pas être allée au Friedrichstadtpalast. S'approchant de la secrétaire, il lui demanda si elle avait vu Billhardt.

— Non, mais il n'est pas porté malade, répondit la jeune femme. Herr Billhardt doit être sur le terrain pour les besoins de son enquête.

Oppenheimer la remercia avant de se remettre en mouvement. Il commençait à s'inquiéter sérieusement. Son ami était peut-être en danger.

Se ruant dans son bureau, il décrocha son téléphone et appela au domicile de son collègue. Comme la ligne était commune pour tous les habitants de l'immeuble, il dut attendre qu'un des résidents aille prévenir Dorothée Billhardt.

— Ça fait deux jours qu'il n'est pas rentré à la maison, déclara cette dernière après qu'Oppenheimer lui eut expliqué le motif de son appel. Mais il m'a passé un coup de fil tout à l'heure. Il m'a dit qu'il surveillait un suspect.

Il fronça les sourcils. Cette réponse soulevait de nouvelles questions.

— Dorothée, ne bouge pas de chez toi. J'arrive tout de suite.

Oppenheimer reposa brusquement le combiné sur sa fourche et se précipita dans le couloir.

Le salon de Billhardt était exactement comme dans ses souvenirs. Sur les rideaux au crochet jaunis qui pendaient aux fenêtres, Hergesheimer aurait trouvé à coup sûr de la poussière, du phosphore et bien d'autres substances résultant des longues années de guerre. Le vieux canapé capitonné, le papier peint à rayures. Rien n'avait changé. Contrairement à bien d'autres familles, les Billhardt avaient eu de la chance. Leur appartement avait été épargné par les bombes, et les services du logement ne leur avaient pas imposé de locataires sinistrés.

Oppenheimer constata que la guerre avait fortement marqué Dorothée Billhardt. Aussi loin qu'il se souvienne, elle avait toujours été frêle, mais les années de privations l'avaient rendue squelettique. Malgré tout, elle paraissait étonnamment dynamique. En bonne maîtresse de maison, elle tint absolument à sacrifier une partie de sa ration de café pour son invité.

Lorsqu'elle servit le breuvage brûlant, ses mains tremblaient et Oppenheimer remarqua son regard fébrile. Elle n'était pas aussi sereine qu'il l'aurait cru après leur conversation téléphonique. À l'évidence, elle se faisait des soucis pour son mari.

— Je ne comprends pas, dit-elle, Kurt m'a interdit d'alerter la police. Quoi qu'il puisse arriver. (Posant la verseuse sur la table, elle s'assit en face d'Oppenheimer sans se servir.) Tu penses que c'est un coup des Soviétiques ? Ils l'ont enlevé ?

Même s'il n'avait pas envie de boire de café en cet instant, il avala quand même une petite gorgée par politesse envers son hôtesse.

— Que s'est-il passé ? demanda-t-il avec douceur.

— Avant-hier soir, Kurt est passé ici en coup de vent après le travail. Il avait rendez-vous avec un certain Herr Oskar. Apparemment, ils travaillent ensemble sur une affaire. Quelque chose de confidentiel. Kurt s'est montré très laconique. Il a seulement dit qu'il enquêtait sur ses propres collègues et qu'il ne pouvait se fier à personne. Excepté cet Oskar.

— Oskar ? Est-ce son prénom ou son patronyme ?

— Plutôt un pseudonyme. Il est venu ici, une fois. Kurt était encore au travail. Il séjourne dans une pension à Kottbusser Tor. C'est là-bas qu'ils avaient rendez-vous avant-hier. Et depuis, Kurt n'est pas rentré.

Oppenheimer réfléchit quelques secondes.

— Je ne crois pas que les Soviétiques soient derrière sa disparition. Quand ils veulent enlever quelqu'un, ils attirent leur proie dans le secteur oriental. Kottbusser Tor est dans le secteur américain. Ça ne colle pas. Il doit y avoir une autre explication. (Il haussa les épaules.) Nous nous inquiétons peut-être pour rien. Si ça se trouve, Kurt continue sa filature.

— Il a laissé entendre qu'il était sur la bonne piste.

— Mais il n'a pas mentionné de détails, j'imagine ?

Dorothée secoua la tête.

— Non. En tout cas, il espérait pouvoir boucler cette affaire bientôt. Et Kurt n'est pas du genre à se vanter, tu le connais. S'il a dit ça, c'est qu'il le pensait vraiment.

Oppenheimer contempla le fond de sa tasse d'un air songeur. Qui était donc ce mystérieux Oskar ?

Sur sa demande, Dorothée lui donna un bref signalement de l'inconnu.

— La trentaine, grand et mince. À son allure, il aurait pu être de la police.

Le commissaire fronça les sourcils.

— C'est étrange. Kurt m'a aussi raconté qu'il avait trouvé un allié. Mais ce n'était pas quelqu'un de la maison.

— Une chose est sûre, Richard. Cet homme te connaît. Quand il est venu ici, il a parlé de toi.

Lorsque Oppenheimer sortit du wagon de S-Bahn, une voix distordue résonna sur le quai de la station aérienne de Kottbusser Tor. Dehors, quelqu'un parlait dans un mégaphone.

— *Why do you look so glum ?* demanda la voix, qui semblait provenir de la Ritterstraße.

Le commissaire se mit sur la pointe des pieds pour tenter d'apercevoir ce qui se tramait à l'extérieur.

En contrebas, une jeep de la police militaire américaine roulait au pas pour suivre une jeune femme qui marchait sur le trottoir. À l'avant du véhicule, deux MP avec leurs fameux casques blancs ne quittaient pas du regard la belle inconnue vêtue d'une jupe flottante. Celle-ci avançait tête baissée, visiblement honteuse d'attirer l'attention de tous.

— *Come on, girl, give me a little smile !* s'exclama l'Américain armé de son mégaphone.

Hésitante, la fille finit par lui jeter un coup d'œil. Un sourire éclaira brièvement son visage.

— *Thank you !* clama la voix amplifiée du MP.

Presque au même moment, le conducteur écrasa l'accélérateur. La jeep partit sur les chapeaux de roues en laissant derrière elle un nuage de fumée.

Oppenheimer se remit en mouvement. On ne voyait de telles scènes que dans le secteur américain.

Il descendit l'escalier menant à la sortie et déboucha sur la place de Kottbusser Tor. Celle-ci avait pris le nom d'une porte appartenant autrefois à l'enceinte de la ville. Les fortifications avaient été démolies vers la fin des années 1860, et l'endroit était devenu un grand carrefour très fréquenté qui ne manquait pas d'exaspérer les automobilistes.

Dorothée Billhardt ne lui avait pas donné d'adresse exacte, mais il se rappelait vaguement où se trouvait la pension Keller, l'établissement dans lequel le mystérieux Oskar était descendu.

Il dut faire presque entièrement le tour de la place avant de découvrir le petit hôtel, situé au milieu d'une rangée d'immeubles fortement endommagés. Le porche ouvragé datant de la fin du XIXe siècle était le seul élément indemne de la façade. À l'intérieur, le hall n'était plus qu'un sombre chaos de poutrelles, de murs éboulés et de blocs de béton brisés. Près de l'entrée, un panneau en carton confirmait que la pension était toujours ouverte.

Oppenheimer pénétra dans la ruine. En progressant, il ne tarda pas à s'apercevoir que l'arrière du bâtiment était intact.

Il s'arrêta devant une porte vitrée derrière laquelle on avait placardé une affiche. Une belle écriture annonçait que l'établissement disposait encore de chambres libres.

Le commissaire poussa le battant et enfila un long corridor poussiéreux à la décoration impersonnelle. Les couleurs du tapis qui recouvrait le sol avaient fortement pâli. Sur une petite estrade, on avait disposé quelques ficus par ordre de grandeur. L'endroit était peu engageant, et même les plantes avaient l'air malade. Indécis, Oppenheimer se figea.

À cet instant, au fond du couloir, une autre porte s'ouvrit. Une femme d'un certain âge apparut sur le seuil. Elle portait une robe ample qui avait sans doute été à la mode dans les années vingt. Ses cheveux blancs crêpés étaient teintés de bleu, et des traits de khôl accentuaient ses yeux obliques.

— Que puis-je faire pour vous ? s'enquit-elle gaiement en s'approchant. Je suis Frau Keller. Vous désirez une chambre, je suppose ?

Oppenheimer sortit sa plaque et lui demanda si elle avait un client nommé Oskar.

La propriétaire de la pension le dévisagea avec étonnement.

— Oskar ? Je suis désolée, cela ne me dit rien.

— Un homme d'une trentaine d'années. Grand, blond, élancé.

Les yeux de Frau Keller se mirent à briller.

— Ah, vous parlez sans doute de Herr Dorn. Oskar est son prénom, voilà pourquoi j'étais un peu perdue. Mais que lui est-il arrivé ? Il n'a pas d'ennuis, j'espère ?

— Non, rassurez-vous. (Pour contenter la curiosité de son interlocutrice, Oppenheimer servit son petit mensonge habituel :) Herr Dorn a été témoin d'un accident, et il pourrait nous livrer des indices importants. Est-il ici ?

Frau Keller le conduisit jusqu'à une sorte de cagibi, pourvu d'un guichet, qui faisait office de réception. Jetant un coup d'œil vers le support mural où étaient accrochées les clés des chambres, elle déclara :

— Il n'a pas rendu sa clé. (Puis elle ouvrit un épais registre et laissa glisser son index sur une page.) Herr Dorn est arrivé il y a deux semaines, sans préciser le temps qu'il resterait chez nous. Il est peut-être dans sa chambre. Mais parfois, il prend sa clé quand il sort. Le plus simple, c'est que vous alliez voir par vous-même. Il occupe la cinq. C'est là, sur votre droite.

Dans un couloir latéral mal éclairé, Oppenheimer trouva ladite chambre. Il frappa à la porte et tendit l'oreille, toutefois il n'obtint aucune réponse.

Par chance, il aperçut une femme de ménage chargée de faire les lits. Montrant sa plaque, il demanda à entrer.

Méfiante, l'employée lui ouvrit à l'aide de son passe, mais l'accompagna à l'intérieur sans le lâcher des yeux.

La pièce était parfaitement rangée. Le jour blafard qui tombait d'une petite fenêtre lui conférait une atmosphère lugubre.

Oppenheimer commença à s'entretenir avec la femme de chambre, qui s'avéra être la fille de la patronne.

— D'après ce que je vois, vous n'avez pas trop de travail avec Herr Dorn, commenta-t-il pour orienter la conversation sur le mystérieux allié de Billhardt.

— Il est rarement là, confirma-t-elle avant d'ouvrir une grande armoire pour y déposer une pile de serviettes propres.

Le commissaire jeta un coup d'œil discret à l'intérieur. Dans la penderie, il entrevit une valise brune et, au-dessus, une demi-douzaine de chemises blanches accrochées à des cintres.

Fräulein Keller se tourna vers le lit.

— Les draps ont été changés il y a trois jours, murmura-t-elle en se contentant de tapoter l'oreiller. Personne n'a dormi dedans.

Oppenheimer réfléchit. Dorn n'était pas revenu à la pension depuis la disparition de Billhardt. Ce n'était certainement pas une coïncidence.

17

Mardi 18 novembre 1947

Ursula Hinze devait être transférée deux jours plus tard dans la prison pour femmes de la Barnimstraße. En attendant, Nixfeld restait introuvable. Et sans lui, il était impossible de prouver l'innocence de sa compagne. Le procureur avait estimé que les aveux de la veuve étaient suffisants pour engager des poursuites contre elle. Oppenheimer avait essayé de lui faire comprendre que beaucoup de questions étaient encore en suspens, mais Rutters n'avait rien voulu savoir. Soucieux de lancer rapidement une procédure judiciaire, le magistrat avait exigé qu'on lui transmette au plus vite le rapport d'enquête.

Mains plongées dans les poches de son manteau, chapeau enfoncé sur les yeux, Oppenheimer se dirigeait vers la gare d'Alexanderplatz pour rentrer à Schöneberg. Les pensées se bousculaient dans son esprit. Quand il était en planque durant plusieurs jours, il ne manquait pas de prévenir Lisa afin de la rassurer. Billhardt devait certainement agir de la même manière. Il se promit donc de retourner dès le lendemain chez Dorothée, au cas où son mari aurait donné entre-temps un signe de vie.

Absorbé par ses réflexions, il ne prêtait pas attention à ce qui se passait autour de lui et fendait tête baissée la foule de passants qui se pressaient sur les trottoirs en cette fin de journée. S'il avait été plus attentif, il aurait peut-être remarqué que quelqu'un le suivait depuis la Keibelstraße. Tandis qu'il traversait l'Alexanderplatz, très animée à cette heure, l'individu se rapprocha pour ne pas le perdre de vue.

À l'angle de la Dircksenstraße, la cohue s'intensifia et Oppenheimer dut s'arrêter brusquement pour éviter de heurter une poussette. Derrière lui, l'homme qui le filait se figea à son tour.

Captant le regard réprobateur de la mère qu'il avait failli bousculer, le commissaire souleva son chapeau en signe d'excuse. L'incident l'avait arraché à ses pensées, et il s'intéressa de nouveau à ce qui l'entourait. Il se tenait près d'une colonne Litfaß, sur laquelle étaient encore collées plusieurs affiches vantant le programme culturel de grande envergure que l'administration militaire soviétique avait mis sur pied pour la commémoration de la révolution d'Octobre. Alors qu'il promenait son regard sur les vitrines des boutiques qu'il venait de longer, il avisa par hasard une magnifique paire de gants de femme en cuir bordeaux dans la devanture d'un prêteur sur gages. Ceux-ci étaient d'excellente facture, et leur prix exorbitant semblait tout à fait justifié.

Normalement, Oppenheimer était un homme raisonnable. En revanche, quand il était question de Lisa, il se fiait plutôt à la part irrationnelle de son esprit. Dès leur première rencontre, il avait eu l'impression de la connaître depuis toujours. Et Lisa lui avait très vite confié qu'elle éprouvait elle aussi ce sentiment insolite. Grand sceptique, il avait longtemps repoussé l'idée qu'ils étaient voués à s'aimer. Puis, un beau jour, sa raison avait fini par capituler et accepter la situation telle qu'elle était.

Aussitôt, il vit dans ces gants un heureux signe du destin. Absorbé dans la contemplation de la précieuse paire, il ne remarqua pas sur la vitre le reflet de l'homme qui le suivait comme son ombre. Les yeux de l'inconnu l'observaient froidement.

De manière spontanée, le commissaire se décida à entrer dans la boutique. Il savait que pareil cadeau de Noël ravirait Lisa. Naturellement, il n'avait pas d'argent sur lui, mais il parvint à convaincre le prêteur de mettre les gants de côté pendant quelques jours.

Peu de temps après, il reprit son chemin en direction de la gare d'Alexanderplatz. Trop épuisé pour rester debout dans un wagon bondé durant tout le trajet, il renonça à emprunter un train en direction du centre-ville, et choisit de passer par Ostkreuz. C'était un détour qui l'obligeait à prendre une correspondance, toutefois il pouvait espérer trouver une place assise au bout de deux ou trois stations.

Oppenheimer se glissa dans une rame au milieu d'une grappe d'usagers. Quelques minutes plus tard, ils arrivèrent en vue de la gare suivante. Alors que le S-Bahn ralentissait, le commissaire fut pressé contre l'une des barres de maintien. À sa grande déception, personne ne se leva pour descendre.

C'est à cet instant qu'il l'entendit. Un murmure, tout près de son oreille.

— Si vous tenez à votre vie, vous feriez mieux de laisser Nixfeld tranquille.

Un frisson parcourut l'échine d'Oppenheimer. L'inconnu était tellement proche qu'il pouvait sentir son haleine.

Faisant volte-face, le commissaire vit un homme de forte carrure jouer des coudes parmi les autres passagers pour sortir du wagon à l'arrêt. De sous le rebord de son feutre dépassaient des cheveux blonds grisonnants et une paire d'oreilles charnues, rougies par le froid.

Sans hésiter, Oppenheimer se lança à la poursuite de l'individu. Il bondit sur le quai avant la fermeture des portières. Scrutant fébrilement la foule, il repéra le fuyard qui se ruait vers l'escalier le plus proche. Il le suivit et dévala les marches en trombe.

Au niveau inférieur, le costaud s'engagea dans un couloir permettant d'accéder au métro. Manifestement, celui-ci n'était pas habitué à courir. Le souffle court, il bousculait les passants qui lui jetaient des regards courroucés.

Oppenheimer mobilisa toutes ses forces pour accélérer l'allure. Alors que la distance entre les deux hommes se réduisait rapidement, ils débouchèrent sur un quai. Par chance pour le fugitif, un train était sur le point de partir. L'inconnu sauta dans le dernier wagon et, une seconde plus tard, les portières claquèrent.

Sous le regard impuissant du commissaire, la rame s'ébranla. À l'intérieur, le type disparut au milieu des passagers.

Hors d'haleine, Oppenheimer posa les mains sur ses genoux pour récupérer. Cela ne faisait plus aucun doute à présent : il était dans le pétrin, et ses ennemis cherchaient à l'intimider. Il devait donc revoir ses priorités. Disculper Ursula Hinze passait au second plan.

Avant tout, il lui fallait assurer sa sécurité et celle de ses proches.

Une fois arrivé au domaine, Oppenheimer décida de rendre visite à Hilde. Sans grande surprise, il trouva Theo assis dans le salon de l'aristocrate. Tous deux s'entendaient à merveille. Et depuis que Marianne Seibold était partie, le garçon passait encore plus de temps chez celle qu'il appelait « tante Hilde ».

— Il est tard, lui dit Oppenheimer. Tu devrais déjà être à la maison.

Theo haussa les épaules.

Hilde sortit de la cuisine attenante.

— Il m'a vue rentrer du travail, et je l'ai invité chez moi. Je voulais lui demander auprès de quel trafiquant on peut dénicher le meilleur café.

Oppenheimer secoua la tête d'un air indulgent.

— Retourne à la villa s'il te plaît, Theo. Préviens Lisa que je serai là dans une heure. Ne m'attendez pas pour dîner.

À contrecœur, l'enfant se leva de son fauteuil et sortit de la pièce en courant.

Au moment où Hilde s'asseyait à la table du salon, elle remarqua qu'Oppenheimer boitait légèrement.

— Tiens, te voilà estropié maintenant. Que t'est-il arrivé ?

Le commissaire eut un geste vague.

— Bah, je me suis foulé la cheville dans le métro. Je ne suis plus tout jeune, tu sais.

Rassemblant ses dernières forces, il s'approcha d'un fauteuil et se laissa tomber dedans.

— Certes, mais tu n'es pas aveugle. Tu devrais regarder où tu mets les pieds.

Oppenheimer grimaça. Les yeux mi-clos, il loucha sur la tasse de café fumante que Hilde tenait entre ses mains.

— Reste-t-il quelque chose de la ration de café que j'avais entreposée chez toi ?

Son amie lui décocha un regard ironique.

— Dois-je encore te materner après une rude journée de travail ?

Il soupira.

— Pendant que tu travaillais rudement, j'ai reçu une menace de mort.

Au moment où il s'apprêtait à se relever, Hilde lui fit signe de ne pas bouger.

— Les Argentins ? s'enquit-elle avec excitation. Raconte !

— D'abord le café, rétorqua Oppenheimer d'un ton catégorique.

L'aristocrate se remit debout.

— Bon, d'accord. Je fais bouillir de l'eau. Mais c'est toi qui mouds !

Oppenheimer consentit au compromis. Quelques instants plus tard, Hilde lui apportait le moulin rempli de grains de café. Il souffla intérieurement, soulagé de ne pas avoir à quitter son siège. Faire tourner la manivelle du petit appareil ménager était la seule chose dont il se sentait encore capable.

En attendant que la bouilloire se mette à siffler, Hilde arpentait fébrilement la pièce.

— Allez, ne me force pas à te tirer les vers du nez ! Parle, bon sang !

Le commissaire finit par obtempérer.

— Ce qui m'est arrivé aujourd'hui est en rapport avec une autre affaire. Tu te souviens de Nixfeld, le type qui s'est enfui de l'hôpital ? Il s'agit probablement d'un ancien SS passé dans la clandestinité.

Hilde acquiesça. Quelques jours plus tôt, il avait raconté à son amie les grandes lignes de son enquête.

— Dommage ! s'exclama-t-elle. Je pensais que c'était en lien avec les permis de séjour argentins. Se faire menacer est plutôt désagréable, j'en conviens, mais ça aurait été la preuve que nous sommes sur la bonne piste.

— Tu es vraiment un cœur insensible. Il n'y a que toi pour qualifier une menace de mort de simple événement désagréable.

Ignorant la remarque, Hilde mit les poings sur les hanches.

— Ça veut dire que ton nazi a des relations. Des sympathisants du Parti prêts à le protéger.

— Je doute que ces gens-là fassent ça gratuitement. Nixfeld travaille peut-être pour eux, et ils le protègent dans leur propre intérêt, parce qu'ils craignent que nous remontions jusqu'à eux à cause de lui. Ursula Hinze nous a révélé que son amant avait l'intention de fuir à l'étranger.

L'aristocrate plissa les yeux.

— Ça sent l'exfiltration clandestine à plein nez, grogna-t-elle. Exactement le créneau de Perón et sa bande.

Oppenheimer posa le moulin sur la table et leva les mains en signe d'apaisement.

— Attends, ne t'emballe pas. Il y a peut-être un lien, c'est vrai, mais nous n'avons jusqu'ici aucune preuve que Nixfeld soit en cheville avec les sbires de Perón. Si ça se trouve, c'est pure coïncidence que Billhardt soit tombé en même temps sur cette histoire de permis de séjour argentins.

— Une coïncidence ? Peuh ! Il y a forcément un rapport entre ces deux affaires, c'est évident.

Hilde saisit le moulin et disparut dans la cuisine.

Au bout d'un moment, elle reparut et posa devant Oppenheimer une tasse fumante.

— En tout cas, les hommes de Perón ont eu pas mal d'emmerdements ces derniers jours, annonça-t-elle d'un ton désinvolte.

Cette fois, ce fut au tour du commissaire de piaffer d'impatience.

— Que s'est-il passé ?

Facétieuse, Hilde prit tout son temps avant de répondre. Après avoir tapoté le coussin de son siège, elle se rassit et avala une gorgée de café.

— En Suède, ça bouge en ce moment. Les agents de Perón n'ont pas été assez prudents. Ils organisaient leurs opérations d'exfiltration aux yeux de tous. Les autorités en ont eu marre, et elles ont fini par organiser une rafle. Plusieurs faussaires et un ancien officier SS ont été coincés lors du coup de filet. Les policiers ont également appréhendé un diplomate argentin qui se faisait passer pour un membre du clergé protestant. Si un écrivain avait inventé une histoire pareille, les gens auraient crié à l'invraisemblance, mais ce n'est pas de la fiction. Presque simultanément, deux scientifiques nazis ont été arrêtés à Copenhague. Ils voulaient émigrer en Argentine avec de faux passeports. Ce sont mes amis diplomates qui m'ont appris tout ça. Apparemment, la presse scandinave a eu vent des événements. (L'aristocrate prit un air satisfait.) Ces nouvelles sont en train de faire le tour des deux pays. Il y aura forcément des conséquences au niveau diplomatique.

Oppenheimer songea à l'enquête de Billhardt.

— La filière d'exfiltration par la Suède et le Danemark est donc gravement compromise, non ?

Hilde haussa les épaules.

— Difficile à dire. Ce qui est sûr, c'est que les hommes de Perón ne pourront plus agir impunément. Maintenant, il faut qu'ils trouvent le moyen de faire venir en Argentine tous les nazis qui poireautent en Scandinavie. D'après certaines rumeurs, le diplomate qui a été arrêté en Suède avait en sa possession près de mille passeports argentins portant des noms fictifs à consonance espagnole. Ça te donne une idée de l'ampleur du projet de Perón. Cette razzia a dû contrarier bon nombre de nazis en fuite.

— Et il n'y a pas d'autre filière existante ?

— Personne ne le sait. En attendant, les passeurs argentins vont devoir modifier leurs plans. Et ça prendra certainement du temps. Mettre sur pied ce genre d'opération d'envergure ne se fait pas du jour au lendemain.

Au vu de ce brusque retournement, Oppenheimer risqua une hypothèse :

— Nixfeld est en cavale. S'il avait prévu d'aller se réfugier en Argentine en passant par la Scandinavie, c'est fichu. Avec un peu de chance, notre homme est coincé à Berlin et doit attendre ici la mise en place d'une autre route. Il n'est peut-être pas trop tard pour le coincer.

Hilde eut un petit sourire narquois.

— Ne devions-nous pas nous en tenir aux faits ?

Le commissaire s'abstint de répondre à la provocation. Faisant tourner entre ses mains sa tasse agréablement chaude, il reprit :

— D'autres personnes s'intéressent aux agissements des Argentins.

En quelques mots, il raconta que Billhardt faisait apparemment équipe avec un homme nommé Oskar Dorn.

— Voilà pourquoi je suis venu te voir, conclut-il. Cette mystérieuse collaboration jette une nouvelle lumière sur l'enquête.

Hilde resta silencieuse un moment avant de se mettre à pouffer.

— Ça peut paraître grotesque, mais ce Dorn ressemble à un agent des services secrets.

Oppenheimer avait eu la même idée.

— Au début, je pensais que Billhardt coopérait à une enquête interne du service d'inspection puisqu'il soupçonnait certains de nos collègues. Mais ça ne colle pas. Dorn ne fait pas partie de la police des polices. Ces gars-là ne logent pas dans des pensions pouilleuses.

— Ce sont peut-être les Américains, suggéra Hilde comme si c'était la chose la plus naturelle du monde. Il est possible que Billhardt travaille avec eux. Les Argentins ne sont pas les seuls à recruter des experts en tous genres avec un passé national-socialiste. Les États-Unis en font autant. La fin justifie les moyens.

Oppenheimer se souvint de l'enquête qu'il avait menée juste après la capitulation, durant laquelle il avait rencontré un espion américain[1].

— Tu crois qu'ils cherchent encore des scientifiques ayant participé au programme nucléaire secret des nazis ?

Hilde secoua la tête.

— Ils n'embauchent pas seulement des physiciens, mais n'importe quel spécialiste, tous domaines confondus. C'est devenu une sorte de compétition internationale. Ici, à Berlin, les Russes ont mis la main après la guerre sur tous les savants et techniciens qu'ils ont pu trouver. Les Alliés occidentaux s'en sont vite aperçus, et ils ont commencé à faire la même chose pour leurs propres besoins.

— Ce n'est pas étonnant. La recherche fondamentale permet de découvrir de nouvelles technologies. Les Américains ont les matières premières et les fonds pour développer et commercialiser ensuite ces techniques de pointe.

— Oui, et ça va même plus loin. Entre l'Est et l'Ouest, on se livre maintenant une véritable guerre de propagande. As-tu écouté la RIAS récemment ?

Ce sigle était l'abréviation de *Radio in the American Sector.* Lors de la conquête de Berlin, les généraux soviétiques s'étaient évertués à ne pas endommager la Haus des Rundfunks, la grande station de radiodiffusion située dans le quartier de Westend, afin que celle-ci puisse recommencer à émettre dès la fin de la guerre. Fondée dès mai 1945 par les autorités militaires russes, la nouvelle radio berlinoise, la Berliner Rundfunk, ne représentait naturellement que les intérêts de Staline. Et celui-ci n'était pas prêt à partager ce précieux instrument de propagande, même si les studios d'enregistrement se trouvaient dans le secteur britannique.

1. Voir *Derniers jours à Berlin,* Calmann-Lévy, 2018.

Comme l'administration soviétique refusait obstinément d'accorder du temps d'antenne aux puissances occidentales, les Américains avaient finalement fondé en février 1946 leur propre radio à l'intérieur de leur zone. La RIAS ne diffusait pas seulement de la musique entraînante ; selon les principes occidentaux de la liberté de la presse, elle rendait également compte de l'actualité politique avec une grande impartialité et n'hésitait pas à critiquer certaines décisions de son propre camp. Malgré tout, sa mission était de servir de pendant à la radio russe et de faire partager aux Allemands la vision des Alliés occidentaux.

— Ils ont une nouvelle émission, poursuivit Hilde. Elle s'intitule *Liberté contre totalitarisme*. Pas très subtil, hein ? Les Américains font maintenant de la contre-propagande.

Oppenheimer souffla bruyamment.

— Ce n'est pas nouveau. Lisa m'en avait déjà parlé. Au sein de l'administration britannique, on nomme cette campagne *Operation Talk Back*. D'après ce qu'on raconte, c'est Clay, le gouverneur militaire américain, qui aurait eu cette idée. C'est une sorte d'offensive médiatique pour rééduquer les Allemands et en faire de bons partisans de la démocratie libérale.

— Les États-Unis ont enfin compris qu'ils devaient préparer l'avenir au lieu de s'acharner sur le cadavre du national-socialisme, enchaîna Hilde. L'Ouest a du retard dans ce domaine. Dans leur secteur, les Russes ont inondé la population allemande de propagande communiste dès la fin de la guerre, alors que les Alliés occidentaux se sont contentés de distribuer des circulaires assommantes sur je ne sais quelles réglementations. Maintenant, les Américains lancent une offensive de charme. Et ils ont bien plus à offrir que des chewing-gums, des Lucky Strike et du chocolat. Beaucoup d'Allemands pensent qu'ils sont dépourvus de culture, mais ce n'est pas vrai.

Le commissaire se redressa.

— Admettons qu'Oskar Dorn travaille pour les Américains. Quel est son but ? Démasquer les anciens nazis et mettre un terme au petit manège de Perón, ou convaincre ces fugitifs de changer de camp ?

Un sourire ironique se dessina sur les lèvres de Hilde.

— Peut-être les deux. Le CIC, le service de renseignement de l'armée américaine, a reçu l'ordre de débusquer les criminels de guerre et les collabos dans les zones d'occupation occidentales. Mais quand ils tombent sur quelqu'un possédant des compétences qui les intéressent, ils n'hésitent pas à le recruter. Et je parie qu'ils n'embauchent pas seulement des scientifiques. Les États-Unis ont besoin d'experts en espionnage et en propagande qui connaissent bien l'Europe. Les anciens officiers des services secrets du Troisième Reich ont le profil parfait pour ce genre de boulot. Ils sont ravis de coopérer avec les Américains, car les nazis détestent bien plus les Russes que la démocratie libérale. Pour eux, les Popov ne sont que des sous-hommes. Si certains de ces types faisaient partie de la SS, on ferme les yeux sur les crimes qu'ils ont pu commettre pendant la guerre. D'ailleurs, si les nouvelles recrues traînent des casseroles, c'est peut-être même encore mieux pour leurs sauveurs. En cas de besoin, les Américains peuvent se servir de ces informations comme moyens de pression.

Oppenheimer se laissa aller contre le dossier de son siège.

— Peu importe. Qu'ils jouent leurs petits jeux d'espionnage. L'important, c'est que Billhardt revienne et que je puisse me dépêtrer de ce bourbier.

— Dessaisis-toi de l'enquête. Tu n'as pas l'air de croire qu'Ursula Hinze ait tué son mari. Pourtant, si tu essaies de mettre la main sur Nixfeld, ses protecteurs voudront te zigouiller à coup sûr. Ça ne sert rien de t'entêter !

La solution de Hilde était beaucoup trop simple au goût du commissaire.

— Pour abandonner une affaire, il me faut un motif valable. Je ne vais pas renoncer seulement parce que je suis au point mort. Bien sûr, je pourrais clore l'enquête, c'est ce qu'attend Rutters. Mais si je fais ça, Ursula Hinze sera très probablement condamnée.

Oppenheimer se sentait incroyablement las. Il avait besoin de repos. Avec l'esprit frais, il trouverait peut-être une solution pour sortir de l'impasse. Toutefois, une chose était sûre : il ne pouvait pas laisser Nixfeld et consorts s'en tirer impunément.

18

Mercredi 19 – jeudi 20 novembre 1947

Oppenheimer cligna des yeux sous le soleil. En ce début d'après-midi, la température était encore au-dessous de zéro. Un vent glacial soufflait mais, au moins, il avait cessé de neiger. Des nuages d'une blancheur immaculée parsemaient le ciel bleu et, sur les arbres, le feuillage d'automne brillait de toutes ses couleurs vives.

Le pavé humide défilait sous les pieds du commissaire. Soulagé de pouvoir circuler de nouveau à vélo au lieu d'être serré comme une sardine dans les transports en commun bondés, il en oubliait presque ses soucis dans l'affaire Hinze. Heureusement, il avait encore un peu de temps devant lui pour élaborer une stratégie avant de reparler au procureur. Ce mercredi-là, jour du Repentir, personne ne travaillait hormis le personnel de garde. Durant plusieurs années, le régime nazi avait reporté cette fête protestante du mercredi au dimanche afin d'augmenter le nombre de jours ouvrés. Mais comme on n'avait plus besoin de hauts rendements pour soutenir l'effort de guerre, elle avait retrouvé sa place normale dans le calendrier.

Après un déjeuner frugal à base d'œufs pondus par les poules de Hilde, Oppenheimer avait pris le chemin du domicile des Billhardt.

Le trajet se déroula sans encombre. Arrivé devant la porte d'entrée de l'immeuble, il actionna la sonnette de son collègue. N'obtenant aucune réponse, il réitéra son geste. Lors de sa troisième tentative, il se permit d'appuyer plus longtemps et il entendit retentir le timbre strident à travers les fenêtres fermées de l'appartement.

Il ne fut pas le seul à percevoir ce vacarme. Au rez-de-chaussée, sur le balcon du logement voisin, on écarta une paire de draps suspendus à un fil, et une femme apparut.

— Vous venez voir les Billhardt ? s'enquit celle-ci avec curiosité.

Oppenheimer toucha le bord de son chapeau en guise de salutation.

— J'ai rendez-vous avec le commissaire Billhardt aujourd'hui, mentit-il. Je suis un de ses collègues.

— Oh, ça fait un moment que je ne l'ai pas vu ! (La voisine noua fermement son foulard sur sa tête et s'approcha de la balustrade.) Sa femme n'est pas là non plus. Elle est partie ce matin, une valise à la main.

Le commissaire lui jeta un regard étonné.

— Ce matin ? À quelle heure ?

— Vers sept heures et demie. C'est jour férié aujourd'hui, mais je n'arrivais pas à dormir.

— Vous l'avez vue sortir de l'immeuble ?

La voisine s'accouda à la balustrade.

— Mais bien sûr, puisque je vous le dis ! Une grosse voiture noire est venue se garer juste sous ma fenêtre. Frau Billhardt est montée à l'intérieur, et la bagnole a redémarré.

À son grand regret, même si elle était toute disposée à donner des renseignements, elle ne put donner de meilleure description des faits.

Estomaqué, Oppenheimer mit un moment à digérer cette nouvelle. Après son mari, Dorothée Billhardt avait également disparu sans prévenir.

Tandis qu'il décadenassait sa bicyclette attachée à un arbre, les pensées se bousculaient dans son esprit. Si Dorothée était montée de plein gré dans la berline noire, il ne s'agissait pas d'un enlèvement à première vue. Elle avait dû se décider spontanément, car elle n'avait fait aucune allusion à un départ la veille lors de leur discussion. Et pourtant elle avait eu le temps de faire une valise.

Le commissaire enfourcha son vélo. Où qu'il soit, Billhardt s'était certainement débrouillé pour assurer la protection de sa femme. S'il se cachait, ses ennemis pourraient être tentés de faire pression sur lui en menaçant Dorothée. Mieux valait donc mettre celle-ci à l'abri.

Oppenheimer frissonna. Autour de lui, les mailles du filet se resserraient également. Les signes étaient évidents. Combien de temps s'écoulerait avant que Lisa ne soit elle aussi en danger ? Il n'y avait pas une seconde à perdre. Il fallait lui trouver une planque au plus vite.

Il appuya sur les pédales et reprit la direction de Schöneberg. La sueur ne tarda pas à perler sur son front. Roulant à vive allure, il doubla des voitures et coupa plusieurs croisements. Il donnait des coups de sonnette furieux lorsque des véhicules lui barraient le chemin.

Ce n'est qu'en apercevant le bâtiment administratif de l'aéroport de Tempelhof qu'il ralentit. Alors qu'il s'engageait dans la Immelmannstraße, il songea aux types qui observaient le domaine de Hilde. Pour ne pas éveiller leurs soupçons, il devait se comporter de la manière la plus calme possible.

Bouillonnant intérieurement, il emprunta l'entrée principale et, comme d'habitude, alla ranger son deux-roues dans la remise. Il se dirigea ensuite vers la villa en se retenant de courir.

Dès que la porte se referma derrière lui, il monta quatre à quatre l'escalier jusqu'à sa chambre. Assise à la table près de la fenêtre, Lisa lisait un roman sous un rayon de soleil.

Ancien professeur d'anglais, elle s'y connaissait bien plus que lui en littérature. Elle avait toujours apprécié les ouvrages de Thomas Hardy et, depuis qu'elle travaillait pour l'administration britannique, elle pouvait emprunter les œuvres de cet auteur en langue originale.

En voyant Oppenheimer, elle baissa son livre.

— Que t'arrive-t-il ?

Hors d'haleine, il parla en phrases hachées de son enquête et de la disparition des Billhardt.

— Je crois qu'il serait plus prudent de te mettre à l'abri, conclut-il. Pourrais-tu loger chez les Britanniques ?

Visiblement nerveuse, Lisa referma son roman et se leva.

— Pour combien de temps ?

Oppenheimer ne voulait pas l'alarmer outre mesure.

— Quelques jours, peut-être. Ce n'est qu'une mesure de précaution. Ces types n'oseront pas se frotter aux Britanniques. Ils sont dangereux, mais pas fous.

Lisa réfléchit un instant.

— Je pourrais demander à Carruthers. Il y a peut-être une chambre libre dans les appartements que les Britanniques ont réquisitionnés à Charlottenburg. Quand dois-je m'en occuper ? (Elle marqua une pause avant d'ajouter à voix basse :) Je suppose que c'est urgent ?

Le commissaire opina.

— Le mieux serait de rester dès demain chez les Britanniques.

— Dans ce cas, il ne me reste plus qu'à faire ma valise, dit-elle en commençant à rassembler ses affaires.

Une nouvelle fois, il fut étonné de voir combien son épouse était pragmatique. Songeant aux espions postés dans la rue, il proposa :

— Si tu es d'accord, tu partiras demain matin comme d'habitude au travail. Je t'apporterai ta valise plus tard. Seras-tu à la Maison d'York ou sur le terrain avec les pionniers ?

Lisa déposa un bagage à main sur la table et l'ouvrit pour y ranger ses vêtements.

— Je serai au bureau, normalement. En ce moment, Carruthers coordonne les travaux de rénovation avec les hommes de Bonatz, le directeur du département d'urbanisme. (Elle se figea brusquement.) Et que faisons-nous avec Theo ? Il doit continuer d'aller à l'école.

Oppenheimer avait déjà trouvé une solution.

— Hilde veillera sur lui. Et quand elle sera au travail, Barbe prendra le relais. De toute façon, Theo est un garçon intelligent. S'il se passe quelque chose de louche, il sera le premier à donner l'alerte. (Le commissaire s'approcha de sa femme et la prit dans ses bras.) Il ne m'arrivera rien, ne t'inquiète pas. Je vais essayer de résoudre cette affaire au plus vite.

Ils restèrent enlacés. Oppenheimer éprouva un profond sentiment de paix, même si la douleur de la séparation se faisait déjà sentir. Il n'aurait su dire combien de temps ils demeurèrent ainsi. Au bout d'un moment, Lisa commença à s'agiter parce qu'elle voulait terminer sa valise.

Oppenheimer dut faire un effort sur lui-même pour relâcher son étreinte.

La journée du lendemain débuta avec animation. Comme à l'accoutumée, Lisa partit tôt au travail. Oppenheimer servit à Theo son petit déjeuner, puis prépara les affaires d'école du garçon. Il lui expliqua qu'il ne rentrerait qu'en soirée et que Lisa s'absenterait durant quelques jours.

Après cela, il alla chercher la valise de sa femme. Pour sortir discrètement le bagage du domaine, il lui fallait faire un petit détour.

Il quitta la villa par la porte de derrière et se faufila à travers le potager de Hilde, où il prit garde de ne pas écraser les fanes de carottes et les choux frisés. Il se fraya ensuite un chemin à travers les buissons le long de la clôture du jardin. Arrivé près de la maisonnette de son amie, il se glissa dans la remise, prit son vélo et s'esquiva par la ruelle latérale qui longeait le domaine.

Il mit une vingtaine de minutes pour rouler jusqu'à la Fehrbelliner Platz. Sur cette place en forme de fer à cheval, les Britanniques avaient réquisitionné après guerre deux immeubles administratifs pour y établir leur quartier général. Le premier, qui avait abrité autrefois les bureaux du DAF[1], avait été rebaptisé Maison de Lancastre. Le second, qui lui faisait face, avait été le siège du groupe Karstadt avant d'être confisqué par la SS. La plupart du temps, Lisa travaillait dans un troisième bâtiment, situé dans la Westfälische Straße toute proche. Celui-ci, renommé Maison d'York, avait été une antenne du DAF. Comparée aux deux autres édifices monumentaux de la Fehrbelliner Platz, la Maison d'York paraissait très svelte puisqu'elle avait la forme d'un fer de lance émoussé, coincé entre deux avenues qui se recoupaient. L'entrée principale donnait sur les arbres majestueux du Preußenpark. Habillée de plaques de calcaire coquillier, la construction comptait six étages, et elle était coiffée d'un toit en saillie aux courbures concaves. Deux hauts-reliefs – un homme et une femme stylisés, dans le plus pur style national-socialiste – flanquaient le porche semi-circulaire.

Lorsque Oppenheimer freina sur le parvis, les rayons du soleil frappaient la façade, ce qui faisait encore ressortir la silhouette anguleuse du toit sur le ciel bleu.

Lisa lui avait raconté que le bâtiment accueillait des services de moindre importance. C'était la raison pour laquelle les contrôles de sécurité n'étaient pas aussi stricts que sur la Fehrbelliner Platz, où même certaines parties de trottoir étaient interdites aux piétons. Pourtant, avec sa valise à la main, le commissaire n'eut pas le droit d'entrer. Les deux factionnaires qui montaient la garde examinèrent avec méfiance le bagage avant de faire descendre Lisa et le capitaine Carruthers. Heureusement, l'officier du génie clarifia rapidement la situation et conduisit Oppenheimer dans l'antichambre de son bureau.

En hâte, il enleva quelques croquis étalés sur un canapé pour permettre à son visiteur de s'asseoir. Manifestement, le Britannique était d'avis qu'un esprit créatif avait besoin d'une

1. Deutsche Arbeitsfront (« Front allemand du travail ») : inféodée au NSDAP, cette organisation unique est créée dès 1933 pour se substituer aux syndicats ouvriers et associations patronales.

part de chaos pour pouvoir s'exprimer pleinement. Un peu partout, des héliogravures de dessins techniques jonchaient le sol. L'instrument permettant d'obtenir ces reproductions photographiques de grande qualité se trouvait dans un coin de la pièce, appuyé contre un mur. Il s'agissait d'une sorte de cylindre en cuivre, enduit de gel photosensible qui exhalait une forte odeur d'ammoniac.

— Tout est réglé, déclara Carruthers en anglais. Un de mes amis a une chambre libre dans son logement. Il la met à la disposition de Lisa, mais comme il en aura bientôt besoin, elle ne pourra pas rester longtemps.

— J'espère que mon enquête sera rapidement bouclée, répondit Oppenheimer. Je suis très heureux que nous ayons trouvé une solution et que mon épouse soit en sécurité. Je vous suis très reconnaissant.

N'ayant aucune idée du temps qu'il lui faudrait pour résoudre l'affaire Hinze, le commissaire préférait rester vague. En plus, il n'était pas très à l'aise en anglais. Il n'avait jamais eu les talents linguistiques de Lisa, et les cours de langue dont il avait profité à l'école avaient été très succincts. Il saisissait presque tout, mais il avait du mal à formuler des phrases.

Après maints efforts, il parvint à faire comprendre au capitaine que Lisa ne devait pas rester seule un seul instant. Par chance, Carruthers faisait partie des rares personnes en qui il avait une confiance absolue.

L'officier caressa sa fine moustache avant d'acquiescer.

— Visiblement, vous vous êtes fourré dans un sacré guêpier, ajouta-t-il avec un sourire ironique.

Après cela, Lisa raccompagna son mari jusqu'à la sortie.

— J'enverrai quelqu'un prendre de tes nouvelles, promit Oppenheimer. (Il lui prit la main et la regarda dans les yeux.) Mieux vaut éviter de se voir. Pour ne pas donner de mauvaises idées aux personnes que j'essaie de coincer. Ce n'est peut-être pas nécessaire, mais je préfère être prudent.

— Et qui veillera sur toi ? demanda Lisa en écartant avec douceur une mèche brune du front d'Oppenheimer.

Elle avait les yeux rougis.

— Bah, ils ne me feront rien, rétorqua-t-il en s'efforçant de prendre une voix assurée. Ce sont des menaces en l'air, ils n'oseront pas attaquer un commissaire de la Kripo. Et Hilde va s'occuper de Theo. Le gamin va l'emmener faire le tour des marchés noirs de la ville, et elle lui apprendra de nouveaux jurons bien sentis.

Il se força à sourire. À cet instant précis, il se maudit d'avoir réintégré la police. Au fond, il voulait juste avoir la paix, faire un boulot utile et savourer les petites joies du quotidien. Mais à chaque fois qu'il s'approchait de son objectif, il rencontrait des complications.

Il serra la main de Lisa. Il avait encore tellement de choses à lui dire, mais aucun mot ne parvint à franchir ses lèvres.

Soudain, quelqu'un le bouscula par-derrière et marmonna quelques paroles d'excuse incompréhensibles.

Il prit alors conscience qu'ils se trouvaient dans le hall d'entrée, au milieu du flot de visiteurs. Des militaires pressés et des civils avec des mallettes et des étuis cylindriques coincés sous le bras défilaient autour d'eux. Ce n'était pas l'endroit idéal pour faire des adieux. Même si les gens semblaient les ignorer, Oppenheimer se sentit comme une fourmi sous un microscope.

Gêné, il se racla la gorge, déposa un baiser sur la joue de Lisa et quitta le bâtiment.

Dehors, les rayons du soleil le frappèrent comme une volée de flèches. Il dut s'arrêter un instant jusqu'à ce que ses yeux s'habituent à la forte luminosité, puis il se remit en mouvement. Il n'avait pas de temps à perdre. Incapable de trouver le sommeil, il avait passé la nuit à forger un plan. Mais celui-ci ne pouvait fonctionner qu'avec l'assentiment de sa hiérarchie. Le commissaire avait besoin d'une certaine marge de manœuvre car, dans le pire des cas, il devrait emprunter un chemin à la limite de la légalité. Naturellement, le mieux était de travailler avec quelqu'un dont les opinions antifascistes ne faisaient aucun doute. Et à la brigade, il n'y avait qu'une seule personne qui correspondait à ce profil. La solution ne lui plaisait guère, mais

Oppenheimer ne pouvait pas laisser ses sentiments personnels dicter ses choix.

La situation était critique. Il s'était juré de remuer ciel et terre pour permettre à Lisa de rentrer le plus vite possible à la villa. Après tout ce qu'ils avaient vécu durant la guerre, il ne voulait pas rester séparé d'elle trop longtemps. C'était la seule chose qui comptait à ses yeux.

19

Jeudi 20 – vendredi 21 novembre 1947

Möller n'était pas sur la bonne longueur d'onde.

— Avez-vous trouvé de nouveaux indices concernant le passé national-socialiste du commissaire Billhardt ?

Comme ils étaient seuls dans le bureau du conseiller antifasciste, Oppenheimer décida d'aller droit au but.

— Tout ça n'est qu'un coup monté pour discréditer mon collègue. J'ai des raisons de penser qu'un groupe de conspirateurs nazis se cache dans nos rangs. Ces individus s'appliquent à contrecarrer les enquêtes susceptibles de mettre en danger leurs anciens camarades. Et c'est moi qui suis maintenant dans leur collimateur.

Durant un instant, les traits de Möller se convulsèrent de contrariété. Jusqu'alors, il croyait n'avoir affaire qu'à une seule brebis galeuse. Il comprenait à présent que les choses étaient beaucoup plus complexes qu'il ne l'avait imaginé.

Comme au ralenti, il s'installa à sa table de travail. Trop abasourdi pour faire preuve de politesse, il en oublia d'inviter Oppenheimer à s'asseoir. Ce dernier prit l'une des chaises réservées aux visiteurs.

— C'est une accusation très grave, finit par articuler Möller. Je dois immédiatement prévenir Cordes.

Nerveux, le commissaire secoua la tête.

— C'est exactement ce qu'il ne faut pas faire. Nous ignorons combien de personnes sont impliquées dans cette cabale. Je ne dis pas que je soupçonne notre patron, mais tant que nous n'en savons pas plus, ces informations devraient rester entre nous.

Möller grimaça, ce qui fit remonter les crocs de son épaisse moustache.

— De quelles informations s'agit-il au juste ? Jusqu'à présent, je n'ai entendu que des suspicions.

Après qu'Oppenheimer lui eut raconté en détail tous les événements, le conseiller ôta son binocle et le déposa sur son bureau. Songeur, il se frotta le nez.

— Incroyable, gronda-t-il. C'est le pire scénario que nous pouvions imaginer. Je comprends votre prudence, Oppenheimer. Si ces nazis remarquent que nous suivons leur piste, ils disparaîtront aussitôt et ne seront jamais traduits en justice. (Il remit son lorgnon et considéra le commissaire d'un air grave.) Mais comment procéder si nous ne pouvons faire confiance à personne ? Nous n'allons pas capituler, tout de même !

— Ce serait peut-être la meilleure solution.

En entendant la réponse de son interlocuteur, Möller resta béat de stupéfaction. Oppenheimer leva la main pour le rassurer.

— Nous capitulerons, mais seulement en apparence. Laissons-les se sentir en sécurité le temps que nous parvenions à les identifier. Si je leur fais croire qu'ils ont réussi à m'intimider, ils seront moins vigilants et je pourrai continuer discrètement mon enquête. Toutefois, pour que mon idée fonctionne, vous devrez me couvrir.

Möller se redressa.

— Qu'attendez-vous de moi ?

— Ce ne sera pas facile, répondit Oppenheimer, conscient des risques que comprenait son plan. Votre tâche consistera à convaincre Rutters de jouer le jeu. Parce que si nous voulons tromper nos adversaires, il faut relâcher Frau Hinze.

Il était arrivé à la conclusion que c'était Ursula Hinze le maillon faible dans l'histoire. De son propre chef, celle-ci ne révélerait rien des desseins de son amant mais, avec son aide involontaire, il serait peut-être possible de faire sortir Nixfeld de l'ombre. Si Hinze était libérée, le fugitif essaierait sans doute de la contacter. Elle l'avait décrit comme un compagnon très attentionné. Avec un peu de chance, elle n'avait pas menti, et son faux mari essaierait coûte que coûte de s'enfuir avec elle à l'étranger. Oppenheimer espérait qu'une fois Nixfeld arrêté, il pourrait lui arracher un indice sur ses complices.

Möller n'était guère enchanté par la proposition du commissaire. Après une vive discussion, n'ayant lui-même aucune alternative, il finit cependant par accepter. En début d'après-midi, les deux hommes passèrent plus d'une heure à persuader Rutters d'approuver le plan à son tour. Oppenheimer voulait faire semblant de clore officiellement son enquête. Pour ne pas incriminer Ursula Hinze, il fallait donc passer sous silence tous les éléments qu'il avait recueillis ces derniers jours. Dans le faux rapport final, il serait uniquement mentionné que Konrad Hinze avait surpris chez lui un cambrioleur en flagrant délit et qu'il l'avait tué involontairement lors d'une empoignade.

Naturellement, le procureur manifestait les plus grandes réticences à participer à cette « mascarade », comme il appelait la mise en scène d'Oppenheimer. Il consentit toutefois à attendre une semaine avant de lancer une procédure pénale contre Ursula Hinze. En l'absence de résultat concret à l'expiration du délai, le commissaire devrait remettre sur-le-champ son vrai rapport d'investigation. À la fin de l'entretien, Rutters lui fit promettre solennellement de ne pas lâcher la suspecte d'une semelle.

Wenzel tomba des nues lorsque Oppenheimer lui annonça qu'il souhaitait boucler l'enquête sans tenir compte du dernier interrogatoire de Frau Hinze. Il était impossible de le mettre dans la confidence, puisque l'aspirant-inspecteur appartenait potentiellement à la conspiration.

Forcé de mentir, Oppenheimer allégua qu'il ne voyait pas d'autre solution, même s'il croyait Hinze innocente. Le jeune homme parut sincèrement étonné de voir son supérieur, d'ordinaire si scrupuleux, abandonner avec soudaineté une affaire. Puis il haussa les épaules pour signifier qu'il n'y voyait aucune objection.

Oppenheimer songea à la réaction de ses collègues lorsqu'ils apprendraient la nouvelle. On se paierait certainement sa tête. Mais cette humiliation était nécessaire. Aussi désagréable que cela puisse être, il fallait en passer par là. Plus sa défaite serait éclatante, plus vite les complices de Nixfeld en seraient avertis.

Après sa conversation avec Wenzel, il quitta son bureau pour se mettre en quête de Petit Hans. L'ancien porte-flingue du Mastard faisait partie des rares policiers qu'il considérait au-dessus de tout soupçon. Il comptait donc le charger de surveiller Ursula Hinze dès que celle-ci sortirait de prison. Möller avait promis de libérer le Schupo de ses fonctions pendant quelques jours.

Il s'avéra que Hans avait pris une journée de congé. Oppenheimer décida d'aller lui rendre une visite privée et sortit pour enfourcher son vélo.

Le domicile de l'ex-gangster se trouvait dans le nord de la ville, à Weißensee, non loin de l'église de Béthanie, qui avait été presque entièrement détruite par les bombes. La ruine était sinistre. Seul le clocher tenait encore debout, et le vent sifflait en s'engouffrant dans un énorme trou béant surplombant le portail endommagé. On aurait dit que le bâtiment avait été transpercé par une flèche géante.

Petit Hans, de son vrai nom Hans Kuhlmann, vivait au cinquième étage d'un grand immeuble d'habitation. Oppenheimer sonna et dut attendre quelques minutes avant qu'une personne descende l'escalier pour ouvrir la lourde porte d'entrée. Une femme apparut dans l'entrebâillement. Coiffée d'un foulard, elle portait un large tablier de cuisine. Elle n'était sans doute pas beaucoup plus âgée qu'Oppenheimer, mais son échine courbée la faisait ressembler à une petite vieille.

— Qu'est-ce que vous voulez ? demanda-t-elle en dévisageant l'intrus de ses yeux gris acier.

Son regard perçant fit frissonner le commissaire.

— Hans serait-il là, par hasard ?

L'inconnue eut une moue méprisante.

— Encore un de ces voyous, hein ? Vous n'avez toujours pas compris que Hans ne voulait plus vous voir ?

— Je crois qu'il s'agit d'un malentendu, bredouilla-t-il. Je suis le commissaire Oppenheimer. De la Kripo ?

Sans le vouloir, il avait prononcé la dernière phrase d'un ton interrogatif, comme s'il doutait lui-même d'appartenir à la police.

Le visage de la femme s'illumina brusquement.

— Oppenheimer ? Quelle bonne surprise ! Hans m'a déjà raconté tellement de choses sur vous ! Il s'est absenté un moment, mais entrez donc !

Avec empressement, elle entraîna le commissaire à l'intérieur de l'immeuble.

Il apprit très vite qu'il s'agissait de la mère de Hans. Tous deux vivaient sous le même toit.

Une fois dans l'appartement, Oppenheimer fut prié de s'asseoir sur un vilain canapé brun dans le salon. Les coussins étaient ornés par des ouvrages de dentelle au crochet. Le siège était sans doute rarement utilisé et réservé aux invités.

Comme Hans ne devait pas tarder à revenir, le commissaire accepta une tasse de chicorée. Frau Kuhlmann profita de cette attente pour déplorer les malheurs de son fils. À l'évidence, elle surestimait grandement l'influence d'Oppenheimer au sein de la police.

— Ne pouvez-vous pas faire quelque chose pour que mon garçon soit mieux payé ? Avec son salaire, il a à peine de quoi s'acheter un paquet de cigarettes. C'est moi qui lui ai dit : « Mon petit, ne t'approche plus de ce maudit Ed. Tu es sur la mauvaise pente. Apprends plutôt un métier respectable. » C'est ce qu'il a fait, mais maintenant, il bouffe des briques et il doit traverser la moitié de la ville pour aller travailler. Autrefois, il gagnait bien mieux sa vie.

Oppenheimer essaya en vain de faire comprendre à son hôtesse qu'il ne gagnait lui-même pas beaucoup plus que Hans. Lisa, traductrice pour l'administration britannique, avait un bien meilleur salaire qu'un fonctionnaire de police. Défendre la loi donnait bonne conscience, mais rapportait peu.

Heureusement, l'arrivée de Hans quelques minutes plus tard mit un terme à la délicate conversation. Le colosse était parfois un peu long à la détente, et découvrir inopinément Oppenheimer dans son appartement le laissa pantois. Il se figea net, bouche bée.

Le commissaire sourit.

— Ne t'inquiète pas. Si je suis venu ici, c'est pour te confier un travail.

Jetant un regard nerveux vers sa mère, Hans demanda :

— Rien d'illégal, Herr Kommissar ?

— Bien sûr que non, rétorqua aussitôt Oppenheimer pour lever toute ambiguïté. C'est une mission officielle, mais très confidentielle. J'ai déjà l'aval de mes supérieurs.

L'ancien truand hocha la tête, visiblement rassuré. Malgré tout, Frau Kuhlmann ne parut pas disposée à quitter la pièce pour les laisser discuter entre quatre yeux. Soupirant intérieurement, Oppenheimer se résigna à son sort et expliqua à Petit Hans ce qu'il attendait de lui. La mère du Schupo sembla déçue qu'il ne s'agisse que d'une observation.

— Voilà, tu sais tout maintenant. Je le répète, si Frau Hinze reçoit la visite d'un homme, ou si quelqu'un l'aborde dans la rue, tu dois me prévenir immédiatement. (Il sortit la photo de Nixfeld de la poche de sa veste.) C'est lui que nous recherchons. Tu l'as déjà vu sur la scène de crime dans la Köpenicker Landstraße, mais garde ce portrait comme aide-mémoire. Il s'appelle Rolf Nixfeld et s'est fait passer pour le mari de Frau Hinze. Il est en cavale, mais je ne pense pas qu'il ait quitté Berlin. J'ignore s'il prendra directement contact avec Ursula

Hinze. C'est un gros risque pour lui, alors il enverra peut-être quelqu'un à sa place.

— Compris, acquiesça Hans. Je garderai l'œil sur cette femme. (Après avoir attentivement examiné le cliché, il releva la tête.) Quand dois-je commencer, Herr Kommissar ?

Le lendemain, Berlin se réveilla sous un ciel morne. La seule note de joie était l'annonce dans les journaux d'un mariage féerique à Londres. La veille, la jeune princesse Elizabeth de Grande-Bretagne avait épousé le lieutenant Philip Mountbatten.

Sans sa femme, Oppenheimer n'aurait presque rien su de cet événement, mais Lisa adorait toutes les histoires autour de la famille royale anglaise. Et comme elle travaillait auprès de l'administration britannique, elle était bien placée pour obtenir des informations à ce sujet. Depuis que les fiançailles avaient été rendues publiques au mois de juillet dernier, Lisa n'avait épargné au commissaire aucun détail. Elle lui avait raconté que, sous les yeux ébahis de la foule, la princesse serait conduite du palais de Buckingham à l'abbaye de Westminster à bord d'un carrosse de verre et d'or. Il avait aussi appris, entre autres, que tous les hôtels de Londres étaient complets depuis des mois pour le jour de la cérémonie et que plusieurs vedettes d'Hollywood seraient présentes.

Ce matin-là, au réveil, Oppenheimer aurait aimé être bombardé d'anecdotes par sa femme, mais il était seul dans leur chambre. Lisa lui manquait. Son unique réconfort était de la savoir en sécurité chez les Britanniques. Pourtant, il se sentait désespérément vide lorsqu'il descendit dans la cuisine déserte pour boire un insipide ersatz de café à base de faînes. Barbe avait déjà donné à Theo son petit déjeuner et l'aidait à se préparer pour l'école. C'était mieux ainsi, car Oppenheimer n'avait pas les talents de cuisinier indispensables en ces temps de disette pour mitonner des repas à peu près mangeables à partir des rares aliments qu'on trouvait dans les magasins.

Par chance, il trouva quelques tranches de pain sec qu'il emballa dans du papier paraffiné. Au moins, il aurait quelque chose à grignoter au travail.

Durant la nuit, il était monté au grenier afin de sonder du regard les environs depuis le poste d'observation de Theo. Ses craintes avaient été rapidement confirmées quand il avait aperçu de l'autre côté de la rue la braise d'une cigarette dans les ténèbres. Ainsi, le mystérieux espion continuait de le surveiller.

Après avoir terminé son succédané, il sortit de la villa. Comme il ne pleuvait pas et que la température était plus ou moins supportable, il enfourcha son vélo. Pour son premier rendez-vous de la journée, il devait se montrer très prudent. Si ses adversaires venaient à découvrir ce qu'il projetait, tout était perdu.

Afin de semer d'éventuels poursuivants, il pédala donc à toute allure.

Il cadenassa sa bicyclette devant les locaux de la brigade, puis se rendit à pied dans la Dircksenstraße, où il devait retrouver Petit Hans. L'aile nord de l'ancien Praesidium avait été sévèrement endommagée par les bombes. Pourtant, malgré les larges brèches qui défiguraient sa façade, la Forteresse rouge et sa grande coupole à moitié détruite étaient toujours aussi impressionnantes. Une partie de l'édifice abritait encore le centre de détention provisoire et une annexe du tribunal pénal de Moabit. D'après ce qu'Oppenheimer avait entendu, le juge-auditeur qui dirigeait la chambre des référés avait été récemment limogé. On avait découvert que l'individu était en réalité un criminel ayant réussi à se faire passer pour un magistrat.

Ursula Hinze devait être libérée dans une demi-heure. Hans attendait Oppenheimer près du passage souterrain de la Grunerstraße. Il s'était mis à l'abri du vent sous un porche, mais le froid le faisait quand même trembler comme une feuille.

Pour ne pas se faire remarquer dans le centre de détention, Oppenheimer décida d'emprunter l'entrée de derrière. Les deux hommes se rendirent discrètement dans le vaste hall et se postèrent derrière un pilier habillé de briques rouges.

— Combien de temps dois-je filer Hinze ? demanda Hans à voix basse.

Le commissaire soupira en songeant au court délai que Rutters lui avait accordé.

— Nous n'avons qu'une semaine. Après, nous verrons. (Il tendit un papier à l'ex-gangster.) Maintenant que les techniciens de l'Identité judiciaire ont terminé leurs relevés, Frau Hinze va certainement retourner dans son appartement de la Köpenicker Landstraße. Je t'ai déniché une chambre dans les environs. L'adresse est notée ici. Ça n'a pas été facile, j'ai dû sortir ma plaque pour convaincre le propriétaire.

Fronçant les sourcils, Petit Hans lut les indications qu'Oppenheimer avait notées sur le billet.

— Je dois surveiller la femme vingt-quatre heures sur vingt-quatre, je suppose ?

— Fais de ton mieux.

Oppenheimer savait que la mission qu'il confiait au Schupo n'était pas une sinécure. Avec un air désolé, il ajouta :

— Malheureusement, je n'ai trouvé personne pour te relayer. Je passerai te voir une fois par jour.

— Et qu'est-ce que je fais si ce Nixfeld débarque ?

— Tu m'appelles à la brigade. Si je ne suis pas là, tu laisses un message.

Le commissaire vit soudain Hans se raidir.

— Je crois que c'est elle, chuchota ce dernier en reculant d'un pas derrière le pilier.

Le colosse avait bonne mémoire. Quand Oppenheimer se pencha pour jeter un coup d'œil à son tour, il aperçut Ursula Hinze devant une porte qui venait de se refermer. Frêle silhouette dans ce grand hall, elle avait l'air complètement perdue. La veuve eut besoin d'un moment pour s'orienter. Puis, d'instinct, elle se dirigea vers l'entrée de derrière.

Oppenheimer et Hans se mirent en mouvement presque simultanément. Dehors, ils s'arrêtèrent sous le portique du bâtiment. Hinze s'éloignait en direction des vestiges du

Jannowitzbrücke. Ce pont, qui enjambait la Spree, avait été miné pendant la bataille de Berlin.

— Elle va sûrement prendre le S-Bahn, souffla Hans. Je m'en occupe.

Sur ces paroles, il s'ébranla. L'ancien truand n'avait aucune idée des techniques de filature. Alarmé, Oppenheimer le vit remonter le col de son manteau comme un détective dans un film policier de seconde zone et lancer des regards soupçonneux autour de lui. Il sentit aussitôt le doute l'envahir. Avait-il choisi la bonne personne pour remplir cette mission d'observation ?

Mais tant qu'Ursula Hinze ne se rendait pas compte qu'on la surveillait, tout irait bien. Il ne manquait qu'un élément pour faire réussir le plan d'Oppenheimer. Nixfeld devait mordre à l'hameçon.

20

Vendredi 21 novembre 1947

Oppenheimer n'eut pas beaucoup de temps pour clore son enquête. Tandis qu'il tapait les dernières pages du faux rapport sur sa machine à écrire, Wenzel arriva avec une nouvelle affaire. Celui-ci ouvrit la porte du bureau avec un tel élan que le commissaire se vit contraint de lever les yeux.

— Nous sommes à nouveau de permanence, annonça son assistant d'un ton joyeux. Ordre de Cordes. Et le standard vient de recevoir un appel. On a besoin de nous dans la Storkower Straße. Un cadavre a été découvert dans un lotissement de jardins ouvriers situé à côté des voies du S-Bahn.

Heureux d'être affranchi de ses paperasses, Oppenheimer bondit de son siège pour décrocher du portemanteau son chapeau et son pardessus. Il suivit Wenzel dans le couloir et s'habilla en marchant.

Un véhicule d'intervention les attendait déjà dans la cour. Wenzel se contorsionna pour s'asseoir au volant et recula le siège.

— Le dernier à avoir conduit cette voiture était un nain, ma parole, grommela-t-il.

Alors que l'aspirant-inspecteur mettait le contact, Oppenheimer songea au cadeau de Noël de sa femme. Afin de pouvoir acheter la paire de gants qu'il avait fait mettre de côté, il avait décidé de monnayer deux de ses disques. Faire plaisir à Lisa valait bien pareil sacrifice.

Puis ses pensées revinrent au sujet qui préoccupait maintenant toute la brigade.

Se tournant vers Wenzel, il demanda :

— Des nouvelles de Billhardt aujourd'hui ?

Le jeune homme haussa les épaules.

— Il a peut-être été enlevé par les Russes, même si personne n'ose le dire à voix haute. Ou alors tout le monde se trompe, et il va réapparaître du jour au lendemain. Mais après un coup pareil, Cordes lui passera un bon savon. Dans les deux cas, je n'aimerais pas être à sa place.

De joyeuse humeur, il desserra le frein à main et passa la première.

— En avant !

Il démarra sur les chapeaux de roues, traversa la cour en faisant hurler le moteur et ralentit aussitôt avant d'emprunter le passage qui débouchait dans la Neue Königstraße.

Tandis que Wenzel attendait le moment propice pour s'engager dans la circulation, il se passa plusieurs choses en même temps. Le soleil perça soudain les nuages. À travers le pare-brise, Oppenheimer vit les immeubles qui bordaient la rue s'éclairer. Et sur leur gauche, un objet étincela dans un bâtiment en ruines. C'est alors qu'un bruit de verre brisé retentit. Wenzel sursauta et tourna brusquement la tête. Là où se trouvait quelques instants plus tôt le rétroviseur extérieur, il ne restait plus qu'un support vide. Pâle comme un linge, le jeune policier avait le souffle court. Sous le regard ébahi d'Oppenheimer, qui n'avait pas encore compris ce qui arrivait, il appuya sur l'accélérateur sans prêter attention au trafic. La voiture fit un bond en avant. Presque au même instant, la vitre de Wenzel explosa.

Une pluie d'éclats fouetta le visage du commissaire. Du coin de l'œil, il vit surgir une voiture. Pris de court, le conducteur du véhicule ne parvint pas à les éviter et emboutit leur aile droite. Oppenheimer et son adjoint furent projetés contre le tableau de bord.

Autour d'eux, des coups de klaxon s'élevèrent. L'accident avait interrompu la circulation. Un nuage de vapeur s'échappa du capot de l'automobile qui les avait heurtés. Des passants accoururent. L'un d'eux ouvrit la portière d'Oppenheimer et se pencha vers lui.

— Est-ce que vous allez bien ?

Le commissaire sentit une douleur sourde naître dans sa joue et se propager ensuite à l'intérieur de son crâne. Il opina vaguement et étreignit son chapeau.

Près de lui, Wenzel lâcha un juron étouffé.

— Je suis touché.

En tournant la tête, Oppenheimer découvrit le bras ensanglanté de son assistant.

Il prit brusquement conscience de ce qui venait de se passer. On leur avait tiré dessus.

Oppenheimer avait l'impression d'être un boxeur groggy qui tenait à peine sur ses jambes. Et ce n'était pas seulement dû à sa joue blessée. Wenzel avait donné un coup d'accélérateur, ce qui lui avait valu de prendre une balle. Mais il n'était probablement pas celui qui était visé.

Après cet attentat manqué, son taux d'adrénaline était tellement élevé que le commissaire avait du mal à tenir en place. Heureusement, plusieurs collègues du poste ne tardèrent pas à arriver sur place et s'occupèrent de son adjoint. Fräulein Böttcher, qui avait suivi les policiers, parut catastrophée en voyant le jeune homme couvert de sang. Oppenheimer expliqua de manière un peu décousue qu'ils avaient été pris pour cibles par un tireur isolé.

Une ambulance s'arrêta dans un crissement de freins près de la voiture. Il voulut accompagner les Schupos qui se dirigeaient au pas de course vers l'immeuble en ruines, mais les secouristes insistèrent pour le soigner.

Quelques minutes plus tard, un pansement collé sur la joue, il traversa la rue et entra dans le bâtiment éventré. Les agents qui passaient les décombres au peigne fin faisaient grise mine. Le tireur avait largement eu le temps de s'enfuir.

Oppenheimer inspecta à son tour les lieux. Le dernier étage s'ouvrait sur le ciel bleu. Tout le toit de l'immeuble et une grande partie de la façade avaient été soufflés lors d'une explosion. Ne restaient que le plancher défoncé et une sorte de parapet improvisé. Le poste de tir idéal pour un sniper. Le commissaire s'avança vers le mur à moitié détruit. Un vent glacial balaya son visage tandis qu'il contemplait le paysage urbain. Puis il marcha de long en large pour calculer l'angle de tir. Il finit par délimiter une zone assez restreinte qui offrait une vue complètement dégagée sur le passage d'où était sorti leur véhicule.

Le sol était couvert de flaques d'eau, il était donc inutile de chercher des traces de pas. Oppenheimer était encore remué par ce qu'il venait de vivre, mais il se força à se concentrer. Quelques instants plus tard, il repéra deux objets de petite taille qui jetaient des reflets cuivrés – des douilles tombées dans une fente de la dalle en béton.

Après son attaque, le tireur ne s'était pas donné la peine de les chercher. Sachant que l'endroit grouillerait bientôt de policiers, il avait préféré s'esquiver au plus vite.

Oppenheimer jubila intérieurement. Sans attendre le service de l'Identification judiciaire, il sortit un crayon et un mouchoir de son manteau. Avec un peu de chance, il y avait des empreintes sur les douilles. Le commissaire les ramassa avec précaution et les enveloppa dans le morceau de tissu.

— Vous avez trouvé quelque chose ? demanda quelqu'un dans son dos.

Il avait attiré l'attention d'un Schupo. Comme il ignorait encore l'ampleur de la conspiration, il préféra faire profil bas.

— Non, ce n'est rien. (Dissimulant le mouchoir dans sa poche, il se redressa lentement.) Fausse alerte.

Il salua l'agent et redescendit l'escalier. Une fois dans la rue, il s'élança vers l'immeuble de la police sous les regards étonnés des passants.

Hergesheimer eut un air ahuri en voyant Oppenheimer jaillir dans son laboratoire avec le visage empourpré. Habitué à travailler seul, le technicien n'avait pas eu vent de l'attentat qui s'était produit au coin de la rue.

Hors d'haleine, Oppenheimer fit un résumé de la situation, montra les douilles, et le pria de faire des analyses en toute discrétion. Il n'avait aucune envie qu'on dérobe une nouvelle fois des pièces à conviction.

En ressortant du laboratoire, il sentit la fatigue l'envahir. Il décida d'aller se préparer un thé dans la cuisine de la brigade et de profiter de cette pause pour revoir sa stratégie.

Alors qu'il attendait devant le fourneau que la bouilloire se mette à siffler, Reinmann entra dans la pièce.

— Je vous croyais à l'hôpital, s'étonna l'adjoint de Billhardt en se figeant sur le seuil.

Oppenheimer eut un sourire las.

— Ils ont emmené Wenzel, mais ils m'ont laissé filer.

Ce fut seulement quelques minutes plus tard, assis à son bureau devant une tasse de thé fumante, qu'il saisit toute la portée de l'attentat. Tirer sur lui en pleine journée dans une rue animée était une manœuvre très hasardeuse. Si le camp adverse se voyait contraint à une telle extrémité, cela signifiait que les protecteurs de Nixfeld avaient percé sa feinte. Ainsi, toute sa mise en scène n'avait servi à rien. Ses ennemis savaient qu'il n'avait pas abandonné son enquête. La première tentative avait échoué, et il devait se préparer à ce qu'il y en ait d'autres. Cette idée était atterrante.

Néanmoins, cela ouvrait de nouvelles perspectives. Les conspirateurs prenaient de gros risques pour essayer de l'éliminer. Tôt ou tard, ils finiraient par commettre une erreur décisive.

Entre-temps, Cordes avait envoyé d'autres enquêteurs dans la Storkower Straße et autorisé Oppenheimer à rentrer chez lui.

Le commissaire reprit donc son vélo et mit le cap vers Schöneberg. Ce n'est qu'en arrivant en vue de la villa qu'il se demanda s'il était prudent de revenir ici. Il s'arrêta dans une rue latérale et posa son deux-roues contre un mur. Puis, enfonçant son chapeau sur les yeux, il s'approcha lentement du passage où Theo avait aperçu le mystérieux guetteur. Il n'eut pas besoin de marcher beaucoup pour se rendre compte que le poste d'observation était occupé. Un nuage de tabac flottait devant le renfoncement. Une voix claire murmura quelque chose, une seconde lui répondit.

Oppenheimer s'immobilisa. L'espace d'une seconde, il crut sentir le sol se dérober sous lui. Ses adversaires avaient envoyé un deuxième homme en renfort. Ils ne tarderaient pas à frapper de nouveau.

Ébranlé, il s'appuya un instant contre la façade de l'immeuble devant lequel il se tenait. Rebroussant ensuite chemin, il se força à ne pas courir jusqu'à sa bicyclette. Il ne devait pas se faire remarquer, sinon tout était perdu.

De retour dans la rue latérale où il avait déposé son vélo, il poussa un soupir de soulagement. Dissimulé derrière la maison qui faisait l'angle, il pencha la tête avec précaution. La villa de Hilde semblait si proche et si loin à la fois.

Tout à coup, il aperçut quelque chose bouger sur le toit. Theo. Comme à son habitude, le garçon surveillait les environs.

Une idée germa dans son esprit. Se décalant d'un pas pour être vu de la demeure, il commença à agiter les bras comme un forcené.

Theo ne tarda pas à l'apercevoir et mit sa main en visière. Oppenheimer gesticula de plus belle. Il voulait que son protégé vienne le rejoindre.

Une passante qui promenait un teckel passa sur le trottoir en s'efforçant d'ignorer l'étrange gymnastique du commissaire. Enfin, Theo comprit le message et rentra dans le grenier par la lucarne ouverte.

Quelques instants plus tard, l'orphelin apparut sur le perron. Rusé, il glissa les mains dans ses poches et marcha sans se presser vers le portail en sifflotant afin de ne pas attirer l'attention des guetteurs. Une fois en dehors du champ de vision des inconnus, il traversa la rue et courut jusqu'à Oppenheimer.

— Je ne pourrai pas rentrer à la maison durant les prochains jours, annonça ce dernier à voix basse. Les deux types qui attendent là-bas veulent m'attraper. Il ne faut pas qu'ils me voient.

Theo hocha la tête d'un air grave. Pour le rassurer, Oppenheimer ajouta :

— Je reviendrai avec des agents pour les mettre sous les verrous. Mais d'ici là, fais comme si tu n'avais rien remarqué. Va à l'école normalement. Barbe s'occupera de toi. Sais-tu si Hilde est déjà rentrée de l'hôpital ?

— Pas encore. Dans une heure environ.

Le commissaire réfléchit brièvement. Il ne pouvait pas attendre son amie aussi longtemps.

— Peux-tu lui transmettre un message ? demanda-t-il à Theo.

Celui-ci acquiesça avec énergie.

— Alors, écoute bien. Dis à Hilde d'aller prendre des nouvelles de Lisa chez les Britanniques. Je passerai après-demain à l'hôpital pour faire le point avec elle.

Il aurait aimé trouver quelques paroles d'encouragement, mais rien ne lui vint à l'esprit. S'efforçant de sourire, il posa la main sur l'épaule de son pupille.

— Ça va aller, dit celui-ci. Je serai muet comme une tombe. Je ne raconterai qu'à Hilde ce qui s'est passé.

Sur ce, Theo s'éloigna. Il eut la présence d'esprit de faire un détour afin de ne pas revenir à la villa par le même chemin.

Oppenheimer sourit en le suivant du regard. Comme le garçon était à présent certain que les deux guetteurs n'en avaient pas après lui, toute cette histoire se transformait à ses yeux en une aventure captivante.

À la réflexion, le commissaire avait l'impression de jouer en quelque sorte au gendarme et au voleur, mais dans une version très spéciale. La frontière entre le bien et le mal s'était effacée. Il ne servait à rien de se demander si les deux individus en planque devant la villa étaient des Argentins ou des policiers pourris. Tout était possible. Cette affaire n'était qu'une suite de rebondissements imprévus. Billhardt avait été mis hors jeu ; à présent, c'était Oppenheimer qui était visé. L'important était de se mettre à l'abri durant les prochains jours. Et il avait déjà une idée derrière la tête.

En pédalant comme un dératé, Oppenheimer mit à peine vingt minutes pour se rendre au cabaret d'Ed le Mastard. En cette fin d'après-midi, les enseignes lumineuses des night-clubs qui bordaient le Kurfürstendamm étaient déjà allumées. Comme d'ordinaire, de nombreux soldats étrangers battaient le pavé à côté des noceurs berlinois. Un grand nombre d'entre eux étaient des clients réguliers de l'établissement du Mastard.

Oppenheimer descendit de vélo et s'engouffra dans le passage qui menait à l'arrière-cour. Ayant travaillé ici durant plusieurs semaines, il connaissait l'endroit comme sa poche. Il cadenassa avec soin sa bicyclette à la rampe en fer forgé du perron. Dans ce quartier très animé, les voleurs ne manquaient pas.

Arrivé devant la porte de derrière, il remarqua que quelque chose avait changé depuis sa dernière visite. La poignée avait été remplacée par un bouton. Le battant ne s'ouvrait désormais que de l'intérieur. Il était inutile de frapper, car personne ne l'entendrait avec le vacarme qui régnait dans le Rio Bar. Le commissaire pivota sur ses talons et ressortit de l'arrière-cour pour emprunter l'entrée principale.

Dès qu'il eut tiré la lourde porte en bois, des effluves d'alcool et de sueur lui montèrent aux narines. Gerda se tenait bras croisés près du comptoir. Jetant un coup d'œil vers le nouveau visiteur, elle ne parut pas surprise de voir Oppenheimer débarquer sur son lieu de travail.

Depuis sa création, le Rio Bar avait fondé son succès sur ses séduisantes danseuses qui s'effeuillaient en musique. Le commissaire fut donc surpris de voir un nouveau quatuor féminin jouer du swing à côté d'une scène vide. L'absence de strip-teaseuses ne semblait pas déranger le public. La clientèle querelleuse des débuts avait fait place à des officiers élégamment habillés qui battaient la mesure des pieds. Devant la scène, Ed avait aménagé une piste de danse très fréquentée.

Le commissaire se fraya un chemin jusqu'à Gerda.

— Est-ce que le Mastard est là ? cria-t-il pour couvrir le bruit ambiant.

La jeune trafiquante se contenta de pointer l'index vers le bas. Il comprit immédiatement le geste. Ed se trouvait à la cave. Avec un peu de chance, son vieil ami pourrait le loger quelques jours dans l'une des chambres de l'étage.

Afin d'accéder à l'escalier menant au sous-sol, il dut longer le comptoir. Karlheinz, le barman aux bacchantes de morse, se démenait derrière le zinc pour satisfaire ses nombreux clients. Après son trajet en vélo, Oppenheimer avait le gosier desséché. S'intercalant entre deux militaires, il fit signe à l'imposant employé. Quelques secondes plus tard, Karlheinz posa devant lui une chope de bière emplie à ras bords. Oppenheimer voulut régler, mais le moustachu refusa d'un geste. Le commissaire le remercia en levant vers lui son bock, qu'il vida ensuite en deux gorgées.

Ainsi revigoré, il reprit son chemin vers l'escalier.

En entrant dans la cave voûtée, il eut le souffle coupé. La vaste salle souterraine qui abritait auparavant un stand de tir était méconnaissable. Les murs de pierre étaient recouverts de velours violet. À présent, Oppenheimer savait où travaillaient désormais les danseuses d'Ed. L'une d'elles se tenait près du vestiaire, vêtue d'une robe fourreau avec des ornements de plumes et un décolleté plongeant. Non loin de là, une deuxième employée, dans la même tenue, vendait des jetons rangés dans une boîte en verre.

Abasourdi, le commissaire fit quelques pas dans la pièce métamorphosée et aperçut deux autres danseuses qui s'entretenaient avec animation. Elles portaient sur le ventre un éventaire rempli de paquets de cigarettes. Celle de gauche, une rousse sculpturale qui s'appelait Rita, était l'ancienne artiste vedette du Mastard.

La jeune femme reconnut Oppenheimer au premier coup d'œil.

— Tiens donc, notre éclairagiste préféré ! Ça faisait longtemps !

— Depuis que tu as quitté la maisonnette de Hilde, on s'ennuie à mourir.

Le compliment fit mouche. Rita le gratifia d'un sourire irrésistible.

— Petit Hans m'avait dit qu'Ed avait ouvert un tripot, mais je ne pensais qu'il s'était donné autant de mal.

— Le patron emploie un terme plus élégant pour désigner cet endroit. Il l'appelle son casino.

21

Vendredi 21 – samedi 22 novembre 1947

Aucune des danseuses ne sut lui dire où était l'heureux propriétaire du casino souterrain. Oppenheimer décida donc d'explorer les lieux.

Dans la longue salle, on avait disposé une rangée de tables de jeu. Sur l'une d'elles, une petite boule d'ivoire virevoltait dans une roulette tournant à toute allure. Autour du tapis vert était assis un groupe de joueurs qui avaient empilé leurs jetons devant eux.

Il y avait une deuxième table de roulette, mais celle-ci était inoccupée. La plupart des clients s'agglutinaient autour des quatre suivantes, où l'on jouait au Black Jack.

Le public de la maison était principalement composé de soldats et d'officiers issus des quatre puissances alliées. On distinguait parmi eux quelques civils allemands qui, pour certains, avaient une allure plutôt délabrée. Il était encore tôt, et pourtant Oppenheimer repéra déjà quelques individus en état d'ébriété avancée. Les danseuses d'Ed en tenue affriolante voletaient de table en table pour soutenir le moral des joueurs.

Tandis qu'il contemplait ce tableau, il songea que la transformation de la cave avait dû coûter une petite fortune. Cela ne ressemblait pas au Mastard de se montrer aussi dépensier. Mais le truand avait toujours eu du flair pour les bonnes affaires. Il était sans doute convaincu que les travaux d'aménagement seraient vite rentabilisés.

Ne découvrant nulle part son ancien indic, Oppenheimer quitta le casino pour s'engager dans le corridor qui desservait les autres pièces du sous-sol.

Il ouvrit la porte la plus proche et le regretta aussitôt. La salle était équipée d'une table de jeu et d'une demi-douzaine de chaises. Sur le tapis vert, quelqu'un avait aligné des fourrures. Le commissaire crut d'abord qu'il s'agissait de cols de manteau. En regardant de plus près, il vit que ce n'était pas tout à fait exact. Les peaux n'avaient pas encore été ôtées à leurs propriétaires. Il avait sous les yeux des lapins morts.

Écœuré, il s'empressa de refermer la porte. Comme il reprenait ses recherches, il entendit la voix retentissante d'Ed. Le gangster fit sortir de l'une des pièces du fond une danseuse qu'il réprimanda vertement. L'employée acquiesça d'un air gêné avant de filer et de passer tête baissée à côté d'Oppenheimer.

Lorsqu'il découvrit le visiteur, Ed s'approcha en ouvrant les bras.

— C'est incroyable, Herr Kommissar. Je n'ai que des emmerdements. La petite devrait connaître la musique pourtant !

Oppenheimer lui lança un regard étonné.

— Qu'a-t-elle fait ?

— Elle est un peu trop gentille avec les clients, si vous voyez ce que je veux dire. Dans l'absolu, ce n'est pas mon problème. Les filles font ce qui leur chante pendant leur temps libre, mais je leur interdis d'occuper ces pièces-là pour leurs distractions personnelles. (Le Mastard montra du doigt les portes du fond.) Elles sont réservées aux joueurs qui parient de grosses sommes d'argent. Les *High Rollers*, comme on les appelle dans notre branche. Là-dedans, on ne fait que jouer aux cartes, et rien d'autre.

— À ce propos, que font tous ces lapins sur une table de Black Jack ? s'enquit Oppenheimer d'un air désinvolte en désignant la salle derrière lui.

— Vous n'avez rien vu, d'accord ? À moins que vous n'ayez envie de déguster un rôti ce dimanche.

Le commissaire secoua la tête. Il se doutait qu'il s'agissait d'un commerce clandestin et préférait ne pas en savoir plus. Choisissant un terrain moins glissant, il demanda :

— Quand as-tu ouvert ton casino ?

Ed réfléchit en fronçant les sourcils. Son crâne chauve se fripa comme une pomme ratatinée.

— Ça doit faire trois semaines maintenant. Même si ça me paraît plus loin. Au moins, les filles ont fini par comprendre leur nouveau job. Enfin, mis à part quelques exceptions.

— Comment t'est venue l'idée d'aménager la cave ainsi ?

Le truand sembla soudain gêné. Se raclant la gorge, il répondit en baissant la voix :

— Pour être honnête, ça ne vient pas de moi. Vous savez, l'effeuillage, ce n'est plus rentable. Il faut évoluer, Herr Kommissar, sinon on se fait doubler par la concurrence. C'est l'ami d'un ami qui m'a donné l'idée du casino. Et il a ensuite un peu investi dans le projet.

— Un actionnaire occulte ?

— Très occulte.

Oppenheimer décida d'en venir au fait.

— Si je suis là, c'est parce que j'ai besoin de ton aide. Je dois me planquer pendant quelques jours. Pourrais-tu me loger ?

Le Mastard fit une grimace désolée.

— Ici, je n'ai plus de place. Les chambres sont occupées par les filles, et le casino est ouvert jour et nuit. Les *High Rollers* ne me laissent pas le temps de souffler. Une fois, ils ont même joué trente heures d'affilée. Je ne voulais pas les mettre dehors, avec le blé qu'ils me rapportent. (Il parut avoir une inspiration soudaine.) Mais vous pourriez vous installer dans la cabane du Priesterweg.

Oppenheimer hésita. La colonie de jardins ouvriers était beaucoup trop proche du domaine de Hilde, et il ne voulait pas croiser le chemin des types qui le recherchaient.

— Tu n'as plus rien à Pankow ? s'enquit-il en faisant allusion à l'ancien quartier général du Mastard qui se trouvait autrefois dans ce quartier du nord de la ville.

— Non, malheureusement. Je peux me renseigner, mais ça va prendre un peu de temps.

— Je suis très pressé, Ed.

— Je vais voir ce que je peux faire.

Le Mastard avait à peine achevé sa phrase qu'il regardait déjà par-dessus l'épaule d'Oppenheimer, l'esprit ailleurs. Celui-ci comprit que le truand était trop absorbé par son casino pour s'occuper d'autre chose.

Déçu, il remonta l'escalier pour aller s'offrir une seconde bière au comptoir. Gerda marcha droit vers lui et l'entraîna sans ménagement vers l'arrière-fond du cabaret.

— Que se passe-t-il ? s'écria-t-il en essayant de se dégager.

— Les flics. Il risque d'y avoir du vilain.

Oppenheimer jeta un coup d'œil vers l'entrée. Deux Schupos se tenaient sur le seuil, accompagnés de deux autres hommes qui ressemblaient méchamment à des policiers en civil.

Une fois dans la cour, il poussa un soupir de soulagement. L'air froid et humide de l'extérieur était une bénédiction après la fournaise du night-club.

— Que viens-tu faire ici, au juste ? demanda Gerda.

Ne sachant plus que faire, il lui raconta toute l'histoire. Quand il eut terminé son récit, elle hocha brièvement la tête.

— J'ai peut-être une solution.

— Tu pourrais me procurer une planque ? s'étonna-t-il.

— Si je reçois quelque chose en contrepartie.

La jeune femme le regarda fixement.

Oppenheimer eut beau réfléchir, rien ne lui vint à l'esprit. Après un long silence, il répondit :

— Que proposes-tu ?

Manifestement, Gerda savait ce qu'elle voulait.

— Donne-moi l'assurance que tu m'aideras si j'ai des ennuis, réclama-t-elle sans hésitation.

La demande était insolite. Aux yeux d'Oppenheimer, il était normal de s'entraider entre colocataires. Mais la trafiquante, qui considérait dans la vie la moindre chose comme une transaction, exigeait des garanties.

— Tu peux compter sur mon aide en cas de problème, promit-il. Je n'ai qu'une seule restriction. Je ne ferai jamais rien d'illégal pour toi.

Gerda évalua un instant le pour et le contre, puis acquiesça.

— Je vais te conduire là-bas. Il faut juste que je prévienne Karlheinz que je m'absente un moment.

Elle avait gardé durant toute la conversation la main sur la poignée de la porte. Alors qu'elle s'apprêtait à retourner dans la salle, elle s'immobilisa brusquement.

— Je te préviens, ils sont un peu bizarres.

Oppenheimer devina qu'elle parlait des gens susceptibles de l'accueillir. Haussant les épaules, il lâcha :

— Je ne peux pas me permettre de faire le difficile.

La jeune femme disparut dans le couloir obscur et la porte se referma derrière elle.

Pour se rassurer, Oppenheimer se dit que la situation ne pouvait pas empirer. Mais il ne savait pas encore combien il se trompait.

Une heure plus tard, le commissaire suivait Gerda à travers un champ de ruines. Elle lui avait conseillé de laisser son vélo dans l'arrière-cour du Rio Bar. À présent, il comprenait pourquoi, car ils se trouvaient dans la partie peu engageante du village Potemkine qu'était Berlin.

Dans l'ancienne capitale du Reich, il restait encore de vastes zones où les décombres des immeubles détruits n'avaient pas été déblayés pour faire place à de nouveaux édifices. La nuit, ce paysage de ruines prenait des allures spectrales. Quiconque s'éloignait des grandes avenues commerçantes s'aventurait dans un monde ombreux, traversé par un lacis de sentiers battus qui serpentaient dangereusement entre les montagnes de débris.

Les ténèbres lugubres ne semblaient pas déranger Gerda. D'un pas assuré, elle traversa la carcasse vide d'un bâtiment dévasté pour ressortir par une fenêtre dont les vitres avaient été soufflées par les explosions. Sans attendre Oppenheimer, elle s'engagea de nouveau dans une mer de gravats. Malgré la bise glaciale, le commissaire commençait à transpirer et devait mobiliser toute sa concentration afin de ne pas se faire distancer. Ils avaient quitté depuis longtemps les rues éclairées par des réverbères. Les nuages dissimulaient la lune, et Gerda n'était plus qu'une silhouette qui se détachait à peine de l'obscurité ambiante. Oppenheimer tendait l'oreille pour la localiser grâce au bruit de ses pas. Il se demandait comment la trafiquante pouvait s'orienter dans ce labyrinthe. Juste à temps, il remarqua que sa compagne s'était brusquement arrêtée. Il parvint à s'immobiliser derrière elle sans la bousculer.

La jeune femme se tourna vers lui. Dans le noir, il ne pouvait plus distinguer ses traits.

— Nous sommes presque arrivés. Mieux vaut ne pas leur révéler que tu es de la police.

Il avait déjà deviné qu'elle essaierait de le loger chez des individus avec lesquels elle faisait des affaires au marché noir. Il se força à voir le côté positif des choses. Ses adversaires ne viendraient sûrement pas le chercher dans ce sinistre pierrier.

— Bien sûr, je ne dirai rien.

Gerda marcha encore quelques dizaines de mètres avant de se figer devant une sorte de trappe. S'accroupissant, elle tâtonna pour chercher la poignée et leva l'abattant. Avec précaution, elle se glissa ensuite dans l'ouverture, qui était pourvue d'une échelle. Contrairement à ses habitudes, elle donna la main à Oppenheimer afin de l'aider à descendre.

À sa grande surprise, il n'y avait ni gravats ni détritus sur le sol de la cave. Au-dessus de leurs têtes, l'immeuble avait été rasé, mais le sous-sol était intact. C'était une cachette parfaite.

Juste devant eux, un large panneau de métal se détachait de la pénombre. La porte d'un ancien abri antiaérien. Gerda frappa en mesure contre l'acier un certain nombre de coups.

Personne ne répondit au signal.

Ils patientèrent dans le noir. L'attente parut durer une éternité. Au moment où Oppenheimer commençait à croire que sa colocataire s'était trompée d'endroit, il entendit un jet d'air comprimé. Des gonds grincèrent, et la porte s'entrouvrit. La trafiquante se pencha vers l'ouverture sombre et murmura quelques paroles inintelligibles. Elle avait sans doute prononcé un mot de passe, car le battant s'écarta. Entraînant Oppenheimer, elle pénétra dans l'antre ténébreux.

Soudain, plusieurs lampes torches s'allumèrent. Les faisceaux puissants se braquèrent sur les deux arrivants. Ébloui, le commissaire plissa les yeux. Près de lui, Gerda mit une main en visière et s'adressa aux ombres silencieuses qui leur faisaient face.

— Il a besoin d'une planque, annonça-t-elle en désignant Oppenheimer. Pendant quelques jours.

Un des troglodytes respira profondément. Puis une voix étonnamment argentine répondit :

— Nous ne tolérons pas d'étrangers ici.

— Ce n'est pas un étranger, insista Gerda. Je fais des affaires avec lui. C'est un homme à qui on peut se fier. Il ne vous dénoncera pas.

De nouveau, la voix claire retentit :

— Tu te portes donc garante pour lui ?

La trafiquante resta interdite. Pour masquer son hésitation, elle haussa les épaules avant de lâcher d'un ton ostensiblement désinvolte :

— Oui. Vous pouvez avoir confiance en lui.

Oppenheimer entendit un raclement de gorge comme seul commentaire. Son malaise se renforça. Aveuglé par la lumière, il n'aurait su dire combien d'individus les observaient.

Enfin, les torches électriques s'éteignirent. L'obscurité retomba. Un déclic retentit, et des gonds grincèrent. Une porte s'ouvrit un peu plus loin, révélant une pièce sombre, éclairée par une lumière vacillante.

— Par là, ordonna l'un des types en poussant Oppenheimer.

Flanqué de Gerda, le commissaire entra dans une cave voûtée, beaucoup plus grande que l'antichambre du bunker. La lueur dispensée par quelques chandelles de suif ne permettait pas de distinguer les recoins de la pièce.

En avançant, il découvrit autour de lui les occupants de l'abri antiaérien. Tout un groupe d'adolescents qui les dévisageaient avec méfiance. Ceux qui les avaient accueillis avec leurs torches électriques étaient au nombre de trois. Des garçons âgés de seize ou dix-sept ans.

L'endroit avait été aménagé avec des meubles disparates qui provenaient sans doute des ruines alentour. On avait disposé autour de tables bancales des fauteuils usés aux rembourrages éventrés.

Le bunker était une solide construction en béton, dont la voûte était soutenue par un pilier central. Les occupants avaient décoré cette colonne en y accrochant des objets métalliques qui reflétaient la lumière des chandelles. En s'approchant, Oppenheimer vit qu'il s'agissait de croix gammées et de poignards SS. Au-dessus des symboles nazis, on avait placardé une vieille photo.

Le commissaire eut le souffle coupé à la vue du cliché.

Un portrait d'Adolf Hitler.

Instinctivement, il chercha une issue de secours. Cela lui sembla soudain insensé de se cacher dans cette tanière remplie de jeunes admirateurs du Führer.

Son regard se porta sur Gerda. Une lueur amusée passa dans les yeux de la trafiquante, qui avait visiblement remarqué son trouble. D'un mouvement de tête imperceptible, elle tenta de le rassurer.

N'ayant pas d'autre option, Oppenheimer prit une longue inspiration. Ces jeunes gens étaient peut-être moins dangereux qu'au premier abord. Au fond de la salle, il vit un feu crépiter dans un poêle en fonte. Quelqu'un avait tordu le tuyau de l'appareil pour le faire passer dans un conduit d'aération. Des matelas crasseux étaient étendus tout autour de la source de chaleur. C'était donc là que les adolescents dormaient. En revanche, il régnait dans le reste de la vaste cave un froid glacial, et ses occupants étaient vêtus de manteaux dépenaillés ou enveloppés dans des couvertures miteuses.

Les trois garçons qui les avaient accueillis dans l'antichambre semblaient être les meneurs du groupe. L'un d'eux glissa sa lampe torche dans sa ceinture et se laissa tomber dans un fauteuil en prenant des grands airs. Le message était clair. Ici, c'était lui le patron.

— Voilà Jo, expliqua Gerda au commissaire. (Puis elle montra du doigt son compagnon et éleva la voix pour que tout le monde l'entende :) Je vous présente Richard.

Une jambe négligemment posée sur l'accoudoir de son siège, Jo sonda les intrus du regard. Il avait un visage long, comme taillé à la serpe et, malgré sa jeunesse, des rides couraient déjà sur son front. Ses yeux gris clair contrastaient vivement avec les mèches noires graisseuses qui dépassaient de son borsalino. Après avoir longuement examiné Oppenheimer, il l'invita d'un signe du menton à s'asseoir.

— Que voulez-vous boire ? Korn[1] ? Whisky ? Gin ? Nous avons aussi quelques bouteilles de Steinhäger[2].

D'un geste décontracté, il sortit une cigarette de la poche intérieure de sa veste et gratta une allumette. Ce n'était pas une roulée faite à partir de restes de tabac, ni une marque bon marché en provenance de l'Est. Malgré l'aspect misérable de sa bande, Jo fumait de coûteuses Lucky Strike et proposait des alcools qui valaient leur pesant d'or au marché noir.

Le spectacle était plutôt étonnant. Oppenheimer ne pouvait refuser l'offre, car il était clair que le garçon voulait faire bonne impression.

— Je prendrai un gin, si ça ne vous dérange pas.

Le jeune chef claqua des doigts. Quelques instants plus tard, une fille aux cheveux blonds apporta la boisson demandée. Après avoir donné le verre à Oppenheimer, elle alla s'appuyer avec une lascivité étudiée contre le flanc du fauteuil de Jo. Ce dernier lui caressa les fesses.

1. Eau-de-vie de céréales.
2. Célèbre genièvre allemand.

L'adolescente prit la cigarette de son compagnon et tira une bouffée. Sous son manteau entrouvert, on pouvait deviner ses formes féminines. Elle s'était maquillée avec des fards qui, même sous le faible éclairage des chandelles, paraissaient trop criards. Ses cheveux oxygénés avaient retrouvé leur teinte sombre à la racine. On aurait dit une poule de gangster en devenir.

Oppenheimer remercia son hôte et s'efforça de boire son gin sans grimacer. Lorsqu'il ne put réprimer un toussotement, les visages moqueurs des gamins lui signalèrent qu'il avait échoué.

Après un sommeil agité, il se réveilla en sursaut et se redressa. Dans la pénombre, il n'avait plus aucun repère. Impossible de savoir où il se trouvait. Partout autour de lui, des corps inertes étaient étendus sur le sol.

Des souvenirs qu'il croyait avoir oubliés depuis longtemps remontèrent à sa conscience. Sa mémoire projeta dans l'ombre les images d'un champ de bataille. Oppenheimer secoua la tête. Non, ces corps n'étaient pas des cadavres abandonnés dans le no man's land situé entre les lignes fortifiées de deux armées ennemies. Il n'était pas allongé sur une terre labourée par les obus et les grenades, quelque part dans le Nord de la France. Toutes ces impressions appartenaient au passé, à la Grande Guerre, bien avant que les bombes ne se mettent à pleuvoir sur l'Allemagne. À une époque où la réalité lui apparaissait encore simple. Lorsqu'il avait cru, dans la naïveté de la jeunesse, que se battre pour son pays était synonyme d'aventure.

Un peu de lumière entrait par les conduits d'aération percés dans les murs. Dehors, le jour s'était levé. Il s'accrocha à cette pensée. Quand il reposa sa tête, il entendit grincer les ressorts du matelas qu'il occupait. À cet instant, il se rappela où il était.

Gerda l'avait laissé dans l'abri antiaérien. Jo, le chef des occupants, avait généreusement accepté de le loger quelques jours. En retour, il avait été convenu que la trafiquante lui devait une faveur. Une main lavait l'autre, et chacun essayait de tirer le meilleur profit.

Au Rio Bar, Gerda lui avait dit que les gens chez qui elle l'emmenait étaient un peu bizarres. Au vu des symboles nazis placardés sur le pilier, elle avait fortement minimisé les choses. Le commissaire avait l'impression de tomber de Charybde en Scylla. Non seulement il valait mieux taire son appartenance à la police, mais il était aussi préférable de ne pas faire mention de ses origines juives, sinon il risquait d'avoir de sérieux problèmes.

La veille, après le départ de Gerda, il avait essayé de se mettre à l'écart. Sa tentative avait lamentablement échoué, car les adolescents étaient curieux. Ils s'étaient tous agglutinés autour du nouvel arrivant pour l'interroger. S'appuyant sur ses connaissances approfondies de la pègre berlinoise, il s'était inventé une biographie de malfrat. Afin de rester le plus crédible possible, il s'était contenté de répondre de manière très laconique aux questions qu'on lui posait. Finalement, ses craintes d'être démasqué s'étaient vite dissipées. Il s'était aperçu que les gamins avaient surtout besoin de se confier à quelqu'un.

La bande comptait dix membres. Sept garçons et trois filles. Tous avaient dormi dans le bunker.

Quand Oppenheimer leur avait demandé où se trouvaient leurs parents, un des garçons avait laissé échapper un soupir de dédain. Ce dernier devait avoir une douzaine d'années et s'appelait Siggi. Une incisive cassée lui donnait un air farouche. D'un ton brusque, il avait lâché :

— Je retournerai pas chez mes vieux. Ils sont bons à rien. Autant mourir de faim tout seul.

— Pourquoi n'allez-vous pas à l'école ? Au moins, on vous servirait un repas chaud le midi.

La proposition d'Oppenheimer avait soulevé une vague d'indignation.

— Qu'est-ce qu'on ferait des idioties qu'on veut nous apprendre là-bas ? s'était écrié un autre gosse, vêtu d'un manteau beaucoup trop grand pour lui.

— Vous préférez voler votre nourriture ?

Une fille plus âgée avait alors pris la parole.

— On ne vole rien, puisque tout est propriété collective, disent les Russes. On ne prend que ce qui nous revient de droit.

En entendant cette réponse, le commissaire avait ri intérieurement.

— Vous voulez me faire croire que vous êtes communistes ?

— Seulement si on se fait pincer. (Siggi avait souri d'un air espiègle.) Comme ça, on pourra pas nous reprocher d'obéir au collectivisme.

L'enfant avait pris soin de prononcer de manière bien distincte le terme marxiste.

— Et ces symboles-là ? avait demandé Oppenheimer en désignant le pilier central. Ils sont aussi communistes ?

— Vous pouvez raconter ce que vous voulez, c'était bien mieux avant.

La phrase avait été prononcée par l'un des meneurs qui avaient accueilli Oppenheimer avec leurs torches électriques. Dans la bouche d'un adolescent, cette maxime d'adulte paraissait étrangement déplacée.

— Sous Hitler, on pouvait prouver notre bravoure. J'étais dans le Volkssturm, Jo a même été au front. On pouvait voir d'autres pays, on nous donnait de beaux uniformes. Partout, on était respectés. C'étaient des temps héroïques. Pas comme aujourd'hui. Maintenant, les jours se suivent avec monotonie, les étrangers se moquent de nous et notre patrie n'est plus qu'un tas de gravats.

Le commissaire s'était déjà rendu compte qu'une partie de la population regrettait les idées nationales-socialistes. Toutes les victimes innocentes du nazisme et la défaite dévastatrice subie par Hitler et ses suppôts suffisaient à prouver que cette idéologie dégradante ne valait rien, mais elle semblait indéracinable. Oppenheimer n'avait rien contre une certaine dose de patriotisme, tant que celui-ci n'était pas employé pour dénigrer les autres peuples. Mais la frontière était vite franchie.

Il était difficile de chasser des esprits l'idée selon laquelle les Allemands étaient nés pour dominer le monde. Toutefois, ceux qui en étaient encore persuadés le pensaient tout bas, ou se contentaient de faire des allusions. On rencontrait rarement des personnes qui, comme cette bande de jeunes voleurs, exprimaient leurs convictions de manière aussi franche.

Les occupants du bunker n'avaient pas la langue dans leur poche, car ils n'avaient rien à perdre. Il y a peu, ils étaient encore les élus de Hitler. La jeunesse de race pure, le couronnement de la création – du moins selon les dogmes du national-socialisme. Des hommes d'autres nationalités devaient les servir docilement. Mais, au lieu de régner sur la terre, ils étaient devenus des réprouvés, des parias. On les avait privés de leur glorieux futur.

Oppenheimer sentait une grande contradiction chez les membres du petit groupe. Ils jouaient les caïds, pourtant ils ne voulaient pas devenir adultes et tirer les conséquences de la guerre. En cela, ils ne ressemblaient pas aux étudiants que le commissaire avait rencontrés l'année précédente. Ce qu'il voyait ici n'était pas représentatif de ce qui se passait à l'échelle du pays. Malgré un nihilisme de façade, beaucoup de jeunes gens possédaient des idéaux. Il existait bel et bien une jeunesse qui avait pris pour but de bâtir un avenir meilleur.

Oppenheimer ne savait pas vraiment quoi penser de ses hôtes. En revanche, une chose était sûre : il ne tiendrait pas longtemps dans cet antre de béton.

22

Samedi 22 novembre 1947

Petit Hans l'avait échappé belle. Pour un peu, il aurait heurté du menton le rebord de la fenêtre en s'assoupissant. Heureusement, il s'était réveillé d'un bond, sinon il n'aurait pas vu ce qui se passait en ce moment devant l'immeuble de Frau Hinze.

Il n'aurait jamais cru qu'il faille autant d'énergie pour faire une planque sans s'endormir. Cela faisait maintenant trente-six heures qu'il surveillait l'appartement de la veuve, et il devait produire un immense effort de volonté afin de garder les yeux ouverts.

Dans le logement qu'Oppenheimer lui avait déniché de l'autre côté de l'avenue, les courants d'air s'insinuaient de partout à travers les vieilles fenêtres. Pour ne pas être transi, Petit Hans devait boutonner soigneusement son manteau, nouer une écharpe et enfoncer jusqu'aux oreilles le bonnet de laine que lui avait tricoté sa mère. Par chance, le temps s'était radouci et il faisait beaucoup moins froid que les derniers jours. Mais avec le redoux était venue la pluie. L'eau s'infiltrait par le plafond fissuré et gouttait sur le sol à plusieurs endroits. Le policier avait installé sa chaise dans un coin au sec, toutefois le bruit cadencé était tellement monotone qu'il avait sans cesse envie de dormir.

Pour ne rien arranger, il ne pouvait accéder à son nouveau pied-à-terre qu'en faisant de la varappe. Les bombes avaient fortement endommagé la cage d'escalier du bâtiment. Une fois arrivé au premier palier, il fallait gravir une échelle branlante afin d'accéder à l'étage supérieur où se trouvait l'appartement.

Malgré ces inconvénients, la garçonnière était un poste d'observation idéal. De là où il était assis, il avait une vue imprenable sur l'immeuble de Hinze.

Après sa libération, la veuve avait fait un petit détour par plusieurs magasins d'alimentation. Stratégiquement, mieux valait faire ses courses tôt le matin pour espérer mettre la main sur quelques victuailles, mais beaucoup d'habitants connaissaient cette astuce et les files d'attente étaient longues. Ce jour-là, les étals des marchands étaient dégarnis. Ursula Hinze était finalement revenue chez elle avec un maigre butin : une poignée de panais fripés.

Depuis, hormis une visite chez son amie Erika Schimmelpfennig, elle n'avait presque pas quitté son logement. Il ne s'était donc pas passé grand-chose.

Du moins, jusqu'à maintenant.

Avec du recul, Hans avait eu raison de se concentrer sur la surveillance de l'immeuble d'en face. Une heure plus tôt, Frau Hinze était partie en direction du Baumschulenweg. Trop paresseux pour descendre l'échelle vacillante et pressentant qu'elle se rendait chez Erika Schimmelpfennig, il avait renoncé à la suivre.

Alors qu'il était sur le point de s'endormir, un homme s'était figé de l'autre côté de la Köpenicker Landstraße.

Petit Hans se redressa vivement. C'était lui qui avait emmené le faux Konrad Hinze à l'hôpital. Comme il s'agissait de l'une de ses premières missions en tant que Schupo, il se souvenait de chaque détail. L'allure légèrement voûtée du passant lui avait fait aussitôt penser à Nixfeld. L'individu avait enfoncé son chapeau sur ses yeux pour se protéger de la pluie battante.

Sans jumelles, impossible de savoir s'il s'agissait réellement du fugitif. L'avenue, avec ses quatre voies et son allée centrale réservée à la circulation du tramway, était trop large. Mais Hans, enchanté à l'idée d'achever plus tôt que prévu sa filature soporifique, était presque convaincu d'avoir repéré le type recherché par le commissaire Oppenheimer.

L'homme jeta des regards nerveux autour de lui. Instinctivement, Hans glissa de sa chaise et s'agenouilla devant le rebord de la fenêtre. Le souffle court, il vit le suspect ouvrir la porte de l'immeuble et entrer à l'intérieur.

Il se rua alors vers la cage d'escalier. Quelques instants plus tard, il traversait en courant l'avenue.

Lorsque le colosse arriva hors d'haleine de l'autre côté du grand axe, il était trop tard. Nixfeld était déjà ressorti de l'immeuble et s'éloignait en direction du Dammweg.

Sans hésiter, Petit Hans s'élança afin de ne pas le perdre de vue. Le fugitif longea un grand terrain vague que les habitants du quartier utilisaient pour leurs cultures maraîchères.

Le Schupo avait rattrapé sa cible et suivait maintenant Nixfeld de près, mais celui-ci semblait n'avoir rien remarqué. Ayant atteint les blocs d'habitations qui se dressaient en face du parc de Treptow, le suspect bifurqua brusquement à gauche.

Quand Hans parvint au coin de la rue, l'homme avait disparu sans laisser de trace. Furieux, il arracha son bonnet de laine et regarda autour de lui. Nixfeld était peut-être entré dans l'un des immeubles alentour. Ou s'était frayé un chemin à travers les buissons qui bordaient le trottoir un peu plus loin. C'était un excellent raccourci pour traverser les voies surélevées du S-Bahn et semer d'éventuels poursuivants. Le passage souterrain le plus proche se trouvait à plusieurs centaines de mètres.

Après un quart d'heure de recherches infructueuses, Hans décida d'abandonner et de rentrer à la garçonnière. Les poings glissés dans les poches de son manteau, il rebroussa chemin en poussant un chapelet d'injures. Plusieurs passants lui jetèrent des regards étonnés.

Tandis qu'il marchait, il eut une révélation. Nixfeld avait essayé de rendre visite à son amante. Comme celle-ci n'était pas là, le fugitif avait peut-être laissé un message.

Se raccrochant à cette idée, Hans retrouva un peu d'espoir et accéléra l'allure.

De retour devant l'immeuble de Hinze, il poussa la porte et entra dans la cage d'escalier pour se planter devant les boîtes aux lettres. Du doigt, il chercha le nom de la veuve. Durant un bref instant, il se demanda si un policier avait le droit de fouiller le courrier d'une personne suspecte. Puis il chassa ses scrupules en se disant qu'il agissait pour le bien de l'enquête. Fort heureusement, l'ancien truand s'y connaissait en crochetage. Forcer une vieille boîte aux lettres était un jeu d'enfant. Par habitude, il avait toujours un fil de fer dans une poche.

L'oreille aux aguets pour ne pas se faire surprendre, Hans ouvrit sans peine la serrure. Il avait de la veine. Ursula Hinze n'était pas encore rentrée. Il saisit les lettres qui se trouvaient dans la boîte et les glissa dans son pardessus.

Quelques secondes plus tard, il sortit du bâtiment en sifflant joyeusement.

Oppenheimer avait l'intention de passer voir Hilde à l'hôpital ce dimanche. D'ici là, il jugeait plus prudent de ne pas se montrer dans les rues de Berlin, même si cela impliquait de rester enfermé dans le bunker froid et humide où vivait la bande de gosses.

Jo était parfaitement à l'aise dans son rôle de gangster en herbe. Au cours de la journée, lui et plusieurs de ses camarades avaient ramassé des seaux vides et quitté l'abri sans une explication. Le commissaire supposait qu'ils étaient partis en quête de nourriture. Si le petit groupe disposait d'une grosse réserve d'alcool, les vivres se faisaient rares. Leurs provisions se limitaient à une demi-douzaine de boîtes de conserve, ce qui leur permettait de manger pendant deux jours environ.

Seuls Siggi et la fille qui se plaisait à jouer les gonzesses de truand étaient restés dans l'abri. Certainement avec l'ordre de surveiller leur hôte. L'adolescente s'appelait Margret. Elle devait avoir une quinzaine d'années. Tandis que Siggi s'affairait dans un coin de la salle, Margret s'était installée dans un fauteuil en osier et peignait ses cheveux d'un air rêveur.

Assis non loin de là, Oppenheimer frotta ses jambes engourdies par le froid et l'humidité. Pour briser le silence, il posa la première question qui lui traversa l'esprit :

— Tu vas chez un coiffeur pour te faire blondir les cheveux ?

Elle acquiesça.

— Oui, je connais un Anglais. Quand j'ai besoin de refaire ma couleur, je vais le trouver. Je couche avec lui et il s'occupe de mes cheveux en récompense.

Le commissaire tressaillit. Il regrettait déjà d'avoir engagé la conversation, car la réponse de la fille lui rappelait qu'il n'avait pas affaire à des enfants normaux. Ces derniers étaient des réprouvés, et fiers de l'être. Même les questions les plus anodines pouvaient être piégeuses.

Margret soupira profondément. Elle fixait un point invisible sur la voûte de béton qui s'étendait au-dessus d'eux.

— Je me demande ce qu'elle a ressenti pendant les dernières heures.

— De qui parles-tu ? s'enquit Oppenheimer, déconcerté.

— D'Eva, bien sûr. Eva Braun. (Elle continuait de lisser ses cheveux d'un air absent.) C'est à peine croyable. Elle était toujours derrière le Führer, mais le monde ignorait tout d'elle. Et puis finalement, il l'a épousée. Quand tout était fini. Ils n'ont vécu comme des époux qu'une journée. (Margret regarda le commissaire.) N'est-ce pas romantique ? Mourir littéralement d'amour ?

Il se retint de lui dire que ce n'était pas l'amour, mais une capsule de cyanure qui avait tué Eva Braun. Hochant la tête d'un air vague pour ne pas froisser son interlocutrice, il souffla sur ses mains gelées.

— Pan ! s'exclama soudain Siggi dans son dos.

Lorsque Oppenheimer se retourna, il eut le souffle coupé. Le gamin braquait sur lui un pistolet.

— Pan ! Pan !

Se levant d'un bond, le commissaire réprima son premier réflexe, qui était de tenter d'arracher l'arme des mains de Siggi.

Le gamin était sûrement plus rapide que lui. S'il voulait récupérer le calibre, mieux valait feindre d'être intéressé.

— Tiens, tiens. Qu'as-tu là ? Sais-tu de quel modèle il s'agit ?

— Mauser HSc, semi-automatique, déclara Siggi sans hésitation.

— Avec magasin amovible ?

— Évidemment, y a pas de barillet.

Oppenheimer tendit la main. Lorsque l'enfant lui remit le pistolet, il poussa intérieurement un soupir de soulagement.

Après s'être assuré qu'il n'y avait pas de magasin à l'intérieur du Mauser, il demanda :

— Où sont les balles ?

— C'est Jo qui les garde sous clé, expliqua Siggi avec une légère frustration. Comme les munitions des autres flingues.

Oppenheimer fit l'étonné.

— Tu veux me faire croire que vous avez plusieurs armes à feu ici ?

— Mais bien sûr.

Pour prouver ses dires, Siggi le guida vers un vieux vaisselier. Avec une aisance routinière, il grimpa sur le bord de la partie basse du bahut et ouvrit le placard supérieur.

La bande possédait un véritable arsenal. Oppenheimer compta sept revolvers. Un pour chaque membre masculin du groupe. Jo n'avait rien laissé au hasard.

Le métal brillant des pistolets reflétait la lueur des chandelles.

Il les prit les uns après les autres et fit semblant de les examiner. En réalité, il voulait vérifier qu'ils n'étaient pas chargés.

— Vous avez l'habitude de manier des pétards, hein ? constata Siggi.

— Un peu. Où les avez-vous trouvés ?

Le gosse haussa les épaules.

— Les flingues, c'est pas ce qui manque à Berlin, éluda-t-il. Les déserteurs en ont enterré un paquet. Il suffit de savoir où chercher.

Peu de temps après, les gonds de la porte d'entrée se mirent à grincer.

Oppenheimer eut juste le temps de refermer le placard avant que Jo et ses compagnons n'arrivent dans le bunker. Visiblement, l'expédition avait été fructueuse. Les récipients que les adolescents avaient emmenés semblaient pleins. Ils les hissèrent sur les tables.

L'une des filles sortit une miche de pain qu'elle avait emballée dans du journal.

— C'est plus de la toute première fraîcheur, mais y avait rien d'autre au marché noir.

Alléché par la perspective d'un bon repas, Siggi se dirigea vers les tables.

Margret ouvrit le couvercle d'un grand pot. Un murmure approbateur s'éleva parmi les jeunes voleurs. Curieux, Oppenheimer s'approcha à son tour. Il avait quelques scrupules à manger une part de la nourriture rapportée par la bande, mais son estomac criait famine depuis plusieurs heures.

Une odeur de graillon lui monta aux narines, puis il découvrit les restes entassés dans le récipient. Des côtes de porc grillées sur lesquelles il ne subsistait que quelques bribes de viande. Les camarades de Jo mirent les mains dans le pot pour s'emparer des meilleurs morceaux et commencèrent à ronger les os avec délices.

Avec précaution, Oppenheimer jeta un coup d'œil dans l'un des seaux. Il s'agissait de pâtes au ketchup, saupoudrées de grains noirs. En se penchant légèrement, il comprit que c'était du marc de café.

Il n'était pas difficile de deviner d'où provenait la nourriture. La clique faisait les poubelles des casernes. Jo jouait les gros bras, mais ses affaires ne semblaient pas florissantes en ce moment. Comme tous les Berlinois privés de cartes de rationnement, les adolescents se voyaient contraints de récupérer les restes des soldats alliés pour survivre. Entre indigents, on se livrait des combats acharnés afin d'obtenir les meilleures places devant les bennes à ordures.

Oppenheimer se coupa un morceau de pain dur et alla s'installer sur son matelas. Son ventre émettait toujours des gargouillis, pourtant il ne pouvait rien avaler. Il décida de garder le pain pour plus tard. Tandis que les gamins mangeaient goulûment, il s'efforça de contenir la nausée qui lui soulevait le cœur.

Hans savait comment faire pour ouvrir et refermer des lettres sans que leurs destinataires ne s'en rendent compte après coup. Il n'y avait rien de plus facile. Le vrai défi consistait à se procurer de la vapeur d'eau dans un quartier qu'il ne connaissait pas. Il devait continuer à surveiller l'immeuble d'en face. Impossible de retourner à Weißensee pour demander à sa mère de faire bouillir une marmite d'eau. Il lui fallait donc improviser et faire preuve de culot.

Sortant dans la cage d'escalier, il se mit à frapper aux portes. La troisième tentative fut la bonne. Un homme d'un certain âge lui ouvrit et le regarda d'un air fatigué.

Comme Hans était en civil, il dégaina sa plaque.

— Police ! Je réquisitionne votre cuisinière et une casserole.

Le voisin en resta pantois.

— Quoi ? balbutia-t-il. Mais je…

Intimidé, il laissa finalement entrer le Schupo.

Dix minutes plus tard, Hans était de retour à son poste et classait les lettres qu'il venait d'ouvrir. Ce faisant, il tomba sur un message rédigé rapidement à la main.

Mon amour,

Tout est prêt pour notre nouveau départ. Le permis de séjour devrait bientôt arriver. Probablement dans deux jours. Les gens qui m'aident ont des réticences à te faire sortir du pays, parce que tu as été arrêtée par la police. Mais je trouverai une solution, je te le promets.

Le mieux serait déjà de faire ta valise. Et souviens-toi de ce que nous avions convenu. Pas d'étiquette avec ton nom sur tes affaires. Nous devons être prudents. La prochaine fois que tu me verras, il faudra faire vite. Une nouvelle vie nous attend, alors prépare-toi.

D'ici là, sois vigilante !

Ton cher R

Hans serra le poing et poussa un cri de victoire. L'homme qu'il avait suivi était réellement Nixfeld. Cette lettre en était la preuve.

Ainsi, Oppenheimer avait raison. Le fugitif était diablement attaché à Ursula Hinze et voulait l'emmener à l'étranger.

Lorsque Hans comprit que cette nouvelle augmentait la pression qui pesait sur ses épaules, il déchanta. Il ne devait surtout pas rater le moment où Nixfeld viendrait chercher son amante, sinon le couple leur échapperait pour de bon. Ces deux-là seraient sauvés par la machine bien huilée qui aidait les anciens nazis à disparaître pour resurgir quelques semaines plus tard sur un autre continent sous les traits d'innocents migrants.

Petit Hans avait toujours eu du mal à gérer son stress quand ses patrons attendaient beaucoup de lui. Et à présent, l'enjeu était très élevé.

Soudain nerveux, il bondit de sa chaise et se mit à arpenter la garçonnière. Oppenheimer semblait l'avoir oublié. Où était donc passé le commissaire ? Il avait beau se creuser la tête, il ne savait pas quoi faire. Et personne ne viendrait le relayer. Il était livré à lui-même.

Sa mère ne cessait de répéter qu'il devait faire preuve de plus d'initiative pour attirer l'attention de ses supérieurs. Mais Hans ne voulait pas être remarqué. Il ne souhaitait qu'une chose : trouver une place près d'un poêle bien chaud et passer son temps à manger et à dormir jusqu'à ce qu'il devienne aussi rond qu'Ed le Mastard. C'était ainsi qu'il s'imaginait le paradis. L'exact contraire de sa situation actuelle.

Il tourna comme un lion en cage pendant un moment avant de parvenir à la conclusion qu'il n'arriverait à rien en paniquant. Mieux valait procéder avec méthode. Une chose après l'autre, rien ne servait de courir. Aucun autre dicton de calendrier ne lui vint à l'esprit.

Apaisé, il put recommencer à réfléchir posément. Son instinct de gangster lui rappela combien il était important d'effacer ses traces. Frau Hinze ne devait pas remarquer qu'elle était sous surveillance. Il fallait donc copier la lettre de Nixfeld et la remettre dans la boîte aux lettres. Ni vu ni connu. Hans hocha la tête. C'était un bon plan. Une fois cette tâche accomplie, il pourrait songer à la suite.

Par chance, il avait eu la prudence de prendre un peu de papier au poste. Il s'agissait de vieux avis de recherche, mais on pouvait encore se servir du verso. Hans se rassit sur son siège et dénicha au fond de sa poche son crayon préféré. Au fil du temps, celui-ci s'était réduit comme une peau de chagrin et ne mesurait plus que trois centimètres.

Comme il n'y avait pas de table dans l'appartement, l'ancien truand posa sa feuille sur le rebord de la fenêtre. Dépliant soigneusement la lettre de Nixfeld, il commença ensuite à copier le message dans sa plus belle écriture.

Petit Hans avait reproduit la moitié de la missive lorsqu'il s'arrêta.

Un détail lui avait sauté aux yeux. Nixfeld précisait qu'il leur fallait attendre encore deux jours au moins. Ce qui signifiait que le fugitif ne reviendrait pas avant lundi.

Hans se redressa avec un sourire aux lèvres. Cet indice lui facilitait les choses. Il n'avait plus besoin de surveiller l'immeuble pendant le week-end. Au lieu de cela, il pouvait partir à la recherche d'Oppenheimer.

23

Dimanche 23 novembre 1947

Oppenheimer se rua sur l'échelle du bunker. Au-dessus de sa tête, les bords de la trappe formaient un carré lumineux. Il voulait à tout prix sortir de l'antre souterrain. Rien ne l'avait préparé à ce qu'il avait vécu durant les deux derniers jours.

Le commissaire trébucha avant de reprendre son ascension. Il avait l'impression d'étouffer dans cette cave bétonnée. Il était un peu comme un homme luttant contre la noyade qui se débattait désespérément pour remonter à la surface.

Les mois derniers, on avait beaucoup parlé dans la presse du phénomène de clochardisation des jeunes ayant perdu leur famille pendant la guerre. Oppenheimer estimait qu'il était grand temps que l'opinion publique soit sensibilisée à ce phénomène inquiétant. Le sujet l'avait interpellé avant même d'adopter Theo. Dans son métier, il voyait passer bon nombre de gamins des rues qui, pour survivre, sombraient dans la délinquance. C'était un problème qu'il fallait prendre à bras-le-corps. Les choses ne s'amélioreraient pas d'elles-mêmes.

En ce qui concernait la bande de Jo, il ne se faisait plus beaucoup d'illusions. Resocialiser ses membres était presque mission impossible.

La veille au soir, ayant besoin de s'isoler, Oppenheimer s'était couché très tôt. Il n'avait cependant pas pu fermer l'œil, de crainte que les adolescents n'aient la stupide idée de jouer avec leurs armes. Au bout d'un certain temps, il avait entendu des pas derrière lui. C'était Jo, qui venait demander discrètement si son hôte souhaitait passer un peu de bon temps avec

Margret. Jouant les maîtres de maison généreux, le garçon avait ajouté qu'il n'exigerait rien en retour.

Bien entendu, il se moquait de ce que pouvait penser la jeune fille. En cela, il était comme tous les proxénètes.

Oppenheimer avait décliné poliment, mais Jo avait insisté. La discussion s'était éternisée, et le commissaire avait fini par s'énerver. Le gangster en herbe l'avait finalement laissé tranquille, toutefois Oppenheimer avait lu dans ses yeux qu'un refus pareil lui paraissait très louche. Après cela, il n'avait dormi que d'une oreille. Lorsque la bande avait quitté le bunker à l'aube, il avait profité de l'occasion pour mettre les voiles.

D'un coup d'épaule, il ouvrit la trappe et se glissa à l'extérieur. Une fois dehors, il prit une grande goulée d'air frais pour chasser les souvenirs de la nuit passée.

En regardant autour de lui, il dut pourtant s'avouer qu'il était complètement perdu. Vendredi soir, il avait suivi Gerda dans le noir le plus complet, et il n'avait aucun point de repère.

Plusieurs chemins serpentaient à travers le champ de ruines. Il décida de suivre le plus large d'entre eux.

Sa décision fut la bonne. Quelques minutes plus tard, il vit apparaître au coin d'un bâtiment défoncé un espace dégagé au milieu duquel se dessinait un carré de verdure. Ce n'était qu'un fourré de broussailles mais, de loin, cela ressemblait presque à une pelouse.

Une voiture passa près de l'îlot de végétation, et Oppenheimer vit des passants qui circulaient sur un trottoir. Trébuchant sur les gravats, il accéléra le pas pour rejoindre le royaume des vivants.

L'endroit en contrebas lui paraissait vaguement familier. Bras écartés pour conserver l'équilibre, il descendit de la montagne de débris sur laquelle il se trouvait. Lorsqu'il arriva sur le sol déblayé, il poussa un soupir de soulagement. Il avait réussi à s'échapper du labyrinthe de gorges étroites sillonnant les décombres.

Rasséréné, il contempla la place qui s'ouvrait devant lui. Comme son instinct le lui avait soufflé, il s'agissait de la Prager Platz. Le square ovale, autrefois joliment décoré avec des massifs de fleurs, s'était transformé depuis longtemps en un véritable maquis. Des immeubles cossus datant de la fin du siècle dernier, flanqués de tourelles et de clochetons, il ne restait que des carcasses noircies. Certaines façades tenaient encore debout ; à travers leurs fenêtres vides, on pouvait observer le ciel chargé de nuages bas.

Dans le bunker, Oppenheimer avait perdu toute notion du temps. Il était encore tôt, car seules quelques voitures roulaient dans les rues. D'un pas tranquille, un couple âgé fit le tour de la place et s'engagea dans la Kaiserallee, sans doute pour se rendre à l'église. Le commissaire avait donc le temps. Il avait prévu de passer vers midi à l'hôpital où travaillait Hilde. Si Theo avait fait passer le message, son amie serait au rendez-vous.

Glissant les mains dans les poches de son manteau, il marcha en direction de la Bayerischer Platz. Tandis qu'il approchait de la station de métro du même nom, il décida d'aller voir Hilde tout de suite. Il n'avait rien d'autre à faire dans l'immédiat, et il brûlait d'avoir des nouvelles de Lisa.

Une fois sur le quai du U-Bahn, il entendit son ventre gargouiller. Il avala quelques morceaux du pain dur qu'il avait mis de côté la veille. Ce n'était pas grand-chose, mais en mâchant longuement, il réussirait peut-être à tromper sa faim.

Le métro l'emmena jusqu'à Innsbrucker Platz, où il prit ensuite la ligne circulaire du S-Bahn. Peu avant d'arriver à Papestraße, sa station habituelle, il se leva et s'approcha d'une porte. Machinalement, il descendit sur le quai et emprunta l'escalier menant au passage souterrain. En bas des marches, il se figea brusquement.

Il commettait peut-être une grave erreur. L'hôpital où travaillait Hilde était situé à quelques centaines de mètres de sa villa. Les guetteurs avaient sûrement remarqué l'absence d'Oppenheimer. Si ses adversaires étaient malins, ils surveillaient la station ou filaient son amie dans l'espoir de le voir surgir tôt ou tard. Il devait donc se montrer très prudent.

Par mesure de précaution, il rebroussa chemin pour changer d'itinéraire et reprendre le S-Bahn jusqu'à l'arrêt suivant. Sur le quai, il remarqua un jeune homme coiffé d'une casquette de gavroche. L'inconnu triait dans un récipient en métal les mégots qu'il avait ramassés. Avec les restes de tabac, il roulerait de nouvelles cigarettes qu'il essaierait ensuite de vendre aux passants.

Dix minutes plus tard, Oppenheimer sortait de la station Tempelhof. Il s'engagea sur le Tempelhofer Damm pour virer ensuite dans le quartier résidentiel qui s'étendait à l'ouest de l'aéroport.

Au bout d'une demi-heure, il dut admettre qu'il avait un peu sous-estimé le trajet à pied. Lorsqu'il aperçut enfin le beffroi patiné de l'hôpital Saint-Joseph à travers les ramures des majestueux érables qui bordaient la rue, il estima qu'il avait parcouru près de deux kilomètres depuis les voies du S-Bahn. Les pieds en feu, il gagna l'entrée de l'établissement médical.

— D'où est-ce que tu sors, bon sang ? s'exclama Hilde peu de temps après.

Le commissaire, qui l'attendait à la réception, bondit de son siège.

— Theo ne t'a rien dit ?

— Si, bien sûr. Mais ne restons pas ici. Allons dans la cour intérieure.

Son amie le conduisit vers la partie arrière du bâtiment. Au détour d'un couloir, elle salua deux sœurs élisabéthaines, vêtues de leur habit immaculé, qui formaient une infirmière laïque.

Oppenheimer se demandait depuis longtemps comment il était possible que Hilde, avec sa langue bien pendue, n'ait jamais eu de problèmes avec l'administration de l'hôpital catholique. Si on ne l'avait pas encore virée, c'était probablement à cause de la pénurie de médecins.

Le terme « cour intérieure » était bien loin de correspondre au vaste jardin qui s'étendait derrière l'édifice. Les parterres de gazon tirés au cordeau et les haies soigneusement taillées formaient un plan géométrique. Près de l'entrée arrière, une chapelle était intégrée au corps du bâtiment.

Hilde l'entraîna vers un banc disposé à côté d'une petite serre.

— Lisa va bien, annonça-t-elle avant même de s'asseoir.

— Au moins une bonne nouvelle. (Le commissaire soupira.) Tu lui as rendu visite chez les Britanniques ?

— Carruthers prend son rôle de cerbère très au sérieux. Il contrôle personnellement tous ceux qui veulent parler à Lisa. Même envers moi il s'est montré suspicieux. Et pourtant, il me connaît. En revanche, il aimerait savoir combien de temps va durer cette histoire.

Incroyablement las, Oppenheimer esquissa un haussement d'épaules.

— Je n'en sais rien. Quelques jours, peut-être une semaine. Il faudrait que Nixfeld sorte enfin de sa tanière.

Hilde tourna la tête vers lui.

— Tu t'es fourré dans un vrai bourbier, hein ? Et à cause de Nixfeld, tu as ces fumiers de nazis qui te collent au train ?

— Ce sont des teigneux. Ma ruse n'a servi à rien, ils ont compris que je poursuivais l'enquête. (Oppenheimer marqua une pause.) Surveillent-ils encore la villa ?

— Je n'en suis pas sûre. Theo prétend qu'il voit toujours des types en faction. Je suis passée plusieurs fois devant le passage où ils se tenaient, mais je n'ai vu personne.

— Ça ne veut rien dire. Ils ont pu trouver un autre poste d'observation. En tout cas, je vais demander à Ed de me dégoter une meilleure planque.

— Tu as l'air épuisé, remarqua Hilde.

— Je manque de sommeil. Mais c'est une longue histoire. (D'un ton ironique, il ajouta :) En avalant quelques comprimés de Pervitin[1], je retrouverais la forme en moins de deux.

Les traits de l'aristocrate se durcirent.

1. Méthamphétamine commercialisée dès 1938 par le laboratoire allemand Temmler. Distribuée en grande quantité par la Wehrmacht et la Luftwaffe aux combattants, cette drogue de synthèse permettait de repousser la fatigue, d'accroître la concentration et de faire oublier l'angoisse.

— Estime-toi heureux d'avoir pu décrocher de cette saloperie. Tu as eu de la veine.

— Je sais, murmura-t-il, honteux.

— Dans le pire des cas, je pourrais te loger quelques jours ici, à l'hôpital.

— Sans façon, je ne suis pas encore à l'article de la mort.

Se relevant péniblement, il salua Hilde et s'éloigna avant que son amie ne lui soumette d'autres idées aberrantes.

Peu après, il se tenait de nouveau devant l'entrée principale de l'hôpital. Savoir que Lisa allait bien était un baume au cœur. En revanche, la perspective de devoir reprendre le S-Bahn ne l'enchantait guère. Il était peut-être plus sage de manger auparavant quelque chose afin de retrouver des forces. Le commissaire jeta un coup d'œil dans son porte-monnaie et sortit le reste de son pain. Une petite bouchée, puis il se mettrait en quête d'un restaurant. Il lui restait encore des tickets de rationnement pour se payer un potage insipide. Dans son état, il aurait même pu se contenter d'un bol d'eau de vaisselle.

À cet instant, il vit une voiture arriver en trombe. Le véhicule fonçait droit sur lui. Instinctivement, il bondit sur le trottoir. La berline s'arrêta un peu plus loin dans un crissement de freins. Le cœur battant, il n'eut pas le temps de réfléchir. Une main lui agrippa soudain l'épaule. Faisant volte-face, il reconnut le jeune homme coiffé d'une casquette de gavroche qui ramassait des mégots de cigarettes sur le quai du S-Bahn dans la station Papestraße.

Oppenheimer comprit alors qu'il était pris au piège. Dans son dos, un homme à la carrure épaisse sortit de la voiture qui avait failli l'écraser. Ainsi, les sbires de Nixfeld avaient retrouvé sa trace et guetté le moment propice pour lui tomber dessus.

Épuisé, il savait qu'il n'avait pas la moindre chance de leur échapper. Au même moment, le type à la casquette le saisit à bras-le-corps et pressa un chiffon humide sur son nez. Retenant son souffle, Oppenheimer se débattit, mais ses deux agresseurs l'entraînèrent de force vers le véhicule.

Après une courte lutte, il ne put s'empêcher de prendre une brusque aspiration. Une odeur douceâtre lui emplit les narines.

À travers les brumes du chloroforme, il sentit qu'on le poussait à l'intérieur de la voiture. Une dernière fois, il tenta en vain de se dégager. Son corps ne lui obéissait plus.

Quelques secondes plus tard, il sombra dans les ténèbres.

24

Dimanche 23 novembre 1947

Il y avait de l'agitation autour de lui, il pouvait le sentir. Mais il ne parvenait pas à ouvrir les yeux.

On lui donnait des bourrades, et quelqu'un l'interpellait.

— Éheilloi !

De quel mot pouvait-il bien s'agir ? Oppenheimer était perplexe. La voix paraissait étonnamment sourde.

De nouveau, il reçut un coup.

— Éheilloi !

Tout ce remue-ménage le dérangeait. Il voulait qu'on le laisse tranquille. Lorsqu'il essaya de se tourner, il se rendit compte qu'il était en position assise, les bras près du corps, et qu'il ne pouvait pas bouger.

Je suis ligoté, songea-t-il.

Ce n'était pas tout. Quelque chose de mou emplissait sa bouche. On lui avait mis un bâillon pour l'empêcher de parler. Son dos était appuyé contre un objet dur et froid, et le sol sur lequel on l'avait installé était inégal. Les aspérités lui faisaient mal aux fesses et aux jambes.

Même dans son état de torpeur, il savait qu'il devait rapidement trouver un moyen de se tirer de ce pétrin. Le commissaire banda ses muscles. Sans résultat. Ses liens étaient bien serrés.

La panique qui l'envahissait le tira de son engourdissement. Il réussit à ouvrir les paupières.

Un pilier en béton lui faisait face. Une lueur crépusculaire entrait par un soupirail sur sa droite. De toute évidence, le jour s'achevait. Un peu plus loin, le plafond bas qui s'étirait au-dessus de sa tête disparaissait dans l'obscurité. La pièce dans laquelle on l'avait enfermé semblait d'une longueur infinie.

Lorsqu'il baissa les yeux, il découvrit soudain devant lui un homme étendu dans une flaque sombre. Le liquide stagnant avait une odeur métallique.

Avec ses jambes liées, le prisonnier donna une nouvelle bourrade contre le pied d'Oppenheimer.

— Éheilloi ! cria l'individu à travers son bâillon.

Le commissaire tressaillit en reconnaissant le front haut du blessé. C'était Billhardt.

— Éheilloi ! répéta le flic manchot, les yeux écarquillés par la peur.

Oppenheimer saisit enfin le message. Son collègue le suppliait de se réveiller.

Réveillé, il l'était désormais, mais il ne pouvait pas faire un geste. On l'avait attaché à un pilier.

Voyant que son ami avait repris connaissance, Billhardt lança des regards désespérés sur le côté. Oppenheimer tourna la tête. Hormis un mur nu, il ne remarqua rien de particulier.

Puis il comprit.

Dans la paroi, quelqu'un avait creusé des entailles à intervalles réguliers. Des fils passaient d'une encoche à l'autre. Il s'agissait de trous de mine, remplis d'explosifs. On allait faire sauter le bâtiment dans lequel ils se trouvaient. Et ils seraient ensevelis sous des tonnes de béton.

Quand aurait lieu l'explosion ? Oppenheimer regarda autour de lui. Le sous-sol était vide, donc l'immeuble avait sans doute déjà été évacué. Ils n'avaient plus beaucoup de temps avant d'être réduits en miettes.

Le commissaire appela au secours. Mais le morceau d'étoffe imprégné de salive qu'il avait entre les mâchoires l'empêchait de pousser des cris sonores. Avec hargne, il tira sur ses liens et essaya de jeter son buste en avant. Les entraves s'enfoncèrent dans sa chair, toutefois Oppenheimer ignora la douleur qui irradiait dans ses épaules. S'il ressentait quelque chose, c'était le signe qu'il était encore vivant. Il ne voulait pas se résigner à son sort et combattrait jusqu'à la dernière seconde. Malheureusement, il n'avait pas de canif, seulement une boîte d'allumettes dans une poche de son manteau. Et il avait beau se contorsionner, il ne parvenait pas à l'atteindre. Serrant les dents, il continua à se démener comme un forcené.

Du coin de l'œil, il vit Billhardt qui tentait de se relever. Son collègue avait la tête en sang. Le policier respirait bruyamment sous l'effort, mais finit par se laisser retomber sur le sol, épuisé.

Ficelé comme un saucisson, Oppenheimer ne pouvait pas faire grand-chose en position assise. Au moment où il essayait désespérément de se mettre debout en s'appuyant contre le pilier, il entendit des pas rapides. Il s'agissait peut-être d'une dernière patrouille qui contrôlait le bâtiment avant le dynamitage. Les bruits se répercutaient contre les murs du vaste sous-sol.

Malgré son bâillon, le commissaire cria de toutes ses forces pour attirer l'attention des inconnus.

Les pas se rapprochèrent.

Les sens d'Oppenheimer lui avaient joué un tour. Dans la pénombre, il vit surgir une silhouette. Ce n'était pas un détachement de soldats qui arrivait, mais un homme seul.

— Ah, enfin ! soupira le nouveau venu.

Celui-ci franchit un amas de gravats et glissa la main dans la poche de son pardessus.

La lame d'un canif étincela dans le clair-obscur. Puis l'individu passa derrière Oppenheimer pour le libérer de ses liens.

Les cordes furent rapidement tranchées, et le commissaire retrouva l'usage de ses mains. Aussitôt, il ôta le bâillon de sa bouche.

Pendant ce temps, son sauveur s'était accroupi près de Billhardt pour le détacher. Il l'aida ensuite à s'asseoir.

— Vite ! ordonna-t-il.

Oppenheimer hocha la tête et aida l'inconnu à relever son collègue.

Soutenant tous les deux le manchot, ils se dirigèrent d'un pas vacillant vers le fond de la pièce. Comme le commissaire ignorait où aller, il laissa son mystérieux libérateur leur indiquer le chemin. Malgré sa blessure, Billhardt mobilisa ses dernières forces pour avancer tant bien que mal. Leur guide les fit traverser deux pièces vides. Dans la troisième, Oppenheimer aperçut enfin une porte ouverte sur l'extérieur.

Il sentit un courant d'air frais lui caresser le visage. Son sauveur accéléra le pas, et il en fit de même.

À cet instant, Billhardt s'effondra. Oppenheimer faillit perdre l'équilibre, mais parvint à empêcher son collègue de tomber. L'homme resserra sa prise également, puis ils traînèrent le blessé jusqu'à la sortie.

Une fois dehors, ils poursuivirent leur effort pour s'éloigner le plus possible du bâtiment condamné à la destruction. Il s'agissait d'une sorte de bunker aux murs grisâtres. Au bout d'une dizaine de mètres, alors qu'ils progressaient au milieu d'un champ de ruines, Oppenheimer entendit qu'on déclenchait les charges d'explosif placées à l'intérieur de la casemate.

Ensuite, tout alla très vite. L'inconnu se jeta à terre. Oppenheimer et Billhardt n'eurent pas le temps de réagir. Une étourdissante déflagration fit trembler le sol, et ils furent projetés dans les airs avant de retomber derrière un tas de gravats. Une pluie d'éclats de béton s'abattit sur eux tandis qu'un épais nuage de fumée les enveloppait. Le commissaire replia les bras sur sa tête pour se protéger. De la terre et de la poussière lui emplirent la bouche. On aurait dit la fin du monde.

Lorsque la pluie de projections cessa enfin, il se redressa lentement en toussant. La vision qui s'offrait à lui le sidéra.

Le bunker dans lequel on les avait enfermés paraissait presque intact. Les épais murs de béton tenaient encore debout, le toit ne s'était même pas effondré. Le dynamitage avait échoué. Et Oppenheimer était encore en vie.

À quelques mètres de lui, son mystérieux sauveur se releva à son tour.

— Nous devons aller à l'hôpital le plus proche, dit-il. Ou votre collègue ne survivra pas.

Ils saisirent le corps inerte de Billhardt et s'éloignèrent de la casemate.

— Ma voiture est là derrière, ahana l'homme.

En regardant autour de lui, Oppenheimer constata qu'ils se trouvaient dans une zone industrielle. Une Volkswagen noire était garée dans la cour d'une usine toute proche.

Avec précaution, ils étendirent Billhardt sur la banquette arrière du véhicule.

Oppenheimer s'assit à côté de lui. C'est à ce moment qu'il vit que son ami était toujours bâillonné. Il lui ôta tout doucement le morceau d'étoffe de la bouche.

L'inconnu s'installa au volant et démarra en trombe.

Tandis qu'ils roulaient à tombeau ouvert, Billhardt reprit ses esprits.

— Oskar, gémit le policier blessé.

Quelques secondes plus tard, il s'évanouit de nouveau.

Oppenheimer leva la tête vers le conducteur. Son visage lui semblait soudain familier.

Il avait connu cet homme. Dans un autre temps, une autre vie.

La voiture approchait d'un carrefour. Le chauffeur donna un coup de klaxon et vira sur la droite en ralentissant à peine.

Ils s'engagèrent dans une large avenue. Autour d'eux défilaient rapidement les façades ombreuses des immeubles.

Au croisement suivant, Oppenheimer vit se découper dans le ciel vespéral la haute silhouette de la tour de radiodiffusion. Ils étaient donc à Westend.

Comme la route était presque déserte, l'homme au volant jeta un regard vers l'arrière.

— Je n'aurais jamais pensé vous revoir vivant, Herr Oppenheimer.

Des ridules apparurent au coin de ses yeux. Il souriait.

Trop épuisé pour chercher une réponse spirituelle, le commissaire se contenta de répondre :

— Moi non plus.

Billhardt avait appelé l'individu Oskar. Et à la pension Keller, celui-ci s'était présenté sous le nom de Herr Dorn.

Mais Oppenheimer savait qu'il s'agissait d'une fausse identité. Son sauveur n'était autre que le Hauptsturmführer Vogler[1].

— Attendez-moi ici, fit Vogler en désignant une chaise. Je vais parler aux médecins.

Sur ces paroles, l'ancien SS[2] laissa Oppenheimer dans le hall des urgences et emprunta le couloir où le personnel soignant avait conduit Billhardt, allongé sur un brancard.

Le commissaire s'assit. Comme à son habitude, il voulut ôter son chapeau avant de se rappeler qu'il l'avait perdu au moment de son enlèvement. N'ayant rien d'autre à faire pour tuer le temps, il songea à l'intervention *in extremis* de Vogler. Le jeune homme, qui devait avoir à présent vingt-huit ans, avait à peine changé depuis leur dernière rencontre.

Il avait beau être habillé en civil, il se mouvait encore comme s'il portait l'uniforme. Vogler était toujours aussi résolu et imperturbable qu'autrefois, lorsqu'ils poursuivaient ensemble Lutzow, le tueur de femmes.

Une voix féminine arracha Oppenheimer à ses réflexions.

— Excusez-moi.

Il leva la tête. Une infirmière se tenait devant lui, armée d'un porte-bloc et d'un crayon.

— Nous avons besoin de connaître l'identité du patient que vous avez amené.

Il avait à peine décliné l'état civil de Billhardt que Vogler était déjà de retour. L'ex-Hauptsturmführer avait le front plissé, et ses lèvres ne formaient plus qu'un mince trait pâle.

Oppenheimer devina que le pronostic des médecins concernant son ami n'était pas bon.

1. Voir *Germania*, du même auteur.

2. « Hauptsturmführer » était l'équivalent du grade de capitaine dans la hiérarchie peu conventionnelle de la SS.

Du pouce, Vogler repoussa son chapeau de feutre en arrière.

— Vous avez certainement pas mal de questions à me poser.

— En effet, opina Oppenheimer d'un ton agacé.

Il était peut-être injuste envers Vogler, mais il ne pouvait s'empêcher de penser que si Billhardt se trouvait entre la vie et la mort, c'était uniquement à cause de l'ancien SS.

— Comment dois-je vous nommer maintenant ? Dorn ou Vogler ? Qu'est-ce que vous préférez ?

— Dans le doute, appelez-moi tout simplement Oskar, répondit le jeune homme en souriant. (Il entraîna le commissaire dans un coin de la salle.) Disons qu'aujourd'hui, je répondrai à toutes vos interrogations. Dans la mesure du possible, bien sûr. Mais après, nous ne reparlerons plus jamais des motifs de ma présence ici. Alors réfléchissez-bien à ce que vous voulez me demander.

Dans la bouche de Vogler, une simple proposition ressemblait à un ultimatum. Il prit une profonde inspiration avant d'ajouter :

— Pour ce qui est de votre collègue, il est grièvement blessé à la tête. Il a un œdème, et le cerveau est touché. Les médecins font tout leur possible, mais il est sur la corde raide.

— Il peut en mourir ?

En voyant Vogler acquiescer, Oppenheimer sentit sa gorge se nouer. Il dut s'éclaircir la voix afin de pouvoir de nouveau articuler un son.

— Billhardt a donc été enlevé comme moi. Ce sont les mêmes personnes qui ont fait le coup, je suppose ?

L'ancien SS regarda autour de lui.

— Pas ici. Venez.

Dehors, la nuit était tombée, et il commençait à pleuvoir. La voiture de Vogler était garée non loin de l'entrée de l'hôpital.

Dès qu'Oppenheimer s'assit sur le siège passager, la fatigue le submergea comme un raz de marée. Il se sentait dépassé par les événements, et il se faisait un sang d'encre pour son ami blessé. En plus, la brusque apparition de Vogler l'avait pris complètement au dépourvu. Malgré tout, il devait se concentrer sur son enquête. Préférant taire ce que lui avait appris Hilde sur les réseaux d'exfiltration, il décida de jouer les naïfs.

— Billhardt m'a vaguement raconté que vous vouliez mettre la main sur une bande qui aide les anciens nazis à sortir du pays. Mais pour le compte de qui travaillez-vous ?

Vogler fit démarrer la voiture.

— C'est tout simple, annonça-t-il d'un ton désinvolte. Maintenant, je suis du côté des gentils.

Dans la pension Keller, les ficus alignés sur leur estrade avaient toujours l'air aussi malades.

Oppenheimer se frotta les yeux. Il ne savait pas combien de temps avait duré le trajet en voiture. Le grondement monotone du moteur l'avait rapidement plongé dans un sommeil de plomb.

Vogler le fit entrer dans sa chambre. Puis il ressortit et revint quelques instants plus tard avec une bouteille de Johnnie Walker à moitié pleine.

Le commissaire se demanda comment son libérateur pouvait lui offrir une boisson aussi chère.

— Ce scotch vient de la réserve de la propriétaire ?

— Bien sûr que non. J'ai mes cachettes dans l'immeuble. Frau Keller ne se doute de rien.

Il servit le liquide mordoré dans son verre à dents et posa celui-ci sur la petite table devant Oppenheimer. Après cela, il leva la bouteille pour porter un toast.

— À Billhardt. Qu'il se remette vite de ses blessures.

Sans hésiter, Oppenheimer prit le verre et trinqua au rétablissement de son collègue.

— Mais parlons franchement à présent. Vous avez prétendu tout à l'heure que vous étiez du côté des gentils. Qu'est-ce que ça signifie au juste ? Vous travaillez pour les Américains maintenant ?

Vogler tira une chaise et s'assit en face du commissaire.

— Si on veut. Ça va peut-être vous étonner, mais nous avons repris nos opérations de renseignement.

Il semblait faire allusion aux services secrets allemands.

— L'Allemagne n'a même pas encore de gouvernement souverain, et nos espions se sont remis au travail ? s'enquit Oppenheimer avec stupéfaction.

Vogler avala une gorgée de whisky et grimaça. La lumière du plafonnier se reflétait sur ses cheveux blond cendré, qu'il portait très courts.

— L'Org, c'est ainsi que nous nommons notre organisation, est encore un peu improvisée, mais les Américains ont compris qu'ils ne pouvaient pas se passer d'agents autochtones. (Il s'interrompit un moment, comme s'il se demandait ce qu'il pouvait révéler à son interlocuteur.) L'Org a été créée l'an passé par le général major Gehlen. Il était dans la Wehrmacht. Durant les dernières années de la guerre, il dirigeait le service de renseignement de l'état-major, chargé de la reconnaissance des armées étrangères de l'Est, alors qu'il n'avait aucune formation dans ce domaine. Mais Gehlen possède un extraordinaire talent d'organisateur. Il a perfectionné l'observation de l'ennemi en remodelant complètement ce service. Pour cela, il a recruté des spécialistes issus de divers domaines, fait interroger systématiquement tous les prisonniers de guerre soviétiques et mis sur pied un vaste réseau d'agents dans les territoires de l'Est. Son organisation a pu ainsi fournir des indications extrêmement détaillées sur l'Armée rouge. Mouvements de troupes, réserves, commandement politique – les hommes de Gehlen faisaient preuve d'une minutie incroyable. Pourtant, si collecter des informations est une chose, encore faut-il savoir les classer et les interpréter correctement. Sur ce terrain-là, Gehlen s'est avéré également fort habile. Trop habile, peut-être. Hitler a fini par le traiter de défaitiste qui gonflait délibérément les effectifs russes. Mais à ce moment-là, le Führer n'acceptait plus aucun conseil et ne suivait plus que ses propres inspirations. Il a donc limogé Gehlen quelques mois avant la fin de la guerre.

Oppenheimer tendit l'oreille. Par cette déclaration, Vogler semblait prendre ses distances avec son ancien chef bien-aimé.

L'ex-Hauptsturmführer but une autre gorgée de scotch avant de poursuivre :

— En tout cas, Gehlen s'est montré plus malin que la plupart des généraux. Il a compris très tôt que la défaite de Hitler n'était pas une fin en soi, et qu'il fallait préparer l'après-guerre. Si quelqu'un avait découvert ce qu'il faisait, il aurait été fusillé sur-le-champ. Mais il a pris le risque. Avant d'être renvoyé, il a enregistré sur microfilm tous les documents les plus sensibles. Et quand les Américains sont arrivés en Bavière, il s'est livré à eux et leur a révélé où il avait caché ses informations. Comme d'autres spécialistes, on l'a mis dans un avion et envoyé aux États-Unis. Là-bas, il a subi un interrogatoire en règle. Je ne sais pas exactement ce qui s'est passé, mais Gehlen est parvenu à passer un accord avec ses geôliers. À l'évidence, les Américains ont reconnu qu'ils avaient besoin de son expertise. Tous les renseignements qu'il avait amassés étaient une vraie mine d'or.

Oppenheimer hocha la tête. Les dissensions entre les Alliés ne paraissaient pas encore irrémédiables, mais si les États-Unis et la Russie finissaient par s'affronter – ce que le commissaire redoutait –, les puissances occidentales disposeraient déjà d'un réseau d'agents à l'Est, et les contacts de Gehlen vaudraient tout l'or du monde.

Les explications de Vogler étaient passionnantes, toutefois Oppenheimer avait une autre question en tête.

— Et comment êtes-vous entré dans l'équipe de Gehlen ?

L'ancien SS fit un geste vague.

— Disons que des amis d'amis m'ont parlé de l'Org. Le moment était propice pour moi, car je rentrais de captivité.

— Vous avez été fait prisonnier ?

Inconsciemment, Vogler se raidit.

— En décembre 1944, ma division blindée a participé à l'opération *Wacht am Rhein*. Notre tâche était de traverser les Ardennes pour aller reprendre Anvers. Mais l'offensive a échoué. Il y avait cette maudite neige, et les réserves de l'ennemi semblaient inépuisables. Les Alliés envoyaient sans cesse au front de nouveaux soldats et du matériel de guerre. De notre côté, nous n'avions pas assez de renforts pour combler nos pertes. (Le visage de l'ex-Hauptsturmführer se rembrunit.) Il y a un moment où l'on ne peut plus nier les faits. Et ce moment a été pour moi la bataille des Ardennes. C'est là que j'ai su que tout était perdu. Les Américains possédaient d'immenses moyens financiers. Ils fournissaient même des équipements militaires aux Russes pour vaincre l'Allemagne.

Ces paroles irritèrent le commissaire. L'argent était certes essentiel lors de n'importe quel conflit, mais Vogler se posait un peu trop en victime. On aurait cru entendre une nouvelle version de la fameuse légende du coup de poignard dans le dos, inventée après la Grande Guerre. L'officier tentait d'expliquer la défaite sans se départir de son arrogance.

— La fin était donc prévisible, récapitula Vogler. Combattre tout en sachant que nous ne pourrions pas conserver notre mode de vie ancestral me parut vide de sens. C'est alors que j'ai compris une chose. Ce n'est pas notre race qui décide de notre destin, mais nous-mêmes. Les grandes prouesses ne peuvent être accomplies que par de grands hommes. Pour garder le peu d'honneur qui me restait, je me devais d'avoir une mort héroïque. Et quitte à mourir, je voulais entraîner avec moi le plus d'ennemis possible.

Vogler marqua une courte pause, fixant la table devant lui. Oppenheimer retint son souffle.

— Je n'ai pas eu l'opportunité de mourir comme je le désirais. J'ai été capturé pendant une brève escarmouche avec une division aéroportée de l'armée américaine. Quelques jours avant Noël. On peut dire que j'ai eu de la chance dans mon malheur. J'ai été emprisonné dans un *POW Camp*[1].

Le commissaire fut surpris de l'entendre employer un terme anglais avec autant d'aisance.

1. Un camp de prisonniers de guerre (« Prisoner-of-war Camp »).

— Ma captivité a été très confortable. Dans le camp, il y avait des cours de rééducation. Nous, les prisonniers allemands, sommes retournés sur les bancs de l'école afin de devenir de bons partisans de la démocratie. Je n'ai pas vu le temps passer. Après ma libération, j'ai entendu dire que Gehlen recrutait d'anciens camarades au sein de son Org. Comme j'avais encore certains contacts, je me suis porté candidat. (Avec un sourire ironique, Vogler ajouta :) Et si j'ai été sélectionné, c'est un peu grâce à vous.

Oppenheimer fronça les sourcils.

— Comment ça ?

— L'affaire Lutzow, avoua l'ex-officier SS en lui décochant un clin d'œil. J'ai pu prouver à Gehlen que j'avais dirigé avec succès cette enquête strictement confidentielle. La semaine suivante, je commençais déjà mon boulot d'agent sur le terrain. (Il se leva et contourna la table d'un air songeur.) Bien sûr, j'ai dû me séparer de certaines choses. C'est ainsi quand on évolue. Officiellement, le Hauptsturmführer Vogler n'existe plus. Seules quelques personnes sont au courant de mon passé. Mes supérieurs hiérarchiques et vous, naturellement.

Il se figea près d'Oppenheimer. Baissant la tête pour le considérer attentivement, il plissa les yeux.

— Reste à savoir ce que je vais faire de vous.

La menace était à peine voilée. À cet instant, le commissaire se souvint de l'étrange relation qu'ils avaient nouée durant leurs investigations au printemps 1944. Une fois l'affaire résolue, Vogler avait reçu l'ordre formel de le tuer, lui, le Juif gênant. Pourtant, contre toute attente, le SS l'avait laissé en vie. Qu'en était-il à présent ? Rien ne les empêchait de reprendre leur coopération.

Soudain, le silence fut interrompu par un grondement sourd. Son estomac criait famine.

— Vous pourriez m'inviter à dîner, proposa-t-il. Ou préférez-vous me laisser mourir de faim pour m'empêcher de parler, Herr Dorn ?

25

Dimanche 23 – lundi 24 novembre 1947

Vogler semblait très bien connaître les environs de Kottbusser Tor, ce qui laissait penser qu'il séjournait ici depuis quelque temps déjà. Pour chercher un restaurant, Oppenheimer aurait instinctivement emprunté les artères principales, mais son sauveur le guida vers une ruelle tortueuse. Après deux tournants, ils débouchèrent dans une arrière-cour obscure.

L'ancien SS s'approcha de la porte d'un immeuble et, sans hésiter, actionna la poignée.

— Je croyais que nous allions manger, grommela Oppenheimer, qui avait l'impression que son estomac vide traînait par terre.

— Patience, répondit Vogler en manœuvrant un interrupteur.

Une lampe s'alluma au troisième étage, éclairant faiblement la cage d'escalier. Il commença à gravir un colimaçon de pierre, et Oppenheimer le suivit.

Tandis que les deux hommes gravissaient les marches, des sons inattendus parvinrent aux oreilles du commissaire.

On faisait la noce quelque part dans l'immeuble.

Vogler s'arrêta devant la porte d'un appartement. Sans frapper, il ouvrit le panneau de bois. Un nuage de fumée bleue et un brouhaha de voix déferlèrent sur le palier. À l'intérieur, des verres tintaient. Un groupe jouait du swing.

— Vous êtes sûr qu'il y a quelque chose à se mettre sous la dent ici ? lança Oppenheimer à son guide.

Il craignait de devoir se contenter d'un autre verre d'alcool fort pour calmer sa faim.

Vogler acquiesça avant de plonger dans la joyeuse assemblée qui peuplait le logement. Oppenheimer s'efforça tant bien que mal de le suivre. Ils slalomèrent entre des tables et des chaises disparates, occupées par un public tout aussi hétéroclite.

Il s'agissait d'un night-club privé, l'un de ces établissements improvisés dont on n'apprenait l'existence qu'en sous-main. Ceux-ci constituaient une rude concurrence pour Ed le Mastard. Les propriétaires de cabarets illégaux, qui n'avaient aucune charge à payer, faisaient des profits bien plus importants que le vieil ami du commissaire avec son Rio Bar.

L'appartement paraissait relativement luxueux. Les hauts plafonds étaient ornés de stucs ; les portes ouvragées, fraîchement repeintes, brillaient à la lumière des lustres. On avait accroché sur les murs des miroirs avec des cadres dorés, et même la cheminée était décorée. Dans cet endroit insolite, la clientèle était exclusivement masculine. Les hommes présents, un verre à la main, contemplaient une jeune femme maigrelette qui s'effeuillait au son de la musique. La danse qu'elle exécutait ressemblait plutôt à des exercices de gymnastique.

Oppenheimer perdit son compagnon de vue. Lorsqu'il l'aperçut de nouveau, l'ex-Hauptsturmführer l'attendait de l'autre côté du vaste séjour.

Il rejoignit Vogler, qui écarta un rideau derrière lequel s'ouvrait un corridor étrangement nu. Manifestement, les clients ordinaires n'avaient pas accès à cet endroit.

Ils entrèrent dans une chambre d'enfant reconvertie en salon privé. Vogler lança son chapeau et son pardessus sur un petit lit placé tout au fond de la pièce, puis s'installa à une table pourvue de quatre chaises.

— Je connais le propriétaire, expliqua-t-il. Nous coopérons. L'homme a besoin de fonds ; en contrepartie, il me donne des informations et un repas chaud de temps en temps. Nous profitons tous les deux de cet arrangement. En plus, on peut s'entretenir tranquillement ici. Aucun risque qu'on nous écoute.

— C'est le Pentagone qui régale ?

Vogler sourit d'un air pincé.

— J'aimerais bien, mais les Américains ne veulent pas investir beaucoup dans l'Org. Ils ne nous envoient que des sommes minimes. Pour financer nos opérations, ils nous payent en nature. On reçoit des cigarettes ou des conserves, des produits qui se laissent facilement transformer en monnaie au marché noir. La pénicilline, par exemple, se vend à un bon prix dans le secteur russe. Avec ça, nos équipes sur le terrain parviennent à se faire pas mal d'argent, mais nous ne roulons pas sur l'or. Et, bien entendu, ce marchandage n'est pas tout à fait légal. Si j'ai besoin de plus de moyens lors d'une mission, je dois me débrouiller et faire preuve d'imagination. Investir dans un club comme celui-ci est une affaire plutôt rentable. En revanche, mes patrons ne sont pas au courant. Je crois qu'ils préfèrent ne pas connaître certains détails. Seuls les résultats comptent.

Oppenheimer opina distraitement. Les explications de Vogler étaient intéressantes, mais il ne pouvait plus ignorer les plaintes de son estomac.

— Peut-on vraiment avoir à manger ici ?

L'agent de l'Org se leva et quitta la chambre. Il revint peu après avec deux gobelets en émail.

— La nourriture arrive, annonça-t-il en posant l'un des récipients fumants devant Oppenheimer.

Celui-ci huma brièvement la vapeur qui montait de la boisson chaude. À son grand contentement, il s'agissait d'une tisane au fenouil.

— Qu'en est-il de Billhardt ? demanda le commissaire. Qu'est-ce qui vous a amené à travailler avec lui ?

Après s'être rassis, Vogler se cala contre le dossier de sa chaise.

— J'ai fait la connaissance de Billhardt pendant notre enquête sur Lutzow. Il m'a transmis certaines informations précieuses qui nous ont permis d'élucider l'affaire.

Oppenheimer se figea. Il n'en croyait pas ses oreilles. À l'époque, il avait prié Billhardt de fouiller dans les archives de la police pour démasquer le tueur, qui était un récidiviste. Mais son collègue ne lui avait pas mentionné qu'il avait prévenu la SS.

Ainsi, Billhardt l'avait trahi, et c'était sans doute à cause de lui s'il n'avait pas réussi à s'enfuir à l'étranger. Tant de choses auraient pu être évitées s'il avait pu quitter le Reich. Il n'aurait pas été contraint d'entrer dans la clandestinité, il n'aurait pas vécu l'arrivée des Soviétiques à Berlin, et surtout, Lisa n'aurait pas été violée.

Oppenheimer bouillonnait de colère. Pour se calmer, il avala une gorgée de tisane.

Silencieux, Vogler observait attentivement le commissaire. Il semblait deviner le tumulte de sentiments qui faisait rage chez son interlocuteur. Après une longue pause, il poursuivit :

— Je suis à Berlin depuis quelque temps pour surveiller un groupe d'Argentins. Un membre de mon équipe a vu l'un d'eux se faire voler des papiers en plein jour par un vide-gousset.

— Sans doute Ulrich les Mains prestes, remarqua Oppenheimer. Pourquoi filez-vous ces Argentins ?

— Récemment, nous avons découvert une filière d'exfiltration via l'Europe du Nord. Perón, le président argentin, faisait sortir du pays des nazis de haut rang et des criminels de guerre pour les accueillir dans son pays.

Vogler expliqua l'affaire en détail, mais Oppenheimer ne l'écouta que d'une oreille. Hilde lui avait déjà transmis ces informations.

— En tout cas, cette filière a été entièrement neutralisée, conclut l'ancien officier du Reich. Nous savons que les passeurs sont en train de mettre sur pied un autre itinéraire, cette fois-ci par l'Europe du Sud. D'après nos informations, la plaque tournante sera la ville de Berne. Pour les hommes de Perón, faire transiter leurs protégés par la Suisse offre un réel avantage. À la frontière, les Allemands n'ont même pas à fournir un document prouvant qu'ils ont quitté leur pays de manière légale. Jusqu'à leur départ pour l'Argentine, les fuyards n'ont besoin que d'un simple titre de séjour provisoire. Apparemment, une poignée de fonctionnaires helvétiques ferment les yeux sur la combine en échange de gros pots-de-vin. Dans ces conditions, un titre de séjour peut coûter la bagatelle de deux cent mille francs suisses. Dès que les fugitifs entrent en territoire neutre, les Alliés n'ont plus aucun moyen de les arrêter. Et la compagnie aérienne KLM n'a aucun scrupule à embarquer de pareils passagers.

À cet instant, on frappa à la porte. Vogler tressaillit. Puis il parut se souvenir qu'il avait commandé à manger pour le commissaire. Lorsqu'il se leva, les pieds de sa chaise grincèrent sur le parquet.

Il alla entrouvrir le battant, murmura quelques paroles inintelligibles et revint avec une grande assiette garnie de sandwiches.

Oppenheimer écarquilla les yeux à la vue du copieux en-cas. S'emparant avec avidité de l'un de ces mets appétissants, il avala une solide bouchée. L'explosion gustative fut indescriptible. Il s'agissait de corned-beef. Le pain était délicieusement moelleux, comme seuls les Américains savaient le faire.

Après avoir dévoré le premier sandwich, le commissaire s'attaqua immédiatement au suivant. La colère qu'avait soulevée en lui la nouvelle de la trahison de Billhardt se dissipa comme par enchantement.

— Vous voyez, être payé en nature par les Américains a du bon, commenta Vogler avec un sourire.

Oppenheimer fit une pause pour demander :

— KLM, c'est une compagnie néerlandaise, n'est-ce pas ?

— Exact. Elle assure des vols transatlantiques à partir de la Suisse. Mais les Américains ont senti assez rapidement qu'il y avait anguille sous roche. (Vogler se pencha en avant et baissa la voix.) Tout a commencé en mai dernier. Un employé de l'aéroport de Zurich a contacté le consulat américain. Il s'occupait du planning des vols KLM, et il avait remarqué que beaucoup d'Allemands avaient réservé des places dans des avions en partance pour Buenos Aires. Ils avaient tous un titre de séjour suisse et une carte de résident délivrée par les autorités argentines. Mais il y avait un petit problème : aucun d'eux ne possédait un visa de transit. Ces individus n'avaient donc aucun document prouvant qu'ils étaient entrés légalement en Suisse. Quand les Américains ont parcouru les listes de passagers, ils sont tombés sur des noms familiers. Quatre voyageurs étaient des Schlottmann. Et on sait maintenant que cette riche famille a financé la filière d'exfiltration via la Suède, qui n'était sans doute qu'une opération-test. À présent, l'itinéraire par la Suisse semble bien en place. Rien que pendant les deux premières semaines d'octobre, plus de dix Allemands sans visa de transit se sont envolés pour l'Argentine. Le pire, c'est que les hommes de Perón ne prennent pas beaucoup de précautions. Plusieurs tickets ont été directement payés par l'ambassade d'Argentine à Rome.

— L'Italie est donc aussi impliquée dans cette histoire ? s'étonna Oppenheimer.

— C'est là que les choses se compliquent. Certains indices laissent supposer que les fuyards n'empruntent pas seulement l'avion pour gagner l'Argentine. Plusieurs d'entre eux ont été aperçus en Suisse, puis quelques jours plus tard à Gênes. On peut donc supposer qu'il existe un autre trajet via l'Italie, sans doute par bateau. Mais les autorités italiennes ne semblent pas prendre part à ce manège. Pour trouver ceux qui tirent les ficelles, il faut chercher du côté du Vatican.

Mastiquant d'un air songeur son sandwich, Oppenheimer murmura :

— C'est difficile à croire, mais pas impossible. Les communistes prônent ouvertement l'athéisme. D'après Marx, la religion est l'opium du peuple, un bonheur illusoire qui nous empêche d'atteindre le bonheur réel. Ce qui fait du communisme un puissant adversaire de l'Église. Et jusqu'à présent, malgré les nombreux désaccords, les Alliés n'ont pas pris parti officiellement contre Staline. Dans ce contexte, aux yeux du Vatican, ce sont les anciens ennemis nationaux-socialistes qui semblent le plus à même de tenir tête à l'ogre soviétique.

Vogler hocha la tête.

— C'est une stratégie à long terme. Au sein de l'Église catholique, certains prélats très influents prédisent que toute l'Europe tombera bientôt sous la coupe de Staline. À l'Est, l'extension soviétique a été rapide et une ribambelle d'États fantoches ont vu le jour. On pense maintenant au Vatican que la bataille décisive aura lieu en Allemagne, car les zones d'occupation occidentales sont le dernier bastion. Si notre pays cède sous les assauts du communisme, c'est toute l'Europe de l'Ouest qui sera menacée. Les pontifes considèrent cette opération d'exfiltration comme une sorte d'arche de Noé.

Oppenheimer reposa son sandwich entamé sur l'assiette. Pensif, il avala une gorgée de tisane.

— Mais vous, les services secrets, connaissez les faits. Pourquoi n'agit-on pas ? La situation est complètement absurde. D'un côté, les Alliés s'évertuent à contrôler tous les Allemands pour démasquer et juger les criminels de guerre, mais de l'autre, ils laissent certains nazis passer entre les mailles de la justice ?

Après avoir prononcé ces mots, le commissaire songea que c'était également le cas de Vogler, qui avait appartenu à la SS avant de changer de camp. Mais il était trop tard pour reformuler sa question. Soudain mal à l'aise, il but une autre gorgée de tisane et reprit son sandwich.

L'ex-Hauptsturmführer fit mine de ne pas se sentir concerné. Levant les mains d'un air désolé, il répondit :

— Même la diplomatie américaine a ses limites. Les Suisses se retranchent derrière leur neutralité. Quant à KLM, ils n'ont aucun intérêt à suspendre leurs vols, ils gagnent beaucoup d'argent avec la vente des billets. C'est une affaire tellement lucrative que la compagnie fait de la publicité en Amérique du Sud pour convaincre les fugitifs arrivés à bon port de faire venir leurs anciens camarades et leurs proches. Si on veut empêcher les criminels de guerre de s'enfuir, il faut mettre la main sur les listes de passagers de KLM. Naturellement, l'entreprise n'a pas l'intention de coopérer, et le gouvernement néerlandais refuse fermement d'intervenir. En ce qui concerne l'itinéraire via l'Italie, il est évident que le Vatican n'acceptera jamais de nous aider.

Hans commençait à s'inquiéter sérieusement. Les heures s'écoulaient, et il n'avait pas fait le moindre progrès. Que ferait-il quand Nixfeld réapparaîtrait ? À sa grande frustration, il n'avait pas réussi à retrouver Oppenheimer.

Tout le dimanche, il avait essayé en vain de joindre ce dernier par téléphone. Gagné par la nervosité, il avait fini par retourner au poste de la Keibelstraße, mais il n'y avait personne dans le bureau du commissaire. Par chance, il avait croisé dans les couloirs un collègue qui lui avait donné le numéro personnel d'Oppenheimer. Hans s'était jeté sur le premier appareil venu. Il était tombé au bout du fil sur une femme qui n'était au courant de rien. Personne ne savait où se trouvait l'enquêteur.

De retour dans sa planque, il devait maintenant attendre l'aube pour retenter sa chance au téléphone. Malheureusement, lundi était le jour où Nixfeld était censé venir chercher son amante. Petit Hans ne se faisait aucune illusion. Avec sa poisse habituelle, le fugitif passerait sûrement au moment où il s'absenterait. Ou pire : le couple était peut-être déjà parti sans qu'il ne s'en aperçoive.

Une image germa dans son cerveau fébrile. Assis main dans la main à bord d'un train, Nixfeld et Frau Hinze regardaient Berlin disparaître par la fenêtre de leur compartiment.

Hans se redressa. Pas question de laisser les suspects s'enfuir. Il décida d'aller s'assurer sur-le-champ que Hinze était encore dans son appartement.

Résolu, il resserra son ceinturon sur son manteau, prit une longue inspiration et sortit de sa garçonnière.

Dehors, la lune était voilée de nuages. Le policier traversa d'un pas énergique la Köpenicker Landstraße sans se soucier des flaques d'eau qui constellaient la route. Il était minuit passé, et les véhicules se faisaient rares sur l'avenue. Beaucoup de fenêtres étaient encore éclairées. Installés chez eux, les habitants écoutaient tranquillement la radio. Une vie paisible, un peu de normalité malgré les soucis du quotidien. Une courte pause avant d'aller se coucher et d'entamer le lendemain une nouvelle journée.

Hans, lui, ne pouvait pas prendre de pause. Il accéléra l'allure et passa entre les arcades qui marquaient l'entrée du passage permettant d'accéder à l'arrière-cour de l'immeuble de Frau Hinze. C'était là où se trouvaient les potagers. À cette heure, les résidents ne patrouillaient plus pour surveiller leurs légumes. Il ne risquait donc pas de se faire remarquer.

La cour, uniquement éclairée par les faibles lumières des appartements, était plongée dans une épaisse pénombre. Tandis que Hans longeait le mur du bâtiment, les graviers humides de l'allée crissaient sous ses semelles. Soudain, il trébucha sur la bordure d'un potager et évita de justesse une vilaine chute. Réprimant un juron, il se força à rester calme.

Il faisait trop sombre pour se repérer correctement. Le Schupo décida de retourner près du passage et refit le même chemin en comptant cette fois ses pas. Il s'arrêta près de l'endroit où, d'après ses souvenirs, devait se trouver la cage d'escalier. Le logement de Frau Hinze était situé à droite de la porte. Levant les yeux, Hans aperçut avec soulagement le carreau cassé de la fenêtre du salon, que la veuve avait provisoirement bouché avec un morceau de carton.

Il vit une silhouette bouger à l'intérieur de l'appartement. La suspecte ne s'était donc pas enfuie. Rassuré, il fit demi-tour pour regagner l'avenue. Dans la cour silencieuse, ses pas lui parurent désagréablement sonores. Il entendait au loin le murmure indistinct de la ville et le bruissement des arbres.

Tout à coup, il se figea net. Son ouïe l'avait trompé. Il n'était pas seul ici. Des voix assourdies s'échappaient du passage. On aurait dit une dispute.

Hans réfléchit fébrilement. Que devait-il faire ? L'arrière-cour était bordée par un champ de ruines. Il pouvait donc s'éclipser sans se faire repérer en slalomant à travers les décombres.

Mais sa curiosité l'emporta. Tout doucement, il se rapprocha du passage obscur. Les voix irritées de deux hommes retentissaient à l'intérieur.

Avant même qu'il ne puisse comprendre leurs paroles, la dispute cessa. Il perçut alors des halètements et des frottements d'étoffe.

Hans sentit ses cheveux se dresser sur sa tête. Il connaissait ce genre de bruits. Les inconnus se battaient.

Dissimulé derrière l'angle du mur, le policier pencha la tête avec précaution pour observer la scène.

Dans l'obscurité, il distingua deux silhouettes qui échangeaient des coups de poing. L'un des types lança à son adversaire un puissant crochet sous la mâchoire. Celui-ci recula en vacillant, sonné.

— Vas-tu arrêter tes conneries ? gronda le gaillard qui avait pris le dessus.

Le vaincu poussa un gémissement. L'autre le saisit par le col du manteau et le secoua.

— Je te le répète encore une fois : ne t'approche plus de cette femme. Il faut que tu comprennes qu'on ne peut pas l'emmener, c'est trop dangereux. Si ta charmante Ursula disparaît brusquement, les flics s'en apercevront immédiatement. Et nos gars infiltrés à la Kripo ne pourront rien faire pour les retenir. Réfléchis, bon sang ! Tu es déjà recherché, inutile de leur faciliter le boulot !

L'homme qui avait reçu l'uppercut toussa avant d'articuler avec peine :

— Foutaises.

— Si tu veux qu'on t'aide, tu as intérêt à faire un effort. C'est déjà suffisamment stupide de ta part d'avoir planté le mari de ta maîtresse. Nous devons protéger notre organisation, sinon nous risquons tous d'avoir de gros ennuis.

Hans comprit que le type mal en point était Nixfeld. Ce dernier hocha la tête en signe de soumission, et son assaillant le lâcha.

En réalité, c'était une feinte. Faisant un pas en arrière, Nixfeld sortit un pistolet de la poche de son manteau, l'arma et le braqua sur son agresseur.

Après un moment de surprise, l'inconnu bondit en avant pour agripper le bras tendu vers lui.

Peu enclin à recevoir une balle perdue, Hans préféra reculer. Mieux valait attendre patiemment la fin de la lutte.

Un coup de feu déchira la nuit. Puis le silence retomba.

— Merde, murmura l'homme au crochet foudroyant.

L'odeur de la poudre monta aux narines de Petit Hans. Lorsqu'il risqua un coup d'œil dans le passage, il découvrit Nixfeld étendu sur le sol.

— Bordel de merde, répéta l'inconnu.

Celui-ci s'accroupit pour fouiller le corps inerte. Quelques secondes plus tard, il se redressa et s'éloigna d'un pas rapide.

Hans n'en croyait pas ses yeux. Tout était fini. Le plan ingénieux d'Oppenheimer tombait à l'eau. Nixfeld était mort.

26

Lundi 24 novembre 1947

Oppenheimer avait englouti presque tous les sandwiches. Sa faim apaisée, il souleva le dernier pour l'examiner attentivement.

— Alors votre mission consiste à empêcher tous ces criminels de guerre de s'enfuir ?

Vogler se leva et marcha jusqu'à la fenêtre de la chambre. Contemplant le paysage urbain noyé dans l'obscurité, l'ancien SS répondit :

— Officiellement, je dois me contenter de surveiller ce qui se passe. Mes supérieurs décideront ensuite de la meilleure manière d'agir. Pour l'Org, il est essentiel de récolter les informations les plus précises possible. Cela pourrait assurer notre survie. Au départ, ce qui intéressait les Américains, c'étaient les renseignements que nous pouvions leur donner sur les Russes. Mais, à présent, ils envoient leurs propres équipes sur le terrain. Nous avons donc de la concurrence.

Oppenheimer avala une bouchée de son dernier sandwich. La bouche pleine, il demanda :

— Qu'en est-il réellement de la mésentente entre les Américains et les Soviétiques ?

Vogler s'appuya sur le rebord de la fenêtre.

— Les Américains ont mis très longtemps à comprendre les véritables intentions de Staline. Comme ils avaient combattu avec les Russes contre l'Allemagne, ils leur faisaient confiance. Hitler avait reconnu bien avant eux les dangers du bolchevisme. Roosevelt quant à lui refusait d'ouvrir les yeux. On a fait croire à la population américaine que Staline était le sympathique « Oncle Joe ». Mais la guerre a bouleversé notre continent. Les nations européennes sont affaiblies. Staline veut profiter de l'aubaine pour devenir le maître de l'Europe. Entre-temps, les généraux de l'armée américaine ont fini par se rendre compte de leur erreur. Après la guerre, ils avaient rapidement renvoyé le gros de leurs troupes au pays. Ils savent désormais que, pour contrer Staline, ils devront garder une présence militaire forte en Europe.

Oppenheimer acquiesça. Lisa lui avait raconté que les Britanniques en étaient arrivés à la même conclusion.

— Il ne faut pas oublier que les Américains n'ont pas beaucoup d'expérience dans le domaine du renseignement, enchaîna Vogler. Durant la majeure partie de leur histoire, ils ont vécu isolés du reste du monde. On considérait l'espionnage comme une activité malhonnête, que l'on refusait de pratiquer. La guerre les a quand même poussés à fonder l'OSS[1] pour collecter des informations militaires et mener certaines opérations clandestines. Malgré tout, ils ne se sont jamais méfiés des Soviétiques, parce que ceux-ci étaient officiellement leurs alliés. En revanche, les hommes de Staline ne se sont pas privés de les espionner. Et comme les Américains n'avaient pas de censure militaire, les Russes ont pu recueillir de nombreuses données sensibles.

— Mais Truman est beaucoup plus prudent que son prédécesseur en ce qui concerne l'Union soviétique. Les choses ont certainement changé.

— Pas immédiatement, ce qui a été une chance pour l'Org. Après la guerre, Truman a dissous l'OSS. Ses services et ses agents ont été répartis entre divers organes fédéraux. Voilà pourquoi l'armée américaine a chargé l'Org de mettre sur pied un réseau consacré au renseignement militaire et au

1. L'Office of Strategic Services (« Bureau des services stratégiques ») : agence de renseignement créée en 1942 après l'entrée en guerre des États-Unis.

contre-espionnage. Ce qui n'empêche pas Gehlen de mener en parallèle quelques opérations indépendantes. (Vogler sourit.) Parfois, il nous arrive même de marcher sur les brisées des Américains. Bien que, officiellement, nous recevions nos ordres du Pentagone. Nous sommes supervisés par des généraux qui ne connaissent rien aux services secrets. Récemment, il y a eu du changement au sommet de la hiérarchie. Les rapports de Gehlen avec l'état-major se sont dégradés, et les frictions sont monnaie courante. À présent, les Américains menacent même de démanteler l'Org.

— Ce n'est pas étonnant, commenta Oppenheimer. Pourquoi financeraient-ils une agence de renseignement allemande alors que personne ne sait ce que va devenir notre pays ?

L'ex-Hauptsturmführer vint se rasseoir. L'air pensif, il reprit :

— Il y a tout de même une lueur d'espoir. Avant la dissolution de l'OSS, Truman avait jeté les bases d'un organisme successeur, le Central Intelligence Group. Officiellement, le CIG devait se contenter de collecter des informations, sans pratiquer activement l'espionnage. Mais ce noble objectif est irréalisable. Les Américains ont enfin compris qu'ils devaient se salir les mains pour stopper Staline. En septembre dernier, le CIG a été rebaptisé CIA – Central Intelligence Agency. D'après ce que j'ai entendu, cette agence sera à l'avenir l'administration responsable du renseignement américain et qui coordonnera toutes les opérations à l'étranger. Après ce remaniement, l'Org veut bien sûr faire bonne figure. Si nous sommes repris par la CIA, nous pourrions au moins travailler avec des spécialistes qui comprennent et estiment notre travail.

Oppenheimer s'arrêta de mastiquer pour examiner son vis-à-vis. Apparemment, Vogler n'opérait pas seul à Berlin, mais l'ancien SS ne semblait pas disposé à donner plus de détails sur son équipe.

— Pour impressionner les Américains, il nous faudrait découvrir qui coordonne à Berlin les actions des Argentins.

Le commissaire arqua un sourcil.

— Je pensais que vous surveilliez toute la bande.

— Pas tout à fait. Nous ignorons qui est leur chef. (Vogler avala une gorgée de tisane.) Dès 1945, des officiers argentins ont été envoyés en Allemagne pour observer les événements et préparer cette grande opération d'évacuation. Il s'agit pour la plupart d'individus avec des origines allemandes. L'un de ces émissaires s'est installé à Berlin. D'après mes informateurs, il se fait appeler Dostal.

— Comme le compositeur d'opérettes, Nico Dostal ? demanda Oppenheimer, amusé.

— Oui. Il s'agit bien sûr d'un faux nom. Au début, sa mission était de sélectionner les candidats potentiels pour une exfiltration. Puis il est resté afin de mettre en place la filière dans l'ancienne capitale. Cet homme invente constamment de nouvelles ruses pour faire transiter ses protégés par la zone soviétique. En Argentine, il a ses entrées dans les hautes sphères du pouvoir. Il est en rapport direct avec Perón et entretient d'excellentes relations avec les grandes familles allemandes qui financent cet exode des cerveaux nazis. On peut dire que Dostal est l'un des principaux organisateurs du réseau, du moins en ce qui concerne Berlin et la zone d'occupation russe. Et, jusqu'à présent, il est parvenu à rester incognito. Nous n'avons aucune description de lui, et nous ne connaissons pas sa véritable identité. Il est aussi insaisissable qu'un fantôme.

— Il faudrait lui tendre un piège pour l'amener à se trahir.

Vogler plissa les yeux.

— Nous avons essayé à plusieurs reprises. Sans succès. Dostal est très malin, ce qui n'est heureusement pas le cas de tous ses complices. Nous espérons que l'un d'eux finira par commettre une erreur et nous mettra sur sa piste. Avec un peu de chance, cette histoire de vol à la tire est peut-être l'occasion que nous guettons depuis longtemps.

Les paroles de l'officier confirmaient les déductions d'Oppenheimer. Sans le vouloir, Ulrich avait mis la main sur de précieux documents permettant à d'anciens nazis de prendre la poudre d'escampette vers l'Argentine. Le voleur avait rapidement compris que ces papiers valaient beaucoup d'argent, mais sa tentative d'extorsion s'était soldée par la mort.

— Depuis la disparition des passeports de la Croix-Rouge et des permis de séjour, les Argentins en voient de toutes les couleurs, expliqua Vogler. Il faut dire qu'ils se sont montrés plutôt maladroits. Ils se sont fait dévaliser, puis Ulrich est tombé de la tour de radio, mais ils n'ont pas réussi à récupérer les documents. Il leur a fallu un deuxième essai pour les retrouver. Grâce à leurs complices au sein de la police qui, eux, sont moins empotés.

Oppenheimer se redressa vivement.

— Les mêmes types qui nous espionnaient Billhardt et moi, et qui nous ont mis des bâtons dans les roues.

Vogler opina.

— Dès que j'ai entendu que Billhardt s'était vu confier l'enquête sur la mort d'Ulrich, j'ai décidé de le contacter. Votre collègue se laisse très vite intimider par l'autorité. Je savais qu'il me révélerait tous les détails de ses investigations. Il a même insisté pour participer à mon opération. J'ai failli refuser avant de me raviser. Billhardt pouvait m'être utile, puisque les documents se trouvaient alors dans la salle des scellés. Mais on m'a devancé.

— Les flics pourris, devina Oppenheimer. Ils les ont pris. Avec la même intention qu'Ulrich. Ils voulaient les revendre aux sbires de Perón.

— Non, vous vous trompez. Il n'a jamais été question d'argent. Ces traîtres dans les rangs de la police visent autre chose : ils veulent eux-mêmes fuir en Amérique du Sud.

Le commissaire regarda son interlocuteur avec stupéfaction. L'affaire n'était pas aussi simple qu'au premier abord. La révélation de Vogler faisait apparaître la trahison de ses collègues sous un autre angle.

— Il s'agit donc de criminels de guerre, ou du moins d'individus ayant commis des choses peu avouables, en conclut Oppenheimer. Ils sont sûrement entrés dans la Kripo sous de faux noms. Un vrai jeu d'enfant, car il est impossible de vérifier l'identité des postulants à la suite de la destruction de bon nombre de registres d'état civil. Mais malgré toutes leurs précautions, ils craignent que quelqu'un ne découvre le pot aux roses. Ils travaillent dans la police pour tuer le temps, en attendant de pouvoir fuir dans un pays où ils pourront vivre sans être inquiétés.

— Vos brebis galeuses connaissaient exactement la valeur des documents volés par Ulrich, confirma Vogler. C'était un cadeau du ciel. Les traîtres ont donc pris contact avec l'organisation de Perón. (L'ex-Hauptsturmführer s'appuya avec contentement contre le dossier de sa chaise.) Nous avons réussi à intercepter plusieurs conversations entre les Argentins. Parallèlement, Billhardt me racontait en détail ce qui se passait dans les locaux de la Kripo. Avec ça, nous avons pu reconstituer les faits avec précision. Les policiers pourris ont rencontré les Argentins pour leur proposer de subtiliser les précieux papiers dans la salle des scellés. Ils ont même été reçus par Dostal en personne. Celui-ci a tout de suite flairé l'aubaine, pressentant que ces gars-là pourraient être utiles en d'autres occasions. Un pacte a été conclu, mais une difficulté inattendue est survenue. La bande d'Argentins que nous observons a toujours fait sortir ses clients du pays par le nord. Les fuyards quittaient ensuite l'Europe via le Danemark ou la Suède. Comme cette route a été découverte, Dostal doit maintenant mettre sur pied un nouvel itinéraire vers la Suisse. Graisser la patte aux fonctionnaires concernés, organiser un transport discret – tout ça prend du temps. (Vogler avala une autre gorgée de tisane, puis contempla sa tasse d'un air songeur.) Il a été convenu que les policiers seraient exfiltrés dès que le nouveau parcours serait fonctionnel, mais après le départ des nazis qui attendaient déjà leur tour. Les traîtres se trouvent donc au bout de la file d'attente. Dans l'intervalle, Dostal leur a confié une mission. Faire disparaître à la Kripo tous les indices pouvant incriminer les Argentins. Notamment ceux qui les relient au meurtre d'Ulrich. Ils ont alors fait pression sur Billhardt pour que celui-ci classe l'affaire au plus vite.

Oppenheimer fronça les sourcils.

— Mais Billhardt a été enlevé avant de pouvoir le faire. Ce sont probablement ses assistants qui s'en sont chargés, ou un autre commissaire.

— Ce n'est pas ce que vous croyez, avoua Vogler. Votre ami était surmené, ce qui pouvait se comprendre. Il avait reçu des menaces de mort, et il s'attendait au pire. Il n'était plus capable de se concentrer sur notre mission. Je me suis donc arrangé pour le faire disparaître de la circulation. Sans les documents de la salle des scellés, le meurtre d'Ulrich ne pouvait plus être élucidé. Comme je ne voulais pas me passer des talents de limier de Billhardt, je l'ai chargé de remonter discrètement la piste de Dostal. Afin de le rassurer, j'ai veillé à ce que sa femme soit mise à l'abri. Ses collègues félons auraient pu s'en prendre à elle.

À ces mots, Oppenheimer éprouva un vif soulagement.

— Dorothée est saine et sauve ?

Surpris d'être interrompu, Vogler releva la tête.

— Oui, répondit-il avec un geste nonchalant. Nous avons organisé pour Frau Billhardt un agréable séjour à la campagne. Elle est beaucoup plus heureuse là-bas qu'à Berlin. Mais à présent, son mari est gravement blessé. Ça n'aurait jamais dû arriver. Billhardt s'est sans doute montré un peu trop zélé. Il était sur les talons de Dostal. À deux doigts de le démasquer. Puis il a brusquement disparu. N'ayant plus aucune nouvelle, je me suis lancé à sa recherche. Presque au même moment, vous avez été vous aussi enlevé par les hommes de Dostal. Fort heureusement, nous avons appris à temps où ils vous emmenaient. Je n'ai pas été surpris en découvrant Billhardt près de vous dans cette casemate. Pour les Argentins, le dynamitage du bunker était l'occasion rêvée de se débarrasser de deux gêneurs. Après la démolition, personne n'aurait pu identifier vos cadavres déchiquetés. Mais avant d'être kidnappé, Billhardt a réussi à déposer ceci dans une boîte aux lettres morte.

L'ancien SS sortit de la poche intérieure de son veston une enveloppe contenant plusieurs photographies.

Après une brève hésitation, il les tendit à Oppenheimer.

— Billhardt a risqué sa vie pour ces clichés. Vous n'imaginez pas combien ils sont précieux aux yeux de l'Org.

Le commissaire les examina avec précaution. Ce qu'il découvrit n'avait rien de renversant. Les images étaient granuleuses, comme s'il s'agissait d'agrandissements. Billhardt avait pris ces photos coup sur coup. La scène se passait en ville. On voyait un passant en manteau gris traverser un carrefour.

Oppenheimer montra du doigt un cliché où l'inconnu avait le visage presque entièrement tourné vers l'objectif. Ses traits étaient cependant trop flous, ce qui rendait toute identification impossible.

— C'est Dostal, je suppose ?

Vogler se pencha en avant.

— Ce sont les premières photos de notre fantôme. L'avez-vous déjà vu ?

Plissant les yeux, Oppenheimer se leva pour étudier l'image sous la lumière crue de l'ampoule qui pendait au plafond.

— Possible, je n'en sais rien, répondit-il avant de se rasseoir. Ce n'est pas assez net pour identifier votre homme avec certitude. Il faudrait observer à la loupe les photos pour savoir où elles ont été faites. Si ça se trouve, Dostal se rend souvent dans cet endroit. Avec des agents en observation, vous pourrez peut-être le coincer tôt ou tard.

Hormis un léger tressaillement aux commissures des lèvres, Vogler ne laissa rien voir de sa déception.

— Mon équipe travaille déjà là-dessus, mais je ne me fais pas beaucoup d'illusions. Sinon, tout ce que nous savons sur Dostal, c'est qu'il a la passion du jeu. D'après nos informateurs, il adore miser de fortes sommes d'argent. Seulement, ça ne nous aide pas beaucoup. (L'ex-Hauptsturmführer se frotta les yeux.) Bon sang, j'ai besoin d'un café !

Il bondit de sa chaise et sortit de la pièce d'un pas rapide.

Oppenheimer, agréablement rassasié, était quant à lui d'excellente humeur. Le commissaire devait donner raison à son sauveur. Il n'y avait rien de tel qu'un bon café pour clore un excellent repas. Et Vogler avait certainement un sac de grains caché quelque part dans l'appartement.

Il se demanda si le café faisait partie des produits que les Américains donnaient aux agents de Gehlen à titre de rétribution. On pouvait sûrement tirer un bon prix de cette denrée rare au marché noir.

Quelques instants plus tard, il sentit le délicieux arôme du café fraîchement préparé avant même que Vogler ne rentre dans la pièce.

Lorsque l'ancien SS déposa une tasse fumante devant lui, Oppenheimer ne put se retenir. Trop impatient, il but une grande rasade et se brûla les lèvres. Comme cela aurait été un sacrilège de recracher le précieux breuvage, il grimaça et se résigna à son sort. Le souffle court, il sentit le liquide bouillant couler dans son gosier.

Vogler observa la scène avec un sourire amusé.

— Il y a encore quelque chose qui m'intrigue, dit le commissaire d'une voix rauque. En quoi mon enquête sur Nixfeld est-elle liée au réseau de Dostal ?

L'agent de l'Org souffla sur sa tasse.

— Vous aviez raison en supposant que Nixfeld était un criminel de guerre. Une dizaine d'individus attendent de pouvoir quitter le pays avec l'aide des Argentins, et il est l'un d'entre eux. Mais le plus intéressant, c'est qu'il connaît Dostal en personne. On raconte qu'ils sont de vieux amis. En mettant la main sur Nixfeld, on pourrait aisément remonter jusqu'à Dostal. Voilà pourquoi les traîtres de la Kripo ont également reçu l'ordre de faire classer l'affaire Hinze, dans laquelle Nixfeld est impliqué. Dostal a pour ainsi dire joué de malchance : le meurtre de Konrad Hinze et celui d'Ulrich ont eu lieu presque en même temps. Deux pièces d'un même puzzle. La priorité de Dostal est donc d'empêcher que la police fasse le rapprochement entre les deux histoires.

Oppenheimer ferma les yeux pour réfléchir.

— C'est en discutant régulièrement avec Billhardt que je me suis aperçu qu'il devait y avoir un lien entre les deux enquêtes. Mais je n'avais pas de preuves tangibles.

Vogler haussa les épaules.

— Je ne pense pas qu'il en existe. Mais Dostal ne veut prendre aucun risque. Il n'aime pas qu'on vienne fouiner dans ses affaires.

Un tintement retentit lorsque Oppenheimer reposa sa tasse vide.

— Et que fait-on maintenant ? s'enquit-il tout en devinant que Vogler allait probablement lui proposer de prendre la place de Billhardt.

L'ex-Hauptsturmführer s'efforçait de paraître désintéressé, mais il ne put s'empêcher de se rapprocher de la table.

— D'après ce que je vois, nous avons des intérêts communs, glissa-t-il d'un ton nonchalant. Je veux savoir qui est Dostal, et qui travaille pour lui. Et vous souhaitez reprendre le cours de votre vie sans voir planer constamment au-dessus de vous la menace d'un nouvel attentat.

— Je veux surtout que ceux qui ont tenté d'assassiner Billhardt soient traduits en justice. (Malgré la colère qui l'envahissait, Oppenheimer tâcha de parler calmement.) Et je ne peux pas tolérer qu'il y ait des traîtres au sein de la Kripo. Si nous travaillons ensemble, vous me laisserez avertir mon supérieur dès que j'aurai découvert leur identité. Ces types n'ont rien à faire dans les rangs de la police. Leur place est en prison. J'espère que ces conditions vous paraissent acceptables, car ce n'est pas négociable.

Vogler pencha légèrement la tête de côté et contempla la table devant lui. Retroussant les lèvres, il réfléchit un moment à la proposition du commissaire. Puis il tira une flasque de l'une des poches de son veston. Il remplit généreusement d'alcool leurs tasses vides avant de lever la sienne.

Oppenheimer n'avait guère envie de boire, même s'il s'agissait sûrement d'un whisky hors de prix. Malgré tout, il joua le jeu.

Les deux hommes trinquèrent.

— *Deal !* lança Vogler.

L'espion but sa tasse d'un trait. Plissant les yeux, Oppenheimer l'imita.

27

Lundi 24 novembre

Quelques heures plus tôt, Oppenheimer était à bout de forces. Mais sa conversation avec Vogler lui avait donné un coup de fouet et il ne pensait plus du tout à se reposer. Avec l'aide de l'ancien officier SS, il brûlait de démasquer ceux qui avaient attenté à la vie de Billhardt. Les informations dont il disposait à présent lui permettaient de forger un plan d'attaque.

Pour commencer, il était impératif d'aller retrouver Hans. Avec un peu de chance, Nixfeld avait commis l'imprudence de rendre visite à sa maîtresse. Mettre la main sur le fugitif était le meilleur moyen d'en apprendre plus sur Dostal.

Il était deux heures et demie du matin. D'ordinaire, Oppenheimer aurait choisi un autre moment pour une visite, mais il se faisait du souci pour Petit Hans. Le policier avait fait la planque tout le week-end, et il était grand temps de le relever.

Lorsqu'ils sortirent de la chambre et regagnèrent le salon transformé en night-club, les musiciens jouaient un ragtime endiablé. Oppenheimer eut l'impression que l'endroit était encore plus bondé qu'à leur arrivée.

Une fois dehors, Vogler allongea le pas. Le commissaire eut du mal à suivre l'allure. Il avait la tête qui bourdonnait de questions, et pourtant il resta silencieux. Le moment ne semblait plus adéquat pour continuer d'interroger l'agent de l'Org.

Il se demandait comment Vogler avait réussi pareille métamorphose. Durant l'affaire Lutzow, l'ex-Hauptsturmführer avait prouvé qu'il pouvait être quelqu'un de très pragmatique quand la situation l'exigeait. Était-il devenu un opportuniste pour s'en sortir ?

Retourner à la voiture leur prit plus de temps que le trajet en lui-même jusqu'à la Köpenicker Landstraße. Vogler roula en trombe dans les rues, et ils atteignirent leur destination en moins de dix minutes. Au bout de la Skalitzer Straße, l'ancien SS prit un virage serré à droite avant de remettre le pied au plancher.

Quelques instants plus tard, Oppenheimer aperçut l'immeuble de Frau Hinze. Il pria son chauffeur de se garer un peu à l'écart afin de ne pas attirer l'attention.

Dès que le véhicule s'immobilisa, il ouvrit la portière et bondit sur le trottoir. Vogler sur les talons, il mit le cap vers le bâtiment qui abritait la garçonnière de Hans.

Dans l'obscurité, il dut redoubler de précautions pour ne pas trébucher dans la cage d'escalier fortement endommagée. Au premier palier, les deux hommes gravirent avec précaution l'échelle branlante qui permettait d'accéder à l'étage supérieur.

Le souffle court, Oppenheimer frappa à la porte du logement. Presque aussitôt, des pas retentirent à l'intérieur et le battant s'ouvrit. Le visage soucieux de Hans apparut dans l'entrebâillement. Lorsque le Schupo reconnut son patron, il poussa un soupir de soulagement.

— Vous voilà enfin ! Je ne savais plus quoi faire, Herr Kommissar !

— Est-il arrivé quelque…

Avant qu'Oppenheimer n'ait pu achever sa phrase, Hans s'exclama fébrilement :

— Ça, on peut le dire ! Nixfeld est venu, et un type l'a refroidi !

Vogler vint se placer à côté d'Oppenheimer. Il détailla le colosse coiffé d'un bonnet à pompon comme si ce dernier venait d'une autre planète. Puis, l'air grave, il demanda :

— Nixfeld est mort ? C'est sûr ?

En apercevant l'inconnu, Hans se raidit.

— Ce gars-là est avec nous ?

Oppenheimer n'avait pas le temps de tout expliquer.

— Oui, ne t'inquiète pas. Soutien extérieur. Mais comment Nixfeld s'est-il fait descendre ?

— C'était plutôt un accident…

Avant que Hans n'entre dans les détails, Oppenheimer se glissa dans l'appartement. Mieux valait ne pas évoquer à voix haute ce genre d'histoire sur le palier. Vogler l'imita et referma la porte derrière lui.

Le grand policier dégingandé courut vers le rebord de la fenêtre où il avait déposé la copie de la lettre de Nixfeld.

— Votre type a laissé un message à sa maîtresse. (Hans agita avec excitation le papier.) Il avait prévu de partir avec elle ce lundi à l'étranger. Mais il a débarqué il y a deux heures. Apparemment, il en avait assez d'attendre. Au moment où il approchait de l'immeuble, quelqu'un a essayé de l'empêcher de voir sa dulcinée. Là-bas, dans le passage menant à l'arrière-cour. J'étais tout près. Nixfeld a sorti un flingue. Ils se sont cognés, un coup est parti, et fin de l'histoire.

Oppenheimer poussa un juron. Une nouvelle fois, son plan tombait à l'eau. Se plaçant devant la fenêtre, il regarda de l'autre côté de l'avenue. Dans l'immeuble d'Ursula Hinze, il n'y avait aucune lumière allumée. De toute évidence, les habitants n'avaient rien remarqué, sinon les environs grouilleraient de policiers.

— Est-ce que le cadavre de Nixfeld est encore là-bas ?

Hans haussa les épaules.

— Sans doute. En tout cas, je n'ai vu personne depuis que je suis revenu. Et les rondes des sentinelles surveillant les potagers n'ont pas encore repris.

Le commissaire prit une profonde inspiration. Pour se calmer, il se mit à faire les cent pas dans la pièce.

Hans jeta un regard à Vogler.

— Qu'est-ce qui lui arrive ? s'enquit-il en montrant Oppenheimer du doigt.

L'ancien SS secoua la tête.

— C'est sa manière de travailler.

Soudain, Oppenheimer se figea. Il venait d'avoir une idée.

— Les hommes de Dostal vont peut-être venir pour faire disparaître le corps. S'ils rappliquent, nous les suivrons.

— À votre place, je ne compterais pas trop là-dessus, rétorqua Vogler d'un ton sceptique. S'ils avaient voulu faire le ménage, ils seraient déjà venus. Pour détourner les soupçons, Dostal ordonnera aux flics pourris de la Kripo de maquiller la vérité et de faire porter le chapeau à Frau Hinze. On dira que cette femme a commis un crime passionnel, ou qu'elle voulait se venger de la mort de son mari. Et personne ne posera de questions.

Oppenheimer réfléchit en silence.

— Il nous reste une autre chance. Frau Hinze en sait peut-être plus qu'elle ne le prétend.

Le commissaire arracha la feuille des mains de Hans et survola le message de Nixfeld.

— En lisant ces quelques lignes, on peut supposer que son amant lui a livré certaines informations sur le voyage qu'ils projetaient de faire ensemble.

Hans fronça les sourcils.

— Mais elle n'a rien lâché en préventive.

— À ce moment-là, elle voulait protéger celui qu'elle aime. Quand elle apprendra que Nixfeld est mort, elle acceptera peut-être de parler.

Dix minutes plus tard, Oppenheimer sonnait à la porte d'Ursula Hinze. Vogler et lui s'étaient assurés auparavant que le corps de Nixfeld gisait encore dans le passage. En jetant un coup d'œil dans l'arrière-cour, le commissaire avait vu que la lumière était allumée dans le salon de la veuve. Comme celle-ci attendait l'arrivée de son bien-aimé, il était peu probable qu'elle ferme l'œil de la nuit.

La réaction fut prompte. Quelques secondes plus tard, la porte s'ouvrit. Lorsque Frau Hinze reconnut celui qui se tenait sur le seuil, elle tressaillit. Presque instantanément, la lueur qui brillait dans ses yeux s'éteignit. La déception pouvait se lire sur son visage. Ce n'était pas son cher amant, mais ce commissaire casse-pieds de la Kripo qui venait lui chercher des noises.

Elle eut le réflexe de se dissimuler derrière la porte, toutefois Oppenheimer avait remarqué qu'elle était entièrement habillée. Prête à partir pour un long voyage qui devait l'emmener sur un autre continent. Vers une nouvelle vie.

— Que me voulez-vous à une heure pareille ? demanda-t-elle en s'efforçant de prendre un ton cassant pour cacher son manque d'assurance.

— Il ne viendra plus.

Ursula Hinze comprit le sous-entendu. La cage d'escalier n'était que faiblement éclairée, pourtant le commissaire la vit pâlir.

À retardement, elle répondit :

— J'ignore de qui vous parlez.

Oppenheimer soupira intérieurement, agacé par les dérobades de la veuve. Il n'avait pas de temps à perdre. Hans et Vogler montaient la garde dans le passage pour éviter que le cadavre du fugitif ne soit découvert par un voisin curieux.

— Je parle de Rolf Nixfeld, déclara-t-il posément. L'homme avec lequel vous aviez rendez-vous aujourd'hui même. Il ne vous emmènera pas à l'étranger. Ses complices s'y sont opposés. À présent, vous devez être courageuse, parce qu'il lui est arrivé quelque chose d'horrible.

Ursula Hinze noua les bras autour de sa poitrine.

— Je ne vous crois pas.

— Vous pouvez le constater par vous-même dans le passage menant à l'arrière-cour. Mais je vous le déconseille.

Sans un mot, la veuve se précipita dans l'escalier. Oppenheimer la suivit.

Dehors, Hans se tenait près de la porte d'entrée de l'immeuble. Vogler s'était posté devant les arcades du passage pour surveiller l'avenue. Frau Hinze jeta un regard interrogateur au commissaire.

— Il est là-bas, confirma ce dernier.

Ignorant la pluie fine qui tombait, Ursula Hinze marcha en direction du passage. Ses pas se firent plus lents à mesure qu'elle approchait du but. Elle dut rassembler tout son courage avant de pénétrer dans le corridor obscur.

À l'intérieur, un corps inerte était étendu sur le sol.

Frau Hinze s'immobilisa brusquement. Le visage impassible, elle contempla un moment la dépouille de son amant. Oppenheimer et ses compagnons attendirent en silence.

— Qui a fait ça ? demanda-t-elle tout à coup d'une voix blanche.

— Les personnes censées le faire sortir du pays, déclara le commissaire.

— Il s'est battu avec un jeune type qui portait une casquette, précisa Hans.

Une image floue revint à la mémoire d'Oppenheimer. C'était sans doute le même individu qui l'avait chloroformé devant la station de métro.

Vogler opina.

— Nous connaissons cet homme. Il travaille lui aussi pour Dostal.

Surprise, Frau Hinze leva les yeux.

— Qui est Dostal ?

— Le cerveau de la bande, annonça Oppenheimer.

Quelques secondes s'écoulèrent, puis elle murmura :

— Rolf n'a jamais mentionné ce nom.

Le commissaire sentit qu'elle était sur le point de tout leur raconter.

— Nous voulons mettre ces gens derrière les verrous, lui expliqua-t-il doucement. Mais pour ça, il nous faut des preuves. Ce serait une grande aide si vous nous disiez ce que vous savez.

Ursula Hinze le considéra longuement avant de prendre une profonde inspiration.

— Je sais où ils cachaient Rolf. Mais je n'avais pas le droit d'aller le voir, on risquait de me suivre.

— Où se trouve cette planque ? À Berlin ?

Elle secoua la tête.

— Non, c'était trop dangereux. Comme Rolf était recherché, on lui a trouvé un abri en dehors de la ville. Quelque part dans le Sud. À Lichtenrade. Il m'a parlé d'une maison. Si je la voyais, je pourrais sûrement la reconnaître.

Oppenheimer n'était pas vraiment enchanté à l'idée d'emmener Frau Hinze en excursion dans la campagne berlinoise. Mais comme elle ignorait – ou refusait de révéler – l'adresse exacte de la planque, ils n'avaient pas le choix.

Ils avaient prévu de partir à l'aube. Vogler et Oppenheimer raccompagnèrent la veuve chez elle. Hans fut chargé de se rendre au poste de police le plus proche pour signaler l'homicide.

Après une vive discussion, Vogler avait finalement accepté qu'Oppenheimer contacte Möller au cours de la journée. Le commissaire s'était montré inflexible. Il voulait à tout prix prévenir le conseiller antifasciste, qui saurait à coup sûr démasquer discrètement les traîtres dissimulés dans les rangs de la Kripo.

Peu de temps après, un grand tumulte éclata au pied de l'immeuble. Des voitures de police, sirènes hurlantes, affluèrent de partout. Oppenheimer n'avait pas besoin de regarder par la fenêtre pour savoir ce qui se passait. Les Schupos bouclaient tout le secteur, tandis que les techniciens de l'Identification judiciaire commençaient à mitrailler la scène de crime.

Une heure plus tard, Hans était de retour. Le visage empourpré, il annonça à Oppenheimer qu'il avait respecté à la lettre toutes les consignes qu'on lui avait données. Comme il était lui-même policier, les collègues du poste l'avaient laissé repartir après une courte déposition.

Dès l'aurore, ils s'élancèrent tous les quatre à bord de la Volkswagen de Vogler en direction de Lichtenrade. Les rues ressemblaient à d'étroites gorges grisâtres aux contours flous. Au vu du ciel chargé de nuages, on pouvait s'attendre à une journée plus que morose. Affaissé sur la banquette arrière, Oppenheimer ne cessait de s'assoupir pour se réveiller ensuite en sursaut. Près de lui, Hans avait baissé son bonnet sur ses yeux et ronflait paisiblement. Frau Hinze, très raide, était installée devant le commissaire sur le siège passager.

Au volant, Vogler profita du trajet pour continuer d'interroger leur témoin.

— Connaissez-vous par hasard les noms des hommes qui devaient aider votre compagnon à quitter le pays ?

— Non, répondit la veuve. Rolf ne m'a jamais donné de noms. Il m'a seulement parlé d'un vieil ami qui était derrière tout ça.

Vogler tourna la tête vers elle. Ce mystérieux ami était à coup sûr Dostal. Malheureusement, la veuve ne connaissait aucun détail.

— Tout ce que je sais, c'est que Rolf logeait chez un prêtre à Lichtenrade.

— Un prêtre ?

— Oui, il travaille avec ces types. Apparemment, il est en contact avec d'autres nazis passés dans la clandestinité. En bon chrétien, il considère qu'il est de son devoir d'aider ceux qu'on persécute. Rolf le connaissait bien. Il avait déjà vécu chez lui avant de trouver un appartement dans la Wilhelmstraße. (Frau Hinze marqua une pause.) Et zut, je peux vous le raconter maintenant. Au moment où ma relation avec Rolf devenait sérieuse, j'ai vendu la mèche, en quelque sorte. Mais personne n'a rien remarqué. Il y avait ce prétendant obstiné, Herr Streck, qui me harcelait. Pour me débarrasser de lui, je lui ai écrit que j'entretenais une liaison avec un prêtre. Ça me paraissait être le meilleur moyen de le dissuader. Je ne pouvais pas dire que mon nouveau compagnon était un ancien soldat passé dans la clandestinité. Et à l'époque, je n'avais pas encore eu l'idée de faire passer Rolf pour mon mari. Nous avons commencé à jouer ce numéro plus tard, quand les voisins se sont montrés curieux.

Oppenheimer se redressa et se frotta les yeux. Il ne voulait pas être à moitié endormi lorsqu'ils arriveraient à Lichtenrade.

— Ça prendra encore un moment, dit Vogler en lui jetant un regard dans le rétroviseur. Nous sommes à Buckow.

Le commissaire acquiesça lentement. Ils avaient encore quatre ou cinq kilomètres à parcourir avant d'atteindre leur destination. Cela lui laissait un peu de temps pour sortir de sa somnolence. Tant bien que mal, il essaya de s'étirer dans l'habitacle étroit.

Quelques minutes plus tard, Vogler s'engagea sur le Lichtenrader Damm, une grande avenue à quatre voies, bordée d'arbres, qui faisait le tour du village éponyme.

Ralentissant l'allure, il se tourna vers Frau Hinze :

— Où va-t-on maintenant ?

La passagère hésita.

— Au pré communal, à côté de l'église. Il y a un grand étang là-bas.

Vogler mit le cap vers le clocher de l'église, une haute construction en pierres brutes jouxtant une nef ravagée par un incendie. À travers plusieurs bosquets, Oppenheimer vit miroiter les eaux tranquilles d'un étang.

— Nous y voilà, annonça l'ancien SS.

— Au carrefour, passez derrière l'église, indiqua Frau Hinze. Puis continuez vers l'est. Rolf a dit que la maison se trouvait sur la droite. Elle est plutôt petite, de médiocre apparence. Dans le jardin de devant, il y a deux grands sapins. Et en face, de l'autre côté de la route, se trouve un champ. C'est tout ce que je sais.

Ils roulèrent quelques centaines de mètres avant d'apercevoir un bâtiment qui correspondait à cette description. En ralentissant, Vogler glissa une main sous son veston et palpa son holster pour s'assurer qu'il n'avait pas oublié son arme.

Afin de ne pas attirer l'attention, l'ex-Hauptsturmführer se gara à l'écart, et tous descendirent du véhicule. La pluie avait cessé, mais une bise cinglante s'était mise à souffler.

— Qu'est-ce qu'on fait ? demanda Hans en étouffant un bâillement. On ne va pas frapper à la porte, je suppose ?

Vogler contemplait la cime des sapins.

— Je pars en reconnaissance, décida-t-il. Si je ne suis pas de retour dans dix minutes, venez me prêter main-forte.

Il dégaina son pistolet et le dissimula dans la poche de son manteau. Puis, l'air de rien, il se dirigea d'un pas tranquille vers la maisonnette.

Hans se tourna vers Oppenheimer et Frau Hinze.

— On attend dix minutes, donc. (Soudain, le colosse parut songer à quelque chose.) Au fait, l'un de vous a-t-il une montre ?

— Non, mais nous estimerons le temps au juger, proposa Oppenheimer.

Tandis que Vogler s'éloignait, le commissaire observa attentivement la bicoque qui avait servi de cachette à Nixfeld. Par une des fenêtres, on voyait de la lumière à l'intérieur. Les occupants étaient donc réveillés.

Autrefois blancs, les murs extérieurs avaient pris une couleur grisâtre. Cela faisait sûrement des lustres qu'ils n'avaient pas été repeints. Accolés à la façade, les immenses sapins surplombaient dangereusement le toit d'ardoises et semblaient étouffer la petite maison. Un peu en retrait, une vieille remise empêchait de voir ce qui se trouvait dans le fond de la propriété.

Une bourrasque fit voleter les pans du manteau d'Oppenheimer. Ursula Hinze resserra la ceinture de son pardessus. Le regard fixe, elle demanda :

— Ceux qui ont la mort de Rolf sur la conscience se terrent donc ici ?

Sa question ressemblait plutôt à une constatation, mais Hans se tourna vers elle.

— J'en mettrais ma main au feu. J'étais là quand c'est arrivé !

— Du calme, intervint Oppenheimer. Nous ignorons encore qui vit dans cette maison. Elle est peut-être occupée par un couple de fermiers. Frau Hinze, ne préférez-vous pas attendre dans la voiture pendant que nous clarifions tout ça ?

N'ayant aucune envie de jouer les gardes du corps, il ouvrit la portière passager et, d'un geste, invita la veuve à s'installer dans l'habitacle. Celle-ci s'exécuta en pinçant les lèvres. Elle avait compris qu'il s'agissait en réalité d'un ordre à peine voilé.

Peu de temps après, Vogler revint à la voiture. Il avait visiblement du mal à refréner son impatience.

— Deux hommes à l'intérieur, annonça-t-il. Je n'ai pas pu voir s'ils étaient armés. Il y a trois accès. Une porte à l'avant, une à l'arrière et une qui donne sur la remise. On peut les prendre par surprise.

Oppenheimer réfléchit.

— Si on entre simultanément par les trois côtés, on a une chance de les coincer. Mais nous n'avons qu'un seul pistolet.

— Ce n'est pas l'équipement qui manque.

Vogler ouvrit le coffre de la Volkswagen et se pencha pour déverrouiller un compartiment secret aménagé dans la paroi latérale. Il en sortit deux pistolets compacts.

— Six coups. Les chargeurs sont pleins.

Saisissant l'un des semi-automatiques, Oppenheimer vérifia le magasin.

— Allons-y.

Alors qu'ils marchaient vers la maisonnette, le commissaire lança un regard par-dessus son épaule pour s'assurer que Frau Hinze était restée dans la voiture. Cinquante mètres avant leur objectif, Vogler s'immobilisa et murmura :

— Je m'occupe de la porte d'entrée. Attendez mon signal avant de vous ruer à l'intérieur.

Hans et Oppenheimer enjambèrent le treillage à mi-hauteur qui entourait la propriété. Tandis que l'ancien gangster se glissait derrière la bicoque, le commissaire alla se poster devant la porte qui donnait sur la remise. Rongé par le temps et les vers, le panneau de bois ne paraissait plus très solide.

Regardant autour de lui, il avisa près du mur un tas de bûches. Il ramassa un rondin et le soupesa. Avec un gourdin pareil, il n'aurait aucun mal à enfoncer la porte.

Il respira profondément, puis il alla se placer face au battant.

Soudain, un sifflement retentit, suivi de coups sourds. Le signal de Vogler.

Il leva sa bûche et frappa violemment la serrure. À sa grande déception, le panneau ne fit que vibrer sous le choc.

Le commissaire, écartant les jambes, brandit de nouveau son arme improvisée. Cette fois-ci, il tapa de toutes ses forces.

Le coup fit sauter la serrure.

Il lâcha la bûche et empoigna son pistolet. Du pied, il poussa la porte fracassée, derrière laquelle s'ouvrait un couloir obscur.

Des cris et des bruits de lutte provenaient de l'intérieur. Au moment où Oppenheimer entrait dans le corridor, il distingua un mouvement dans la pénombre. Un homme se précipitait dans sa direction pour tenter de s'échapper.

Sans hésiter, il braqua son semi-automatique sur lui.

— Police ! Arrêtez-vous !

Le fuyard, une vraie armoire à glace, s'immobilisa en ahanant. Ses traits empâtés étaient contractés par l'effort. Oppenheimer le reconnut aussitôt. C'était le type qui l'avait menacé dans le S-Bahn.

Au souvenir de cet épisode, il sentit la colère l'envahir. En même temps, il éprouvait une féroce satisfaction d'avoir le fautif dans sa ligne de mire.

Un sourire aux lèvres, il lança :

— Comme le dit si bien le proverbe : dans la vie, on se croise toujours deux fois.

28

Lundi 24 novembre 1947

— Vous commettez une grave erreur !

Le balèze aux sourcils broussailleux avait repris ses récriminations. À côté de lui, son complice ne pipait mot. Il s'agissait du jeune homme coiffé d'une casquette de gavroche qui s'était battu avec Nixfeld. Tous deux étaient assis dans la cuisine exiguë de la maisonnette sur des tabourets en bois.

Avec leurs pistolets, Oppenheimer et Vogler tenaient en joue le duo discordant. Le blond aux fortes épaules s'appelait Winter. Prêtre, il avait la cinquantaine. Après avoir d'abord nié connaître Dostal, il avait finalement avoué qu'il travaillait avec lui. En revanche, il refusait obstinément de révéler la véritable identité de l'agent argentin.

Aux yeux de Winter, il était incompréhensible que des compatriotes cherchent à l'arrêter alors qu'il agissait dans leur intérêt.

— Tenez-vous vraiment à devenir des esclaves des Ruskofs ? rugit-il. Vous n'êtes quand même pas naïfs au point de croire que la paix va durer ? On ne pourra pas vivre en paix tant que le communisme existera.

Des gonds grincèrent. Winter se tut et dirigea son regard vers un point situé derrière Oppenheimer.

Hans venait d'entrer dans la pièce en compagnie de Frau Hinze.

Le commissaire l'avait chargé d'aller rassurer leur passagère, car cela faisait plus d'une heure qu'elle attendait dans la voiture. Toutefois il ne s'était pas douté que Hans la ramènerait dans la maison. La veuve fixa le jeune acolyte de Winter. Hans lui avait probablement dit que c'était lui qui avait tué Nixfeld.

— Et toi, alors ? fit Vogler en s'adressant au type à la casquette. Tu as un nom ?

Jusqu'ici, le complice du prêtre était resté muet. Un sourire moqueur se dessina sur ses lèvres.

— Mon nom n'a aucune importance.

— Connais-tu Dostal ?

— Jamais entendu parler.

— Pour qui travailles-tu ?

— Pour mon peuple. Ma patrie. Pour tous ceux qui ne veulent pas ramper devant Staline.

Oppenheimer en avait par-dessus la tête des tournures de ce genre.

— Et assassiner des policiers, ça fait partie de ton boulot de patriote ? grogna-t-il.

Le jeune homme leva le menton avec un air de défi.

— La poulaille est dirigée par les communistes. C'est un secret de polichinelle. Et tous ceux qui ne partagent pas notre idéal sont contre nous.

Oppenheimer savait qu'il était inutile de discuter avec ce genre de personne. Refoulant sa colère, il se mit à fouiller les placards de la cuisine.

— Est-ce qu'il y a au moins quelque chose à boire ici ?

Il prit l'une des tasses à moitié vides qui se trouvaient sur la table et renifla à l'intérieur la boisson encore chaude. L'arôme de résine était reconnaissable entre tous. Ce qu'il avait sous les yeux était donc de la tisane d'aiguilles de sapin. Avec les deux arbres géants qui se dressaient dans le jardin, le propriétaire des lieux avait une source gratuite de vitamine C juste devant sa porte. Il suffisait de hacher finement les aiguilles et de les laisser infuser cinq minutes dans l'eau bouillante. D'après les rumeurs, il y avait même des gens qui appréciaient ce breuvage.

Comme ce n'était pas son cas, Oppenheimer poursuivit ses recherches.

Brusquement, Vogler fit un pas vers le complice de Winter. De son pistolet, il désigna une porte donnant sur une pièce attenante.

— Toi, entre là-dedans, ordonna-t-il.

Le jeune type à la casquette hésita avant de s'exécuter. Vogler le suivit en le tenant toujours en joue. Il referma le panneau de bois derrière lui. Aussitôt, Hans braqua son arme sur Winter.

Quand le prêtre entendit la clé tourner dans la serrure, il déglutit bruyamment.

— Qu'a-t-il l'intention de faire, votre ami ? demanda-t-il d'une voix tremblante.

Oppenheimer fit mine de ne pas avoir entendu la question. Hans resta également de marbre.

Ursula Hinze s'approcha du commissaire. Jusqu'à présent, elle avait fait preuve d'un calme étonnant, mais il sentit qu'elle était à bout de nerfs.

— Je crois que j'ai besoin de manger quelque chose, murmura-t-elle.

Elle trouva un saladier rempli de choux-raves. Méfiante, elle palpa les tiges renflées.

En d'autres temps, Frau Hinze aurait certainement eu mauvaise conscience et demandé la permission avant de se servir. Mais, à Berlin, cela faisait longtemps que la plupart des gens n'avaient plus aucun scrupule. Une seule question vint à l'esprit de la veuve.

— Vous pensez qu'ils sont encore bons ?

Oppenheimer jeta un coup d'œil aux choux-raves et haussa les épaules.

— Ils n'ont pas l'air pourris.

Hochant la tête, Ursula Hinze aperçut un couteau dans l'évier d'émail blanc. Après l'avoir essuyé avec un torchon, elle commença à éplucher les racines.

Winter, quant à lui, paraissait de plus en plus fébrile. Il pensait probablement que Vogler était en train de torturer son compagnon.

Oppenheimer savait que l'ex-Hauptsturmführer avait d'autres tours dans son sac pour faire parler son prisonnier, mais il s'abstint de tout commentaire. Sous le coup de la panique, le prêtre finirait peut-être par leur livrer des informations.

Avec un air désinvolte, il alluma la vieille cuisinière à bois pour faire chauffer de l'eau. Il n'y avait pas de vrai café en grains, mais il dénicha des faînes moulues dans un pot en terre cuite. Il mit quelques cuillères de succédané dans la cafetière.

Pendant ce temps, Winter s'agitait nerveusement sur son tabouret.

— Vous commettez une grave erreur, ne cessait-il de répéter comme une litanie.

Au bout d'un moment, Oppenheimer ne put refréner son agacement et se tourna vers le prêtre.

— Comment pouvez-vous aider des criminels de guerre ? Faire cause commune avec des monstres, c'est ça pour vous l'amour du prochain ?

— Les dogmes du christianisme sont fondés sur le pardon. En plus, de nombreux personnages importants de notre société sont d'accord avec moi pour affirmer que toutes ces accusations contre le régime national-socialiste sont très exagérées. Quand on a une once d'esprit critique, on ne peut que reconnaître le malentendu. Tout n'était pas aussi noir qu'on a bien voulu nous le faire croire.

En entendant cela, Oppenheimer laissa exploser sa colère.

— Et la Nuit de cristal ? Les arrestations massives, les synagogues brûlées ? Ça n'a pas eu lieu, d'après vous ? Et les camps de concentration ? Les fours crématoires, les chambres à gaz ? Ce n'étaient que des décors de film ? Et les prisonniers politiques ? Les travailleurs forcés ? Ouvrez les yeux, bon sang ! Même à Lichtenrade, à quelques kilomètres d'ici, il y avait une annexe du camp de Sachsenhausen.

Winter secoua la tête.

— Ce n'était qu'un simple camp de prisonniers comme un autre, avec une enceinte de barbelés. Les étrangers veulent nous donner un complexe d'infériorité pour affaiblir notre peuple.

Ce n'est que de la propagande négative. Les chroniqueurs sont influencés par l'antifascisme russe, ils ne remarquent même pas qu'ils sont devenus l'instrument de puissances hostiles. Ils veulent nous faire oublier notre histoire glorieuse, nos victoires passées. Qui sommes-nous donc ? Une grande nation culturelle, c'est prouvé. Avec un tel héritage, comment aurions-nous pu céder à la barbarie dont on nous accuse ? C'est complètement absurde.

— Vous parlez comme si vous aviez vous-même composé toutes les symphonies de Beethoven et les œuvres de Goethe, répliqua Oppenheimer d'un ton ironique.

Winter était un nationaliste romantique qui rejetait en bloc toutes les révélations faites sur les atrocités commises par les nazis. Il choisissait le chemin le plus facile. Au lieu de regarder les faits en face et d'en tirer les conséquences pour l'avenir, il se cramponnait obstinément au passé prétendument glorieux de l'Allemagne.

L'eau dans la casserole commença à bouillir. Oppenheimer en profita pour mettre un terme au débat et préparer son ersatz de café.

Un instant plus tard, Vogler entrouvrit la porte donnant sur la pièce d'à côté et lui fit signe de venir.

En franchissant le seuil, il découvrit le type à la casquette confortablement installé dans un vieux fauteuil à oreilles. Ce dernier fumait avec délices une cigarette américaine. On était à cent mille lieues de l'interrogatoire musclé que redoutait Winter.

— Nous nous sommes mis d'accord, déclara Vogler à voix basse. Voici Bertram.

Le jeune homme sourit et fit un signe de la main à Oppenheimer. Puis il ramassa un paquet de Lucky Strike posé près de lui sur une table d'appoint pour le glisser dans la poche intérieure de sa veste.

— Il est prêt à nous donner certains documents, mais nous devons aller les récupérer dans son appartement.

Oppenheimer se figea.

— Dans son appartement ? Ça ressemble diablement à un piège.

Vogler haussa les sourcils pour indiquer discrètement à son partenaire qu'il était lui aussi sceptique.

— J'ai tout noté, expliqua Bertram. Dostal déteste quand on n'exécute pas ses instructions à la lettre.

— Ça ne vous a pas empêchés de pédaler dans la semoule ces dernières semaines, observa Oppenheimer.

Bertram leva la main en signe d'excuse.

— C'est juste. Il est temps que je me reconvertisse. J'ai misé sur le mauvais cheval, mais la course est loin d'être finie.

— Une opération est prévue demain soir, indiqua Vogler. C'est la répétition générale avant que le nouvel itinéraire par le sud ne soit inauguré. Un camion fera le trajet entre Berlin et la frontière suisse. Tout se passera dans les conditions réelles. Dans le véhicule, un compartiment secret a même été aménagé. Mais il n'y aura pas encore de passager clandestin à bord.

— Dostal veut d'abord s'assurer que nous pouvons franchir sans encombre la zone russe avant de faire monter ses vieux camarades dans les camions, précisa Bertram.

Vogler se tourna vers Oppenheimer.

— Je vais surveiller l'opération avec mon équipe. Bertram dit que Dostal et ses alliés de la Kripo seront présents au moment du départ.

— On pourrait faire un beau coup de filet, remarqua le commissaire d'un air songeur.

— Nous n'arrêterons personne. Ce n'est pas la mission qu'on m'a confiée. On m'a demandé de recueillir des informations, rien de plus.

Oppenheimer voulut faire une objection, mais Vogler n'avait pas terminé. L'agent de l'Org fit un pas vers lui.

— En ce qui concerne les traîtres de la Kripo, ajouta-t-il, je tiendrai mon engagement. Si vous voyez parmi les hommes de Dostal des visages familiers et que vous décidez de les appréhender dans un futur proche, je ne vous en empêcherai pas.

Mais je ne veux aucune initiative personnelle demain. C'est compris ?

Désappointé, Oppenheimer soupira. Naturellement, les choses ne pouvaient pas se dérouler comme il l'avait espéré. Dès que les services secrets intervenaient, les principes de l'État de droit passaient au second plan.

— Quant à notre ami Bertram, poursuivit Vogler, je compte sur vous pour qu'il ne soit pas mis en cause lors de l'enquête sur la mort de Nixfeld.

Oppenheimer jeta un coup d'œil vers le jeune homme. C'était sans doute l'une des conditions que ce dernier avait posées pour sa coopération.

Il pesa le pour et le contre. Si l'on en croyait le récit de Hans, l'homicide n'était pas volontaire puisque le coup de feu était parti en plein corps à corps. Et Bertram était prêt à livrer les traîtres de la Kripo sur un plateau.

Le commissaire n'hésita pas longtemps. Le compromis lui paraissait acceptable.

— Bon, d'accord. Mais il ne nous apprendra rien de plus. Nous savons maintenant que l'opération aura lieu demain.

— Il vous manque encore un élément déterminant, rétorqua Bertram en souriant.

Il se leva de son siège et alluma une nouvelle cigarette. Puis, se rengorgeant comme un paon, il marcha vers le poêle en fonte disposé dans un coin de la pièce. Il avait un atout dans sa manche et fanfaronnait un peu avant de l'abattre.

— Vous connaissez le jour, mais pas le lieu d'où le camion partira. Si Oskar tient la promesse qu'il m'a faite, je vous révélerai l'adresse exacte. En signe de bonne volonté, je vais vous donner au préalable la feuille de route. Elle se trouve dans mon appartement. Dostal en a distribué une à chacun d'entre nous, car il tient bien sûr à ce que tout se déroule comme prévu. Ainsi, vous saurez exactement ce qui se passe, à la minute près. Vous ne pouvez pas rêver mieux.

Bertram souffla un nuage de fumée bleutée vers ses deux interlocuteurs. Vogler opina.

— C'est vrai. Pour que notre accord soit valide, je dois d'abord obtenir l'assentiment de ma hiérarchie. Mais ce n'est qu'une formalité. Je vous ferai signe avant le début de l'opération.

Le jeune homme à la casquette fronça les sourcils.

— Je l'espère.

Oppenheimer retint par le bras Vogler, qui s'apprêtait à quitter la pièce.

— Et que faisons-nous du prêtre ? Nous ne pouvons pas le laisser filer.

— Vous avez raison, admit l'ancien SS. Votre compagnon, Petit Hans, restera ici pour le surveiller pendant quelques heures jusqu'à ce que mes hommes viennent l'arrêter. Winter ne nous causera pas d'ennuis.

Oppenheimer émit un grognement approbateur. Vogler semblait avoir une solution à tous les problèmes.

L'ex-Hauptsturmführer ouvrit la porte de la cuisine avec entrain. À présent qu'il y avait de l'action en perspective et qu'il était à deux doigts d'identifier Dostal, il semblait sur un petit nuage.

Restait à savoir ce qu'ils allaient faire d'Ursula Hinze. Oppenheimer était plutôt inquiet à l'idée de la mettre dans le même véhicule que l'homme qui avait provoqué la mort de son amant. Mais il ne voulait pas non plus la laisser dans la maisonnette sous la garde de Hans. Elle ne pourrait pas rentrer chez elle avant plusieurs heures. Cela ne laissait qu'une dernière option : voyager en tramway de Lichtenrade jusqu'à Tempelhof et prendre ensuite le métro.

Il proposa donc à Vogler de déposer la veuve au prochain arrêt de tram. L'ancien SS s'y opposa. D'après lui, il n'y avait aucun risque à ramener Frau Hinze chez elle.

Bertram s'assit sur le siège passager afin de pouvoir guider Vogler. Par précaution, Oppenheimer s'arrangea pour qu'Ursula Hinze s'installe derrière leur chauffeur. Si elle tentait quoi que ce soit d'inconsidéré, il pourrait la neutraliser. Malheureusement, il n'avait pas pris en compte son manque de sommeil. À peine avait-il pris place sur la banquette arrière qu'il sentit ses membres devenir lourds comme du plomb. Tandis que Vogler faisait demi-tour et reprenait la direction de l'église, ses pensées partirent à la dérive. Bercé par le grondement du moteur, il s'assoupit doucement.

Soudain, il perçut un mouvement brusque sur sa gauche et vit un objet étinceler. Frau Hinze s'était inclinée vers Bertram.

Sortant de sa torpeur, Oppenheimer agrippa le bras de la veuve, mais trop tard.

— Bon Dieu, non ! pesta Vogler.

L'agent secret pila. Projeté en avant, Oppenheimer lâcha le bras de sa voisine et posa les deux mains sur le siège devant lui pour éviter de se cogner la tête. Ses doigts glissèrent sur le cuir, recouvert d'un liquide tiède. L'odeur métallique le fit tressaillir.

Du sang.

Vogler s'était penché au-dessus de l'épaule de Bertram. On aurait dit qu'il essayait de l'étrangler, mais Oppenheimer comprit aussitôt qu'il essayait de maintenir leur informateur en vie.

— La carotide est touchée ! s'écria l'ancien officier du Reich. Appuyez, Oppenheimer ! Il ne faut pas qu'il se vide de son sang !

Le commissaire sortit de sa poche son mouchoir. Vogler retira sa main, et une gerbe de sang gicla dans l'habitacle.

Oppenheimer pressa le morceau de tissu sur la plaie béante. C'est alors qu'il tourna la tête vers Ursula Hinze. Le visage cramoisi, cette dernière était assise bien droite sur la banquette. Elle tenait dans la main un couteau de cuisine dont la lame ruisselait de sang. Dans les yeux embués de la veuve se lisait une colère indicible.

Manifestement, elle avait guetté le moment opportun pour agir. Infirmière pendant la guerre, elle savait exactement à quel endroit il fallait frapper si l'on voulait porter un coup fatal avec une arme blanche.

Après l'accomplissement de sa vengeance, elle n'essayait même pas de fuir. Immobile, elle contemplait d'un air fasciné l'agonie de Bertram.

— Où se trouve l'hôpital le plus proche ? lança Vogler en redémarrant.

Oppenheimer dut réfléchir un instant.

— À Britz ! Dans la Blaschkoallee !

Il s'agissait de l'hôpital d'où Nixfeld s'était échappé. L'établissement se trouvait à moins de dix kilomètres.

Vogler mit le pied au plancher. Moteur vrombissant, la voiture traversa à toute allure le village qui commençait à peine à se réveiller.

— Comment va-t-on là-bas ? demanda l'espion.

— On reprend le chemin par lequel nous sommes venus ! Ensuite, je vous dirai.

La Volkswagen hurlait en surrégime. L'ancien SS serrait tellement fort le volant que les jointures de ses doigts en étaient devenues blanches.

Oppenheimer parvint à le guider jusqu'à la Marienfelder Chaussee. Sur les bas-côtés, les arbres défilaient en sifflant et hachaient le paysage champêtre en une longue suite d'instantanés.

— À Buckow, il faut prendre la première à gauche au grand carrefour !

Vogler acquiesça. Concentré, il gardait les yeux rivés sur la route.

Oppenheimer continuait de presser son mouchoir sur la plaie de Bertram. La pièce de linge avait pris une teinte pourpre. Soudain, un gargouillis s'échappa de la gorge du blessé. Le jeune homme se mit à cracher du sang.

— Il va de plus en plus mal !

— Voilà Buckow ! s'exclama Vogler tandis qu'ils fonçaient vers une petite agglomération de maisons.

— Avec un peu de chance, nous arriverons à temps.

Ce commentaire n'attendait pas de réponse. C'était comme si Oppenheimer essayait de se rassurer lui-même.

Vogler vira à gauche sur les chapeaux de roues. Juste après le carrefour, il fit une embardée pour dépasser une charrette tirée par des bœufs.

— On continue tout droit jusqu'au château de Britz, annonça le commissaire. Nous avons déjà parcouru la moitié du chemin.

Il entendit soudain Ursula Hinze marmonner quelque chose. Mais les bruits du moteur l'empêchaient de comprendre ce qu'elle disait.

La veuve répéta ses paroles à voix haute, et il sentit ses cheveux se dresser sur sa nuque.

— Qu'est-ce que tu attends ? Vas-tu crever à la fin ? Crève !

Elle ne cessait de réitérer ces mots. On aurait dit une sombre incantation prononcée par une fée maléfique.

Tout à coup, Bertram se mit à trembler de tout son corps.

— Bordel ! jura Oppenheimer.

Vogler lui jeta un bref coup d'œil.

— Nous arrivons à Britz.

Il dut ralentir parce que la circulation devenait plus dense. À cause des véhicules venant en sens inverse, il ne pouvait plus doubler. Il commença à klaxonner comme un forcené, mais les autres automobilistes ne s'écartèrent pas pour autant.

— Ce n'est pas croyable ! tonna l'agent secret en martelant de plus belle l'avertisseur sonore.

Trop occupé à freiner l'hémorragie du blessé, Oppenheimer perçut à retardement le mouvement brusque que fit Ursula Hinze. Quelques secondes plus tard, une douleur fulgurante traversa son bras gauche.

Le visage grimaçant, la veuve s'était jetée sur lui et essayait de le larder de coups de couteau.

Pour se défendre, il fut contraint de lâcher Bertram. Il se retourna vivement et parvint à saisir le poignet de sa voisine enragée.

— Qu'est-ce que…

Surpris, Vogler leva les yeux vers son rétroviseur. Voyant le commissaire en pleine lutte avec Frau Hinze sur la banquette arrière, il se gara d'urgence au bord de la route et posa les deux mains sur la plaie de Bertram.

— Mais laissez-le crever, nom de Dieu ! vociféra la veuve en se débattant.

Oppenheimer lui tordit le bras jusqu'à ce qu'elle lâche son arme. La repoussant alors d'une main, il s'empara du couteau de cuisine.

— Vous avez perdu la tête ? Est-ce que vous tenez absolument à finir vos jours en prison ?

D'une voix rauque, Ursula Hinze répliqua :

— Ça n'a plus aucune importance.

Il la regarda avec étonnement.

— Mais comment pouvez-vous dire une chose pareille ? Je ne crois pas que…

— Oppenheimer, l'interrompit Vogler. (Posément, l'ex-Hauptsturmführer ajouta :) C'est fini.

Le cœur de Bertram avait cessé de battre. L'hémorragie s'était arrêtée d'elle-même.

Dans l'habitacle, l'agitation effrénée avait brusquement fait place à un silence de plomb. La voiture était immobilisée sur le bas-côté, et on n'entendait plus que le ronronnement du moteur que Vogler avait laissé tourner.

L'agent secret renversa la tête en arrière et respira profondément. Pour la première fois depuis son apparition soudaine dans le bunker voué à la démolition, il semblait épuisé. Il voulut glisser la main dans la poche intérieure de son veston, mais suspendit son geste en apercevant sa paume maculée de sang. Grommelant un juron, il sortit quand même sa flasque et avala une rasade d'alcool.

— Ce n'est peut-être pas la plus mauvaise façon de mourir, remarqua-t-il d'un air songeur. C'est arrivé au front à l'un de mes camarades. Une blessure au cou, des flots de sang, les infirmiers qui n'ont pas pu arriver à temps. Il ne s'est presque rendu compte de rien. Tout était terminé en quelques instants. (L'ancien SS soupira.) C'est un miracle que nous soyons arrivés jusqu'ici.

Replié sur lui-même, Oppenheimer se sentait démesurément vide. Près de lui, Ursula Hinze s'était retranchée dans le mutisme. La veuve, figée comme une statue de sel, toisait le cadavre de Bertram d'un regard froid.

— Et dire qu'on aurait pu éviter ça, souffla-t-il avec lassitude.

29

Lundi 24 novembre 1947

— Décidément, vous collectionnez les macchabées comme d'autres les timbres ! râla Möller au téléphone. Et c'est moi qui dois nettoyer derrière vous.

Oppenheimer s'était attendu à cette réaction. Au cours des dernières vingt-quatre heures, c'était le deuxième homicide qui se produisait au beau milieu de son enquête, et le conseiller antifasciste avait la délicate mission d'étouffer ces événements afin de ne pas éveiller les soupçons des traîtres qui œuvraient au sein de la Kripo.

Il faillit répliquer qu'il s'en était fallu de peu que deux commissaires de police ne soient également tués, et que mieux valait donc s'estimer heureux. Il préféra toutefois s'abstenir, conscient que ce n'était pas le moment de tester le seuil de tolérance de Möller.

Après un moment de flottement, Vogler s'était remis en route vers l'hôpital pour faire constater le décès de Bertram. Quant à la blessure d'Oppenheimer, elle s'était avérée peu profonde. Une fois la plaie pansée, il avait pu ressortir des urgences avec son manteau troué et ensanglanté. Il avait alors immédiatement contacté Möller, qui lui avait passé un savon.

Son supérieur promit toutefois de faire le nécessaire avant de raccrocher. Oppenheimer n'eut pas à attendre longtemps. Une vingtaine de minutes plus tard, des policiers firent leur entrée dans l'hôpital pour appréhender Frau Hinze. Depuis son arrivée, celle-ci était restée prostrée sur une chaise à l'accueil. Éteinte, la veuve semblait avoir épuisé ses dernières forces. Sous les regards curieux du personnel soignant, elle se laissa conduire vers l'extérieur sans résistance.

Oppenheimer la regarda s'éloigner d'un pas mécanique. Après cela, il rejoignit Vogler. Ils restèrent un moment assis en silence. Deux spectres mal rasés, les traits tirés, épuisés par une nuit de veille.

Puis le commissaire se redressa.

— Alors, que savons-nous au juste ? fit-il pour récapituler la situation. Demain soir aura lieu la grande répétition générale. Un camion va traverser la zone soviétique jusqu'à la frontière suisse. Tous les conjurés seront présents au moment du départ. Dostal et les taupes de la Kripo. Mais nous ignorons où se trouve le lieu de rendez-vous.

— Bertram a parlé d'une sorte d'entrepôt, dit Vogler. Le local pourrait être situé dans une zone industrielle.

— Ou il s'agit d'un garage d'automobiles.

— En effet. Les possibilités ne manquent pas. Le départ peut se faire n'importe où. (L'agent secret posa les coudes sur ses genoux et se massa les tempes.) Je vais passer au peigne fin l'appartement de Bertram. Il doit forcément y avoir un indice chez lui. Ne serait-ce que la feuille de route qu'il avait promis de nous donner.

Oppenheimer se frotta les mains.

— Je viens avec vous. J'aimerais aussi jeter un coup d'œil dans le logement de ce garçon.

— Vous avez de quoi vous changer ?

Le commissaire fronça les sourcils.

— Pardon ?

— Votre manteau, expliqua Vogler. Il serait peut-être plus sage de ne pas vous promener en ville vêtu comme un boucher.

Lorsqu'ils s'étaient arrêtés au bord de la route, l'ancien SS avait fouillé les vêtements de Bertram et découvert un trousseau de clés dans une poche. L'appartement du jeune homme était situé à Westend, tout près du parc de Ruhwald.

Comme l'hôpital où séjournait Billhardt n'était pas loin du jardin public, Vogler proposa à son compagnon de le déposer là-bas. Après avoir pris des nouvelles du flic manchot, Oppenheimer finirait le chemin à pied.

Mais auparavant, il devait dénicher un autre manteau.

Contrairement à ce que l'on aurait pu imaginer, l'espion de l'Org ne possédait aucune malle remplie de déguisements, ni même un chapeau de rechange. Le seul habit qu'il gardait dans le coffre de sa voiture était un vieux pardessus bien trop grand pour Oppenheimer.

Une demi-heure plus tard, Vogler se garait devant l'hôpital de Westend. Le commissaire descendit du véhicule. Tête nue, flottant dans l'ample pardessus de son allié, il entra dans le bâtiment d'un pas rapide.

Les regards que lui lancèrent les gens qu'il croisait confirmèrent ses craintes. Ainsi accoutré, il ressemblait à un épouvantail. Mais, au moins, personne ne pouvait voir ses manchettes de chemise tachées de sang.

— Je cherche la chambre de Kurt Billhardt, déclara-t-il à l'accueil. C'est moi qui l'ai amené aux urgences hier, et j'aimerais savoir comment il va.

Avec une moue d'ennui, l'infirmière assise derrière le comptoir ouvrit un épais cahier. Elle parcourut d'un geste machinal les colonnes avec les noms des patients, jusqu'à ce que son index s'arrête sur le papier.

Plissant le front, elle dit d'un air évasif :

— Hum. Il vaudrait mieux que vous parliez au médecin qui s'occupe de lui.

Le comportement étrange de l'infirmière inquiéta aussitôt Oppenheimer.

— Oui, bien sûr, balbutia-t-il en desserrant sa cravate.

Après avoir regardé la femme s'éloigner, il ne put s'empêcher de jeter un coup d'œil sur le cahier. Lisant à l'envers, il mit un certain temps à repérer le nom de son collègue.

Peu après, la soignante revint en compagnie d'un médecin. Elle désigna le visiteur du doigt, et l'homme hocha la tête. Puis il s'avança vers Oppenheimer, les mains glissées dans les poches de sa blouse blanche.

— Vous avez demandé des nouvelles de Herr Billhardt ? Êtes-vous un parent proche ?

Oppenheimer se racla la gorge.

— Non, je l'ai conduit aux urgences hier. Il est commissaire de police. Je suis son collègue.

Il sortit sa plaque pour montrer sa bonne foi. L'urgentiste examina attentivement l'insigne avant de demander :

— Herr Billhardt a-t-il de la famille ici ?

— Il est marié. Mais son épouse n'est pas à Berlin en ce moment.

— Je vois. (Le médecin invita Oppenheimer à prendre place sur une chaise.) Asseyez-vous, je vous prie. J'ai une très mauvaise nouvelle à vous annoncer.

Le commissaire comprit immédiatement. Sonné, il se laissa tomber sur un siège.

— Herr Billhardt est décédé il y a douze heures.

Les mots résonnèrent dans sa tête, mais Oppenheimer refusait d'y croire. C'était complètement absurde. Il avait vu Billhardt la veille. Des images surgirent de sa mémoire. Son vieil ami l'avait accompagné tout au long de sa carrière dans la police. Le flic bourru avait maté des malfrats, survécu au front de l'Est et à la guerre pour mourir d'une petite blessure à la tête ?

— Quelle est la cause du décès ? s'enquit-il, abasourdi.

— Votre collègue est arrivé ici avec une fracture du crâne. Le coup qu'il a reçu a déclenché un épanchement épidural.

— Vous voulez dire une sorte d'hémorragie cérébrale ?

— Oui. Entre la dure-mère et l'os crânien. En général, après une courte perte de connaissance, le blessé recouvre temporairement ses esprits. Débute alors une phase durant laquelle il se sent mieux.

Oppenheimer réfléchit. C'était probablement le moment où Billhardt l'avait réveillé dans le bunker.

— Il sombre ensuite dans une profonde inconscience, reprit l'urgentiste. C'est là que peuvent survenir de lourds symptômes neurologiques. En ce qui concerne Herr Billhardt, la pression intracrânienne n'a pas pu être réduite à temps. Les graves lésions cérébrales engendrées par les saignements ont conduit à un arrêt respiratoire.

— Merci, docteur.

Oppenheimer fut surpris de s'entendre répondre aussi poliment.

L'homme lui jeta un regard soucieux.

— Vous voulez peut-être un verre d'eau ?

— Je crains qu'un verre d'eau ne soit pas suffisant pour me requinquer.

Ignorant s'il s'agissait d'une plaisanterie, le praticien sourit avec réserve et salua Oppenheimer d'un signe de tête.

Celui-ci avait besoin de mouvement pour ordonner ses pensées. Lentement, il se leva et se mit à déambuler dans les couloirs de l'hôpital. La nouvelle l'avait fortement ébranlé.

Il aurait aimé poser un disque sur son phonographe et écouter une œuvre de Schubert ou de Brahms. Quelque chose de beau et de profond en même temps, qui lui aurait permis de retrouver la sérénité. Malheureusement, il ne pouvait pas rentrer chez lui.

Il arpentait les corridors de l'établissement quand, soudain, des notes de musique lui parvinrent aux oreilles. Ce n'était ni Schubert ni Brahms. Au bout d'une poignée de secondes, il reconnut *Les joyeux bandits*, une opérette du compositeur autrichien Franz von Suppé. Dans cet enregistrement, l'ouverture était jouée avec une telle fougue qu'elle faisait penser aux opéras pleins de verve de Gioachino Rossini.

Oppenheimer s'arrêta, s'adossa contre un mur et ferma les yeux. Après la fin de la pièce orchestrale, des applaudissements crépitèrent dans le poste de radio qui se trouvait dans l'une des chambres alentour. Quelques instants plus tard commença l'ouverture de *Cavalerie légère*, une autre opérette du même compositeur. Le commissaire avait du mal à se concentrer sur la musique. Ses pensées revenaient sans cesse à la triste nouvelle qu'il venait d'apprendre. Billhardt était mort.

Oppenheimer lui aussi avait failli y passer. Dostal et les traîtres de la Kripo avaient dépassé les bornes. À présent, il n'aurait plus aucune pitié pour ces criminels.

Se contenter d'observer l'opération du lendemain soir n'était plus une option. Le commissaire était bien décidé à intervenir. Il prendrait en flagrant délit toute la bande, et les malfrats seraient envoyés derrière les barreaux.

Il avait certes une dette envers Vogler, qui lui avait sauvé la vie, mais il ne pouvait plus tenir compte des plans de l'agent secret. Ce temps-là était bel et bien terminé.

— J'ai trouvé ça, annonça Vogler en agitant un papier replié.

Oppenheimer hocha la tête. Il parcourut du regard le studio de Bertram. Les faibles rayons du soleil peinaient à traverser les rideaux poussiéreux qui pendaient devant l'unique fenêtre.

L'ex-Hauptsturmführer n'avait pas chômé. Après une heure et demie de fouille, on aurait dit qu'une tornade avait ravagé le petit logement. Il avait vidé sur le sol les tiroirs des meubles de rangement, éventré le matelas et ôté tous les caches des prises et des interrupteurs. Il avait même arraché le papier peint à plusieurs endroits.

Pourtant, il n'avait découvert qu'un morceau de papier.

— C'est la feuille de route dont Bertram nous a parlé ? supposa Oppenheimer.

— Oui. Bien entendu, il n'est pas précisé où se situe le mystérieux entrepôt duquel partira le camion. Mais il y a quelques indices.

Vogler lui tendit le papier. Le commissaire survola les quelques lignes écrites par l'homme de Dostal.

— Alors, le départ est prévu pour dix heures et demie demain soir. Et plusieurs personnes arriveront à l'entrepôt par bateau. Celui-ci doit donc se trouver près d'une voie navigable. Malheureusement, cette indication ne nous aide pas beaucoup.

— Ça doit être à côté de la Spree, de la Havel ou au bord d'un canal. Ou dans l'un des ports fluviaux.

Sceptique, Oppenheimer fronça les sourcils. L'espion semblait se raccrocher à une planche de salut.

— Savez-vous combien il existe de ports et de canaux à Berlin ? Et à proximité, les entrepôts ne manquent pas. Ça revient à chercher une aiguille dans une meule de foin. Même si on se cantonnait au centre-ville, les voies fluviales vont de Tegel à Köpenick. Ne serait-ce que pour surveiller un seul port de cette zone, il faudrait un déploiement massif de policiers. Des ressources dont nous ne disposons évidemment pas.

Il se laissa tomber sur la seule chaise de l'appartement. La poussière qui s'échappa du rembourrage le fit tousser.

— Bertram aurait eu besoin d'une femme de ménage.

Vogler ne releva pas.

— Nous avons encore une fenêtre de vingt-quatre heures. Peut-être que mes contacts dénicheront quelque chose d'ici là.

— Vous ne pourrez plus compter sur l'aide de Billhardt, révéla Oppenheimer d'une voix blanche.

Voyant l'ancien SS lui jeter un regard interrogateur, il raconta ce qu'il venait de vivre à l'hôpital.

— Les sbires de Dostal ont sa mort sur la conscience, conclut-il.

Il eut beau faire un effort sur lui-même, il ne parvint pas tout à fait à dissimuler la colère qui l'animait.

Vogler s'assit en silence sur le matelas lacéré. Il ne paraissait pas particulièrement ébranlé. Tel un joueur d'échecs aguerri, il évaluait plutôt les conséquences que cette nouvelle impliquait pour lui.

— Surtout, nous ne devons pas nous laisser aller à des réactions inconsidérées, prévint-il. Si Dostal et ses complices flairent quelque chose, c'est toute notre opération qui sera compromise. Ne perdons pas de vue notre objectif, qui est de recueillir le maximum d'informations sur la bande. Je vous promets que les responsables de la mort de Billhardt seront punis.

Afin de ne pas se laisser submerger par de sombres idées de vengeance, Oppenheimer essaya de se focaliser sur un problème plus terre à terre. D'ici le lendemain soir, il avait besoin d'une nouvelle planque où passer la nuit. Il n'était pas question pour lui de retourner dans le repaire de Jo.

Il n'eut pas le temps d'en parler à Vogler. Des bruits en provenance de la cage d'escalier l'arrachèrent à ses réflexions.

Quelqu'un montait pesamment les marches de bois.

Vogler se tourna vers la porte d'entrée.

— Le concierge sait-il que nous sommes ici ? lui souffla Oppenheimer.

— Ce n'est pas le concierge. Il marche avec une canne.

L'agent secret se leva lentement et dégaina son pistolet. Puis il alla se poster près de la porte, arme au poing.

L'inconnu arriva sur le palier. Il devait s'agir d'une personne bien en chair, car les lattes du plancher se mirent à grincer.

Les pas s'arrêtèrent brusquement. Quelque chose racla le sol.

L'instant d'après, on cognait à la porte.

— Bertram ? lança une voix de basse.

L'homme frappa de nouveau, cette fois avec plus de force, faisant vibrer le panneau de bois.

— Bertram ! Ne fais pas tant de chichis ! Tu n'as pas donné de nouvelles de la journée !

Une clé glissa dans la serrure. Le complice de Bertram s'apprêtait à entrer.

Nerveux, Oppenheimer voulut se lever de sa chaise, mais Vogler lui fit signe de ne pas bouger. Il entendit un déclic, puis la porte s'ouvrit.

Un type de forte carrure apparut sur le seuil. Lorsque son regard tomba sur Oppenheimer, une expression de surprise passa sur son large visage.

Agissant à retardement, il glissa la main vers le holster dissimulé sous son manteau, mais il ne fut pas assez rapide.

Vogler fit un pas de côté et pressa le canon de son pistolet contre la tempe de l'intrus.

— Pas un geste.

L'armoire à glace se figea.

— Maintenant, mains en l'air. Doucement.

Le visiteur obéit au ralenti.

— Mais ne restez pas sur le palier, dit Vogler d'un ton exagérément cordial.

De sa main libre, il prit l'arme du gorille. Il s'adressa ensuite à Oppenheimer :

— Veuillez vous lever. Ce cher monsieur souhaite certainement s'asseoir.

L'homme alla prendre place sur la chaise. Il détailla un moment Vogler puis, du menton, désigna les deux calibres braqués sur lui.

— Vous faites erreur. Si je reste plus de dix minutes dans cet appartement, la police rappliquera.

Naturellement, c'était du bluff. Vogler jeta un regard ironique à Oppenheimer et consulta sa montre.

— Les forces de l'ordre franchiront donc cette porte à quatre heures moins le quart. C'est noté. D'ici là, vous pourriez nous divertir un peu en nous révélant où se trouve l'entrepôt de Dostal.

— Je ne sais pas de quoi vous parlez, grogna l'inconnu.

Sous son chapeau, on pouvait apercevoir une couronne de cheveux clairs, blondis par le soleil, qui contrastaient fortement avec son visage hâlé. Il ne semblait pas disposé à coopérer. Croisant les bras sur sa large poitrine, il ajouta :

— Il ne vous reste plus que huit minutes pour décamper.

C'est alors que Vogler eut une idée. Il tendit à Oppenheimer l'arme de l'intrus et lui fit un signe de tête. Comprenant le message, le commissaire tint en joue leur prisonnier.

Sans un mot, Vogler rengaina son propre pistolet, puis ôta son manteau et son veston.

En voyant la chemise ensanglantée de l'ancien SS, le gorille tressaillit. Le lentement, Vogler ouvrit ses boutons de manchettes et retroussa ses manches.

— Savez-vous d'où vient tout ce sang ? C'est celui de Bertram. Lui non plus ne voulait pas parler. (L'ex-Hauptsturmführer attendit quelques secondes.) Mais finalement, votre ami m'a donné ceci.

Il sortit de la poche de son pantalon la précieuse feuille de route établie par le jeune homme. Il la déplia et la mit sous le nez du mystérieux visiteur.

— Dommage qu'il ait attendu si longtemps avant de passer à table. Pauvre Bertram. Paix à son âme.

Le type plissa les yeux. Visiblement, il ne croyait pas son interlocuteur. Il secoua la tête avec un petit sourire.

— Combien de temps vous reste-t-il avant que les flics débarquent ? Deux minutes ? Je vous aurai prévenus. Si vous filez maintenant, vous avez peut-être une chance de leur échapper.

Inquiet, Oppenheimer se demandait quel était le plan de Vogler. Ce dernier était tout à fait capable de molester leur prisonnier jusqu'à ce qu'il obtienne les informations dont il avait besoin. Le commissaire ne tenait pas à assister à un acte aussi brutal, sous peine de devenir complice.

Fébrilement, il chercha un moyen de s'éclipser.

Au même moment, Vogler regarda sa montre.

— Ah, le temps s'est écoulé. Vos amis de la police semblent vous avoir abandonné. Nous pouvons donc discuter à présent en toute tranquillité.

Il se planta devant l'inconnu. Celui-ci déglutit avec peine et passa la langue sur ses lèvres desséchées.

— Arrêtez ça, bon Dieu ! s'écria le visiteur. Je suis un diplomate argentin. Je bénéficie de l'immunité ! Si vous touchez à un seul de mes cheveux, vous vous fourrerez dans un sacré pétrin. Personne ne pourra plus vous protéger et vous ne serez nulle part à l'abri. Nos services secrets vous traqueront impitoyablement. Laissez-moi partir, ou faites tout de suite votre testament !

30

Lundi 24 novembre 1947

Vogler répondit posément :

— Je suppose que vous avez une preuve pour corroborer vos assertions ?

— Dans ma poche.

Sur un signe de tête de l'ex-Hauptsturmführer, l'homme sortit un portefeuille, d'où il retira une carte d'identité.

Sans quitter son prisonnier du regard, Vogler passa la pièce à Oppenheimer. À l'intérieur se trouvait une photo du gorille.

Oppenheimer étudia soigneusement le tampon officiel. Il s'agissait sans aucun doute d'un document authentique.

— Son histoire se tient, confirma-t-il. Carlos Freese, employé de l'ambassade d'Argentine.

Vogler parut hésiter. Si le visiteur était réellement un diplomate, il semblait insensé de le séquestrer ou de lever la main sur lui. D'un autre côté, l'ancien SS ne pouvait pas non plus laisser filer Freese. Celui-ci préviendrait immédiatement Dostal, et l'opération du lendemain serait annulée.

L'agent secret fixait l'intrus d'un air féroce.

Oppenheimer se racla la gorge pour attirer l'attention de son compagnon. Il venait d'avoir une idée. Et parce que cette idée était complètement folle, elle avait des chances de réussir.

— Allons sur le palier. Je dois vous dire quelque chose.

Ils utilisèrent les cordons des rideaux pour ligoter Freese sur sa chaise. Vogler le bâillonna ensuite avec un torchon de cuisine.

— Restez tranquille, gronda-t-il avant de suivre Oppenheimer sur le palier.

Après avoir refermé la porte, le commissaire murmura :

— Nous devrions lui faire croire que nous allons le livrer au NKVD.

Vogler renâcla.

— La police secrète soviétique ? Mais le NKVD n'existe plus. Il a fusionné avec le SMERSH[1] pour former une nouvelle organisation, le MGB, le ministère de la Sécurité d'État.

— Peu importe son nom. Ce qui compte, c'est que les Soviétiques se moquent des pratiques diplomatiques. (Oppenheimer montra du doigt la porte derrière laquelle se trouvait leur otage.) Freese doit savoir que, si on a la malchance d'atterrir dans une prison russe, les chances d'en ressortir sont minimes. Cette menace est le seul moyen de le forcer à coopérer.

L'agent de l'Org arqua un sourcil.

— Mais comment lui faire avaler un morceau pareil ? Si nous prétendons simplement travailler pour les Russes, il ne nous croira jamais.

— Il faut trouver une autre manière de l'en convaincre. Peut-être en l'emmenant faire un tour dans le secteur oriental.

Oppenheimer aurait pu faire appel au colonel Aksakov, mais Vogler n'aurait jamais accepté d'initier un officier de la police politique à ses activités secrètes. De plus, il ne savait pas comment contacter Aksakov, ni même si celui-ci était encore à Berlin.

Vogler en était déjà à l'étape suivante.

— Il y aurait peut-être une solution, souffla-t-il d'un air songeur. (Puis il tourna brusquement la tête vers Oppenheimer.) Je dois m'absenter un moment pour faire quelques préparatifs. Gardez Freese à l'œil. Je serai de retour dans une heure au plus tard.

1. Acronyme russe signifiant « Mort aux espions ! », employé pour désigner le contre-espionnage militaire qui était placé directement sous l'autorité de Staline pendant la guerre.

Après le départ de l'espion, Oppenheimer retourna à contrecœur dans l'appartement. La tâche que Vogler lui avait confiée était délicate, car d'autres complices de Bertram pouvaient surgir à tout moment dans l'immeuble.

Quand il entra dans le studio, Freese était en train de tirer sur ses liens. L'Argentin se figea aussitôt et prit une mine innocente.

Par précaution, Oppenheimer poussa le verrou. N'étant pas d'humeur à discuter, il laissa le bâillon dans la bouche du diplomate et alla s'asseoir derrière celui-ci sur le matelas éventré. De là, il pouvait surveiller en même temps la porte et son prisonnier.

Freese s'agita nerveusement dès qu'Oppenheimer disparut de son champ de vision. En se contorsionnant, il parvint à repérer son geôlier. Mais comme la position était trop inconfortable, il fut contraint de se retourner face à la porte et d'attendre, sans savoir quel sort lui était réservé.

Les minutes s'égrenèrent, interminables. Oppenheimer priait pour que Vogler soit de retour avant que d'autres sbires de Dostal n'aient l'idée de venir prendre des nouvelles de Bertram.

Le commissaire avait mal aux doigts à force d'étreindre la crosse de son pistolet. L'oreille aux aguets, il entendait le tic-tac régulier d'une horloge en provenance d'un appartement voisin. Celle-ci carillonnait tous les quarts d'heure de manière assourdie.

La sonnerie retentit trois fois avant que quelqu'un ne frappe plusieurs coups à la porte. Le commissaire poussa un soupir de soulagement. C'était le signal convenu avec Vogler.

Il déverrouilla, et l'ancien SS se faufila à l'intérieur, le souffle court.

— Dépêchons-nous. Ma voiture est garée dans la cour.

Vogler détacha le prisonnier. Ce dernier se leva en frottant ses poignets endoloris.

— Suivez-moi bien sagement.

L'agent secret glissa la main dans la poche de son manteau. Sous le tissu se dessina le canon de son arme.

— Pas de bêtise, sinon vous le regretterez. En avant !

Saisissant Freese par le bras, il l'entraîna vers la porte.

— Ouvrez !

L'Argentin obéit. Pressés l'un contre l'autre comme des frères siamois, les deux hommes sortirent sur le palier et descendirent l'escalier. Oppenheimer fermait la marche.

Le petit groupe atteignit le rez-de-chaussée sans encombre. Lorsqu'ils franchirent la porte donnant sur l'arrière-cour, ils se trouvèrent nez à nez avec un vieil homme à la mine grincheuse.

— Non, mais vous ne pouvez pas laisser votre bagnole ici ! Je passe à peine avec mon vélo !

Il secoua démonstrativement le guidon de sa bicyclette, sur lequel était fixée une corbeille en osier.

— Désolé, répondit Vogler sans hésiter. Nous devions livrer un tapis à cette adresse. De grande taille. Mais le client n'est pas chez lui.

C'est alors qu'Oppenheimer s'aperçut que Vogler avait troqué sa Volkswagen contre une fourgonnette. Le véhicule, idéal pour un transport de prisonnier, était garé dans le passage menant à la rue.

L'habitant de l'immeuble, coiffé d'un chapeau gorgé d'eau de pluie, dévisagea Vogler en fronçant les sourcils.

— Ça veut dire que vous allez revenir boucher le passage avec votre fichue camionnette ?

Oppenheimer décida d'intervenir.

— Rassurez-vous, il n'y aura pas de seconde livraison tant que la facture n'a pas été réglée entièrement. Vous pouvez le signaler à Herr Hüttl.

L'homme le regarda d'un air ahuri.

— Hüttl ? Mais il n'y a pas de Hüttl dans l'immeuble !

— Dans ce cas, pas étonnant que nous n'ayons trouvé personne, lança Vogler d'un ton désinvolte. (Il salua le voisin d'un signe de tête.) Merci du renseignement.

Avec douceur, il poussa Freese vers la fourgonnette.

Il ouvrit les deux panneaux du hayon. Puis il sortit son pistolet et invita en silence leur otage à monter à l'intérieur.

Malgré le peu de temps qu'il avait eu pour préparer sa manœuvre d'intimidation, Vogler semblait avoir tout prévu.

Le grondement du moteur parvenait assourdi dans l'espace de chargement fermé. Le plafond était tellement bas qu'on ne pouvait se tenir debout qu'en baissant la tête. Comme il n'y avait aucun siège, Oppenheimer et Freese avaient dû s'asseoir à même la plate-forme tôlée.

Les fenêtres latérales ressemblaient à des meurtrières grillagées. Celles-ci étaient juste assez grandes pour permettre aux passagers d'entrevoir le paysage urbain. Durant les premiers kilomètres, l'Argentin n'avait cessé de regarder le pistolet qu'Oppenheimer braquait sur lui. Puis, n'y tenant plus, il s'était tourné et mis sur les genoux afin de regarder dehors.

Le commissaire ne prêtait guère attention aux bâtiments qui défilaient derrière les étroites fenêtres. Sa mission consistait uniquement à surveiller leur prisonnier. Malgré tout, il n'avait aucun mal à reconnaître le chemin que prenait Vogler. L'espion n'empruntait sciemment que les grandes avenues.

Freese ne donnait pas l'impression d'être un Argentin de souche, mais les apparences étaient trompeuses. Il fallait partir du principe qu'il ne connaissait de Berlin que les lieux les plus célèbres. Vogler avait donc choisi un circuit très touristique pour se rendre dans le secteur soviétique.

Ils passèrent ainsi près de la tour de radiodiffusion, avant de voir apparaître le clocher détruit de l'église du Souvenir. Le trajet le plus direct aurait été de prendre l'axe est-ouest, toutefois leur chauffeur fit un large détour par l'aéroport de Tempelhof. L'agent secret avait décidé de retarder au maximum l'entrée dans la zone orientale afin de faire mariner Freese.

Oppenheimer avait du mal à garder son sérieux et devait faire un effort sur lui-même pour se retenir de rire. La ruse de Vogler fonctionnait à merveille. Observer les réactions de son vis-à-vis valait mieux que toutes les attractions touristiques de Berlin réunies. Au bout de quelques minutes seulement, l'Argentin avait oublié la présence de son geôlier. Agrippé au grillage, il jetait des regards désespérés par la petite ouverture. Plus la fourgonnette avançait vers l'est, plus les traits de son visage se décomposaient.

Ils arrivèrent finalement devant un grand panneau annonçant en plusieurs langues que l'on quittait le secteur américain. À ce moment précis, la panique saisit Freese.

Pantelant, il se laissa retomber sur le sol et jeta à Oppenheimer un regard noir.

— Qu'avez-vous l'intention de faire de moi ?

Ignorant ce que Vogler avait prévu, le commissaire se contenta de hausser les épaules.

La fourgonnette roula dans un nid-de-poule. La secousse les fit sursauter. Freese profita du violent cahot pour essayer de s'enfuir.

Il s'élança vers les battants du hayon et actionna la poignée comme un forcené.

Oppenheimer arma son pistolet. En entendant le déclic, le fuyard s'immobilisa.

— C'est verrouillé, dit le commissaire en lui faisant signe de se rasseoir.

Visiblement, son idée loufoque était la bonne. Freese était sur le point de craquer.

Quelques kilomètres après la frontière, le véhicule s'arrêta.

On glissa une clé dans la serrure du hayon. Le prisonnier écarquilla les yeux de terreur et recula contre la paroi du fond.

Dès que les battants s'ouvrirent, un nuage de tabac s'engouffra à l'intérieur. Aveuglé par la lumière du jour, Oppenheimer reconnut l'odeur du machorka russe. Il cligna des yeux et, quelques secondes plus tard, reconnut la silhouette de Vogler. L'espion était flanqué de deux hommes en uniforme.

Le commissaire n'en revint pas. Il s'agissait de soldats de l'Armée rouge. L'un d'eux était armé d'un fusil d'assaut, l'autre arborait d'épaisses moustaches noires comme du jais. De sous les bacchantes à la Staline jaillissait une cigarette incandescente.

La camionnette était garée au milieu d'une vaste cour gravillonnée. Au moindre mouvement, les semelles des trois hommes crissaient sur les petits cailloux. Un peu plus loin, on distinguait le bâtiment en briques jaunes d'une usine abandonnée. Les vitres qui garnissaient autrefois les hautes fenêtres avaient été soufflées, seuls les croisillons de plomb étaient encore intacts.

Les militaires saluèrent Oppenheimer d'un signe de tête amical et montèrent sur la plate-forme. Vogler referma les portes. Tandis que la clé tournait de nouveau dans la serrure, les Soviétiques s'installèrent à côté du commissaire. Freese se pelotonna avec angoisse dans le coin opposé.

Le moteur redémarra, et le véhicule se remit en marche. Le soldat moustachu écrasa le mégot de sa Papirossa sur la tôle avant de sortir une autre cigarette d'un paquet fripé. Puis il en offrit une à Oppenheimer, qui ne put refuser. Pour paraître crédible devant leur otage, il fallait jouer le jeu.

Le commissaire, qui connaissait quelques mots de russe, remercia son voisin.

— *Spassiba.*

Le militaire lui donna du feu, et ils fumèrent ensemble. Rapidement, une épaisse fumée bleutée remplit l'intérieur de la fourgonnette. Oppenheimer dut réprimer son envie de tousser. Il n'était pas habitué à un tabac aussi fort.

Freese sursautait au moindre bruit. Lorsque le soldat au fusil d'assaut lui adressa la parole, il fit semblant de ne rien remarquer.

Le Russe lui tapota alors le tibia avec le canon de son arme.

L'Argentin fut incapable de maîtriser ses nerfs plus longtemps. Il se mit à glapir et tambourina comme un dément contre la paroi derrière laquelle se trouvait la cabine du conducteur.

— Laissez-moi sortir ! Je vous dirai tout, mais ne me livrez pas aux Russes !

La fourgonnette s'immobilisa dans un crissement de pneus. On coupa le moteur. Oppenheimer entendit ensuite Vogler marcher vers l'arrière du véhicule. Les portes du hayon s'ouvrirent brusquement.

— Andreï !

L'agent secret fit signe au soldat armé du fusil d'assaut. Celui-ci attrapa Freese par l'épaule pour le tirer dehors.

Vogler saisit l'autre bras de l'Argentin. Ainsi encadré, le prisonnier fut entraîné en direction de l'usine en briques jaunes qu'Oppenheimer avait aperçue peu de temps auparavant. Manifestement, l'ancien SS n'avait fait que tourner en rond dans la cour gravillonnée.

Tandis que Freese était conduit sans ménagement vers le bâtiment désaffecté pour un interrogatoire en règle, le Soviétique moustachu resta assis près du commissaire et continua de fumer tranquillement. Lorsque les trois hommes eurent disparu dans l'usine, il ôta sa chapka.

— Fait rudement chaud là-dessous, mon gars ! gouailla-t-il soudain avec un fort accent berlinois. J'avais bien dit que ça ferait trop, mais Oskar tenait absolument à ce que je porte ce machin poilu.

Une fois remis de son étonnement, Oppenheimer sourit.

— Je dois reconnaître que notre ami avait raison. Ça fait plus… authentique.

Portant son regard sur l'usine, le commissaire se demanda ce qui pouvait se passer à l'intérieur.

— J'espère que toute cette mise en scène sera payante, murmura-t-il.

Au bout d'une heure, Vogler revint pour annoncer les premiers résultats obtenus.

— Freese fait encore des manières, mais il va coopérer.

L'espion s'assit sur le rebord de la plate-forme et sortit sa flasque de whisky. Après avoir avalé une gorgée d'alcool, il se tourna vers le faux militaire en montrant Oppenheimer du doigt.

— Tu peux déjà le conduire à Kottbusser Tor. Pension Keller. Ça va durer encore un moment de mon côté.

Le moustachu opina et prit la clé de la fourgonnette que lui tendait Vogler.

— Je ferais mieux d'aller enlever ces frusques, dit-il en se dirigeant vers le bâtiment jaune.

Une fois son complice parti, Vogler se pencha vers Oppenheimer.

— Demain soir, ce ne sera pas une répétition générale.

Le commissaire fronça les sourcils.

— Vous voulez dire que des criminels vont embarquer dès demain dans le camion de Dostal ?

— Apparemment. Après le démantèlement de la filière via l'Europe du Nord, la liste des candidats au voyage s'est allongée. De nombreux protégés de Perón poireautent à Berlin. Et pour certains, ça commence à sentir le roussi. Notamment deux types de la Kripo qui ont aidé Dostal. Freese ne connaît pas tous les détails, mais il a entendu dire que les traîtres seraient dans le premier chargement.

En entendant la nouvelle, Oppenheimer bondit de la camionnette et se mit à faire les cent pas devant l'ex-Hauptsturmführer.

— Bon sang ! Demain, c'est donc notre unique chance de les coincer. (Il se figea brusquement, tête baissée.) Et si je les faisais arrêter ?

Il leva les yeux vers Vogler en affichant un air de défi.

— Non, impossible, rétorqua aussitôt l'agent secret. Dostal ne doit pas apprendre que je suis sur sa piste. Sinon toute notre opération tombera à l'eau.

— Si Bertram ne vient pas demain, et que Freese manque également à l'appel, Dostal se posera forcément des questions.

Vogler balaya la remarque d'un geste.

— Pour Freese, ce n'est pas un problème. Il n'a jamais assisté à un départ sur le terrain. L'ambassade d'Argentine l'avait envoyé chez Bertram uniquement pour savoir s'il restait encore de la place pour un passager supplémentaire. S'il ne réapparaît que dans un ou deux jours, personne n'aura des soupçons. D'ici là, j'aurais trouvé son point faible pour m'assurer de sa coopération à long terme. Il est peut-être vénal. Ou il cache un secret avec lequel on pourra faire pression sur lui. Ça ne devrait pas être trop difficile. (L'espion haussa les épaules.) Au fond, les gens ne sont pas aussi différents qu'on le croit. Tout le monde a son prix. Et c'est mon job de le trouver.

Oppenheimer se demanda si son désir de voir les traîtres derrière les barreaux était une monnaie d'échange comme une autre aux yeux de son partenaire. L'ancien SS avait fait une promesse qui ne l'engageait à rien, et qui lui permettait d'obtenir gracieusement l'aide d'un commissaire de la Kripo.

— La mort de Bertram arrive certes au mauvais moment, poursuivit Vogler. Ça peut entraîner des complications. Il faut espérer que Dostal n'annulera pas le voyage. Freese ne m'a pas encore révélé l'adresse de l'entrepôt. Mais je réussirai à le faire parler.

— Et si nous n'arrêtons pas sur place les traîtres ? Que faisons-nous ? Nous les laissons s'enfuir ?

— Parfois, les méthodes les plus simples sont les meilleures, argua l'agent secret. Laissons les autres faire le sale boulot. Que diriez-vous si les flics pourris étaient appréhendés à la frontière de la zone soviétique ? Je suis discrètement le camion, et dès que je sais vers quel poste de contrôle il se dirige, je mets les gaz pour prévenir les gardes. Passeurs et passagers sont arrêtés – fin de l'histoire. Ce premier voyage vers la Suisse sera un échec pour Dostal, mais il ne saura jamais ce qui s'est passé. Il croira plutôt à un mauvais hasard et mettra ça sur le compte d'un soldat un peu trop zélé qui a mis son nez là où il ne fallait pas. Qu'en pensez-vous ? Cette solution vous paraîtrait-elle acceptable ?

Oppenheimer respira profondément. Les mains plongées dans les poches de son pardessus, il se balança d'avant en arrière.

— Bon, c'est d'accord. Mais avant que les traîtres n'atterrissent dans une prison russe, je veux connaître leurs noms.

Vogler acquiesça.

— Le mieux serait que vous veniez demain avec moi, comme prévu. Nous observons d'abord comment Dostal organise son transport de passagers clandestins, puis je vous donne carte blanche. Après notre planque, vous serez libre de révéler à vos supérieurs que deux de vos collègues voulaient mettre les voiles et qu'ils ont été arrêtés par les Russes. Votre hiérarchie s'occupera du reste.

L'espion tourna la tête vers le bâtiment jaune. Un homme en imperméable clair s'approchait de leur véhicule. En apercevant l'épaisse moustache, Oppenheimer reconnut le complice de Vogler. Sans son uniforme russe, le type paraissait beaucoup moins impressionnant.

— Vous pouvez passer la nuit à la pension Keller, expliqua Vogler en se levant. J'ai déjà prévenu la propriétaire. Demain midi, je viendrai vous rendre visite et nous mettrons au point notre opération. D'ici là, je saurai où se situe l'entrepôt de Dostal.

Sur ces mots, il laissa Oppenheimer remonter dans la fourgonnette et referma les portes du hayon.

31

Mardi 25 novembre 1947

Oppenheimer frotta ses membres endoloris. La veille, à peine entré dans la chambre de Vogler à la pension Keller, il s'était écroulé de fatigue sur le lit. Malgré l'inconfort du vieux matelas à ressorts usé, il avait immédiatement sombré dans un profond sommeil.

À présent, l'aube s'était levée. Tout perclus, il dut produire un effort surhumain pour parvenir à s'asseoir.

— Bonjour, chef !

Petit Hans était installé en face de lui dans un fauteuil qui paraissait tout aussi amoché que le lit.

Oppenheimer se souvint vaguement que le Schupo était déjà dans la chambre à son arrivée. Les hommes de Vogler avaient sans doute pris le relais à Lichtenrade et l'avaient conduit à la pension.

— Qu'est-ce que je dois faire maintenant ? Je peux retourner au poste, ou vous avez encore besoin de moi ?

La question était tout à fait justifiée.

— Chaque chose en son temps, grommela Oppenheimer en resserrant son pardessus.

Frau Keller devait économiser le combustible, car il faisait un froid de canard. Le commissaire était heureux de s'être endormi avec ses vêtements.

— Pourrait-on avoir un petit déjeuner par hasard ?

— Je vais me renseigner, chef.

Hans bondit du fauteuil dans un grincement de ressorts.

Après le départ du policier, le silence retomba. Oppenheimer soupira d'aise. Il avait besoin de calme pour ordonner ses pensées.

Au bout d'un moment, le colosse revint en compagnie de Frau Keller. La propriétaire de la pension déposa sur une petite table d'appoint un plateau avec deux tasses de café fumantes.

À sa grande déception, ce n'était malheureusement que de la chicorée. Mais le breuvage était chaud et stimula quand même le cerveau du commissaire, qui retrouva un peu d'allant. Il marcha lentement jusqu'au lavabo pour s'asperger le visage d'eau froide. En jetant un coup d'œil à son reflet dans le miroir mural, il constata que le matelas avait laissé une marque rouge sur sa joue gauche.

— Tu peux attendre demain avant de retourner au poste, Hans, dit-il en réponse à la question du Schupo. Ce midi, j'attends une visite de… Dorn. Mais je ne pense pas qu'il ait besoin de toi pour l'opération de ce soir.

Oppenheimer se mordit la lèvre. Il devait prendre garde de ne pas appeler Vogler par son vrai nom.

Dans le quartier, il dénicha un bureau de poste avec des téléphones publics en état de marche. Il appela Möller afin de l'informer des derniers événements. À la brigade, la nouvelle de la mort de Billhardt s'était répandue comme une traînée de poudre. Le conseiller antifasciste fut soulagé d'apprendre qu'Oppenheimer était à deux doigts de démasquer les traîtres au sein de leur unité. Celui-ci se contenta d'un résumé, parce qu'il ne pouvait pas révéler les détails de l'opération secrète de Vogler.

— De quoi avez-vous besoin pour ce soir ? s'enquit Möller avec ardeur. Déploiement de policiers ? Barrages routiers ? Tout est possible. Avez-vous de quoi écrire ? Je vous donne mon numéro personnel, au cas où je ne serais pas au bureau.

Oppenheimer nota le numéro dans son calepin. Au fond de lui, il était un peu mal à l'aise. Son supérieur le poussait à l'action, mais un élément essentiel manquait encore.

— Il y a un problème, énonça-t-il pour tempérer l'enthousiasme de Möller. À l'heure qu'il est, je ne connais pas le lieu du rendez-vous. Je l'apprendrai certainement au dernier moment. Nous n'aurons pas le temps de mettre en place un grand dispositif policier.

Möller savait qu'Oppenheimer enquêtait sur une filière d'exfiltration permettant aux criminels de guerre de fuir à l'étranger. Néanmoins, le commissaire ne pouvait lui avouer que l'organisation Gehlen était impliquée dans l'affaire.

— D'autres personnes s'intéressent à ce réseau, éluda-t-il. Disons qu'il y a des retombées diplomatiques. Je n'ai pas l'autorisation d'en révéler davantage, mais rassurez-vous, on va me filer un coup de main pour coincer les taupes qui se cachent dans nos rangs.

Möller avait lui aussi des informations à partager.

— Ce cher Hergesheimer de l'Identification judiciaire a accompli des miracles. Vous souvenez-vous des douilles que vous aviez retrouvées sur le toit de l'immeuble après l'attentat ? Elles ont malheureusement disparu. Mais Hergesheimer avait réussi auparavant à relever des empreintes sur le laiton. Comme il savait que les aspirants-inspecteurs faisaient partie des suspects, il s'est procuré les empreintes de Ziehm et Reinmann pour les comparer à celles sur les douilles. Il n'y a pas de correspondance, tous les deux sont hors de cause. Reste Wenzel. On ne peut pas exclure que votre assistant soit de mèche avec le tireur.

Oppenheimer sentit le sol se dérober sous ses pieds.

— Wenzel, un suspect ?

S'adossant contre la paroi de la cabine téléphonique, il passa en revue les dernières semaines. Son assistant avait participé à l'enquête depuis le début. Connaissant tous les détails, Wenzel était la personne la mieux placée pour tuyauter les hommes de Perón. Mais cette supposition ne lui semblait pas du tout crédible.

— Alors, Wenzel aurait organisé cet attentat contre moi dans le seul but de ne pas être soupçonné ?

— Ça peut paraître un peu tiré par les cheveux, mais ce n'est pas impossible, rétorqua Möller.

— L'une des balles l'a atteint. Si c'était prévu, il devait avoir un tireur d'élite comme partenaire. Et même dans ce cas-là, le risque était extrêmement élevé. On se trouvait dans un véhicule en mouvement, à plus de deux cents mètres de distance. Ce n'est pas rien, même pour un as du tir de précision.

— Un as du tir de précision, c'est bien ça. Nous en avons la confirmation.

Oppenheimer n'en crut pas ses oreilles.

— Cette fois, je n'y comprends plus rien.

— Dans nos archives, nous avons trouvé une correspondance pour l'une des empreintes laissées sur les douilles. Le tireur a déjà commis un délit, il est fiché chez nous. Il s'agit d'un certain Klaus-Dieter Brinkmann. Né en 1922 à Gladbeck. Il est venu très jeune à Berlin, car il était doué pour s'occuper des chevaux. Il a travaillé un moment à l'hippodrome de Hoppegarten. Puis il s'est fait pincer pour une histoire de paris truqués.

— Un drôle d'oiseau, ce Brinkmann.

— Nous sommes tombés par hasard sur son dossier. Malheureusement, une partie des documents est abîmée. Ils ont sans doute été aspergés d'eau pendant un incendie. On ne voit plus rien sur les photos de Brinkmann.

Oppenheimer poussa un juron.

— On ne sait donc pas à quoi il ressemble.

— Non, reprit Möller. Mais Brinkmann était un petit poisson. Il n'a écopé que d'une courte peine. Quand il est sorti de prison, la guerre a éclaté. Pour en savoir plus sur lui, j'ai fait appel à des gens dignes de confiance, et ils ont retrouvé sa trace. Brinkmann a été incorporé. Sur le front de l'Est, les tireurs d'élite de l'Armée rouge ont fait subir de lourdes pertes aux troupes allemandes. Les nazis se sont donc eux aussi mis en quête de bons tireurs. Et Brinkmann avait du talent. On lui a demandé de suivre une formation spéciale pour apprendre à se servir d'un fusil de précision.

— A-t-il fait plus de cinquante victimes dans les rangs ennemis ? interrogea Oppenheimer.

Au bout de la ligne, le silence s'installa. Seul un léger crépitement était perceptible. Il se demanda si la communication avait été interrompue.

Au bout d'un moment, il perçut de nouveau la voix de Möller. Celui-ci semblait perplexe.

— Pourquoi cette question ?

— Vous n'êtes pas au courant ? s'étonna le commissaire. La propagande nazie vantait sans cesse les actes héroïques des tireurs d'élite allemands. Hitler a même fait fabriquer des décorations spéciales pour récompenser les meilleurs d'entre eux. Quand un tireur atteignait un total de cinquante victimes avérées, il était invité par le Reichsmarschall Goering en personne à participer à une partie de chasse en présence de la presse. Si Brinkmann était doué, on pourrait certainement retrouver des articles de journaux.

Möller émit un grognement approbateur.

— En tout cas, personne ne l'a revu après la fin de la guerre. Il est certainement entré dans la clandestinité.

— Peu importe. Brinkmann devrait sûrement être de la partie ce soir. Et je serai là pour identifier les traîtres.

— Coincez ces salauds, Oppenheimer. Je compte sur vous.

— Ne vous en faites pas. Je les aurai.

Après avoir raccroché, le commissaire dut s'avouer qu'il n'était pas certain de pouvoir tenir sa promesse. Dans quelques heures, Vogler et lui joueraient gros. L'ex-Hauptsturmführer aimait ce genre de situation à hauts risques qui le stimulait. Aux yeux d'Oppenheimer, c'était plutôt un fardeau dont il avait hâte de se débarrasser.

Tandis qu'il retournait sous la pluie à la pension Keller, il eut un mauvais pressentiment. L'opération qui aurait lieu dans la soirée ne pouvait qu'échouer. Il y avait trop de facteurs impondérables.

Mieux valait ne pas se faire trop d'illusions. Ce serait quitte ou double.

Oppenheimer grimaça. Il avait toujours détesté les métaphores en lien avec les jeux de hasard.

Avec la tombée de la nuit, la pluie s'était mêlée de neige. Enveloppé dans son pardessus trop grand, Oppenheimer avait pris place dans la voiture de Vogler. Alors que son partenaire conduisait, le commissaire contemplait les flocons étincelants qui surgissaient des ténèbres pour virevolter devant les phares.

Il était à présent dix heures moins le quart. Dostal et ses hommes ne tarderaient pas à se retrouver dans leur entrepôt secret. Vogler avait démarré sans révéler leur destination. Depuis qu'Oppenheimer le connaissait, l'ancien SS se plaisait à faire des cachotteries. Cette manie agaçait le commissaire, qui ne pouvait pas se préparer à ce qui l'attendait.

Vogler avait une nouvelle fois changé de véhicule. Il avait abandonné la fourgonnette au profit d'une vieille guimbarde cabossée. Lorsqu'ils avaient commencé à rouler, Oppenheimer avait vite compris qu'il s'agissait d'un camouflage. L'automobile, à première vue délabrée, était dotée d'un moteur puissant et silencieux. L'engin idéal pour une filature discrète.

Ils longèrent la gare de marchandises de Moabit, puis Vogler s'engagea sur le Putlitzbrücke. Tandis qu'ils franchissaient le pont, le commissaire devina où ils se rendaient.

— Le lieu de rendez-vous est à Westhafen. (Il soupira avant d'ajouter :) Freese a fini par parler.

Vogler perçut le ton de reproche dans la voix de son passager.

— Désolé, je ne pouvais rien vous dire avant. Secret-défense.

— L'important, c'est que nous soyons ici.

Oppenheimer plissa les yeux pour apercevoir l'espace portuaire qui s'étirait sur leur gauche. Dans l'obscurité, on ne voyait que les toits humides étincelants des bâtiments et le halo bleu diffus des réverbères.

En raison de ses vastes dimensions et ses nombreux entrepôts, Westhafen était une véritable ville dans la ville. La zone était constituée de trois bassins à flot disposés parallèlement. Enclavé entre deux canaux et les voies de chemin de fer, l'ensemble formait, vu du ciel, un gigantesque « E ». Avant guerre, cet endroit avait été le deuxième plus grand port fluvial d'Allemagne. Jour et nuit, d'immenses grues mobiles déchargeaient des navires et entreposaient des tonnes de marchandises dans les docks. Plus de la moitié du site avait été fortement endommagée par les bombardements. Tous les crônes avaient été démontés et emportés par les Alliés à titre de dédommagement.

Les deux édifices marquants du port étaient situés dans la partie méridionale. L'entrepôt des douanes, qui s'élevait à l'extrémité de la langue de terre la plus au sud, ressemblait à une forteresse de briques sombres. Et à l'autre bout du bassin central se dressait le bâtiment administratif de la Berliner Hafen- und Lagerhausgesellschaft[1], surplombé par une sorte de beffroi. Dans la nuit, on devinait la silhouette mutilée de la haute tour panoramique, qui avait été touchée par une bombe.

Vogler ralentit et mit son clignotant à gauche pour emprunter la route d'accès à l'espace portuaire.

— Nous arrivons devant la porte est, indiqua Oppenheimer. Mais il y a une autre entrée côté ouest, dans la Beusselstraße. J'espère que vous avez posté des hommes là-bas ?

L'agent secret opina.

— Une équipe est déjà en place. Nous ne pouvons pas rater Dostal et ses sbires. Il n'y a pas d'autre issue.

Vogler s'arrêta au pied d'un immeuble de bureaux. L'entrée de la zone portuaire, fermée par une barrière, se trouvait à une trentaine de mètres. Il se gara dos au bâtiment afin de

1. En abrégé BEHALA : société d'exploitation de Westhafen.

pouvoir redémarrer rapidement s'ils apercevaient le camion des criminels.

De gros flocons ne cessaient de tomber sur le pare-brise pour fondre aussitôt. De l'autre côté de la route, Oppenheimer discernait le grenier à céréales de dix étages qu'on avait construit au bord du canal d'Hohenzollern. Un bloc rectangulaire noir comme de l'encre, couronné par un large toit en bâtière.

À cette heure-ci, l'endroit était désert. Un peu trop désert au goût d'Oppenheimer, qui craignait d'avoir manqué quelque chose. Nerveux, il s'agita sur son siège.

— Je pourrais me poster à l'angle du bâtiment, proposa-t-il.

— Non, inutile, assura Vogler. C'est la route d'accès. Ils sont forcés de passer par ici. Et nous avons une demi-heure d'avance, d'après la feuille de route de Bertram.

Oppenheimer se demanda comment son partenaire pouvait rester aussi calme.

— Nous n'avons pas de provisions de bouche ? Nous ne savons pas combien de temps va durer la poursuite.

Vogler fronça les sourcils. Visiblement, il n'avait pas paré à cette éventualité. Il sortit sa flasque de la poche de son manteau et la donna à son passager.

— Ça devra suffire.

Oppenheimer soupira intérieurement. N'ayant aucune envie de boire de l'alcool, il rendit le flacon plat à son propriétaire.

Le regard braqué sur la route, Vogler ne réagit pas.

— Que le spectacle commence, murmura-t-il d'une voix rauque.

Oppenheimer tourna la tête et aperçut un homme qui arrivait à vélo. Vêtu d'un long imperméable, l'inconnu ne semblait pas pressé. Regardant autour de lui, il s'arrêta près d'un réverbère.

Instinctivement, Oppenheimer et Vogler se baissèrent pour ne pas se faire repérer.

— Une sentinelle ? souffla le commissaire.

L'ex-Hauptsturmführer resta silencieux. Levant légèrement la tête, il jeta un coup d'œil par-dessus le tableau de bord.

L'inconnu alluma une cigarette avant de se remettre à pédaler en direction de l'entrée du port.

— On dirait que ce type cherche le lieu du rendez-vous.

— Il faut le suivre, pressa Oppenheimer. Je dois voir ce qui se passe et vérifier si les taupes de la Kripo sont ici. Vous me l'avez promis.

La mine impassible, Vogler contemplait les flocons de neige qui se posaient sur le pare-brise.

— Bon, d'accord, chuchota-t-il finalement. (Il retint par le bras Oppenheimer, qui s'apprêtait à descendre de la guimbarde.) Mais souvenez-vous : nous ne devons en aucun cas nous faire remarquer.

Quelques instants plus tard, ils se faufilaient comme deux ombres le long de l'immeuble de bureaux.

Oppenheimer montra du doigt un petit bâtiment situé à côté de la porte est. Avec ses combles mansardés, ses balcons et sa façade enrichie d'ornements, celui-ci détonnait dans le décor. Le commissaire savait qu'on le surnommait le Casino. Il abritait une cantine et des logements de fonction.

C'était le poste d'observation idéal, puisque tous ceux qui voulaient pénétrer dans la zone portuaire devaient passer à proximité.

Après avoir pris une longue inspiration, Oppenheimer s'élança vers la villa, talonné par Vogler. Ils traversèrent une voie ferrée qui partait en direction des docks puis, tête baissée, ils coururent se cacher derrière un camion à gazogène garé non loin du Casino. D'ici, ils avaient une vue imprenable sur la route d'accès.

Le mystérieux cycliste avait disparu. Mais un instant plus tard, Oppenheimer vit des phares approcher. Une voiture vint s'arrêter à quelques mètres de la barrière du portail d'entrée.

Un homme sortit du véhicule. Il enfonça son chapeau jusqu'aux yeux, remonta le col de son manteau et marcha vers le poste de garde vitré.

L'inconnu échangea quelques mots avec les sentinelles. À Westhafen, on entreposait non seulement des marchandises de toutes sortes, mais aussi des vivres. Comme ces denrées attiraient voleurs et trafiquants, le périmètre était étroitement surveillé.

Des éclats de rire parvinrent aux oreilles du commissaire. À l'évidence, les complices de Dostal étaient des habitués de l'endroit puisqu'ils pouvaient même se permettre de plaisanter avec les sentinelles.

— Ils ont certainement soudoyé les gardes, commenta Vogler.

L'homme salua les factionnaires en touchant de l'index le rebord de son chapeau. Puis, enfonçant les mains dans les poches de son manteau, il se dirigea vers le parking qui jouxtait le bassin central.

— Celui-ci continue à pied, murmura Oppenheimer. Je veux voir où il va.

Sans attendre la réponse de son partenaire, il quitta sa cachette et suivit discrètement la piste de l'inconnu.

Une dizaine de camions étaient garés sur le parking. Au milieu de ce labyrinthe de silhouettes sombres, une bâche claquait au vent. Oppenheimer courut se mettre à l'abri derrière l'un des poids lourds. Regardant autour de lui, il perçut un mouvement sur sa gauche. Il contourna le capot du véhicule et vit le type marcher vers les docks. Sur le quai, une imposante construction métallique se découpait sur le ciel nocturne. Il s'agissait d'un semi-portique, fixé au mur d'un hangar de stockage. Privé de sa cabine et de son palan, celui-ci n'avait plus qu'un rôle décoratif.

L'homme passa sous les poutrelles de l'appareil de manutention et s'approcha de l'entrepôt adjacent. Sans faire le moindre effort pour dissimuler sa présence, il gravit tranquillement les marches d'un escalier permettant d'accéder à une rampe de déchargement qui s'étendait le long du bâtiment. Personne n'aurait pu deviner que cet individu appartenait à un réseau qui aidait des nazis en cavale à quitter le pays.

Des projecteurs installés à intervalles réguliers éclairaient généreusement la rampe. Par précaution, Oppenheimer laissa une avance confortable à l'inconnu avant de monter l'escalier à son tour. Sur toute sa longueur, le hangar disposait d'une dizaine de portes légèrement renfoncées. Le commissaire se glissa d'une niche à l'autre pour ne pas se faire repérer.

L'homme finit par ouvrir l'une des portes doubles et pénétra dans l'édifice. Oppenheimer perçut des bribes de conversation. Dostal et ses acolytes étaient donc là. Dès que les battants se furent refermés, il se précipita vers l'une des fenêtres. Nerveux, il risqua un coup d'œil à l'intérieur. Hormis une faible lueur, on ne voyait pas grand-chose à travers les carreaux poussiéreux. D'ici, il était impossible d'identifier les traîtres de la Kripo.

Le commissaire étouffa un juron. Il n'avait pas le choix. Le seul moyen était de se faufiler dans l'entrepôt. Au moment où il allait actionner la poignée d'une porte voisine, Vogler surgit près de lui.

— Il faut retourner à la voiture, chuchota l'espion. Sinon, nous ne pourrons pas les prendre en chasse.

Oppenheimer reconnut que son partenaire avait raison. Vogler devait être derrière son volant au moment où le camion de Dostal sortirait de la zone portuaire.

D'un autre côté, la solution de l'énigme était à portée de main. Il suffisait de se glisser dans le hangar pour découvrir qui étaient les flics corrompus.

— D'accord, allez-y, répondit le commissaire.

Vogler le regarda sans comprendre.

— Quoi ?

— Je veux savoir qui sont ces pourris. Retournez à la voiture. Je vous rejoindrai. Si je ne suis pas de retour à temps, ne m'attendez pas. Suivez le camion et arrêtez-le à la frontière comme prévu. Pas question de laisser filer les criminels cachés dedans.

L'ex-Hauptsturmführer dévisagea Oppenheimer d'un air critique avant de tourner les talons. Se figeant brusquement, il tira un objet de son manteau.

— Prenez ça.

Le commissaire fixa avec étonnement le pistolet que Vogler lui avait mis dans la main.

— À vrai dire, je n'avais pas l'intention d'approcher d'aussi près la bande de Dostal.

L'ancien SS haussa les épaules.

— J'ai une arme de secours. Si les choses tournent mal, tirez pour m'avertir.

Sur ces paroles, il sauta de la rampe et repartit en direction du parking. Quelques secondes plus tard, il fut englouti par une bourrasque de neige.

La porte près de laquelle se tenait Oppenheimer n'était pas fermée à clé. Entrebâillant un battant, il se coula furtivement dans l'ouverture.

D'après ce qu'il pouvait distinguer dans la pénombre, l'entrepôt était constitué d'une unique salle aux dimensions considérables. Le haut plafond était soutenu par plusieurs rangées de piliers. Entre les colonnes, on avait soigneusement empilé des sacs de jute bien remplis.

Les hommes de Dostal avaient allumé une lampe au fond du bâtiment, ce qui permettait à Oppenheimer de s'orienter. Et grâce aux montagnes de marchandises, il pouvait avancer à couvert.

Il étreignit la crosse du semi-automatique et se remit en marche. Tête baissée, il progressa lentement vers la source de lumière. Au bout d'un moment, il aperçut plusieurs individus qui entraient et sortaient du hangar par une large porte. Les malfrats charriaient sur leurs épaules des sacs qu'ils déposaient dehors sur une rampe située à l'arrière de l'entrepôt.

— Viens m'aider ! ahana l'un des types.

Un autre homme s'approcha. Ensemble, ils transportèrent une épaisse cloison de bois vers l'extérieur.

Un courant d'air froid cingla le visage d'Oppenheimer. Quand ils eurent fini, les passeurs commencèrent à s'affairer sur la rampe.

Le commissaire courut jusqu'à une fenêtre pour observer ce qui se passait dehors. La plate-forme de chargement était construite de la même manière que sur la partie antérieure de l'édifice. Trois camions étaient garés à quai, hayons ouverts.

À travers les carreaux sales, Oppenheimer ne voyait presque rien. Impossible de savoir dans quel poids lourd les passeurs installaient le compartiment secret. Il nettoya un coin de vitre avec la manche de son pardessus et approcha son visage.

C'est alors qu'il l'aperçut.

Un homme se tenait près de la porte, une pipe à la bouche. Tout en regardant les autres travailler, il gratta une allumette et tira tranquillement sur sa bouffarde.

Cela ne pouvait être que Dostal. Le mystérieux chef du réseau que Vogler traquait depuis des semaines.

L'émissaire de Perón lui tournait le dos. Oppenheimer réfléchit fébrilement. S'il réussissait à discerner le visage de Dostal, il parviendrait peut-être plus tard à l'identifier.

Il jeta un coup d'œil autour de lui. Non loin de la porte se dressait une haute pile de sacs de jute. Le commissaire décida de grimper au sommet de cette montagne de denrées, qui ressemblait à une pyramide à degrés. De ce poste surélevé, il aurait une vue dégagée sur Dostal et ses hommes.

Il s'approcha à pas de loup du monticule. Après avoir glissé son arme dans la poche de son manteau, il entama l'ascension de la pile. Au bout de quelques instants déjà, il eut l'impression d'être complètement recouvert de poussière, et ses joues commencèrent à le démanger. Il s'essuya le visage du revers de la main avant de poursuivre son effort. Quelques instants plus tard, il parvint à se hisser jusqu'au faîte de la pyramide. Par chance, les dockers avaient bien travaillé. Soigneusement empilés, les sacs formaient tout en haut de l'amoncellement une surface plane. Environ un mètre séparait celle-ci du plafond de l'entrepôt. Oppenheimer fut donc forcé de ramper jusqu'au bord. La lampe allumée par les malfrats se trouvait juste devant lui. De son perchoir, il pouvait espionner Dostal en toute discrétion.

En contrebas, le cerveau de la bande se tourna vers l'un de ses complices et échangea quelques mots avec lui. Il avait un visage rond, souligné par un double menton. Manifestement, sa peau très blanche n'avait pas vu le soleil depuis longtemps. Avec sa pipe vissée au coin de la bouche, il donnait une impression de nonchalance qui tranchait avec l'agitation de fourmilière autour de lui.

Soudain, il fit signe à quelqu'un d'approcher. Oppenheimer tressaillit en découvrant la personne concernée.

Le commissaire connaissait cette démarche souple et ces lèvres rieuses. Lorsque l'homme releva son chapeau, il n'eut plus aucun doute.

Dostal discutait avec Arthur Ziehm, l'aspirant-inspecteur.

32

Mardi 25 novembre 1947

Dostal et l'assistant de Billhardt bavardaient comme deux vieux amis. Un troisième personnage se joignit à eux. Celui-ci portait une valise. Le deuxième traître qui devait quitter Berlin cette nuit. Oppenheimer crut reconnaître un collègue de Ziehm, un aspirant-inspecteur dont il avait oublié le nom. Il se souvenait vaguement de l'avoir déjà croisé dans les bureaux de la brigade. Avec son physique quelconque, le jeune homme efflanqué était l'un de ces individus que l'on remarquait à peine.

Dostal serra la main des deux policiers et tourna les talons. Au grand étonnement d'Oppenheimer, le chef de la bande s'apprêtait à quitter les lieux. Comme tout se déroulait sans incident, il ne se donnait même pas la peine d'assister au départ du camion. D'un signe de tête, il encouragea ses hommes à poursuivre le chargement, puis il rentra à l'intérieur de l'entrepôt.

Oppenheimer le regarda traverser la vaste salle en direction du bassin central. Maintenant qu'il avait découvert l'identité des deux taupes de la Kripo, le commissaire ne savait plus quoi faire. Il était tenté de suivre Dostal, mais ce n'était pas à lui d'arrêter le patron du réseau d'exfiltration. Vogler ne voulait pas intervenir. Sa mission se limitait à surveiller la mise en place de la nouvelle filière.

Dostal ouvrit l'une des portes et sortit du hangar. Peu après, Oppenheimer entendit un bruit de moteur. Il en déduisit que le mystérieux agent de Perón s'en allait à bord d'une embarcation.

De l'autre côté de l'entrepôt, les hommes s'étaient rassemblés sur la rampe. Le départ semblait imminent. Oppenheimer décida de quitter son poste d'observation. Tandis qu'il redescendait la pile de sacs, des portes claquèrent.

Arrivé au pied de la pyramide, il courut vers la fenêtre et jeta un coup d'œil à l'extérieur. On avait refermé les hayons des camions.

Ziehm et son collègue avaient disparu. Ils avaient certainement pris place dans leur cachette. Oppenheimer devinait que les hommes de Dostal avaient construit un double-fond dans la caisse de l'un des camions. Derrière le chargement, l'espace secret était indétectable.

Trois membres de la bande enfilèrent des vestes en cuir et troquèrent leur borsalino contre des casquettes. De loin, il était impossible de les distinguer.

Oppenheimer comprit alors le plan ingénieux de Dostal. La stratégie de Vogler tombait à l'eau.

Sous le regard dépité du commissaire, les faux chauffeurs déployèrent et attachèrent les bâches des camions, puis s'installèrent dans leurs cabines respectives. Ce n'était pas un, mais trois véhicules qui rouleraient vers la Suisse. Un seul d'entre eux transportait les policiers. Les autres feraient diversion en prenant un itinéraire différent.

Oppenheimer avait besoin d'aide pour empêcher le départ des poids lourds. Pistolet au poing, il se mit à courir et ressortit du bâtiment en empruntant le chemin par lequel il était venu. Alors qu'il dévalait l'escalier de la rampe, il entendit les camions démarrer. Un instant plus tard, les véhicules apparurent au coin du hangar. Roulant en file indienne, ils longèrent le grand parking et mirent le cap vers la porte orientale.

Le commissaire fonçait à toute allure, mais la lutte était inégale. Fou de rage, il vit les poids lourds s'éloigner. Les traîtres de la Kripo allaient lui glisser entre les doigts.

Il était encore à plusieurs dizaines de mètres du Casino lorsque les feux arrière des camions s'allumèrent. La barrière du portail était fermée. Un des gardes enfila un manteau et sortit de la guérite. Sans se presser, il se dirigea vers le véhicule de tête. Le conducteur baissa sa vitre pour tendre les documents de transport.

C'était le moment ou jamais. Oppenheimer serra les dents et accéléra l'allure. Quand il fut à distance de tir, il s'arrêta. Il leva son arme, visa la roue arrière droite du dernier camion et attendit que sa respiration se calme. Puis il pressa la détente.

Le coup de feu résonna à travers la zone portuaire. L'air s'échappa du pneu percé en sifflant. Le véhicule se pencha doucement sur le côté.

Oppenheimer tira une seconde fois. Le pneu arrière gauche éclata à son tour, et le poids lourd s'affaissa sur les jantes.

Alertés par les détonations, les trois chauffeurs jaillirent des cabines. Dans la lumière pâle des réverbères, leurs pistolets miroitèrent comme du vif-argent. Tête baissée, ils se plaquèrent contre la carrosserie de leurs véhicules, car ils ignoraient d'où venait l'attaque.

Le commissaire avait semé le trouble. Il devait maintenant profiter de l'agitation et empêcher coûte que coûte la barrière de se lever. Ainsi, les camions resteraient pris au piège.

Il se rua vers le Casino. Arrivé à couvert, il contourna le bâtiment et se posta à l'angle de la façade. D'ici, la barrière était à portée de tir.

Le gardien essaya de quitter son abri. Caché derrière le premier camion, il fit le tour du capot à quatre pattes et se redressa pour courir jusqu'à sa guérite.

Oppenheimer tira en l'air. L'employé de la BEHALA tressaillit et rebroussa aussitôt chemin.

Les chauffeurs, qui avaient localisé leur assaillant, ouvrirent le feu de concert. Des briques volèrent en éclats. Une balle vint se loger dans le mur près du commissaire. Sans viser, ce dernier répliqua avant de se remettre à couvert.

À cet instant, une voix tonna dans la pénombre :

— Mains en l'air ! Toute résistance est inutile !

C'était Vogler.

L'ex-Hauptsturmführer devait se dissimuler derrière la guérite des sentinelles.

Oppenheimer entendit un bruit de pas précipités en provenance des camions. Penchant la tête, il vit les hommes de Dostal courir à toutes jambes vers le canal d'Hohenzollern. Visiblement, ils préféraient s'enfuir plutôt que de risquer leur tête.

Vogler apparut devant le portail. Souriant, il s'approcha de la barrière.

Oppenheimer comprit que l'espion n'avait jamais eu l'intention d'appréhender les conducteurs. Pour ne pas menacer sa mission de renseignement, il avait préféré les mettre en fuite. Un bon compromis qui lui permettait de rester dans l'ombre.

Le commissaire marcha vers les poids lourds. Il avait encore une chose à régler, et lui n'avait aucune envie de faire des compromis.

La cachette des passagers clandestins se trouvait dans l'un des véhicules. Avec un peu de chance, Ziehm et son collègue n'avaient pas eu le temps de décamper.

Le gardien du port tremblait comme une feuille. Pelotonné contre le pare-chocs du camion de tête, il leva les mains en signe de reddition.

— Police, dit Oppenheimer. Nous cherchons des marchandises de contrebande.

— Je ne suis au courant de rien.

Le commissaire se contenta de froncer les sourcils. Cet homme ne l'intéressait pas.

— Allez donc retrouver vos collègues.

Après cette demande polie, il braqua son arme sur l'employé du port. Apeuré, celui-ci se mit debout d'un bond et courut se réfugier dans la guérite vitrée.

Oppenheimer s'avança vers la caisse du premier camion. Pour effrayer Ziehm, il tira sous la barre qui soutenait la bâche. La balle laissa un trou dans la pièce de toile épaisse.

Tandis qu'il se dirigeait vers le deuxième véhicule, il entendit une sorte de raclement. Soudain, il vit la lame étincelante d'un couteau entailler la cloison de tissu.

Vogler se tenait toujours près de la barrière. Lui aussi avait remarqué la fente dans la bâche.

Oppenheimer posa l'index sur ses lèvres et fit signe à son compagnon d'approcher.

C'est alors qu'un homme tira sans sommation et sauta à travers la toile déchirée. Il roula sur le sol, se redressa aussitôt et partit en courant.

Vigilant, Oppenheimer se précipita sur lui et l'agrippa par la manche. Vogler mit en joue le fuyard.

— Arrêtez, ou je tire !

Le type se figea. Le souffle court, l'air résigné, il n'opposa aucune résistance. En examinant son visage, Oppenheimer reconnut le jeune collègue de Ziehm.

Au même moment, il perçut derrière lui des bruits de pas. L'assistant de Billhardt s'était glissé furtivement hors de sa cachette et courait vers le sud en direction de la gare de triage de Moabit.

— Appelez une patrouille de police ! Vite ! cria Oppenheimer à Vogler avant de se lancer à la poursuite du traître.

Ziehm creusa rapidement l'écart, car il avait une bien meilleure endurance que le commissaire. Il passa près du Casino et traversa une bande de verdure.

Quelques instants plus tard, Oppenheimer atteignit à son tour le petit bosquet en respirant bruyamment sous l'effort. Il dut marquer une pause pour reprendre haleine.

De là où il se trouvait, il avait une bonne vue sur la partie sud de l'espace portuaire et la gare de triage voisine. Ziehm se dirigeait à toute allure vers une rotonde qui faisait face au bâtiment administratif de la BEHALA. Au-delà, on apercevait le Putlitzbrücke qui enjambait le faisceau de voies ferrées. Et à côté, il y avait la station de S-Bahn de Westhafen.

Oppenheimer poussa un juron en voyant défiler les fenêtres illuminées d'une rame de la ligne circulaire. Si Ziehm parvenait à attraper un train, il pourrait disparaître dans la jungle citadine sans laisser de trace.

Le commissaire se remit en mouvement. Après quelques dizaines de mètres seulement, ses jambes devinrent lourdes comme du plomb. Ahanant, il poursuivit son effort. Devant lui, Ziehm entra dans la rotonde obscure.

Grimaçant de fatigue, Oppenheimer parvint enfin au bâtiment. Il traversa à tâtons la vaste salle plongée dans les ténèbres. Ayant atteint l'issue opposée, il s'arrêta pour s'orienter. De l'autre côté des voies se dressaient une clôture et les silhouettes mutilées d'immeubles bombardés. L'aspirant-inspecteur pouvait être partout. Comme il ne voyait presque rien, Oppenheimer devait se fier à son ouïe.

Il s'efforça de maîtriser sa respiration et dressa l'oreille. Tout était silencieux autour de lui. Il n'entendait que le bourdonnement nocturne de la ville et les battements de son propre cœur. Mais, brusquement, il reconnut un autre bruit.

Un peu plus loin, quelqu'un marchait sur le ballast. Le commissaire tressaillit. Dans le noir, il crut percevoir un mouvement à une cinquantaine de mètres devant lui.

De nouveau, le gravier crissa, puis un juron à demi étouffé fusa. Ziehm avait trébuché en voulant franchir l'inextricable lacis des rails. Oppenheimer tourna la tête dans la direction d'où était venue l'exclamation agacée. Apparemment, l'écart qui le séparait du fuyard avait fondu comme neige au soleil. Ziehm était maintenant à portée de tir.

Oppenheimer décida de tenter le tout pour le tout.

— Stop ! enjoignit-il. Sinon, je serai dans l'obligation de faire usage de mon arme !

En guise de réponse, il vit le canon d'un pistolet s'embraser, puis une détonation claqua. Ziehm avait fait feu sur lui. La balle se perdit dans la nuit. Incapable de discerner son poursuivant, le traître avait tiré au hasard.

Les crissements du ballast reprirent de plus belle. Ziehm n'avait aucunement l'intention de se rendre.

Oppenheimer se concentra sur ces craquements et localisa rapidement le fuyard. Se sachant sous la menace d'une arme, celui-ci progressait vers la clôture qui bordait les voies en faisant de brusques crochets.

Au même moment, le commissaire perçut un autre bruit. Un train était arrêté à la station de Westhafen. Le claquement des portes se répercuta contre les arches du Putlitzbrücke. Puis le S-Bahn s'ébranla en trépidant.

Oppenheimer vit bientôt les phares de la rame automotrice. Les fenêtres des wagons brillaient dans l'obscurité.

En approchant, le train éclairait les voies. Soudain, la silhouette de Ziehm apparut clairement devant Oppenheimer. Le commissaire ne tergiversa pas. Levant son semi-automatique, il tira.

Un cri de douleur.

Ziehm s'écroula sur les traverses. Sans baisser son arme, Oppenheimer marcha vers lui tandis que le S-Bahn poursuivait sa course vers l'ouest.

Il dut se retenir de ne pas courir. Il brûlait de saisir le traître au collet et de le secouer violemment. Mais l'homme était dangereux.

Se figeant, il attendit que la rame se soit éloignée pour parcourir les derniers mètres à la faveur de l'obscurité. Il n'avait qu'à se laisser guider par les râles que poussait le policier blessé.

Tout à coup, la voix de l'aspirant-inspecteur brisa le silence.

— Pourquoi est-ce que je n'arrive pas à vous atteindre ?

Il eut un petit rire avant de recommencer à gémir faiblement.

Le doigt sur la gâchette, Oppenheimer s'arrêta devant le traître qui gisait sur le sol.

— C'est donc vous qui m'avez tiré dessus devant les bureaux de la brigade ?

— Quarante-deux fois…

Ziehm semblait gravement blessé. Il avait du mal à articuler.

— Quarante-deux tirs certifiés pendant la guerre… En réalité, il y en a certainement eu deux fois plus. À la fin, je ne manquais presque jamais ma cible. C'est comme le vélo, quand on a compris le truc, ça devient très facile. Et puis Wenzel est venu me mettre des bâtons dans les roues. Je vous avais déjà dans mon viseur. Mais cet imbécile a accéléré brutalement et donné un coup de volant.

Le jeune policier semblait vexé.

— C'est donc vous, Brinkmann ? s'enquit Oppenheimer.

Ziehm respira bruyamment.

— Vous êtes au courant ?

— Nous avons trouvé vos empreintes sur les douilles.

— Je m'en doutais. (L'aspirant-inspecteur soupira.) Ne le prenez pas mal, si j'ai essayé de vous tuer… C'était un ordre direct de Dostal. J'ai obéi, même si je trouvais ça inutile. Nous avions déjà effacé toutes nos traces. Oehler m'a bien aidé. C'est un type réservé, mais consciencieux. Qui possède d'excellentes relations. C'est grâce à lui que nous avons pu entrer dans la salle des scellés et dans le labo de l'Identité judiciaire.

Oppenheimer comprit pourquoi les empreintes de Ziehm ne correspondaient pas à celles de Brinkmann.

— Vous avez appris que Hergesheimer s'était procuré vos empreintes. Et Oehler s'est introduit dans le labo pour falsifier les preuves ?

Ziehm confirma la supposition du commissaire en laissant fuser un rire narquois.

— Hergesheimer est un excellent technicien, mais il s'est montré très maladroit pour obtenir mes empreintes. J'ai immédiatement compris qu'on cherchait à me démasquer. Mais j'ignorais qui était derrière tout ça. J'ai d'abord cru que la direction de la police m'avait pris dans son collimateur.

Le blessé se tut. On n'entendait plus que sa respiration rauque. Il semblait attendre une réaction d'Oppenheimer.

— Vous savez que Billhardt est mort ?

Ziehm émit un son indistinct.

— Dostal voulait se débarrasser de lui, finit-il par avouer. Ses hommes y sont donc parvenus. Mais je n'ai pas participé à cette action.

— C'est Dostal qui a donné personnellement l'ordre de tuer Billhardt ?

— Oui. Après les déconvenues des dernières semaines, il a pris le contrôle de toutes les opérations.

Oppenheimer frissonna. Ce n'était donc pas fini. Ziehm et Oehler n'étaient pas les seules personnes qu'il fallait arrêter. Pour venger la mort de son ami, il devait également coincer Dostal.

— Et maintenant ? lâcha Ziehm. Vous allez me laisser crever ici, ou vous me donnez le coup de grâce ?

Des sirènes en provenance de Moabit retentirent soudain. Deux voitures de police apparurent sur le Putlitzbrücke.

— Trop tard pour le coup de grâce, répondit le commissaire. Les collègues arrivent.

Les véhicules passèrent au-dessus d'eux et foncèrent en direction de la zone portuaire. Dans la lumière clignotante des gyrophares, il constata que Ziehm était touché au flanc. L'aspirant-inspecteur avait posé une main sur sa blessure. L'autre palpait le sol autour de lui.

Oppenheimer percuta aussitôt. Si le traître s'était montré aussi bavard, c'était pour gagner du temps. Il cherchait son arme.

Non loin de Ziehm, le commissaire vit un reflet métallique. Il bondit en avant. Son adversaire, qui avait également repéré le pistolet, tendit le bras dans un ultime effort.

Les voitures de police avaient emprunté la route d'accès au port et disparurent derrière un bâtiment. L'obscurité enveloppa de nouveau les voies. Oppenheimer tâtonna fébrilement sur le gravier. Près de lui, Ziehm fit un mouvement brusque et poussa un cri de douleur.

Blessé, le flic pourri n'avait aucune chance. Oppenheimer fut le premier à mettre la main sur l'arme. Après avoir glissé le revolver dans la poche de son manteau, il se redressa.

— C'est terminé, Brinkmann. Vous irez croupir en prison. Mais si vous coopérez avec la Kripo, vous pourrez peut-être espérer un jugement clément. Je demanderai que votre attentat manqué soit interprété comme une simple manœuvre d'intimidation, et non comme une tentative d'homicide.

Le jeune policier réfléchit quelques instants.

— Et à quoi devrait ressembler cette coopération ? demanda-t-il d'un ton sceptique.

— Donnez-moi le véritable nom de Dostal.

Ziehm souffla bruyamment.

— Ne vous faites pas de faux espoirs. Dostal a l'immunité diplomatique. Vous ne l'attraperez jamais. Il est trop malin.

— Laissez-moi en juger. Dites-moi seulement comment je peux le trouver.

L'aspirant-inspecteur n'hésita pas longtemps. Résigné, il murmura :

— Il s'appelle Gräfe. Kurt Gräfe. Quand on avait rendez-vous, ce n'était jamais au même endroit. La seule chose que je sais sur lui, c'est qu'il aime jouer. Surtout à la roulette. Il y a un nouveau casino près du Kurfürstendamm. J'ai entendu dire qu'il allait souvent là-bas.

Oppenheimer retint son souffle. Il savait exactement à quel établissement Ziehm faisait allusion.

33

Mardi 25 novembre 1947

La musique entraînante du quatuor féminin qui officiait au Rio Bar s'entendait depuis le trottoir. Oppenheimer franchit le seuil du cabaret, écarta les lourdes portières de velours et plongea dans le brouillard de fumée âcre qui flottait à l'intérieur.

Le temps pressait. Cela faisait deux heures et demie qu'Oppenheimer avait intercepté les camions de Dostal. Il était impossible de prévoir la réaction de l'agent de Perón quand celui-ci apprendrait la nouvelle de son échec. Le commissaire devait agir au plus vite pour le coincer. Et le casino du Mastard était la seule piste qu'il avait.

Instinctivement, il se coula vers l'endroit où se postait toujours Gerda.

— Je cherche quelqu'un qui vient souvent ici, souffla-t-il à la jeune femme. Kurt Gräfe. Ça te dit quelque chose ?

— Non, répliqua la trafiquante de manière lapidaire.

— D'après une de mes sources, c'est un client régulier du casino.

Gerda secoua la tête et lui décocha un regard réprobateur. Elle pensait sans doute que c'était stupide de la part du commissaire de venir l'importuner au lieu de descendre directement à la cave.

Oppenheimer la salua d'un signe de tête avant de s'éloigner. Le night-club était bondé. Se frayant un chemin à travers la foule, il passa près du comptoir et se dirigea vers l'escalier menant au sous-sol.

L'arrestation de Ziehm et Oehler à Westhafen avait duré un certain temps. Lorsque la police était arrivée sur place, Vogler avait déjà mis les voiles. L'espion avait prévenu les forces de l'ordre comme le lui avait demandé Oppenheimer, mais il avait préféré disparaître pour ne pas compromettre sa couverture.

Dans la guérite vitrée près de la porte est, les policiers avaient trouvé trois gardiens effarouchés et Oehler, qu'on avait solidement ligoté. L'aspirant-inspecteur avait alors raconté qu'il était de la Kripo et qu'il avait été agressé par des gangsters. Les Schupos étaient sur le point de le libérer lorsque Oppenheimer avait donné un signal d'alerte en tirant en l'air depuis les voies. Deux des policiers s'étaient rués vers la gare de triage, tandis que le troisième était resté pour surveiller Oehler. Le jeune flic corrompu avait fini par paniquer et tenté de s'enfuir, mais le Schupo et les gardiens du port étaient parvenus à le maîtriser.

Les autres agents avaient découvert Oppenheimer et Ziehm non loin du Putlitzbrücke. Pour confirmer sa version des faits, le commissaire avait demandé qu'on prévienne Möller. Au bout d'un moment, le conseiller antifasciste était arrivé à vélo. Il avait expliqué la situation aux Schupos qui, sur son ordre, avaient appréhendé Ziehm et Oehler.

Sur des charbons ardents, Oppenheimer avait enfin pu s'élancer vers la station de S-Bahn. Durant tout le trajet, il avait prié pour que Dostal soit allé faire un tour au casino d'Ed le Mastard.

Le commissaire descendit l'escalier. Écartant la portière de velours violet, il jeta un coup d'œil dans la cave voûtée. Beaucoup de gens se pressaient autour des tables de jeu. Dénicher Dostal au milieu de cette masse humaine ne serait pas simple.

— Eh, Richard ! De retour parmi nous ?

L'une des anciennes danseuses du Mastard s'approcha de lui en souriant. Vêtue avec élégance, les cheveux soigneusement permanentés, elle portait sur le ventre un éventaire rempli de cigarettes américaines.

— Tu connais la dernière ? souffla-t-elle en prenant un ton de confidence. Figure-toi que Rita a ferré un gros poisson. Un colonel américain.

Elle roula les yeux. Avant qu'elle ne puisse poursuivre son babillage, Oppenheimer l'attira discrètement à l'écart.

— Je cherche quelqu'un. Un dénommé Gräfe. C'est un habitué, apparemment. Tu le connais ?

— Tu parles de Kurti ? Oui, il est là.

Il regarda la jeune femme avec étonnement.

— Kurt Gräfe ? s'assura-t-il, incrédule.

L'hôtesse acquiesça.

— Je viens de le voir. Table quatre.

Comme il ne connaissait pas la disposition de la salle, il pria l'ancienne danseuse de lui montrer le chemin. Celle-ci le guida jusqu'à une table de roulette située dans un coin de la cave. Du doigt, elle désigna un homme au front dégarni qui se tenait un peu en retrait.

Oppenheimer considéra d'un air songeur le joueur aux cheveux clairs. S'agissait-il vraiment de Dostal ? Dans l'entrepôt de Westhafen, une grande partie de son visage était restée dissimulée sous son chapeau à larges bords. Mais la stature était la même.

Se mêlant aux autres clients du casino, le commissaire ne lâcha pas de vue l'individu. Quelques instants plus tard, celui-ci sortit de son veston un étui en cuir qu'il déroula lentement. À l'intérieur se trouvait une pipe. Sans quitter des yeux la petite boule d'ivoire qui sautait dans la cuvette tournante, il se mit à bourrer avec soin sa bouffarde.

Oppenheimer se raidit. Il n'y avait plus aucun doute. Le commissaire contourna la table pour s'approcher de Gräfe.

Il se trouvait à deux mètres du malfaiteur lorsqu'une main l'agrippa par l'épaule. Le canon d'une arme s'enfonça douloureusement entre ses côtes.

— Je ne ferais pas ça à votre place, Herr Kommissar.

La voix lui était familière. En tournant la tête, il reconnut les bacchantes de morse qui mangeaient la moitié du visage de l'homme qui le retenait. Il s'agissait du complice de Vogler qui s'était déguisé en soldat soviétique pour effrayer Freese.

Le moustachu l'entraîna résolument vers la sortie. Une lueur froide dans son regard indiquait qu'il ne tolérerait aucune résistance.

Une fois dans le couloir, il fit entrer Oppenheimer dans l'une des pièces attenantes. Il poussa sans ménagement le commissaire sur une chaise, puis ressortit en claquant la porte derrière lui. Un bruit de serrure retentit.

Oppenheimer bondit de sa chaise, furieux. On l'avait enfermé comme un vulgaire criminel ! Il arpenta la salle de long en large jusqu'à ce que la porte se rouvre.

Sans surprise, Vogler apparut dans l'encadrement.

L'espion, d'ordinaire si flegmatique, paraissait hors de lui. Il s'avança vers Oppenheimer.

— Que venez-vous faire ici, bon sang ?

— Arrêter Dostal. C'est lui qui a donné l'ordre de nous tuer, Billhardt et moi.

— Pas question.

Vogler alla refermer la porte.

— Mes hommes surveillent Dostal depuis avant-hier, expliqua-t-il en baissant la voix.

— Freese ne vous a pas seulement donné l'adresse de l'entrepôt, il vous a aussi révélé la véritable identité de Dostal.

L'ex-Hauptsturmführer haussa les épaules.

— Freese était mort de trouille. Il aurait vendu père et mère pour quitter le secteur soviétique. Ce n'était pas difficile de lui faire cracher le morceau.

— Mais Dostal est un homme fini ! Sa tentative de mettre sur pied une nouvelle filière a échoué. Il ne présente plus aucun intérêt pour l'Org et Gehlen. En revanche, il a fait assassiner un commissaire de la Kripo. Diplomate ou non, il ne peut pas rester impuni !

Vogler vint se planter devant Oppenheimer.

— Écoutez-moi bien et faites marcher vos cellules grises. L'Org prévoit les choses à long terme. Dostal l'ignore encore, toutefois il sera très précieux pour nous dans le futur. (Il désigna la table de jeu disposée au milieu de la pièce.) Prenez place. Je vais commander à boire.

Sans attendre de réponse, l'agent secret ressortit. Oppenheimer n'avait pas décoléré mais, ne voyant pas d'alternative, il se rassit et fixa le tapis vert jusqu'au retour de Vogler.

L'ancien SS s'installa tranquillement en face de lui.

— Savez-vous pourquoi je laisse jouer Dostal dans ce casino ?

— Pour l'occuper ?

Vogler sourit d'un air hautain.

— Pour qu'il perde et s'endette rapidement. Voilà mon plan. J'ai passé un arrangement avec le propriétaire du casino.

— Ed est de mèche avec vous ?

L'espion plissa le front.

— Vous le connaissez ? Comme je vous le disais l'autre jour, il m'arrive d'investir dans certaines affaires. Et le Rio Bar en fait partie. Tant que c'est rentable, Ed est prêt à suivre mes conseils.

Oppenheimer n'en doutait pas une seconde.

— Quelles sont donc les intentions de l'Org ? demanda-t-il pour revenir au sujet qui l'intéressait.

— Ça va bien au-delà du simple assouvissement d'une vengeance. Embarquer Dostal jusqu'au poste le plus proche pour le mettre sous les verrous ne sert absolument à rien. Il sera libéré demain dans la journée et recommencera aussitôt à bâtir une nouvelle filière d'exfiltration.

Le commissaire leva les mains en signe d'incompréhension.

— Et vous ne souhaitez pas l'en empêcher ?

— Dostal a le démon du jeu. Cette dépendance nous ouvre des perspectives inespérées. Regardez-le. Il a appris il y a moins de deux heures que son plan avait échoué et, malgré ça, il ne peut s'arracher de cette table de roulette. Nous allons exploiter son vice. (Se penchant en avant, Vogler poursuivit sur le ton de la confidence :) Maintenant que nous connaissons son identité, il ne pourra plus se cacher. Dostal est à présent un livre ouvert. Chaque jour, il nous livrera sans le savoir de nouvelles informations. Quand il remettra sur pied un nouvel itinéraire, nous l'apprendrons immédiatement et nous surveillerons ses agissements encore plus étroitement. Qui sait, ça nous permettra peut-être même d'obtenir d'autres renseignements précieux que nous pourrons employer plus tard contre Perón.

On frappa à la porte, et un homme corpulent au crâne chauve entra dans la pièce. C'était Ed. Le gangster apportait sur un plateau deux tasses fumantes.

Il parut surpris de voir Oppenheimer, mais se ressaisit aussitôt.

Le Mastard vint tranquillement déposer son plateau sur la table. Toutefois, sentant la tension qui régnait entre les deux interlocuteurs, il grommela :

— Il y a de l'orage dans l'air, ici ?

Vogler lui sourit.

— Non, aucun problème. Le commissaire et moi sommes comme qui dirait de vieux amis.

Méfiant, le truand jeta un regard à Oppenheimer.

— Oskar n'a pas tort, confirma celui-ci. Ne t'inquiète pas, Ed. Tout va bien.

Le Mastard repartit d'un pas lourd. Avant de refermer la porte, il lança :

— Je ne voudrais pas vous brusquer, mais je vais avoir besoin de la salle. Pour des clients qui veulent jouer sans être dérangés.

— Nous n'en avons plus pour longtemps ! promit Vogler avec un enjouement qui exaspéra Oppenheimer.

Pour ne rien arranger, le patron du Rio Bar ne leur avait pas servi un café, mais un grog. Le commissaire avala en grimaçant une petite gorgée de la boisson brûlante.

— Et vous pensez pouvoir contrôler Dostal aussi facilement ? demanda-t-il après le départ du Mastard.

— Nous allons le recruter comme agent double.

Oppenheimer n'en crut pas ses oreilles.

L'ex-Hauptsturmführer dégusta son grog puis, d'un air pensif, passa le doigt sur le rebord humide de sa tasse.

— Bien sûr, il n'acceptera pas de gaieté de cœur. Mais dans les prochaines semaines, il va accumuler les dettes chez Ed. Et je parle de dettes colossales. Pris à la gorge, il ne saura plus quoi faire et songera peut-être même au suicide. Jusqu'à ce qu'on lui propose de l'aider.

Oppenheimer plissa les yeux.

— N'ayant pas d'autre choix, Dostal gobera ensuite l'hameçon que vous lui tendrez, acheva-t-il.

Vogler se contenta de sourire mystérieusement.

— Croyez-moi, Dostal n'aura plus l'occasion de jouir de la vie.

Peu après, l'ancien SS se leva. Oppenheimer l'imita. Tous deux sortirent de la salle et se dirigèrent vers la sortie. En passant devant le casino, ils jetèrent un dernier coup d'œil à Dostal. L'homme de Perón était encore à la roulette. Des gouttes de sueur brillaient sur son front crispé. Il suivait le jeu comme si sa vie en dépendait.

Dostal n'avait aucune idée de ce qui se tramait en coulisse. Son destin serait dorénavant guidé par l'Org, un adversaire contre lequel il ne faisait pas le poids.

Le complice de Vogler avait pris place non loin de la table. Le moustachu buvait un verre avec une désinvolture toute feinte. En réalité, il ne lâchait pas Dostal des yeux.

— Rien ne va plus ! clama le croupier.

34

Jeudi 4 décembre 1947

Oppenheimer détestait les enterrements. Ce genre de cérémonies lui paraissait absurde. Comment pouvait-on rendre hommage à un défunt en broyant du noir devant une tombe ? Si l'on tenait à honorer quelqu'un, mieux valait le faire lorsque celui-ci était encore vie. Après le décès de la personne, peu importait que les proches respectent ou non les conventions sociales. Les morts n'étaient plus en mesure de se plaindre.

Devant son miroir, le commissaire était en train de nouer une cravate noire. Il devinait que ce jour-là, il ne se sentirait pas à sa place lors des funérailles de Billhardt. Il essaya de chasser ses idées sombres en songeant à quelque chose d'agréable. Dans trois semaines à peine, ce serait Noël. Laborieusement, il avait réussi à se procurer le cadeau dont il rêvait pour Lisa.

Il sortit de sous le lit la caisse qui contenait ses disques et l'ouvrit. Il avait vendu trois de ces précieux enregistrements, mais cela en valait la peine. Avec précaution, il prit le présent qu'il conservait dans sa collection. Il déplia soigneusement le papier de soie et admira la magnifique paire de gants en cuir bordeaux.

— Qu'est-ce que c'est ? s'écria une voix claire derrière lui.

Oppenheimer sursauta. Theo s'était glissé dans la chambre.

— Rien, éluda le commissaire en repliant le papier de soie sur les gants. Un cadeau de Noël, rien de plus. Mêle-toi de tes affaires.

Son pupille comprit qu'il était de trop et ressortit de la pièce. Ses pas retentirent dans le couloir. Puis Oppenheimer entendit des voix. Theo parlait avec Lisa.

Il remit précipitamment les gants dans la caisse et fit disparaître celle-ci sous le lit.

Comme si de rien n'était, il continua à se préparer.

Lorsque sa femme arriva, flanquée de Theo, il fermait ses boutons de manchettes. Le large sourire du garçon ne présageait rien de bon.

— Je sais ce qu'il va t'offrir à Noël, souffla l'orphelin à Lisa.

— Theo…

Oppenheimer avait élevé la voix en signe d'avertissement.

— Je ne dirai rien ! se défendit Theo. Promis. (Il se tourna brusquement vers Lisa.) Je te donne seulement un indice. Ça se porte en hiver pour tenir chaud aux mains !

Le commissaire n'en revint pas. Theo lui avait gâché sa surprise.

— Décampe d'ici, gronda-t-il.

L'enfant obéit et détala.

Avec un mince sourire, Lisa ramassa un veston noir posé sur le lit et aida Oppenheimer à le passer. Durant la guerre, il n'avait pu conserver que les habits qu'il avait sur lui, plus quelques sous-vêtements de rechange pliés dans sa valise de bunker[1]. S'il possédait à présent un pantalon noir, il avait dû en revanche emprunter à Schmude un veston de cette même couleur. Et comme l'ancien avocat était plus svelte que lui, le vêtement était trop étroit de carrure. Oppenheimer se consola en se disant que les autres invités à la cérémonie mortuaire n'auraient pas meilleure allure que lui.

D'un dernier coup d'œil dans le miroir, il s'assura qu'il était présentable. Lisa l'embrassa sur la joue. Sans doute un remerciement tacite pour le cadeau qu'il comptait lui offrir.

— Nous devons y aller, souffla-t-elle sans aborder le sujet.

1. À Berlin, beaucoup de gens gardaient sans cesse à portée de main une valise où ils conservaient leurs biens les plus précieux. Lors de chaque alerte, ils emportaient ce bagage dans les abris antiaériens, d'où le nom de « valise de bunker » (« *Luftschutzkoffer* »).

L'enterrement de Billhardt avait lieu au cimetière du Baumschulenweg. Ne se sentant plus menacée, son épouse Dorothée était revenue à Berlin. Durant les derniers jours, Oppenheimer et Lisa l'avaient aidée pour les démarches administratives et les préparatifs des funérailles.

Dorothée avait tellement apprécié son séjour à la campagne qu'elle avait décidé de quitter définitivement Berlin. La nouvelle avait porté un coup au moral d'Oppenheimer. Après la famille Seibold, c'était au tour de la veuve de Billhardt de tourner le dos à l'ancienne capitale du Reich. Le commissaire avait l'impression d'être le dernier passager d'un navire en plein naufrage.

À Berlin, la situation était toujours aussi laborieuse. Les événements du quotidien contredisaient chaque jour la fameuse concorde qui régnait prétendument entre les Alliés. Dans la zone soviétique, il était désormais interdit de vendre des journaux en provenance des secteurs occidentaux – une mesure qui s'apparentait à de la censure aux yeux des représentants américains. Lors d'une conférence organisée dans la zone britannique, les partis allemands avaient réclamé la formation d'un gouvernement centralisé pour tout le pays. Mais Oppenheimer ne se faisait pas beaucoup d'illusions. Si les Alliés persistaient dans leurs désaccords, comment les politiciens allemands pourraient-ils réussir à restaurer la souveraineté de la nation ?

C'était une journée parfaite pour un enterrement. Il faisait froid et humide, et le ciel était désespérément gris. Oppenheimer et Lisa prirent le S-Bahn jusqu'à Baumschulenweg. De la station, le cimetière n'était qu'à quelques minutes de marche.

Les obsèques ne durèrent pas longtemps. Il n'y avait aucune réception de prévu, car il était impossible d'obtenir des victuailles pour nourrir tous les invités. Il faudrait attendre des jours meilleurs pour reprendre ce genre de tradition.

Après la cérémonie, Oppenheimer put enfin poser à la veuve de son collègue une question qui le tourmentait depuis des jours. Jusqu'à présent, l'occasion ne s'était pas présentée, mais il voulait obtenir une réponse avant que Dorothée ne quitte définitivement Berlin.

— J'ai besoin de savoir une chose, entama prudemment le commissaire tandis qu'ils se dirigeaient vers le portail du cimetière. Kurt t'a-t-il expliqué pourquoi il avait décidé de collaborer avec ce mystérieux Oskar ?

Sans lever la tête, la femme de Billhardt chiffonna son mouchoir mouillé de larmes.

— Kurt ne parlait jamais de son travail. Mais je sais que ça le préoccupait beaucoup. Il ne pouvait pas décrocher, même à la maison.

Lisa acquiesça de la tête. Apparemment, c'était un problème commun à toutes les épouses de policier.

Après quelques secondes de silence, Dorothée ajouta :

— Kurt a changé après la guerre. J'ignore ce qu'il a vécu sur le front, mais ce changement n'était pas lié au bras qu'il a perdu. Il y avait autre chose qui le tracassait. Je n'ai pas voulu le brusquer. Je pensais que si c'était important, il finirait par m'en parler un jour ou l'autre. En tout cas, ça avait l'air de peser sur sa conscience. Il n'était plus aussi insouciant qu'avant.

Oppenheimer compatissait au chagrin de la veuve. De retour chez eux, les soldats pouvaient-ils raconter à leurs proches tout ce qu'ils avaient vu pendant la guerre et les actes atroces qu'ils avaient eux-mêmes pu commettre ? Dans un moment de faiblesse, Billhardt lui avait avoué avoir reçu l'ordre d'exécuter des gens sur le front de l'Est. Et son vieil ami avait obéi, comme il avait toujours obéi. C'était compréhensible qu'il ait préféré ne rien dire à Dorothée.

Pour détourner la conversation, le commissaire lança :

— Nous avons tous perdu notre insouciance. C'est le cours des choses.

Après avoir fait leurs adieux à la veuve, Oppenheimer et sa femme repartirent en direction du S-Bahn. Lorsqu'ils eurent pris place dans un wagon, Lisa demanda :

— Pourquoi as-tu posé cette question à Dorothée ?

— J'ai l'impression que Billhardt a travaillé avec Vogler parce qu'il voulait se racheter. Mais peut-être que je me trompe. Si ça se trouve, il l'a fait en pensant qu'il pourrait tirer profit de cette collaboration.

Lisa contempla par la fenêtre le tarmac de Tempelhof qui défilait sous leurs yeux.

— Qui sait ce que pensent les gens ? observa-t-elle d'un air songeur. En fin de compte, on ne peut les juger que d'après leurs actes. Et quoi que Kurt ait pu faire pendant la guerre, il a décidé ces dernières semaines de se battre pour démanteler un réseau de criminels nazis. Il avait peut-être tiré les leçons de ses erreurs.

Oppenheimer poussa un grognement approbateur, plus pour la forme que par conviction. Cette vision des choses lui paraissait un peu trop simpliste, mais il était incapable pour l'instant de formuler une meilleure hypothèse.

De retour à la villa de Schöneberg, il ôta avec soulagement le veston de Schmude, qui lui donnait l'impression de porter une camisole de force. Alors qu'il desserrait le nœud de sa cravate, il entendit Lisa pousser un juron dans le couloir. Un instant plus tard, sa femme apparut sur le seuil.

— Ce gamin me rendra folle. Il refuse de m'écouter. Peux-tu lui dire de descendre du toit ?

Oppenheimer se figea.

— Theo est encore là-haut ? Par ce temps de chien ?

L'air résigné, Lisa haussa les épaules.

Un vent froid cingla le visage du commissaire lorsqu'il passa la tête par l'une des lucarnes du grenier. Assis sur les bardeaux à quelques mètres de là, Theo regardait au loin.

— Tu ne veux pas rentrer ? Il fait frisquet, dehors.

— Tout de suite, répondit le garçon sans bouger d'un pouce.

Oppenheimer se sentit complètement idiot. Ses efforts pour se faire respecter de son pupille étaient voués à l'échec. Maintenant que les espions de Dostal avaient disparu, il se demandait ce qui pouvait attirer si souvent l'orphelin sur son observatoire.

Sans réfléchir, il se glissa par l'étroite ouverture et se retrouva à faire l'équilibriste sur les bardeaux rouges.

Theo l'observa avec des yeux écarquillés, comme si marcher sur un toit était une activité bien trop dangereuse pour un adulte.

— Attention ! s'écria-t-il.

D'un pas vacillant, Oppenheimer rejoignit son protégé. Il prit place près de lui et aspira une grande goulée d'air frais.

Même si les nuages étaient très bas, le ciel paraissait immense depuis le faîte de la villa. Le commissaire ne s'attendait pas à ce que le changement de perspective ait un tel effet. On se sentait soudain libéré de tous les soucis du quotidien. De ce point de vue surélevé, Berlin ressemblait à un paysage en miniature. Les problèmes, si angoissants vus d'en bas, semblaient bien moindres.

— On rentre ?

C'était Theo qui avait posé cette question.

— Attends, répondit Oppenheimer d'une voix calme. J'ai grimpé ici exprès pour voir ce qui te plaît tant sur ce toit.

Il éclata de rire. Malgré les bourrasques glaciales, il n'avait tout à coup aucune envie de redescendre. Il comprenait à présent ce que Theo venait faire là. Pour la première fois depuis des mois, il éprouvait une bouffée d'optimisme. Il en avait bien besoin pour continuer. Sans l'espoir d'un avenir meilleur, d'un objectif à atteindre, la vie perdait tout son sens. Et même s'il avait parfois du mal à l'admettre, le but de sa propre existence semblait être d'améliorer un peu la société en résolvant des affaires criminelles.

Le commissaire et son protégé contemplèrent en silence les avions qui tournoyaient au-dessus de leurs têtes avant d'atterrir sur la piste de l'aéroport de Schönefeld. Puis tous deux se mirent à converser familièrement, et Theo lui confia ses soucis quotidiens.

Oppenheimer s'efforçait d'écouter avec attention mais, par moments, il ne pouvait s'empêcher de songer à Billhardt, et au vide que son collègue laisserait dans sa vie.

Postface

Dans des enregistrements sur bandes magnétiques, parus à titre posthume sous forme de livre, Juan Perón déclarait que les procès de Nuremberg – qui s'étaient tenus de 1945 à 1949 – étaient une démarche honteuse, indigne des vainqueurs. D'après l'historien Uki Goñi, c'est ce sentiment de colère qui poussa le président argentin à mettre en place une filière d'exfiltration pour soustraire des criminels de guerre nazis et fascistes à la justice des Alliés.

Ce n'est que dans les années 2000 qu'on obtint enfin la preuve que des diplomates et des officiers du renseignement argentins avaient activement joué un rôle de passeurs. Jusque-là, on avait supposé que c'étaient les réseaux secrets d'ex-nazis qui avaient monté eux-mêmes ces filières d'évasion. Il existait des dizaines de routes différentes, créées pour la plupart indépendamment les unes des autres. Parmi les destinations principales se trouvaient l'Amérique du Sud et le Moyen-Orient. Les émissaires argentins n'étaient pas les seuls à aider les fugitifs ; il est également prouvé que certains hauts dignitaires du clergé catholique étaient impliqués dans l'exfiltration de criminels de guerre. Quant à savoir si le Vatican a toléré, voire encouragé ces activités, la controverse est toujours d'actualité.

Les agences de renseignement occidentales ont découvert très tôt l'existence de ces réseaux – les « *Ratlines* » comme les surnommaient les services secrets américains. Mais au lieu d'arrêter les passeurs, on se contenta d'abord d'observer les opérations, avant de se servir de ces filières par pur intérêt.

L'organisation Gehlen fut intégrée en 1949 à la CIA. Dans les premières années qui suivirent la guerre, elle eut principalement pour mission d'interroger de manière systématique les soldats allemands qui rentraient de captivité en Union soviétique. Le but était de collecter des informations précises sur l'ennemi qui se profilait et d'identifier d'éventuels agents infiltrés. Au fil du temps, l'organisation gagna en influence car, pendant la guerre froide, le contre-espionnage et les manœuvres de subversion jouèrent un rôle considérable. À l'étranger, on reprochait à l'Org d'employer de nombreux agents proches du national-socialisme. Gehlen réfuta toujours cette accusation, même si au début des années cinquante, la CIA estimait que près de trente pour cent de ses collaborateurs étaient d'anciens membres du NSDAP. Difficile toutefois de connaître la vérité, puisque tout porte à penser que l'identité de certains agents a été soigneusement dissimulée. En 1955, l'organisation Gehlen fut reprise par la RFA. L'année suivante, elle subit un remaniement pour devenir le Bundesnachrichtendienst, le service de renseignement officiel du gouvernement fédéral. Reinhard Gehlen dirigea le BND jusqu'à sa retraite en 1968.

Harald Gilbers,
décembre 2019

Bibliographie

Goni, Uki, *The Real Odessa*, Granta Books, 2002

Klee, Ernst, *Persilscheine und falsche Pässe. Wie die Kirchen den Nazis halfen*, Fischer-Taschenbuch-Verlag, 2011

Landesdenkmalamt Berlin, *Hauptquartier am Fehrbelliner Platz*, consultable via l'adresse https://www.berlin.de/landesdenkmalamt/denkmale/denkmale-der-alliierten/grossbritannien/charlottenburg-wilmersdorf/hauptquartier-am-fehrbelliner-platz-647951.php

Landesdenkmalamt Berlin, *Westhafen*, consultable via l'adresse http://www.stadtentwicklung.berlin.de/denkmal/liste_karte_datenbank/de/denkmaldatenbank/daobj.php?obj_dok_nr=09050366

Michaelis, Rolf, *Das SS-Sonderkommando Dirlewanger. Der Einsatz in Weißrussland 1941-1944*, Michaelis Verlag, 2012

Reese, Mary Ellen, *Der deutsche Geheimdienst. Organisation Gehlen*, Nikol Verlag, 1992

Ret, Angelika, Reissmann, Bärbel, Machner, Bettina, *Berlin 1937/1947. Fotografien von Harry Croner*, Verlag M, 2017

Riess, Curt, *Berlin 1945-1953*, Non-stop Bücherei, 1953

RO RO RO im Zeitungsformat 1946-1949, consultable via l'adresse http://www.lewin-fischer.de/zeitung.htm

Schmidt, Jürgen, *Rote Rüben auf dem Olivaer Platz. Quellen zur Ernährungskrise in der Nachkriegszeit Berlins 1945-1949*, LIT, 2008

Simpson, Christopher, *Der amerikanische Bumerang. NS-Kriegsverbrecher im Sold der USA*, Ueberreuter, 1988

Wagner, Patrick, *Hitlers Kriminalisten. Die deutsche Kriminalpolizei und der Nationalsozialismus*, C.H. Beck, 2002

Photocomposition Nord Compo
Achevé d'imprimer en mai 2021
par l'imprimerie Brodard et Taupin
72200 La Flèche
pour le compte des éditions Calmann-Lévy
21, rue du Montparnasse 75006 Paris

PAPIER À BASE DE
FIBRES CERTIFIÉES

calmann-lévy s'engage
pour l'environnement en réduisant
l'empreinte carbone de ses livres.
Celle de cet exemplaire est de :
1,2 kg éq. CO_2
Rendez-vous sur
www.calmann-levy-durable.fr

N° d'éditeur : 1107762/01
N° d'imprimeur : 3043423
Dépôt légal : mai 2021
Imprimé en France.